Zoe Sugg • Amy McCulloch

THE MAGPIE SOCIETY

Aller bösen Dinge sind drei

ZOE SUGG
AMY McCULLOCH

THE MAGPIE SOCIETY

ALLER BÖSEN DINGE SIND DREI

Aus dem Englischen von
Sylvia Bieker und Henriette Zeltner-Shane

cbj

Bei diesem Buch wurden die durch das verwendete Material und die Produktion entstandenen CO_2-Emissionen ausgeglichen, indem der cbj Verlag ein Projekt zur Aufforstung in Brasilien unterstützt.
Weitere Informationen zu dem Projekt unter:
www.ClimatePartner.com/14044-1912-1001

FSC www.fsc.org
MIX
Papier aus verantwortungsvollen Quellen
FSC® C083411

Wir produzieren Klimaneutral
ClimatePartner.com/14044-1912-1001
Druckprodukt

Penguin Random House Verlagsgruppe
FSC® N001967

1. Auflage 2022

cbj Kinder- und Jugendbuchverlag
in der Penguin Random House Verlagsgruppe GmbH,
Neumarkter Str. 28, 81673 München
Die Originalausgabe erschien erstmals unter dem Titel
»The Magpie Society. One For Sorrow« bei Penguin Books Ltd.
in der Verlagsgruppe Penguin Random House UK, London.

Aus dem Englischen von Sylvia Bieker und Henriette Zeltner-Shane
Umschlaggestaltung: Carolin Liepins, München,
nach einer Vorlage von Penguin Random House Children's Publishers UK
in der Verlagsgruppe Penguin Random House UK
Umschlagillustration: © Khius, 2021
Innenillustration: Puffin, Penguin Random House Children's Publishers UK
in der Verlagsgruppe Penguin Random House UK
kk · Herstellung: bo
Satz: KompetenzCenter, Mönchengladbach
Druck: CPI books GmbH, Leck
ISBN 978-3-570-16613-0
Printed in Germany

www.cbj-verlag.de

An alle unsere Leserinnen und Leser:
Hütet euch vor den Elstern.

Prolog

IM LETZTEN SOMMER

An dem Abend, als Lola starb, waren wir unterwegs, um ein Abenteuer zu erleben.

Das war ihre Lieblingsbeschäftigung.

Bring mich irgendwohin, sagte sie immer, und ich war gezwungen, ihren Wunsch zu erfüllen, sorgsam jeden Schritt zu planen und das Maximum aus jeder Minute herauszuholen, die wir gemeinsam verbrachten. Wir schlichen uns dann vom Schulgelände, sprangen in einen Zug und standen am Ende oben auf The Shard; fuhren aufs Wasser hinaus, um zwischen Wellen mit weißen Schaumkronen Delfinen nachzujagen, oder kletterten an einem langen Sommernachmittag auf den Klippen herum, um Höhlen zu suchen, die wir erforschen konnten.

Danach stahlen wir uns zurück nach Illumen Hall und taten so, als wären wir kaum mehr als Fremde.

Anfangs brachte mich diese Verstellung fast um. Aber sie überzeugte mich davon, dass das unser kleines Geheimnis wäre. Und nun war die Ziellinie so nah. Nur noch ein Jahr, bis wir frei wären. Ich konnte warten.

In der Zwischenzeit hatten wir unsere Abenteuer. Das musste reichen.

Jener Abend hatte von vorneherein etwas Besonderes sein sollen. Natürlich brachen wir von der Schule aus auf. Schließlich waren wir ja trotz allem der Magpie Society verpflichtet.

Ich dachte, sie würde das begreifen. Vor allem nachdem sie mich auf ihren Rücken hatte zeichnen lassen. Die Spitze des Stifts folgte den scharfen Umrissen ihrer Schulterblätter, als ich ihr Flügel verlieh. Alle anderen waren schon fort, auf dem Weg zur Party. Wir hatten das ganze Haus für uns.

Es hätte perfekt sein sollen.

Aber irgendwas stimmte nicht. Das Abenteuer entwickelte sich nicht so, wie ich es geplant hatte. Sie meinte, sie würde die Zeichnung lieben – wie sehr sie nach einem echten Tattoo aussah –, aber ich spürte, dass sie log. Im Auto interessierte sie sich vor allem für ihr Handy, scrollte durch ihre Social Media Accounts und ignorierte mich. Sie wollte an den Strand. Sie wollte unter Leuten sein, obwohl sie doch ganz genau wusste, dass ich es bevorzugte, wenn wir allein waren.

Als ich nicht tat, was sie verlangte, wurde sie sauer, jammerte, dass sie sich langweile und sich wünsche, das Abenteuer wäre schon vorbei. Als wir an unserem Ziel ankamen, war sie gehässig und ungeduldig, beklagte sich über den Wind, das Wasser – lauter Sachen, die sie normalerweise liebte. Ich versuchte, bei der Sache zu bleiben, denn ich wusste, was wir geplant hatten, würde sich lohnen. Aber irgendwie schien der Boden unter meinen Füßen zu schwanken. Ich schaffte es nicht, ihre Aufmerksamkeit zu fesseln.

Wie Quecksilber rann sie mir durch die Finger.

Sie nahm eine Jacke, um das Kunstwerk auf dem Rücken zu verdecken. Das gefiel mir nicht. Als ob sie sich dafür schämte.

Als ob sie sich für mich schämte.

»*Können wir von hier aus die Party sehen?*«

Sie trat näher an die Kante und breitete die Arme aus. Ich dachte an die Flügel unter ihrer Jacke. Wie ein Vogel, der sich zum Abflug bereit macht.

»*Machst du ein Foto von mir?*« Grinsend drehte sie sich zu mir um und tastete die Taschen ihrer Jacke ab. »*Oh, ich muss mein Handy im Auto gelassen haben. Nehmen wir deins?*«

Ich konnte ihr den Wunsch nicht abschlagen (denn ich hatte ihr Handy absichtlich stibitzt und im Auto eingeschlossen, damit es nicht noch mehr Ablenkungen gab). Sie zog die Jacke aus, warf sie mir vor die Füße und posierte. Als sie ihre Pose veränderte, rutschte einer ihrer Füße ab, und sie schrie auf, bevor sie im nächsten Moment fallen würde –

Das Herz schlug mir bis zum Hals. Doch als ich die Hand ausstreckte, um nach ihr zu greifen, hatte sie sich schon selbst wieder gefangen und sah mich lachend an. Der Nervenkitzel des Beinah-Absturzes ließ uns beide aufgekratzt reagieren.

Ich machte das Foto, aber kein Bild konnte ihr jemals gerecht werden. Ich wünschte, ich könnte sie so darstellen, wie sie in eben jenem Moment ausgesehen hatte. Wäre ich dazu in der Lage, hätte ich sie als Galionsfigur geschnitzt, um mir den Weg zu weisen. – Das wäre eindrucksvoller als jedes Seeungeheuer am Bug eines Schiffs.

Im Halbdunkel konnte man die Elster kaum sehen. Aber ich wusste ja, dass sie da war und die Flügelspitzen bis zu ihren Schultern reichten. Wie ein Schatten auf ihrem Rücken. Wir waren so weit gekommen, und dies war der Moment, auf den ich gewartet hatte. Der Moment, in dem ich ein für alle Mal herausfinden würde, wie groß ihre Hingabe war.

»*Lass uns wieder gehen*«, meinte sie, bevor ich irgendwas sagen konnte. Der Wind wehte so heftig, dass er ihre Worte beinah verwehte. Sie runzelte die Stirn. »*Hast du nicht gehört?*«

Dass sie redete, machte es noch schlimmer.

Die Realität der Ereignisse brach mit voller Wucht herein.

Das Abenteuer ging zu Ende.

»*Hilf mir hier runter.*« Sie streckte die Hand nach mir aus.

Aber ich ergriff sie nicht.

»*Hast du das ernst gemeint, was du vorhin gesagt hast? Über die Elstern, die Magpies?*«, fragte ich sie.

»*Ach komm. Du glaubst das doch nicht wirklich, oder? Das ist nur eine alberne Legende. Ein Spiel, das wir gespielt haben. Mehr nicht.*«

Ihre Worte waren wie ein Schlag ins Gesicht.

»*Das ist keine Legende. Don't cross the magpies. Verärgere die Elstern nicht.*« So viel verstand und wusste ich.

Sie rollte mit den Augen.

Sie glaubte es nicht. Vielleicht hatte sie das nie getan. Sie respektierte die Tradition nicht. Aber was noch schlimmer war: Sie würde nicht *mithelfen*. Und dieser Verrat war schlimmer als jeder zuvor.

Ich glaube, sie begriff in diesem letzten Augenblick die Tragweite ihrer Äußerung. Aber es war zu spät, um sie zurückzunehmen.

»*Nein, tu das nicht! Bitte –*«

Ich machte einen Schritt auf sie zu.

Ein einziger Stoß genügte.

Es ist seltsam. Ich dachte, dass ich nach der Tat traurig sein würde. *One for sorrow, two for joy.*

Ich warte noch darauf, dass der Schmerz sich einstellt.

Aber stattdessen?

Stattdessen empfinde ich nur … Freude.

TEIL EINS

One for sorrow,
that much you've learned …

Eine Elster bedeutet Schmerz,
so viel sei gelernt …

1

IVY

Blut rinnt aus den immer noch frischen Schnittwunden an meinen Händen, weil mir beinahe der Spiegel auf den Kopf gekracht wäre. Es blutet so schlimm, dass ich rote Schlieren auf dem Blatt Papier hinterlasse, das ich in den Fingern halte. Audrey kommt näher und blickt über meine Schulter, um zu sehen, was dort steht. Sie schlingt die Arme um ihren Bauch, zittert – aber ob vor Angst oder vor Kälte weiß ich nicht.

Liebe Clover,
du bist hiermit eingeladen, Mitglied von THE MAGPIE SOCIETY zu werden.
Stimmst du zu, die Werte der Schule hochzuhalten, sie vor verderblichem Einfluss zu schützen und für die Sicherheit der Schule und ihrer Schüler zu sorgen, was immer dazu nötig ist?
Wenn ja, unterschreibe hier – und warte auf weitere Anweisungen.

»Da ist keine Unterschrift. Sie hat es nicht unterschrieben!« Ich drehe den Zettel um, aber auch auf der Rückseite ist nichts zu erkennen. Ich untersuche den Text genau, lese ihn wieder und wieder und möchte irgendeinen Hinweis darauf entdecken, wer die Nachricht hier hinterlassen hat.

Eines ist sicher: Die Magpie Society gibt es wirklich. Sie ist nicht irgendein Relikt aus Illumen Halls Vergangenheit. Sie ist aktiv, und sie – wer auch immer sie sind – wollten Clover für ihre Gruppe rekrutieren.

Ich bin fast neidisch.

Audrey allerdings rastet aus. »Was könnte das heißen? Hat sie das überhaupt gesehen? Bestimmt hätte sie unterschrieben«, plappert sie und holt kaum Luft.

»Das heißt, es ist ihr etwas zugestoßen.«

Oder hat sie sich entschieden, *nicht* zu unterschreiben, und musste jetzt dafür büßen?

»Keine Ahnung«, sage ich. »Ich weiß gar nichts.« Ich falte den Brief zusammen und schiebe ihn unter meinen BH-Träger, wobei ich darauf achte, die Spitze an Audreys Kleid, das sie mir geliehen hat, nicht noch mehr zu zerreißen. Danach schicke ich Teddy eine Nachricht:

Sag Mrs Abbott, sie soll asap in Clovers Zimmer im Polaris kommen.

Sorg dafür, dass sie allein kommt.

Als ich das Handy zurück in die Tasche schiebe, zucke ich zusammen, weil ich mit der Hand am Verschluss hängen bleibe. In den Falten meiner Handflächen trocknet das Blut.

»Sei vorsichtig! Wir sollten untersuchen lassen, ob vielleicht Splitter in deinen Händen stecken. Soll ich die Krankenschwester holen?« Audrey inspiziert meine Handflächen, sodass sie nur noch mehr wehtun. Ich reiße sie zurück.

»Nein, mir geht's gut. Bei der Housemistress in Helios House gibt's einen Erste-Hilfe-Kasten. Das ist momentan meine geringste Sorge. Clover ist weg!«

»Warum brauchen die Cops so lange?« Audrey geht im

Zimmer auf und ab und steigt über das Durcheinander auf dem Boden.

»Ich weiß es nicht. Mrs Abbott sollte auch jeden Augenblick hier sein. Sie muss das sehen.«

Ich schaue mich um. Der Gedanke, dass Clover hier mit jemandem gekämpft hat, ist verstörend. Ich denke an die Party zurück und an den Flashmob der Elstern. Bei all dem Chaos wäre es sehr einfach gewesen, durchs Schultor ins Gebäude zu schlüpfen. Die als Elstern verkleideten Leute waren auch keine Schüler von Illumen Hall. Überall lauerten potenzielle Bedrohungen.

»Sie flippt aus, wenn sie den Zettel sieht. Meinst du, die Polizei wird gegen die Magpie Society ermitteln?«

»Na ja … wir wissen, dass Clover etwas Gefährliches vorhatte – sie hat uns ja gewarnt, dass so etwas passieren würde, nicht wahr? *Eine oder einer von euch ist als Nächstes dran.* Ihr war bloß nicht klar, dass sie dieses Opfer sein würde.«

»Oh Gott«, sagt Audrey. Sie sieht aus wie ein in die Enge getriebenes Kaninchen, das eigentlich weglaufen will, aber keinen Ausweg findet. Der Zettel kratzt an meiner Brust. Mein Verstand arbeitet auf Höchsttouren.

Ich atme scharf aus. »Lassen wir die Nachricht von der Magpie Society erst mal außen vor. Das lenkt die Polizei nur ab.«

»Na, ich weiß ja nicht, Ivy. Ich finde, sie müssen alles wissen.« Audrey knabbert am Rand eines Fingernagels. Wenn sie so weitermacht, werde ich nicht die Einzige mit blutigen Händen sein. »Ich möchte keine Beweise vor den Cops verstecken. Was, wenn … was, wenn das möglicherweise ein Mordfall ist?«

»Das ist kein Mord, Audrey. Clover ist verschwunden.«

Sie deutet auf das Durcheinander im Zimmer. »Du weißt doch nicht, was passiert ist! Das Blut, ihr Handy, diese verdammt erschreckende Aufnahme, die sie hinterlassen hat? Komm schon, das ist übel!«

Ich nehme ihre Hände und schaue ihr in die Augen. »Audrey, wir müssen uns hier total einig sein. Es der Polizei zu erzählen, würde alles nur verkomplizieren. Wir wollen doch, dass sich die Polizei darauf konzentriert, Clover zu finden, und nicht auf irgendeinen Geheimbund, oder? Wenn Clover trotzdem nicht wieder auftaucht, *dann* erzählen wir der Polizei davon.«

Nach einer langen Sekunde nickt sie. »Okay. Ich bin dabei.«

Erleichtert atme ich auf.

»Wenigstens ist Mr Willis weg«, murmelt sie.

»Er wäre ein Idiot, sich hier jemals wieder blicken zu lassen, jetzt wo wir von seiner Beziehung zu Lola wissen. Was für ein Perversling.«

»Aber du hast das Foto verbrannt ...« Audrey weicht meinem Blick aus.

»Ja«, antworte ich leise. »Er hatte ein Verhältnis mit ihr, aber sein Alibi beweist, dass er sie nicht getötet hat. Auch das hätte die Sache nur verkompliziert.«

»Aber wenn er es nicht war, wer *hat* dann Lola getötet? Die gleiche Person, die Clover angegriffen hat? Ich habe das Gefühl, dass wir momentan leichte Beute sind. Was, wenn die Person, die das getan hat, zurückkommt?«

Audreys Panik wächst und sie geht zur Zimmertür. Als sie dort ankommt, steht sie unvermittelt Mrs Abbott gegenüber.

Die Direktorin atmet hörbar ein und betrachtet entsetzt das Zimmer. Auf Zehenspitzen bewegt sie sich durch die Stapel auf dem Boden und erreicht schließlich den Schreibtisch.

»Wir haben den Notruf gewählt«, sage ich. »Die Polizei ist bereits unterwegs.«

Mrs Abbott steht mit dem Rücken zu uns, sodass ich ihr Gesicht nicht sehen kann. Aber ihre Schultern spannen sich unter dem Blazer. »Bitte geht nach unten und nehmt die Beamten in Empfang, dann bringt ihr sie zu meinem Büro. Bestimmt wollen sie zuerst mit euch beiden sprechen. Ich werde dafür sorgen, dass niemand dieses Zimmer betritt. Das ist jetzt ein Tatort, wir dürfen ihn nicht verunreinigen.« Sie dreht sich wieder zu uns um. »Habt ihr hier etwas angefasst?«

»Na ja, wir …«, beginnt Audrey.

Ich mische mich ein. »Nein. Wir haben nichts angefasst. Wir haben nur auf dem Bett gesessen.« Audrey hebt eine Augenbraue in meine Richtung.

»Okay, danke, Mädchen. Es tut mir leid – ihr macht euch sicher Sorgen um eure Freundin.« Sie sieht mich stirnrunzelnd an. »Ivy, bist du etwa verletzt?«

»Mir geht's gut. Wir schauen jetzt besser nach, ob die Polizei schon da ist. Sie könnte jeden Moment eintreffen.« Ich schnappe mir Audreys Arm, und wir laufen den Korridor entlang, weg von Clovers Zimmer.

Mein Kopf beginnt zu hämmern. Ich habe das Gefühl, gleich umzukippen, und denke daran, wie ich auf der Party unter dem Spiegel herausgezerrt wurde, weil ich mit dem ganzen Körper auf den Boden geprallt war.

Mein Zustand muss Audrey aufgefallen sein, denn sie greift meine Hand und hält mich auf. »Wie fühlst du dich? Du musst erschöpft sein. Ich bin sicher, du stehst immer noch unter Schock.«

Ich lege eine Hand an den Kopf und Audrey reibt beruhigend meinen Arm.

»Hab Kopfschmerzen und meine Hände brennen. Aber mir geht's gut, ehrlich.« Ich lächele, aber ich spüre, wie meine Lippen zittern. Ich weiß, Audrey ist nicht überzeugt.

Und ich bin's auch nicht. Plötzlich kommt mir das Kleid zu eng vor, das getrocknete Blut ist verkrustet und meine Haut juckt. Ich glaube nicht, dass das der allerbeste Look ist, um Polizisten zu begrüßen – blutverschmiert, auch wenn es mein eigenes ist.

»Macht es dir was aus, wenn wir uns in ein paar Minuten unten treffen? Ich möchte nur das hier ausziehen und ein Schmerzmittel einwerfen.« Ich bewege mich in Richtung des Flurs, der zu unserem Zimmer führt, und Audrey zögert.

»Soll ich mitkommen?«

»Nein, ich beeile mich. Die Polizei kann jeden Moment hier sein. Wir sollten sie nicht warten lassen. Du gehst vor und ich komme gleich nach.« Diesmal lächele ich viel überzeugender. Audrey nickt und geht weiter die Treppe herunter.

Auf dem Weg zu unserem Zimmer betrachte ich Audreys schönes schwarzes Spitzenkleid, das jetzt in Fetzen an meinem Körper hängt. Ich fühle mich schrecklich. Ich kann nur schätzen, wie teuer es war, und jetzt ist es völlig hinüber. Kein Schneider der Welt bekommt das wieder hin. Ich ziehe eine kleine lila Feder aus der zerrissenen Spitze in der Nähe meines Schlüsselbeins. Sie muss von dem Flashmob stammen.

Ich kann es kaum erwarten, das Kleid auszuziehen und die Ereignisse des Abends zu vergessen. Es ist überhaupt nicht so gelaufen wie geplant. Während ich allein den dunklen Flur zu unserem Zimmer entlanglaufe, höre ich das Lachen, Singen und Rufen der anderen Schüler von Illumen Hall, die ihre Samhain-Party auf dem Schulgelände fortsetzen. Die meisten werden bereits vergessen haben, was mir bei der Feier zugestoßen ist, einigen ist es egal, und niemand ahnt, dass Clover vermisst wird und die Polizei auf dem Weg hierher ist. Ich drehe die kleine Feder zwischen Daumen und Zeigefinger.

Die Elstern übernehmen das Kommando.

Ich öffne unser Zimmer mit meinem Ausweis, doch statt mich sofort umzuziehen, gehe ich zum Fenster. *Clover, wo bist du?,* denke ich, während ich über das Gelände blicke. Dann glaube ich, im Augenwinkel den Hauch einer Bewegung zu sehen – aber da ist nichts.

Nein, nicht nichts. Sondern eine Elster. Ich lege zwei Finger an die Stirn und salutiere kurz.

Und in dem Moment wurde mir klar, dass von nun an nichts mehr so sein wird, wie es einmal war.

2

AUDREY

Ich schaue Ivy nach, wie sie in Richtung Helios House und unseres gemeinsamen Zimmers läuft, und warte, bis sie nicht mehr zu sehen ist. Dann atme ich geräuschvoll aus. Meine Brust fühlt sich an wie zugeschnürt – und ich weiß genau, woran das liegt. Zwar kenne ich Clover nicht sehr gut, aber ich habe ihre Stimme über die Aufnahme-App ihres Handys gehört: *Lass mich in Ruhe … nein … lass das … Hilfe!* Da spürte ich ihre Angst. Ich hoffe, dass wir sie bald finden.

Bitte, sei okay.

An das Blut auf dem Fußboden ihres Zimmers oder die Warnung, die Clover uns in ihrem Podcast hinterlassen hat, darf ich jetzt nicht denken. Ich könnte mich ohrfeigen, weil ich nicht auf sie gehört habe.

Vielleicht hätte Ivy dann auch nicht das Foto von Mr Willis und Lola verbrannt.

Ich hoffe, er zieht weit, ganz weit von hier weg, sodass wir ihn nie wiedersehen. Wobei eine Frage mir immer noch durch den Kopf geht: *Wenn Mr Willis nicht der Mörder ist, wer hat dann Lola Radcliffe getötet?*

Wer treibt sich noch da draußen herum?

Ich gebe mir einen Ruck. Jetzt kommen die Cops. Sie sind diejenigen, die das klären müssen. Es hat sich schon die ganze Zeit nicht richtig angefühlt – dass wir uns nicht an die Polizei gewandt und es ihr überlassen haben, mit Mr Willis fertigzuwerden. Vor allem nicht nach allem, was mir damals zu Hause passiert ist …

Ich will einfach nie wieder noch mal auf der falschen Seite stehen und Dinge vor den Behörden verheimlichen. Unser Part ist jetzt erledigt. Ivy und ich können uns wieder darauf konzentrieren, wir selbst zu sein und nicht irgendwelche Meisterdetektivinnen. Einen Moment lang frage ich mich, wie unsere Freundschaft wohl ohne die Magpie Society aussähe. Sie könnte eine richtig tolle Sache sein.

Meine Beine bewegen sich wie automatisch, als ich die gewendelte Treppe Richtung Eingangshalle hinunterlaufe. Ein paarmal muss ich mich suchend umsehen, obwohl ich die Schule inzwischen schon besser kenne. Doch Clovers Zimmer befindet sich in einem Teil des Gebäudes, den ich noch nicht genau erkundet habe. Ich wünschte, Ivy wäre bei mir geblieben. Sie so verängstigt zu sehen, hat auch mir einen Schrecken eingejagt.

Es herrscht eine unheimliche Atmosphäre, weil auf den Fluren niemand unterwegs ist. Immer wenn ich an einem Fenster vorbeikomme, werfe ich einen Blick auf das Gelände hinter der Schule. Die Samhain-Party ist in vollem Gang und meine Mitschüler bewegen sich um eine riesige Feuerstelle herum. Was denken die sich bloß alle? Haben sie ihre eigenen Theorien zu dem Flashmob vorhin? Ich schätze, dass die Gerüchteküche erst recht brodeln wird, wenn die Cops vor der Tür stehen.

Ich hasse das, wie sich die Gänge zu verändern scheinen, und bin richtig überrascht, als ich mich plötzlich auf vertrautem Terrain wiederfinde: im zentralen Treppenhaus. Erleichtert seufze ich auf.

Ich renne die Stufen hinunter, vorbei an der ganzen Deko – Kürbissen und Herbstlaub. Das wirkt jetzt alles so unpassend und erzeugt in der grellen Beleuchtung überhaupt keine Atmosphäre mehr.

»Audrey!«

Ich drehe mich um, während ich die geflieste Eingangshalle durchquere. Meine Absätze klackern auf dem Steinboden. Teddy eilt auf mich zu. Er macht ein besorgtes Gesicht. »Hat Mrs Abbott euch gefunden?«

»Ja, hat sie. In Clovers Zimmer. Ich bin wieder runtergelaufen, um auf die Cops zu warten.« Irgendwie schaffe ich es nicht, das Zittern meiner Hände zu unterdrücken.

Er wird totenblass. »Die Polizei? Warum das denn?«

Ich sehe mich ängstlich um, aber die Halle ist leer – bis auf die seltsamen Gebilde aus Kürbissen aller Art und die Strohballen, die sich in den Ecken stapeln. Ich schnappe nach Luft, weil Büschel aus trockenem Gras sich zu bewegen scheinen, als verstecke sich jemand dahinter. Aber als ich genauer hinsehe, bewegt sich nichts mehr. Ich bilde mir wohl Sachen ein. Paranoide Audrey.

»Alles okay?« Teddy greift nach meiner Hand und holt mich so in die Gegenwart zurück. Ich blinzele.

Ich drücke seine Hand und er zieht mich in seine starken Arme. Da merke ich, dass ich ganz kurz davor stehe, zusammenzubrechen, denn so reagiert die gegenwärtige Audrey auf traumatische Erlebnisse. Früher war sie stark, aber jetzt hat sie ihre Gefühle nicht mehr unter Kontrolle. *Zum Teufel mit ihr.* Ich muss tougher sein. Irgendwie kriege ich meine Emotionen doch wieder in den Griff und finde die Beherrschung wieder. Wäre ja auch ausgeschlossen, dass die Cops ein schluchzendes Mädchen ernst nehmen würden.

Das erste Gesicht, das vor meinem inneren Auge auftaucht, ist Ivys: stark und ernst, aber immer bereit zu handeln. Wenn ich jetzt die Nerven verliere, lasse ich sie im Stich. Also reiße ich mich zusammen und löse mich von Teddy.

»Wegen Clover«, sage ich. »Sie ist verschwunden.«

»Ist das dein Ernst?« Teddy macht große Augen. Die Haare kleben ihm auf der Stirn. Offensichtlich ist er zwischen Mrs Abbott und uns hin- und hergerannt. »Ich habe gewartet, dass ihr beiden zurück auf die Party kommt. Wie geht's Ivy?«

»Sie ist... erschüttert. Aber wir gehen nicht mehr zurück auf die Party. Ich soll hier auf die Polizei warten und sie in Mrs Abbotts Büro bringen.«

»Dann warte ich mit dir.«

»Das musst du aber nicht. Du kannst ruhig zurück...«

Er schnaubt. »Kommt nicht infrage. Ich hab mir Sorgen um dich gemacht.« Er streicht mir das Haar aus dem Gesicht. Bestimmt sehe ich wie eine einzige Katastrophe aus.

»Lass uns rausgehen und sehen, ob die Cops schon da sind.«

Nickend nimmt er meine Hand und drückt mit der anderen die Doppeltüren auf.

Draußen ist es frisch. – Die kalte Herbstluft geht mir durch Mark und Bein. Ich lege die Arme um meinen Oberkörper. Schon schlüpft Teddy neben mir aus seiner Jacke und hängt sie mir um die Schultern. Ich muss fast darüber lachen, wie klischeehaft das ist – aber ein bisschen kavaliersmäßiges Benehmen lasse ich mir trotzdem gefallen.

Die Frontseite der Schule ist dunkel und die Straße vor uns führt in pechschwarze Finsternis. Nur in der Ferne, jenseits der Wiese, hört man Gelächter und Musik. Rauch steigt in den Himmel. Irgendwer verteilt Wunderkerzen.

»Was, glaubst du, ist mit Clover passiert?«, fragt Teddy.

In meinem Kopf herrscht Chaos. »Ich habe keinen Schimmer.«

»Komm schon … irgendwas musst du doch wissen. Warum wärst du sonst zu ihrem Zimmer gelaufen?«

Ich kneife die Augen zu. Das ist das Schlimmste daran. Wir wollten sie zur Rede stellen. Dabei war sie selbst die ganze Zeit über in Gefahr. »Wir glauben … wir glauben, dass sie rausgekriegt hat, wer Lola umgebracht hat, und dass diese Person ihr gedroht hat. Sie attackiert hat.« Ein Schluchzer dringt aus meiner Brust. »Ich mach mir solche Sorgen – sie muss außer sich vor Angst sein. Du hast doch auch ihren letzten Podcast gehört.«

Teddy schweigt einen Moment lang. »Vielleicht ist es ja nicht so schlimm, wie du denkst …«

Sein cooler Ton überrascht mich. »Machst du dir keine Sorgen?«

Er greift schnell wieder nach meiner Hand. »Nein, das meine ich nicht. Aber Clover hat so was schon mal gemacht. Im letzten Jahr war sie ungefähr drei Tage lang weg. Dann stellte sich raus, sie war wegen einer Demo in Manchester und hatte es bloß keinem gesagt. Das ist quasi ihre Art. Ihre Eltern haben damals nicht mal eine Vermisstenanzeige aufgegeben.«

Jetzt verschlägt es mir die Sprache. Vor allem als am Ende der langen Auffahrt die Lichter eines dunklen Sedans auftauchen. Kein Blaulicht, keine Sirene. Aber es ist ja auch sonst niemand auf der Straße, der gewarnt werden müsste. Mir dreht sich der Magen um – der Alkohol bringt mich durcheinander und zum Zittern. Ivy muss von Clovers Neigung zum Abhauen wissen. Diesmal war es offensichtlich anders.

Diesmal war da Blut.

Ich trete einen Schritt vor. So entsteht eine Lücke zwischen uns, und Teddy folgt mir nicht. Der Wagen hält und zwei Leute steigen aus: ein Mann im Anzug und eine Frau in einem Kostüm.

»Sind Sie die Cops? Ich meine … die Polizei?«, frage ich.

»Ja. Ich bin Detective Inspector Shing und das hier ist Detective Copeland«, sagt die Frau. »Wir wurden wegen Ruhestörung und einer eventuell vermissten Person gerufen?«

Ich nicke. »Bitte kommen Sie.«

»Wartet!«, ruft jemand aus der Dunkelheit hinter mir. Bonnie kommt über den Rasen zu uns gesprintet. In ihrem leuchtend roten Cocktailkleid und mit hohen Absätzen sieht sie ziemlich abgekämpft aus. »Was ist denn los? Warum ist die Polizei hier? Ist das wegen dem Podcast?«

»Geh zurück zur Party, Bonnie«, sagt Teddy.

Der Polizist schaut von mir zu Bonnie und wieder zurück. »Bitte kommen Sie«, wiederhole ich. »Unsere Direktorin, Mrs Abbott, hat mich gebeten, Sie zu ihr zu bringen.«

Er nickt und dann folgen die beiden mir. Bonnie läuft hinter mir her. »Was machst du da, Audrey?«, zischt sie. »Das sollte Aramintas Aufgabe sein, sie ist Headgirl.«

»Araminta hat mir dieser Sache nichts zu tun. Sag ihr, sie soll dafür sorgen, dass vorläufig alle draußen bleiben.«

»Ich lass mir von dir keine Aufträge erteilen.«

»Na schön, dann mach, was du willst, Bonnie. Aber ich habe einen Auftrag – und zwar, diese Herrschaften zu Mrs Abbott zu bringen. Bis später.« Ich drehe ihr den Rücken zu.

Bonnie ist darüber so wütend, dass sie tatsächlich mit dem Fuß aufstampft. Dann macht sie sich trotzdem wieder auf den Weg zurück zur Party.

»Bitte entschuldigen Sie das gerade«, sage ich zu den Cops.

Sie erwidern nichts, aber ihre ernsten Mienen lassen auch

mich wieder ernst werden. Ich beschleunige meine Schritte und führe sie durch die großen Doppeltüren ins Innere von Illumen Hall. Als ich hochschaue, fällt mein Blick auf das Porträt, das mich hier vor wenigen Monaten als Erstes begrüßte. Jetzt weiß ich, es zeigt Lady Penelope Debert, die Tochter von einem der Schuldirektoren im 19. Jahrhundert. Sie sorgte dafür, dass auch Mädchen die Schule besuchen durften.

Als ich abrupt stehen bleibe, prallen die Polizisten gegen mich.

»Audrey?« Teddy wirft mir einen besorgten Blick zu.

Ich schlucke. »Sorry… hier entlang.« Aber ich kann nicht ignorieren, was ich gesehen habe. Über der gemalten Schulter der Lady befindet sich etwas, das ich ganz bestimmt noch nie gesehen habe. Eine Elster.

Und sie blickt mich direkt an.

3

IVY

Ich schlüpfe in einen meiner alten Hoodies, den, in den ich Daumenlöcher in die Ärmel geschnitten habe und der immer noch schwach nach Teddys Aftershave riecht – nach rauchigen Waldhölzern und Meeresgischt –, und dazu ziehe ein Paar Leggings an.

Ich hebe Audreys Kleid vom Boden auf. Es ist ruiniert. Auch irgendeine Form von chemischer Reinigung wird es nicht retten können: Es ist blutverschmiert und stinkt mittlerweile nach Seife, weil ich so angestrengt meine Hände gewaschen habe. Ich stopfe es in eine Plastiktüte und werfe es in meinem Kleiderschrank ganz nach hinten. Audrey ist dermaßen reich, dass es ihr wahrscheinlich nicht mal auffällt, wenn sie es nie zurückbekommt.

Mein Bett ist wirklich verlockend. Mir ist, als wäre ich von einem Lastwagen überfahren worden. Ich könnte unter die Bettdecke krabbeln und stundenlang schlafen. Aber ich muss Audrey finden und dafür sorgen, dass ich höre, was die Polizei zu sagen hat.

Ich checke mein Handy, für den Fall, dass Clover es hingekriegt hat, eine Nachricht zu schicken. Aber nichts.

Ich gehe hinunter zum Direktionsbüro, wo ich mit den ausdruckslosen Gesichtern zweier Polizisten konfrontiert werde, die mit Audrey vor Mrs Abbotts Tür stehen. Einerseits ein ziemlich breiter Mann, der Stift und Papier bereithält (sehr altmodisch), und andererseits eine Polizistin mit einem etwas weicheren Gesichtsausdruck, aber trotzdem ohne Lächeln. Das Büro mit seiner nüchternen Glasfront ist verlassen und düster. Ich spüre, wie sich ein Kloß in meinem Hals bildet, weil mich der Ernst der Sache einholt. Ein Kloß – oder vielleicht bin ich kurz davor, mich zu übergeben.

Audrey lächelt, als sie mich entdeckt. »Ivy, Gott sei Dank bist du da. Ähm …« Sie schaut zu den beiden Beamten. Offenbar hat sie die Namen vergessen. »Das ist Ivy Moore-Zhang. Sie ist meine Zimmergenossin. Wir waren zusammen in Clovers Zimmer.«

»Sie sind also die junge Dame, die die Polizei gerufen hat?«, fragt der männliche Polizist.

Ich nicke. Ich hasse dieses herablassende »junge Dame«.

Mrs Abbotts Absätze klackern auf dem Steinboden hinter mir. Sie schüttelt den Beamten die Hand und schließt mit Grabesruhe ihr Büro auf. Ich ziehe die Ärmel meines Hoodies über die Hände. Ich sehe Audrey, die die Nase rümpft, als Mrs Abbott das Licht anknipst und uns alle hereinbittet. Als ob Audrey etwas Schlechtes gerochen hätte.

»Nehmen Sie bitte alle Platz.« Audrey und ich hocken uns gemeinsam auf die fliederfarbene Chaiselongue neben Mrs Abbotts großem Bücherregal, und die beiden Polizisten nehmen die Stühle vor ihrem Schreibtisch.

Die Beamtin spricht zuerst.

»Ich bin *Detective Inspector* Shing und das ist *Detective* Copeland. Wir gehören zum Team für strafrechtliche Ermittlungen in dieser Gegend. Wir haben heute Abend einen Anruf bezüglich einer vermissten Schülerin erhalten.«

Ich ziehe eine Augenbraue hoch. Man hat Detectives

geschickt? Offensichtlich ist seit Lolas Tod die Dringlichkeit gestiegen und man will diesmal kein Risiko eingehen.

Detective Copelands Stift schwebt über dem Notizbuch, und er schaut Mrs Abbott erwartungsvoll an.

»Ja. Unsere Zehntklässlerin Clover Mirth. Wie Sie vielleicht gesehen haben, feiern wir heute Abend unser jährliches Samhain-Fest, und Ivy und Audrey hier haben mich darauf aufmerksam gemacht, dass Clover während der abendlichen Ereignisse verschwunden ist.« Mrs Abbott spricht mit ihrem vornehmsten, förmlichsten Ton. Es ist, als wolle sie die Beamten beeindrucken. Das geht mir sofort auf die Nerven.

»Dürfen wir Ihnen ein paar Fragen stellen, junge Damen?«, wendet sich Detective Shing an uns.

»Mhm«, antwortet Audrey.

»Wann und wie haben Sie bemerkt, dass Clover weg ist?«

»Nachdem wir ihre letzte Podcast-Folge gehört und festgestellt hatten, dass sie nicht auf der Party war, sind wir los, um sie zu suchen. Als wir zu ihrem Zimmer kamen, schien es komplett durchwühlt«, sage ich, ohne Luft zu holen.

»Ich wusste, dieser Podcast war nicht gut«, murmelt Detective Copeland. »Und diese Theorie, dass eine Vogelgruppe die Schule beschützt? Deshalb sind wir die Polizei und keine Teenagerinnen.«

»Also ist das Ganze erst ein paar Stunden her?«, fragt Detective Shing und schaut auf ihre Uhr.

»Nicht einmal so lange«, sagt Copeland. Er atmet aus und unterdrückt offensichtlich ein Augenrollen. Diesem Mann ist es völlig egal, dass Clover verschwunden ist.

Seine Partnerin wirft ihm einen finsteren Blick zu; vielleicht merkt sie, dass er einen ganz falschen Eindruck erweckt. »Ich denke, wir sollten uns Clovers Zimmer ansehen, bevor die

Schüler von der Party zurückkommen. Sieht nach einem großen Event aus! So etwas gab es zu meiner Schulzeit nicht. Aber ich war ja auch nur auf der örtlichen Gesamtschule. Nichts so Großartiges wie das hier. Würden Sie uns bitte zu dem Zimmer führen, Mrs Abbott?« Shing steht auf.

»Natürlich.« Mrs Abbott erhebt sich ebenfalls und führt sie aus ihrem Büro. In der Tür dreht sie sich noch einmal um und blickt zu uns. »Ihr bleibt erst einmal hier, Mädchen. Ich bin mir sicher, die Polizei möchte noch mit euch reden, wenn sie den Tatort untersucht hat.«

Sobald sich die Tür schließt, lassen Audrey und ich uns auf die Polster sinken.

»Das bringt für mich schreckliche Erinnerungen zurück, Ivy, wirklich. So mit Beamten zu sprechen. Das hab ich nicht mehr, seit …« Sie knabbert an ihrem Daumennagel.

»Oh Gott, natürlich! Tut mir leid, das ist ja gar nicht gut für dich«, sage ich. »Und wir haben noch nicht mal schon was trinken können.« Ich lächele sie an und versuche, sie zu beruhigen.

Audrey zuckt mit den Schultern. »Was glaubst du, was hier wirklich vor sich geht? Irgendetwas passt einfach nicht zusammen. Was ist mit der Magpie Society? Die müssen *irgendwie* damit zu tun haben. Das Elster-Tattoo auf Lolas Rücken, dieser Flashmob, Clovers Warnung im Podcast und jetzt die Einladung …«

Ich schaue mich in Mrs Abbotts Büro um und bemerke eine Überwachungskamera, die hübsch oben in der Ecke der Decke sitzt. Ich deute mit dem Kinn dorthin, um Audrey darauf aufmerksam zu machen, dass wir aufpassen sollten, was wir hier drin sagen. Sie sieht die Kamera und rollt mit den Augen.

»Wir müssen vorsichtig sein, Audrey. Wir wissen nicht, wer dahintersteckt, oder wie mächtig die Gruppe wirklich ist. Wenn wir alles noch schlimmer machen, sind wir die Nächsten. Das verstehst du doch, oder?« Ich senke die Stimme auf ein Flüstern. Sie hält meinen Blick und nickt dann.

So sitzen wir eine Weile schweigend da. Ich höre immer noch Mitschüler draußen und schaue aus dem Fenster, in der Hoffnung, etwas zu sehen, das meinen unruhigen Geist besänftigt. Heute Abend leuchten die Sterne so hell, und der Mond scheint auf die perfekt geschnittenen Büsche, die die Einfahrt säumen. Ein perfekter Abend für die Samhain-Party. Aber als ich zum Brunnen schaue, bemerke ich jemanden, der dahinter entlangläuft. Es ist dunkel, sodass ich es nicht richtig erkennen kann, aber es sieht aus wie …

Nein. Das kann nicht sein.

Ich tippe Audrey auf den Arm und zeige nach draußen.

»Ist das nicht …?«

»Oh mein Gott! Das sieht aus wie Mr Willis«, sagt sie aufstöhnend.

»Warum ist der noch nicht weg? Er hat schon vor Stunden gesagt, dass er gehen wollte!«

Wir beobachten, wie er den Kofferraum seines Mini öffnet, etwas hineinwirft und dann in Richtung Party schlendert.

»Der Zeitpunkt kommt mir sehr verdächtig vor. Wir entdecken, dass Clover von der Beziehung zwischen Mr Willis und Lola weiß, und jetzt ist sie verschwunden?«

»Und er ist wieder da«, sagt Audrey unheilvoll.

Wir fahren erschrocken zusammen, als Mrs Abbott und die beiden Polizisten die Tür zum Büro öffnen und wieder hereinkommen.

Ich fange einen Blick von Mrs Abbott auf, der mir klarmacht, dass sie uns noch weitere Fragen stellen will – aber erst, wenn die Polizei *nicht* mehr in der Nähe ist.

Detective Copeland streckt Mrs Abbott die Hand hin, um sich zu verabschieden. »Wie gesagt, wir werden uns melden, wenn wir weitere Informationen benötigen oder Fragen haben, aber momentan haben wir alles getan, was möglich ist.« Mrs Abbott nimmt seine Hand und lächelt den Beamten an.

»Warten Sie, müssen Sie uns nicht noch befragen?«, sage ich.

»Nein, im Moment nicht. Es gibt hier keine Hinweise auf ein Verbrechen. Ich bin sicher, dass Clover wieder auftauchen wird. Wir werden uns mit ihren Eltern in Verbindung setzen und prüfen, ob sie vielleicht einfach nach Hause gefahren ist, aber ... nun, das kommt häufig vor.« Detective Shing schiebt die Hände in die Taschen ihrer Kostümjacke.

»Vor allem an solch noblen Internaten!«, fügt Detective Copeland hinzu. »Wir müssen vielleicht mal kommen und einen Vortrag über polizeiliche Zeitverschwendung halten.«

»Moment mal. Glauben Sie etwa, wir haben Ihre Zeit verschwendet?«, fragt Audrey verzweifelt.

»Tut mir leid, unsere Freundin wird vermisst und Sie unternehmen genau *nichts* dagegen? Ich kenne Clover – sie würde nicht einfach so verschwinden!«, sage ich bitter enttäuscht. Ich spüre, wie mich Audrey anschaut, aber ich sehe lieber nicht zu ihr rüber.

»Wir tun, was wir können.«

Detective Copeland beginnt, mich zu nerven. Er ist dermaßen von sich überzeugt und seinen armseligen Fähigkeiten als Ermittler.

»Wir sorgen uns bloß um unsere Freundin. Lieber auf Nummer sicher gehen, als später etwas zu bedauern, nicht wahr?«, gebe ich mich geschlagen. Offenbar nehmen uns die beiden nicht ernst, und ich habe nicht vor, mich zu wehren oder alle Informationen preiszugeben, die ich habe. Das Ganze scheint sie ja nicht im Geringsten zu interessieren. Die beiden wenden sich zur Tür um und ich lasse die Schultern sinken.

»Tja, das wäre dann ja geklärt. Wenn es morgen immer noch nichts Neues gibt, sagen Sie uns Bescheid.«

»Nein – Sie können doch nicht einfach so gehen!«, ruft Audrey hinter mir. »Was ist denn mit dem Blut?«

4

AUDREY

Mein Herz hämmert. Detective Copeland runzelt die Stirn. »*Blut*?«

»Auf Clovers Fußboden –«, setze ich an, aber Ivy versetzt mir einen Stoß. »Aua!«

Ivy sieht den Mann an und lächelt. »Auf meiner Stirn«, erklärt sie. »Das meint Audrey. Ich hatte Blut an meiner Stirn, als ein Spiegel von der Wand auf mich fiel. Aber das habe ich weggewischt, bevor Sie kamen. Ich habe auch auf Clovers Boden getropft – ganz ehrlich, da war überall Blut von mir.«

»Wir haben keine Spuren von Blut gesehen«, sagt Detective Shing, während sie von Ivy zu mir und wieder zurück schaut.

»Wie ich Ihnen schon sagte – ich hab es weggewischt«, erklärt Ivy rasch.

»Habt ihr nicht gesagt, dass ihr nichts angerührt habt?«, sagt Mrs Abbott. Eine Ader an ihrer Schläfe sieht aus, als würde sie jeden Moment platzen.

»Das Einzige, was ich angerührt habe, war mein eigenes Blut. Ich dachte mir, ich sollte es wegwischen, weil es ja mit Clovers Verschwinden nichts zu tun hat, und ich dachte, es würde nur Verwirrung stiften.«

Ich kann kaum glauben, was ich da höre, bin aber zu verblüfft, um zu widersprechen.

»Wissen Sie was? Es ist schon spät. Ich werde Sie hinausbegleiten«, sagt Mrs Abbott, die offensichtlich bemüht ist, die Polizisten von uns wegzulotsen. Detective Shing sieht mich befremdet an. Mrs Abbott schiebt sie zur Tür hinaus, dreht sich aber noch mal zu uns um. »Ich denke doch, dass ihr Mädchen allein zu eurem Zimmer zurückfindet?«

Wir nicken und verlassen mit schleppenden Schritten ihr Büro, das sie hinter uns zuschließt. Ivy und ich bleiben vor der Tür stehen, bis die Polizei außer Hörweite ist.

Ich mache den Mund auf, um etwas zu sagen, aber Ivy bremst mich. »Nicht hier – komm mit.«

Sie packt meinen Arm und zieht mich in den dunklen Raum gegenüber von Mrs Abbotts Büro. Ich stolpere hinein und kann mich gerade noch an einem der Tische festhalten. – Das hier muss ein Klassenzimmer sein, in dem ich noch nie gewesen bin. Dann lasse ich mich auf einen Stuhl fallen. »Was zum Teufel sollte das, Ivy?«

Sie setzt sich mir gegenüber. »Ich hab Panik bekommen«, sagt sie und beißt sich auf die Lippe. Ihre Augen huschen so schnell von links nach rechts, als versuche sie ein Matheproblem zu lösen, das ich nicht sehen kann.

»Warum hast du bei der Sache mit dem Blut gelogen? Es ist nicht von dir auf den Fußboden getropft … das Blut war schon da. Wir haben uns das nicht bloß eingebildet! Also wieso war es plötzlich weg?«

»Keine Ahnung.«

»Aber vorher war es da, ja?«

Ivy starrt mich finster an und rollt mit den Augen.

»Du gibst mir also recht. Gut. Dann wiederhole ich es noch mal: Was. Zum Teufel. Sollte das? Hat Mrs Abbott es weggewischt, bevor die Polizei kam? Denn das ist ja quasi Vertuschung. Wir müssen den Cops sagen, was wir gesehen haben.

Und zwar genau so, wie wir es gesehen haben, wenn sie irgendeine Chance haben sollen, Clover zu finden. Ich verstehe nicht, warum du mich davon abgehalten hast!«

»Weil – seien wir doch mal ehrlich – sie uns nicht glauben werden. Du hast sie doch gehört – die haben schon dieses Bild von uns als zimperliche Internatsschülerinnen, die gerne einen auf Drama machen. Die hätten geglaubt, wir hätten uns das alles aus Jux ausgedacht. Oder sie hätten es so hingedreht, als wäre es unsere Schuld.«

»Wir könnten ihnen doch von dem Magpie-Brief erzählen. Der beweist, dass noch jemand in die Sache verwickelt ist…«

»Wir wissen nicht mal, wie lange Clover diese Einladung schon hat. Was, wenn sie sich bei der Recherche für ihren Podcast ergeben hat? Und ich bitte dich – wie, glaubst du, würde das für die Polizei klingen? Ein Geheimbund, der im Hintergrund agiert, um die Schule zu beschützen?«

Ivy schüttelt den Kopf. »Es klingt lächerlich. Vielleicht…« Sie holt tief Luft. »Vielleicht haben sie ja recht. Vielleicht haben wir bis morgen früh schon was von Clover gehört.« Sie rutscht auf dem Stuhl herum und zieht ihr Handy aus der Tasche.

»Sie hat das schon mal gemacht, stimmt's? Oder so was Ähnliches?«

»Was meinst du damit?«, fragt Ivy in scharfem Ton.

»Abhauen.«

»Wer hat dir das erzählt?«

»Teddy.«

Ivy seufzt. »Ja, hat sie. Ein paarmal. Aber ich gebe dir recht – ich weiß, dass in ihrem Zimmer irgendwas Seltsames passiert ist. Mein Gefühl sagt mir, dass Clover in Gefahr ist. Und ich glaube nicht, dass das hier eine Sache ist, bei der die Polizei uns helfen wird.«

»Warum nicht? Diese Einstellung kotzt mich an. Keiner will zur Polizei gehen, und der erste Impuls von jedem ist, irgendwelchen Scheiß zu verheimlichen, nur für den Fall, dass man am Ende selbst im Brennpunkt steht oder Vorwürfe abbekommt. Aber so läuft das nicht. Ich hab so was schon erlebt, weißt du? Die Polizei weiß schon, was sie tut. Die kann uns helfen. Und wenn Clover sich in Gefahr befindet, sind wir ihr das schuldig.«

Ivys Augen blitzen vor Wut. »Bei dem Mord an Lola waren sie nicht besonders hilfreich, oder? Warum soll es diesmal anders laufen? Es geht schließlich nur um eine vermisste Teenagerin. Da kann ich dir genau sagen, wie sehr das die Polizei kümmern wird.« Sie formt aus Daumen und Zeigefinger einer Hand eine Null.

Nach ein paar Augenblicken nicke ich. »Schön.« Dann beuge ich mich über den Tisch vor. »Also was machen wir dann?«

Ivy steht auf. »Ich weiß ja nicht, was du vorhast ... aber ich will ins Bett.«

»Aber was ist mit Mr Willis ...«

»Audrey«, faucht Ivy. Dann wird ihr Ausdruck milder. »Tut mir leid. Es ist schon spät. Ich wurde beinah von einem Spiegel erschlagen. Mein ganzer Körper tut weh. Lass uns da morgen früh weitermachen. Wenigstens wird mein Kopf dann nicht mehr so benebelt sein und wir können einen Plan schmieden.« Sie greift nach meiner Hand. »Und ich verspreche dir, es wird einen geben. Ich werde nicht lockerlassen, bis Clover heil und gesund wieder da ist.«

Ich zögere. »Okay«, sage ich schließlich.

Als ich ihr aus dem Klassenraum folge, krache ich fast auf sie drauf, denn sie bleibt abrupt stehen. Mrs Abbott wartet draußen vor ihrem Büro. Ich verziehe das Gesicht und rümpfe die Nase, weil es schon wieder komisch riecht – nach Chlor, so als käme jemand gerade aus einem Swimmingpool. *Seltsam.*

»Ich wollte sicher sein, dass ihr wohlbehalten auf euer Zimmer zurückgekehrt seid. Aber sehr weit seid ihr anscheinend nicht gekommen.«

Ivy zuckt mit den Achseln. »Sorry, Mrs Abbott. Ich hab mich ein bisschen schwach gefühlt. Audrey wollte, dass ich mich hinsetze. Aber jetzt geht's mir schon besser.«

»Ich hole ihr eine Cola aus der Schulkantine«, sage ich.

»Nein, für heute Abend hattet ihr genug Aufregung, Mädchen. Ich will auch nicht, dass ihr den ganzen Partybesuchern begegnet, wenn sie wieder reinkommen. Deshalb werde ich jemand vom Küchenpersonal bitten, euch etwas zu bringen.«

»Danke schön«, haucht Ivy, und ich nicke. Danach schlagen wir einen Haken um die Direktorin und verschwinden in Richtung unseres gemeinsamen Zimmers.

»Bei ihr ist definitiv irgendwas im Busch«, sage ich, sobald wir außer Hörweite sind. »Hast du das gerochen? Das muss so was wie Bleichmittel gewesen sein.«

»An Mrs Abbott? Ja. Ich hab's auch gerochen. Aber wir dürfen keine voreiligen Schlüsse ziehen. Wie schon gesagt, lass uns abwarten und morgen weitersehen.«

Ivy steigt den ersten Treppenabsatz hinauf, da schallt eine Stimme von oben zu uns herunter.

»Abwarten und was morgen weitersehen?«

Aramintas wütendes Gesicht taucht auf. Ihr sonst so perfekt frisiertes Haar ist zerzaust und ihre Wangen vor Zorn ganz rot. In ihrem Glitzerkleid sieht sie auch wie ein Racheengel. »Was ist los? Warum war die Polizei hier? Warum hat mir keiner Bescheid gesagt?«

»Es ist eben nicht alles deine Sache, Minty«, gibt Ivy zurück.

Ich stehe neben ihr und verschränke die Arme vor der Brust. Plötzlich überfällt mich eine tonnenschwere Müdigkeit.

»Komm mir jetzt nicht mit Minty. Erzähl, was du weißt. Ich bin Headgirl. Nicht du, Ivy. Oder hast du das vergessen?«

»Nur weil du Headgirl bist, geht es dich nicht automatisch was an«, antwortet Ivy.

»Headgirls sind immer informiert! Früher hat sich Mrs Abbott mit allem an *den unvergessenen Engel Lola* gewandt.«

»Tja, ist ja nicht meine Schuld, dass du so ein Fehlgriff bist.« Ivy stürmt weiter die Treppe hinauf und an Araminta vorbei.

»Du hast mein erstes großes Schulevent ruiniert! Ich weiß, was du vorhast. Du willst mir mein ganzes Jahr als Headgirl verderben, stimmt's? Ivy Moore-Zhang, ich weiß ja nicht, was du gegen mich hast oder ob du wirklich so kleinkariert bist, dass du es nicht erträgst, dass jemand anderes als deine kostbare Lola jetzt Headgirl ist. Aber ich schwöre bei Gott, ich werde dir das Leben zur Hölle machen, wenn du mir nicht gleich sagst, was zum Teufel los ist.«

Ivys Augen werden schmal und ich hole scharf Luft. Als sie etwas sagt, klingt ihre Stimme kalt: »Lola hat es als ihre Aufgabe gesehen, sich mit jeder und jedem hier an der Schule zu befreunden – nicht zu verfeinden. Du benimmst dich dauernd, als wärst du was Besseres als alle anderen. Vielleicht solltest du dir noch mal überlegen, ob du tatsächlich eine absolute Bitch sein willst.«

Araminta taumelt zurück, als hätte sie eine Ohrfeige abgekriegt. Ivy stürmt schon weiter. Als ich an Minty vorbeikomme, berühre ich ihren Arm. Ihre runden blauen Augen schimmern – als würde sie gleich anfangen zu weinen. Beinah tut sie mir leid. Nein, streicht das – sie tut mir wirklich leid. Sie tappt im Dunkeln. Ich weiß, wie sich das anfühlt. »Es geht um Clover«, sage ich leise zu ihr. »Sie ist verschwunden.«

»Was? Echt jetzt?«

»Ja. Aber die Polizei kümmert sich darum.«

Aramintas Augen suchen mein Gesicht ab, schließlich nickt sie. »Danke, dass du es mir gesagt hast. Dann werde ich mich mal um Clovers Mitbewohnerinnen kümmern gehen.«

»Das wäre toll.« An sie hatte ich nicht einmal gedacht. Vor meinem inneren Auge sehe ich ein Mädchen mit langen dunklen Haaren und dicken Brillengläsern. Sie wirkte ganz süß. Lyra oder so? Sie würde jemand wie Araminta brauchen, die ihr versicherte, dass alles in Ordnung kommen würde. »Ich geh dann mal lieber ...« Ich renne Ivy hinterher die Stufen hinauf, bevor Araminta noch irgendwas aus mir rausquetscht.

»Hast du das wirklich gerade gemacht?«, fragt Ivy mich, ohne sich zu mir umzudrehen, als ich sie eingeholt habe.

»Ich dachte, ich sage ihr wenigstens irgendwas. Für sie war es ja auch ein harter Abend.«

»Verdient hat sie das nicht.«

»Vielleicht nicht. Aber sie kümmert sich jetzt um Clovers Mitbewohnerinnen. Da hat sie was zu tun – und ist uns nicht im Weg.«

Wir bleiben direkt vor unserem Zimmer stehen. Schwer zu glauben, dass wir erst vor wenigen Stunden fröhlich lachend hier herausgekommen sind.

Ivy öffnet die Tür. »Audrey?«

Ich folge ihrem Blick. Auf dem Boden liegen zwei Briefe, die mit unseren Namen in kunstvoller Schrift versehen sind.

Ich erkenne die Kuverts sofort. Genau so einen haben wir in Clovers Zimmer gefunden.

Einladungen der Magpie Society.

5

IVY

Schweigend drehen wir die Einladungen in den Händen hin und her. Das Papier ist dick mit geprägtem Schriftzug – sie *fühlen* sich sogar wichtig an.

»Was sollen wir tun?« Audrey hält die Karte hoch, ihr Blick wie wolkenverhangen vor lauter Verwirrung. Mein Gehirn kommt mir leer vor, und ich habe Mühe, mich auf die anstehende Situation zu konzentrieren. Ich massiere mir die Schläfen und atme aus.

»Um ehrlich zu sein, bin ich zu erschöpft, um auch nur darüber nachzudenken. Ich habe immer noch hämmernde Kopfschmerzen. Lass sie uns hinter die Holzvertäfelung in der Wand legen, wo wir Lolas Tagebuch gefunden haben, und dann kümmern wir uns morgen darum. Haben wir heute nicht schon genug erledigt?«

Ich schnappe mir die Einladung aus Audreys zitternder Hand. Dann knie ich mich neben den Schreibtisch, klopfe gegen die Holzpaneele und sie schwingt in ihren Scharnieren auf. Ich lege die Karten tief in den Hohlraum in der Wand.

»Lass uns jetzt schlafen!« Ich falle rückwärts auf mein Bett, ohne mich auch nur auszuziehen.

»Das wird alles wieder okay, oder?«, fragt Audrey. Sie lässt ihr teures Kleid einfach auf dem Boden fallen, bevor sie ebenfalls auf dem Bett zusammensackt.

»Ehrliche Antwort? Keine Ahnung. Ich hoffe nur, dass morgen früh alles etwas klarer ist.«

Als ich aufwache, weil Mrs Parsons an die Tür klopft, habe ich das Gefühl, mein Kopf hat kaum das Kissen berührt.

»Zeit, aufzustehen und sich anzuziehen, Girls.«

»Wo brennt's denn?«, nuschele ich.

»Ihr werdet umgehend in der Sporthalle erwartet.«

»Aber ich bin doch gar nicht für den Sportunterricht eingeschrieben«, murmelt Audrey halb im Schlaf. »Kann ich nicht noch ein bisschen länger schlafen?«

»Heute nicht. Die Polizei ist wieder da – und sie möchte mit euch reden.«

Das lässt uns aufmerksam werden und die Ereignisse von gestern werden fallen uns wieder ein. Mrs Parsons wackelt mit den Augenbrauen und schließt dann die Zimmertür hinter sich.

Stöhnend schlage ich die Bettdecke zur Seite und reibe mir die verquollenen Augen. Das Ganze kommt mir erbarmungslos vor. Die Einladungen, die wir in der Wand versteckt haben, schreien geradezu danach, beachtet zu werden, sie pulsieren wie geheime Herzschläge, aber jetzt ist keine Zeit, darüber nachzudenken.

»Die Polizei ist zurück?« Audrey springt auf, schwingt die Füße in ihre pinkfarbenen flauschigen Hausschuhe und geht zum Kleiderschrank. »Gestern Abend schien sie nicht überzeugt zu sein, dass hier etwas nicht stimmt. Was sich wohl geändert hat?«

»Keine Ahnung. Vielleicht haben sie etwas über Clover herausgefunden? Ich wette, Mrs Abbott hat die Sporthalle ausgesucht, weil sie in aller Öffentlichkeit zeigen will, wie ernst sie die Sache nimmt.«

»Oder um klarzumachen, dass sie die Kontrolle darüber hat, wie wir an Informationen kommen.«

Ich hebe eine Augenbraue. »Du lernst schnell!« Ich ziehe die graue Jogginghose und den dazu passenden Hoodie an, binde meinen glatten schwarzen Bob zu einem tiefen Pferdeschwanz zusammen und streiche über meine Augenringe, während ich in den Spiegel schaue.

»Für jemanden, der fast von einem vergoldeten Spiegel erschlagen worden wäre, siehst du gar nicht so übel aus, Ivy …« Audrey wirft mir ein halbes Lächeln zu.

Manchmal vergesse ich, wie mühelos schön Audrey ist, aber wenn ich sie jetzt so sehe, erst ein paar Minuten wach, wirkt sie, als hätte sie bereits eine Yoga-Session hinter sich, geduscht, das Haar geföhnt, Morgenkaffee getrunken und jugendliche Frische gefrühstückt. Ich schlucke meinen Neid herunter und rufe mir in Erinnerung, dass ich gestern einen lebensbedrohlichen Unfall hatte. Da kann ich es mir durchaus leisten, ein bisschen lädiert auszusehen.

Auf dem Weg zur Sporthalle reihen wir uns in eine Schlange von Schülern ein. Alle sind aufgeregt wie Popcornmais in einer heißen Pfanne. Voller Nervosität und Adrenalin.

Grant Walker aus der Zehnten läuft direkt vor uns.

»Was ist denn hier los?«, frage ich ihn.

»Scheint, die Polizei war gestern Abend hier. Jetzt ist sie zurück und stellt Fragen zur Party«, antwortet er.

»Woher weißt du das?«

»Von meinem Kumpel aus dem Polaris House. Ich glaube, das hat mit diesem Podcast-Mädchen zu tun, dieser Clover. Anscheinend ist sie verschwunden! Ziemlich vertrackte Nummer …« Er wendet sich wieder seinen Freunden zu, die nun darüber spekulieren, wer Clover zuletzt gesehen haben könnte.

»Die Polizei befragt also alle? Scheint mir ziemliche Zeitverschwendung«, flüstere ich Audrey zu.

Mrs Abbott steht am Anfang der Warteschlange und lässt die Schüler nacheinander eintreten. Mir dämmert, dass Audrey und ich gleich getrennt werden. Ich hoffe, sie vergisst unsere Abmachung nicht. *Keine Erwähnung des Briefs oder des Tagebuchs*, will ich sie gerade erinnern, aber mittlerweile haben sich weitere Schüler hinter uns angestellt. Die Tür zur Sporthalle schwingt auf und eine von Clovers Zimmergenossinnen kommt heraus – Lyra. Den Kopf gesenkt und mit mürrisch grauem Gesicht geht sie an uns und der Schlange vorbei.

»Das wird ewig dauern. Sie befragen jeden einzeln. Komm, lass uns ein bisschen frische Luft schnappen. Hier riecht's nach miefigen Turnschuhen und altem Sportzeug und davon wird mir schlecht.« Ich nehme Audreys Hand und ziehe sie aus der Warteschlange, bevor sie protestieren kann.

Draußen ist die Luft knackig kalt, es fühlt sich an, als würde bald Winter. Es ist frisch, und als sich meine Lungen mit der Luft füllen, sticht das beinahe. In der Ferne erkenne ich Ed, den Enkel des Gärtners, der auf dem Feld das Lagerfeuer von der Party aufräumt. Überall auf dem Hof stehen Trauben von Mitschülern. Einige schauen mich besorgt an.

Es gefällt mir nicht, beobachtet zu werden.

Ohne ein Wort miteinander zu wechseln, entfernen Audrey und ich uns von den vielen Leuten und wandern in Richtung Wald, in dem ich immer jogge. Ich schaue über die Schulter, um sicherzugehen, dass uns niemand folgt. Und bei dem Blick zurück bin ich einen Moment erstaunt, wie wunderschön die Schule im klaren Morgenlicht aussieht.

Audrey hockt sich auf einen umgefallenen Baumstamm. Sie holt ihr Handy heraus und beginnt zu scrollen, findet das aber rasch langweilig und steckt das Telefon wieder weg. Ich setze mich neben sie und streiche an den Furchen der Rinde entlang.

»Hey, was ist das denn?« Audrey zeigt auf etwas, das von einem Baum hinter uns herabhängt. Es sieht aus wie ein Stück schwarzer Stoff. Sie steht auf, zieht ihn herunter und hält ihn dann bis zu den Schultern hoch. »Sieht aus, als wäre jemand gestern Abend auf der Party ein bisschen übermütig gewesen.« Sie wirft den Stofffetzen hinter den Baum.

»Moment mal, das ist kein Kleid. Das sieht aus wie diese Verkleidung von dem seltsamen Flashmob, kurz vor der – du weißt schon – der Sache mit dem Spiegel. Die Elstern-Verkleidung.« Ich trete gegen einen Laubhaufen, sodass eine Menge schwarzer Federn und eine Maske mit einem langen, scharfen Schnabel zum Vorschein kommen.

»Verdammt, du hast recht. Die sieht teuer aus. Ich frage mich, wer sie getragen hat und warum man sie weggeworfen hat.«

»Und wer das *geplant* hat! Das würde ich auch gern wissen. Aber wer auch immer, Araminta wurde damit echt in die Parade gefahren.«

Audrey riss weit die Augen auf. »Und hat für die perfekte Ablenkung gesorgt … was, wenn Clover genau zu dem Zeitpunkt verschwunden ist?«

Bevor ich antworten kann, hören wir Schritte.

»Ivy! Mrs Abbott möchte, dass ihr als Nächstes drankommt!«, brüllt Grant. »Ich habe schon überall nach euch gesucht. Ihr solltet euch beeilen, sie schnaubt vor Wut.«

Audrey und ich tauschen einen Blick. »Schätze, das ist jetzt auch nicht mehr zu ändern«, sagt sie.

Ich nicke, trotzdem rase ich (sehr zu Grants Verärgerung) nicht gleich los, um auf Mrs Abbotts Wunsch einzugehen.

»Wünsch mir Glück«, sage ich zu Audrey, als ich sie vor der Tür zur Sporthalle verlasse.

»Hals- und Beinbruch«, sagt sie mit einem kleinen Lächeln im Gesicht.

Ich klopfe. Mrs Abbott bittet mich herein. Auf dem Mittelkreis steht ein Tisch, auf der einen Seite sitzen dieselben beiden Beamten, die gestern Abend schon da waren, und auf der anderen Seite der Vertrauens- und Beratungslehrer Dr. Kinfeld und neben ihm steht ein leerer Stuhl. In der Halle ist es kalt und es hallt und meine Schuhsohlen quietschen, als ich zu dem freien Stuhl gehe.

»Schön, dich wiederzusehen, Ivy. Es ist doch in Ordnung, wenn wir zum Du übergehen?« Detective Shing erwidert mein Lächeln, als ich mich setze. »Heute ist Dr. Kinfeld als dein Beistand da, aber natürlich ist hier zweifelsohne niemand in Schwierigkeiten. Wir stellen nur ein paar Fragen, die uns hoffentlich helfen werden herauszufinden, wo Clover ist. Es ist wichtig, dass du uns alles sagst, von dem du denkst, dass es helfen könnte. Egal, wie winzig die Information sein mag. Okay?«

Ich nicke.

»Großartig. Dann werden wir dir einfach ein paar Fragen stellen, wenn das okay ist?«

Wieder lächele ich. Diesmal zeige ich sogar Zähne.

Der andere Polizist bewegt sich auf dem Stuhl und blickt mich aus zusammengekniffenen Augen an. Aber ich habe das schon einmal erlebt, mit Lola. Ich weiß, wie sinnlos diese Fragen sein können. Es ist an der Polizei, mir das Gegenteil zu beweisen. »Um wie viel Uhr hast du bemerkt, dass Clover weg ist?«, fragt er.

Ich zögere kurz. »So gegen zwanzig vor elf?«

»Und warum hast du beschlossen, zu Clovers Zimmer zu gehen?«

»Uns ist aufgefallen, dass sie nicht auf der Party war, und das kam uns ein wenig merkwürdig vor. Clover liebt Partys und besonders diese würde sie niemals verpassen wollen. Aber dann hörten wir ihren letzten Podcast, in dem sie meinte: ›Solltet ihr momentan in Illumen Hall sein, seid ihr in Gefahr.‹ Sie klang besorgt, also dachten wir, wir sollten mal nach ihr sehen.«

»Und was ist mit deinem Kopf und deinen Händen passiert? Das sah nach bösen Verletzungen aus.«

»Na ja, auf der Party ist ein Spiegel auf mich gefallen. Irgendwer hat wohl zu viel Dekoration darangehängt. Aber was hat das mit dem Verschwinden von Clover zu tun?« Ich lache verlegen.

»Wir möchten nur sicherstellen, dass dir das niemand absichtlich zugefügt hat – das ist alles.«

»Was? Nein. Ich hatte eine Panikattacke, rannte daran vorbei und muss gegen den Spiegel gestoßen sein.«

»Warum hattest du eine Panikattacke?«

Plötzlich fühle ich mich in die Enge getrieben. »Es wurde alles ein bisschen zu viel – die Musik, die Party, die vielen Leute – dann tauchte noch ein Flashmob auf, und ich brauchte frische Luft. Doch stattdessen fand ich mich mit dem Rücken an der Wand wieder und dann passierte das mit dem Spiegel.«

»Okay. Daraufhin hast du also beschlossen, nachzusehen, wo Clover ist?«

»Richtig. Wir haben uns den Podcast angehört und Audrey und ich sind zu Clovers Zimmer gerannt.«

»Gab es einen Grund, warum du der Meinung warst, dass Clover etwas zugestoßen und sie nicht einfach aus eigenem

Antrieb gegangen ist? Gestern schienst du ja ziemlich eisern der Ansicht, dass sie nicht einfach abhauen würde.«

Ich rolle mit den Augen. »Wir haben gehört, wie sie im Podcast geklungen hat, also ja, da war es irgendwie beunruhigend, als sie nicht in ihrem Zimmer war. Das ist nicht ihre Art. Sie ist das Herz und die Seele der Party, sie liebte Samhain und wäre sonst dort gewesen, mitten auf der Tanzfläche. Außerdem herrschte in ihrem Zimmer ein einziges *Durcheinander*. Es sah aus, als hätte jemand ihre Sachen durchwühlt.«

»Weißt du denn, ob Clover eine ordentliche Schülerin ist, Ivy?«

»Was?«

»Ihr Zimmer ist normalerweise makellos, nehme ich an?« Detective Shing lacht.

»Das weiß ich nicht wirklich. Ich meine, wahrscheinlich nicht makellos, aber …« Ich knete die Hände im Schoß und fühle mich immer unbehaglicher.

»Dann kannst du dir nicht sicher sein, dass es nicht um normales Teenagerchaos handelt? Vielleicht wegen der Party?«

Detective Shing redet auf mich ein, und das gefällt mir ganz und gar nicht. Warum nehmen sie mich nicht ernst?

»Clover ist inzwischen ja wohl nicht zu Hause aufgetaucht, nehme ich an, weil Sie wieder hier sind und weitere Fragen haben. Sie schienen sich ja ziemlich sicher zu sein, dass Kids so etwas andauernd machen und Clover einfach zu Hause sein und mit ihrer Familie auf dem Sofa chillen würde«, sage ich nachdrücklich.

»Im Moment können wir keine weiteren Informationen herausgeben. Wir ermitteln in der Sache noch und nehmen sie sehr ernst, das versichere ich euch. Wir verstehen, sie ist eure Freundin und darum seid ihr sehr besorgt. Wir tun alles, was in unserer Macht steht, um Antworten auf die offenen Fragen zu bekommen.«

»Die werden Sie nicht von den vielen Leuten erhalten, die Sie hier vernehmen wollen, nur damit Sie es wissen …« Ich zeige zur Tür. Dr. Kinfeld verzieht das Gesicht und wirft mir einen seiner typischen Blicke zu, der sagen will: »Nicht jetzt, Ivy.«

»Hat Clover irgendwelche anderen Freunde außerhalb Illumen Hall? Einen festen Freund? Jemanden, den sie außerhalb des Schulgeländes trifft oder mit dem sie spricht?«

»Nicht dass ich wüsste.« Ich zucke mit den Schultern.

»Das ist momentan alles, was wir brauchen, Ivy, danke.« Detective Shing legt ihren Stift weg und sieht zu mir, sie strahlt.

»Äh, danke … und viel Glück.« Ich stehe vom Tisch auf, quetsche mich an Mrs Abbott vorbei, die bereits den nächsten Schüler hereinbittet, und gehe nach draußen. Audrey steht immer noch mit Clovers Mitbewohnerinnen Lyra und Yolanda zusammen.

»Wie ist es gelaufen?«, fragt mich Lyra.

»Oh gut. Ich meine, ich hatte ja nicht gerade viele Informationen …« Daraufhin drehe ich mich zu Audrey, reiße die Augen auf und versuche, ihr so zu verstehen zu geben, dass ich der Polizei nicht wirklich etwas verraten habe. Schwer zu sagen, ob Audrey meinen Hinweis kapiert hat.

Die ruhigere von Clovers Mitbewohnerinnen, Yolanda, beugt sich vor. »Habt ihr eigentlich auch so einen Brief bekommen?«

Sie greift in die Tasche ihres Blazers, und meine Augen werden noch größer, als ich eine Ecke eines bereits vertrauten Briefumschlags mit Prägung entdecke.

6

AUDREY

Ivy und ich starren einander an. Dann wendet sie sich an Yolanda. »Wo hast du den gefunden?«

»Unter meinem Bett. Aber ich versteh das nicht. Was soll das bedeuten? *Die Magpie Society?* Ich dachte, das wäre bloß ein Witz.«

Ivy schüttelt den Kopf. »Audrey und ich haben auch welche bekommen. Wir ... wir glauben, dass sie vielleicht was mit Clovers Verschwinden zu tun haben.«

»Shit! Das gibt's doch gar nicht. Ich mach da nicht mit.« Damit lässt sie den Einladungsbrief fallen, als wäre er glühend heiß.

»Yolanda, beruhig dich! Vielleicht haben sie uns ausgesucht, weil sie wissen, dass uns was an Clover liegt. Du hast doch gehört, was sie gesagt hat. Sie dachte, die Magpie Society würde sie beschützen«, sagt Lyra, während sie den Brief vom Boden aufhebt. Sie sieht besorgt aus. »Also, was machen wir jetzt?«

Gute Frage. Aber ich kann nicht darauf antworten, weil ich Mrs Abbott meinen Namen rufen höre.

»Treffen wir uns am Brunnen, wenn du fertig bist«, sagt Ivy und ich nicke. Mrs Abbott hüstelt gereizt, und ich laufe schneller in die Mitte der Turnhalle, wo sie einen kleinen Tisch und ein paar Stühle aufgestellt haben. Die luftige Halle hat so gar nichts von einem Verhörzimmer – und trotzdem macht es

Sinn. Hier kann sich keiner verstecken und lauschen. Mein Blick geht kurz an die Decke, und ich stelle fest, dass dort keine Kameras befestigt sind. Ich lache bitter in mich hinein. Was ist bloß aus mir geworden? Jemand, der überall nach Überwachungskameras Ausschau hält?

»Was ist denn so lustig, Audrey?« Der Vertrauenslehrer – ich vergesse seinen Namen immer – schaut zu mir hoch, und sein Ton bringt mein Lächeln sofort zum Verschwinden. Die Unruhe kehrt zurück – dabei habe ich in der Therapie so hart daran gearbeitet, sie abzulegen. Es ist doch noch gar nicht lange genug her, dass ich mit den Behörden reden musste. Über ...

Ich kneife kurz die Augen zu. Daran darf ich jetzt nicht denken, weil ich sonst die Fassung verliere. Und das will ich vor der Polizei sicher nicht.

Als ich höre, dass man mir ein Glas Wasser anbietet, nehme ich es an, um etwas Zeit zu gewinnen. Dann hole ich tief Luft und blicke mich noch mal in der Turnhalle um.

Sie sind zu dritt – zwei Cops und der Seelenklempner. Dieselben Polizisten wie letztens, Detective Shing und Detective Copeland. Detective Shing hat ihre Haare zu einem tiefen Pferdeschwanz frisiert, ist leicht geschminkt und trägt einen billigen Hosenanzug, der nicht so richtig passt. Sie sieht sachlich aus, aber immerhin freundlicher als ihr Kollege. In ihrem Blick liegt eine Spur Besorgnis. Während sein Blick ... na ja, er ist nicht böse. Müde vielleicht. Erschöpft.

»Bitte setzen Sie sich, Miss Wagner«, sagt Detective Shing. »Wir müssen Ihnen noch ein paar Fragen zum Verschwinden Ihrer Freundin Clover Mirth stellen. Ist es für Sie in Ordnung, wenn wir das aufnehmen?«

»Sie war nicht meine Freundin.«

»Wie bitte?«

»Nein … ich meine, es ist auch nicht so, dass wir uns nicht mochten oder so. Sie war total lieb, soviel ich gehört habe. Supercool. Temperamentvoll. Aber wir waren nicht *befreundet*. Ich kannte sie nicht. Ich …« Ich gerate ins Plappern und die Polizisten merken es. Die Frau lächelt mich an, was mich zum Schweigen bringt. Ich rutsche auf meinem Stuhl ein Stückchen tiefer.

»Wir haben nur ein paar Fragen. Kannst du – ich kann doch du sagen, oder? – mir schildern, was gestern Abend passiert ist?«

Ich nicke und schlucke. »Natürlich. Ivy und ich haben uns für die Party am Abend fertig gemacht …«

»Ivy Moore-Zhang?«

»Ja. Wir teilen uns ein Zimmer.«

»Und Clover ist ihr … *Fledgling*, ihr Küken? Weißt du, was das bedeutet?«

Ich zucke mit den Achseln. »Na ja. Das ist eine von diesen seltsamen britischen Internatssachen.«

»Das kannst du laut sagen«, murmelt Detective Copeland. Seine Stimme kommt mir so bekannt vor. Plötzlich fällt es mir ein. Er wurde in Clovers Podcast interviewt! Ich frage mich, ob er deshalb so genervt von all dem hier ist. Weil er schon einmal mit ihr zu tun hatte.

Ich räuspere mich. *Sei stark. Für Clover*. Ich muss dafür sorgen, dass die Polizei die Sache ernst nimmt – auch wenn ich das Blut nicht erwähnen darf. Ich kann trotzdem mein Bestes versuchen, ohne mein Versprechen gegenüber Ivy zu brechen. »Es bedeutet im Grunde genommen, dass Ivy ihre Mentorin ist. Sie bereitet sich darauf vor, Prefect, also Aufsichtsschülerin zu werden, was Ivy schon ist. Vielleicht sogar Headgirl. Clover ist superschlau.«

Detective Shing schreibt mit, was ich sage, obwohl es ja auch aufgenommen wird. »Kommen wir zurück zum Abend der Party.«

»Ja, stimmt. Also, wir haben uns angezogen und es ging ziemlich chaotisch zu. Dauernd kam jemand rein und raus.«

»Kannst du noch ein Stück weiter zurückgehen? Was hast du tagsüber gemacht?«

Diese Frage überrascht mich. »Oh.« Ich kann ihnen nichts von der Magpie Society erzählen – das hat Ivy ausdrücklich gesagt. »Es war ein ziemlich normaler Tag, denke ich. Ich bin aufgewacht und habe unten in der Schulkantine gefrühstückt. In der Pause hätte ich noch etwas lesen sollen, hab es aber nicht getan … Dann ging ich Ivy suchen, um zu fragen, ob sie sich ein Kleid von mir leihen wollte. Sie war in einem der Musikräume, zum Üben. Dann gingen wir wieder nach oben, um uns fertig zu machen. Nachdem wir angezogen waren, haben wir uns geschminkt und so weiter. Dann sind wir auf die Party und …«

»Einen Moment, Ivy. Hat dich in dieser Zeit jemand gesehen? Irgendwer, der das bezeugen kann. Eine Lehrkraft vielleicht?«

Ich überlege und beiße mir auf die Lippe. Mein Blick geht kurz zu der Polizistin, die mir ermutigend zunickt. Ich kann sie nicht anlügen. Wo ich sowieso schon so viel weglasse. Das würde einen Schritt zu weit gehen – vor allem weil sie wahrscheinlich schon mit dem infrage kommenden Lehrer gesprochen haben. »Wir haben Mr Willis gesehen. Er ist unser Geschichtslehrer, aber ich glaube, er ist auch für die Musicalproduktionen an der Schule zuständig. Er war in den Musikübungsräumen, als ich Ivy dort fand.«

»Das passt zu dem, was wir schon gehört haben.«

»Warum fragen Sie mich, wenn Sie es schon wussten?«

»Wir versuchen nicht, dir eine Falle zu stellen, Ivy«, sagt Detective Shing. »Wir möchten nur sichergehen, dass wir alle Fakten beisammenhaben.«

Es fühlt sich trotzdem sehr danach an, als wollten sie mir eine Falle stellen. Ich hole tief Luft und erzähle weiter. »Wie schon gesagt, wir haben uns für die Party fertig gemacht und sind dann nach unten gegangen, um uns Aramintas Rede anzuhören – dann gab es diesen Flashmob mit den Elstern – danach ging es drunter und drüber und ein Spiegel fiel auf Ivy. Das war echt ein Schock.«

»Kann ich mir vorstellen«, sagt Detective Shing.

»Dann kam die Nachricht, dass Clover einen neuen Podcast veröffentlicht hatte …«

»Oh ja, den haben wir inzwischen gehört.«

»Ivy machte sich natürlich Sorgen um Clover, nachdem sie das gehört hatte, also liefen wir zu ihrem Zimmer – und stellten dort fest, dass sie verschwunden war.«

»Warum dachtet ihr nicht, sie wäre nur auf der Party?«

Ich schlucke und mein Mund fühlt sich trocken an. Ich nehme einen Schluck Wasser, doch das nützt nichts. Wie ich dieses Lügen durch Weglassen hasse. Mein Puls rast und meine Haut fühlt sich so dünn wie Papier an. Die Detectives durchschauen mich bestimmt. »Ich denke, Ivy und Clovers Mitbewohnerinnen können Ihnen dazu mehr sagen. Aber Clover wollte von vorneherein nicht auf die Party. Sie war müde. Außerdem haben Sie den Podcast doch auch gehört …«

Da ziehen beide die Augenbrauen hoch und kritzeln etwas in ihre Notizbücher. Ich muss wieder schlucken und frage mich, womit ich sie so alarmiert habe. Hoffentlich passt meine Version der Geschichte zu Ivys. »Und wenn sie den Podcast veröffentlicht hat, konnte sie ja nicht gleichzeitig unten bei uns sein. Außerdem war da noch …« Sag nichts vom Blut, sag nichts vom Blut. »Es sah aus, als hätte in ihrem Zimmer ein Kampf stattgefunden. Den Rest kennen Sie ja schon. Ivy hat Sie gerufen, wir baten Teddy, Mrs Abbott zu verständigen, und sie trug uns auf, draußen auf Sie zu warten.«

Ich atme auf und bin froh, die Geschichte fertig erzählt zu haben, ohne die Magpie Society zu erwähnen. Genauso wenig die Sprachnachricht oder das Blut.

»Ich weiß, dass wir das gestern Abend schon gefragt haben, aber vielleicht standest du da unter Schock. Hast du irgendwas angefasst, während du in Clovers Zimmer warst? Irgendwas verschoben? Irgendwas gesucht?«

»Nein, nicht dass ich wüsste …«

»Wirklich? Gar nichts? Nicht mal irgendwas zur Seite gerückt, um das Zimmer abzusuchen?«

»Nicht dass ich wüsste. Ich meine, ich glaube, ich habe mich irgendwann aufs Bett gesetzt – während Ivy das Blut wegwischte, das sie auf den Boden getropft hatte«, füge ich schnell hinzu, weil ich mich an Ivys Story von gestern Abend erinnere. »Aber … warum? Was hat das zu bedeuten? Haben Sie noch was herausgefunden?«

»Wenn jemand verschleppt wird und nicht einfach wegläuft, dann hat die Person normalerweise keine Zeit, ihre persönlichen Sachen mitzunehmen. Aber weil Clovers Handy fehlt, nehmen wir an, sie hat es mitgenommen. Alles zusammengenommen sieht es aus, als wäre sie vielleicht gar nicht verschleppt worden, sondern hätte einfach nur einen Ausflug irgendwohin unternommen.«

Ich schlucke und muss an das Handy auf dem Boden denken. Sicher hat Ivy es nicht genommen. *Ich* definitiv nicht.

Sieht so aus, als hätte die geheimnisvolle Person, die sauber gemacht hat, sich auch darum gekümmert. »Wenn das so wäre, dann hätte doch schon irgendjemand etwas von ihr gehört, oder?«

Detective Shing wechselt blitzschnell das Thema und überrumpelt mich damit. »Darf ich mal fragen, warum du in Illumen Hall bist, Ivy? Ein bisschen weit weg von zu Hause, nicht wahr?«

»Was reden Sie da? Ich wohne doch nur ein paar Meilen entfernt.«

»Verzeihung, aber du *klingst* gar nicht so, als hättest du den Akzent von Kent.«

»Das stimmt. Meine Familie ist auch erst im Sommer hierhergezogen. Was überrascht Sie daran?«

»Ist das denn der einzige Grund?«

Ich antworte nicht.

»Wir haben ein bisschen Hintergrundrecherche betrieben und mit Interesse Artikel über dich und deine Familie gelesen.«

Ich verschränke die Arme vor der Brust und merke, wie ich rot werde. Erinnerungen an Verhöre durch die Cops damals zu Hause kommen hoch. Wenn das nicht gleich aufhört, könnte ich die Fassung verlieren. »Ich sehe wirklich nicht, was das eine mit dem anderen zu tun haben soll …«

»In deiner Heimatstadt kommt ein Teenager ums Leben, dann tauchst du hier auf und ein Mädchen wird vermisst.«

»Mir gefällt nicht, was Sie damit andeuten wollen. Außerdem sollten Sie vielleicht besser auf Ihre eigenen Baustellen schauen. Vor allem weil diese Sache hier anfing, bevor ich in dieses Land gekommen bin und bevor ich überhaupt von diesem verdammten Ort und von Lola Radcliffe wusste. Ihren Namen scheinen Sie ja richtig schnell vergessen zu haben. Sie müssen Clover finden. Lassen Sie sie nicht im Stich. Und lassen Sie uns nicht im Stich.«

Sogar der Blick der Polizistin ist jetzt stahlhart. Die beiden versuchen, mich in die Zange zu nehmen, das spüre ich.

Aber ich kann auch stur sein. »Wollen Sie sonst noch was von mir oder kann ich jetzt gehen?«

Ein paar Augenblicke herrscht Schweigen. »Du kannst gehen. Unsere Befragung ist zu Ende. Vorläufig.«

Ich stehe auf und kann's kaum erwarten, hier wegzukommen.

Detective Copeland erhebt sich ebenfalls. »Nur zu deiner Information ... Lola mag gestorben sein, bevor du von diesem ›verdammten Ort‹ wusstest. Aber dein Vater – der war viele Male hier. Das werden wir uns auch noch genauer ansehen.«

Ich verlasse die Turnhalle, bevor sie sehen können, wie ich vor Schreck ganz blass werde.

7

AUDREY

Nach der Befragung durch die Polizei gehe ich wie benommen zum Brunnen draußen, wo ich Ivy treffen soll. Sie sitzt schon neben Lyra dort. Yolanda hat auf der Bank gegenüber Platz genommen. Zu meiner Überraschung ist Harriet auch da.

»Wie ist es gelaufen?«, fragt Ivy mich, bevor ich irgendwas dazu sagen kann.

»Es war ziemlich heftig. Ich hasse diesen Copeland.«

»Ich auch«, sagt Lyra. »Er war so gemein. Hat versucht, mich dazu zu bringen, dass ich sage, Clover hätte es geliebt, abzuhauen.«

»Lasst euch von dem nicht einschüchtern«, sagt Ivy. »Dass sie zurück sind, heißt, sie nehmen Clovers Verschwinden ernst. Ich wünschte nur, sie würden uns verraten, was ihre Meinung geändert hat und welche Indizien sie haben. Dir haben sie auch nichts gesagt, oder?«

»Nein«, antworte ich, obwohl mir ein kalter Schauer über den Rücken läuft. Sie haben mir zwar nichts über Clover verraten, aber über meinen Dad. Ich hatte keine Ahnung davon, dass er vorher an der Schule gewesen war – obwohl, in gewisser Weise macht es schon Sinn. Er wäre nicht mit uns in ein neues Land gezogen, ohne vorher ein paar Erkundigungen einzuholen. *Mehr steckt da nicht dahinter*. Da fällt mir ein, wie Ivy und ich Mrs Abbott ertappten, als sie zu unserem Haus fuhr …

Erst jetzt merke ich, dass alle mich anstarren. Ich hüstele. »Also, damit ich das richtig sehe … Wir haben alle Briefe bekommen, die uns in die Magpie Society einladen?«, frage ich.

»Als Einzige, die es bisher zugeben, ja«, sagt Harriet. Deshalb ist sie also da. *Sie hat auch eine Einladung bekommen.*

»Sonst noch jemand aus Polaris House?« Ivy sieht die beiden Mädchen an.

»Nicht dass wir wüssten.«

»Wobei wir natürlich nicht überall rumschreien: ›Hey, habt ihr diese Einladung zu dem Geheimbund bekommen?‹«

»Das denke ich mir. Ich werde noch ein paar von meinen Freunden fragen, um zu erfahren, ob einer von ihnen irgendwas Ungewöhnliches bekommen hat. Aber vorläufig muss das unter uns bleiben.«

»Was antworten wir denen denn?«

»Ich mache mit«, sagt Lyra. Vor lauter Entschlossenheit hat sie gerötete Wangen. »Falls der Geheimbund irgendeinen Schimmer hat, wo Clover sein könnte, will ich es wissen.«

»Und was, wenn das genau die Leute sind, die Clover verschleppt haben?«, platzt es aus mir heraus. Ivy wirft mir einen skeptischen Blick zu. Ich weiß, das ist jetzt weit hergeholt. Alles, was wir bisher über die Magpie Society wissen, lässt auf eine Gruppe schließen, die die Schule und ihre Schüler beschützen will – und nicht gegen sich aufbringen.

Aber was, wenn eine Schülerin eine Bedrohung für die Schule war? Würden sie dann die Sicherheit einer Mitschülerin über alles stellen? Oder nicht doch eher den Erhalt von Illumen Hall, das sie kennen und lieben?

»Lasst uns einen Pakt schließen«, sagt Ivy. »Entweder machen wir alle mit … oder keine von uns. Aber ich sehe es wie du, Lyra. Ich denke, wir sollten.«

»Ich bin dabei«, meint Harriet.

Yolanda kaut auf ihrer Unterlippe. Aber nach der nervigen Befragung durch die Polizei scheint sie doch zu zögern. Ich kann's ihr nicht verübeln. Dann nickt sie. Ich muss gar nichts dazu sagen – Ivy weiß, was auch immer sie entscheidet, ich bin mit von der Partie.

Sie greift in ihre Tasche und holt einen Stift heraus. »Lasst uns das unterschreiben, wo wir uns jetzt alle einig sind.«

Sie kritzelt ihre Unterschrift auf den Brief. Die anderen machen es nach und unterschreiben ihre eigenen Einladungen. Ich als Letzte – wobei es ja nicht gerade was Magisches hat, den eigenen Namen auf das Papier zu setzen.

»Und was passiert als Nächstes?«, frage ich. »Wo sollen wir die Briefe hinterlassen? Gab es dazu irgendwelche Anweisungen?«

»Wir können sie nicht offen irgendwo liegen lassen, wo eine Lehrkraft oder die Polizei sie vielleicht findet. Ich denke, wir sollten sie in unsere internen Postfächer legen. Wenn jemand sie dort abholt, wissen wir Bescheid. Einverstanden?«

Wir anderen nicken. Ich bin dankbar, dass Ivy die Führung übernimmt, auch wenn ich mich etwas verunsichert fühle.

Nur weil eine Sache alt und etabliert ist, heißt das ja noch nicht, dass man ihr vertrauen kann. Das habe ich schon erfahren müssen.

»Lasst uns einen Gruppenchat einrichten«, meint Ivy zu Lyra und holt ihr Handy hervor. »So könnt ihr uns Bescheid geben, falls ihr noch irgendwas findet oder weitere Instruktionen bekommt.«

»Ja, okay«, sagt Lyra und zückt auch ihr Handy. Ehrfürchtig blickt sie zu Ivy auf und ich muss lächeln. Es ist schon erstaunlich, diesen Ivy-Effekt aus der Nähe zu sehen. Denn wegen Aramintas Verbitterung gegenüber Ivy kommt es mir vor, als hätte ich einen verzerrten Blick auf meine Freundin und ihre Rolle an der Schule. Aber offensichtlich ist sie wirklich beliebt und respektiert – das lässt sich an den Gesichtern der Mädchen hier ablesen. Und warum auch nicht? Ivy hat so viele Vorzüge. Das konnte ich aus nächster Nähe erleben. Sie ist klug und begabt – wenn man sich in ihrer Umlaufbahn befindet, fällt etwas von ihrem Glanz auf einen ab. Man hofft sozusagen, dass etwas von ihrer Klugheit und ihrer Begabung auf einen abfärbt.

»Shit«, meint Harriet. »Ich bin schon spät dran für Kunst. Mr Yarrow wird mir an den Kragen gehen, wenn ich nicht pünktlich komme. Und zwar wortwörtlich. Beim letzten Mal habe ich meinen Kopf aus Pappmaschee gebastelt, aber wenn ich ihn heute nicht fertigkriege, schmeißt er ihn weg. Also schreibt mir einfach, wenn sich in dieser Sache mit der Magpie Society irgendwas tut.« Sie wirft Ivy noch einen Seitenblick zu. »Wir sehen uns später.«

»Bis dann.«

Lyra schaut hoch und schlägt sich erschrocken die Hand vor den Mund. »Oh mein Gott.«

»Was ist denn?«, frage ich.

»Diese Polizistin kommt zu uns.«

Ivy legt ihr besänftigend eine Hand auf die Schulter. »Wir reden mit der Polizei. Geht ihr beiden ruhig. Ich bin mir ziemlich sicher, gesehen zu haben, dass Mrs Cranshaw frische Zimtschnecken bäckt. Sagt ihr, dass ich euch geschickt habe.«

Lyra sieht erleichtert aus. »Danke, Ivy.« Dann verschwinden sie und Yolanda rasch Richtung Küche, ohne sich noch ein einziges Mal umzusehen.

Nur Augenblicke später hat Detective Shing uns erreicht.

»Gibt es noch irgendwas, das ihr mir mitteilen wollt, bevor wir uns wieder auf den Weg machen?«

Ivy und ich schütteln die Köpfe. Sie seufzt. »Es ist wirklich schade. Unsere Befragungen haben nichts ergeben, das unsere Vermutung, dass es sich hier um einen Verdachtsfall handelt, bestätigen würde. Ich fürchte, wenn wir nicht bald eine Spur haben, werden meine Kollegen glauben, diese Sache habe sich erledigt. Dann rutscht das Ganze auf der Prioritätenliste nach unten.«

»Nein, das dürfen Sie nicht!«, rufe ich.

Ivy reagiert viel gelassener. »Sie sagen, Ihre Kollegen würden glauben, der Fall habe sich erledigt. *Sie* nicht?«

Detective Shings Augenbrauen zucken und ein Lächeln umspielt ihre Lippen. »Nein, ich nicht. Denn wenn ich eine ganze Gruppe von Mädchen das Gleiche sagen höre – dass ihre vermisste Freundin wirklich in Gefahr ist –, dann höre ich hin. Im Unterschied zu meinen Kollegen. Ich glaube nicht, dass ihr euch irgendwas ausdenkt. Ich glaube, dass ihr von dem überzeugt seid, was ihr sagt. Deshalb, hier.« Sie greift in ihre Tasche und holt ein paar Visitenkarten heraus. »Ich weiß, in Zeiten von Social Media ist das ein bisschen altmodisch, aber hier meine Karte. Sollte euch noch irgendwas einfallen – wie groß oder nebensächlich auch immer –, meldet euch bei mir. Ich verspreche, dass ich euch zuhören werde.«

Ich nehme eine Karte, Ivy auch. »Danke«, sage ich.

»Passt gut auf euch auf.«

Wir sehen Detective Shing nach, wie sie auf der Beifahrerseite in den Wagen der Polizei steigt. Dabei meine ich zu erkennen, wie ihr Partner die Augen verdreht, bevor sie losfahren. Man hat das Gefühl, die ganze Schule würde aufatmen, nachdem die Cops wieder weg sind. Alle, bis auf Ivy und mich.

Wir sind immer noch so angespannt, dass es kaum auszuhalten ist.

»Was sollen wir jetzt tun?«, fragt Ivy.

»Ich habe mir was überlegt. Ich denke, ich sollte Patrick treffen und ihm, wie versprochen, Lolas Tagebuch geben.« Bestimmt wartet Lolas Bruder angespannt auf irgendwelche Neuigkeiten.

»Das ist eine gute Idee. Er hat schließlich mit Clover kooperiert. Vielleicht hat sie ihm gegenüber irgendwas erwähnt, das uns einen Hinweis dazu gibt, wo sie steckt.«

»Das denke ich auch. Ich mache das gleich am Wochenende. Dann werde wir ja sehen, was Patrick Radcliffe zu sagen hat.«

»Guter Plan. Dann mach ich mich mal besser auch auf den Weg ... Ich muss dringend joggen gehen.«

»Warte, Ivy – kann ich dich noch was fragen? Warum, glaubst du, hat Harriet eine Einladung bekommen?«

Ivys Stimme wird zu einem Flüstern. »Ich glaube, Harriet hat mit dieser Sache mehr zu tun, als wir wissen.«

»Im Ernst?«

»Sie wirkt vielleicht ein bisschen schusselig, aber ich kenne sie schon so lange. Und sie war nach dem, was mit Lola passiert ist, wirklich erschüttert.«

»War sie auch eine gute Freundin von Lola?«

»Irgendwie schon. Aber rund um Lolas Tod hat sie noch ein anderes Geheimnis. Ich habe geschworen, mit keinem drüber zu reden, deshalb musst du mir da einfach vertrauen. Jedenfalls hat sie eine Heidenangst vor der Polizei. Vielleicht hat die Magpie Society sie deshalb ausgesucht. Weil Harriet in Lolas Tod mehr verwickelt ist als irgendwer sonst von uns.«

8

IVY

Ich halte meine Versprechen, vor allem gegenüber besten Freundinnen. Ich verrate Audrey nicht, was ich über Harriet weiß. Das wird ein Geheimnis zwischen ihr und mir bleiben. Ich weiß besser als jede andere, dass sie nicht *wirklich* etwas mit Lolas Tod zu tun hat, aber die Polizei würde das vielleicht nicht so sehen, wenn sie Bescheid wüsste.

In den nächsten Tagen wird über nichts anderes geredet als Clovers Verschwinden. Je länger sie vermisst wird, desto besorgter werden wir alle.

Ich hoffe, sie ist nicht in ernsthaften Schwierigkeiten. In ihrem letzten Podcast gab sie ja preis, dass sie nicht in der Lage war, den Mörder von Lola zu identifizieren. Vielleicht zieht sie sich nur eine Weile zurück, bis Gras über die Sache gewachsen ist. Falls tatsächlich jemand Gefährliches an der Schule ist, hoffe ich, dass man Clover noch nicht gefunden hat.

Auch um die Magpie Society ist es still geworden und das ist so nervig. Die Einladungen liegen immer noch in unseren Fächern. Ich hasse es, zu warten und das Gefühl zu haben, dass das Ganze völlig außerhalb meiner Kontrolle ist. Mein Herz zieht sich zusammen und ich hole tief Luft. Der Flur scheint schmaler zu sein als sonst und meine Mitschüler strömen die Treppe hinunter in Richtung ihrer Klassen. Auf der anderen Seite der Wand befindet sich ein großer, bodentiefer Spiegel, und während die anderen daran vorbeieilen, stelle ich mir vor, wie er herunterfällt und zerbricht, wie der Spiegel am Abend der Samhain-Party.

Ich atme noch einmal scharf ein, während sich die Unruhe in meinem Körper ausbreitet, angefangen bei den Füßen. Ich kneife die Haut zwischen Daumen und Zeigefinger zusammen, bis mich der Schmerz einigermaßen in die Gegenwart zurückholt. Ich drücke noch fester zu und spanne den Kiefer an, bis die Panik nachlässt. Endlich habe ich das Gefühl, wieder mehr Kontrolle über meinen Körper zu haben, und gehe weiter.

Als ich zum Englischunterricht unterwegs bin, bemerke ich eine Gruppe von Neuntklässlern, die mich anstarren, die Augenbrauen hochziehen und lachen. Haben sie meine Panikattacke bemerkt? Oder liegt es daran, dass Audrey und ich Clovers Verschwinden entdeckt haben? Wie auch immer, ich mache einen Knicks, als ich an ihnen vorbeikomme, und lächele süßlich. Ich gebe ihnen also etwas, um sie durcheinanderzubringen. Daraufhin zerstreuen sie sich schnell, weil sie sich schämen.

Normalerweise wäre ich jetzt mit Harriet auf dem Weg zum Unterricht, aber sie musste zur Schulschwester wegen eines Notfalltampons. Das überrascht mich null, denn Harriet ist einer der unorganisiertesten, schusseligsten Menschen, den ich kenne.

Harriet und ich sind wirklich komplett gegensätzlich und trotzdem funktioniert es. Als ich im Englisch-Trakt um eine Ecke biege, stehe ich plötzlich vor Mr Willis, der in die entgegengesetzte Richtung geht. Die Begegnung überrascht mich so sehr, dass ich stehen bleibe und mein gesamter Körper erstarrt.

Als ob er immer noch hier unterrichten würde, als wäre nichts passiert!

Audrey und ich hatten ja schon den Eindruck, ihn gestern

Abend gesehen zu haben, und das bestätigt sich jetzt. Er weicht mir aus und versucht, an mir vorbeizugehen. Ich strecke den Fuß vor ihm aus und versperre ihm so den Weg.

»Sie werden nicht ewig unentdeckt bleiben. Wir haben nicht vergessen, was Sie getan haben.« Ich sage das leise, aber laut genug, dass er es verstehen kann. Er sieht mir direkt in die Augen und lächelt. Viel zu selbstbewusst.

»Hoffentlich bist du für deinen Auftritt beim Weihnachtskonzert vorbereitet«, entgegnet er. »Ich möchte nicht, dass du deine ganze Zukunft wegwirfst.«

»Keine Ahnung, wovon Sie reden.«

»Ach nein? Dann nehme ich an, du hast aufgehört, dich mit diesem Geheimbund zu beschäftigen …?«

Mir rutscht das Herz in die Hose. Woher weiß er von der Magpie Society?

»Ich komme zu spät zum Unterricht«, sage ich und drängele mich an ihm vorbei.

Was für ein absoluter Vollidiot. Ich bekomme am ganzen Körper Gänsehaut, wenn ich nur an das Foto von ihm und Lola denke, und an ihr Tagebuch und ihre finsteren Worte. Die traurig verzweifelten Gedichte, die sie geschrieben hat, und auf jeder Seite Hinweise auf ihr gebrochenes Herz. *Er* brachte sie dazu. Er hat sie gebrochen, sie ausgenutzt, und trotzdem ist er hier, unterrichtet immer noch Kids und genießt eine gute Karriere. Er lebt und atmet jeden Tag, lächelt und geht seiner Arbeit nach, als wäre nichts geschehen.

Das ist alles meine Schuld, denke ich, aber ich verdränge diese innere Stimme. Weil ich Zweifel hatte, überzeugte er mich, dass er freiwillig gehen würde. Schließlich ist er Meister im Manipulieren. Er jonglierte mit Lola und seiner Verlobten. Lola war ja nicht blöd, dennoch fiel sie auf ihn herein.

Ich erreiche die Tür von Mr Bowers Klassenzimmer, wo Harriet schon auf mich wartet. Wir nehmen nebeneinander im hinteren Teils des Raums Platz. Klar, die Gerüchte um Clover haben sich herumgesprochen – es kommt ja nicht jeden Tag vor, dass die Polizei in der Schule auftaucht. Ich versuche, meine abrupt beendete Begegnung mit Mr Willis abzuschütteln, aber ich kann an nichts anderes mehr denken.

»Meinst du, die Leute werden jemals aufhören, darüber zu reden? Erst Lola, jetzt Clover!«, sagt Harriet, während sie mit den Augen rollt und die Bücher aus der Tasche holt. »Diese Schule ist schrecklich, wenn's um Gerüchte geht, oder? Hast du schon ein paar der verrückten Geschichten gehört, die sich die Leute ausgedacht haben?«

»Tun wir doch nicht so, als würdest du nicht auch gerne ein bisschen tratschen, Harriet!«, sage ich grinsend.

»Stimmt. Und ich schätze, kein Gerücht ist so spannend wie das echte Leben. Stell dir vor, all diese Witzbolde wüssten von der Magpie Society. Sie würden die Wände einreißen und danach suchen.« Sie lacht und Mr Bower klatscht in die Hände, damit das Reden aufhört.

»Genug jetzt. Hebt euch euer Geplapper bitte für die große Pause auf oder sprecht wenigstens über schulische Dinge wie das Weihnachtskonzert, eure Vorprüfungen ... oder eure Unibewerbungen. Fürs Erste aber schlagt eure Schulbücher auf, Seite einhundertfünfzig, und lest das ganze Kapitel.«

Ich fange an zu lesen, aber meine Gedanken schweifen ab, und egal, wie sehr ich versuche, mich auf die Sätze vor mir zu konzentrieren, nichts ergibt einen Sinn. Einen Satz lese ich gleich dreimal, aber nichts bleibt hängen. Meine Gedanken wandern immer wieder zur Magpie Society und den Einladungsbriefen.

»Unglaublich, dass die Polizei zurück ist«, sagt Harriet. Sie klingt gedämpft – das beunruhigt sie also in Wirklichkeit.

Ich drücke ihre Hand. »Mach dir keine Gedanken. Dein Geheimnis ist bei mir sicher.«

»Was, wenn die Polizei wieder rumschnüffelt?«

»Wird sie nicht. Dazu gibt es keinen Grund.«

»Ich finde schon. Und was machst du mit dem Weihnachtskonzert, jetzt, wo Clover nicht … da ist?«, flüstert Harriet, ohne den Blick von ihrem Lehrbuch zu nehmen. Offensichtlich ist sie genauso wenig auf den Stoff konzentriert wie ich. Ich seufze. Clover und ich hatten ein aufsehenerregendes Klavierduett für das Konzert einstudiert. Sollte ich es nun einfach in ein Solostück verwandeln? Sollte ich warten und schauen, ob sie zurückkommt?

»Ganz ehrlich? Keine Ahnung!«, flüstere ich zurück. Mr Bower bemerkt mich und runzelt die Stirn.

Ich vergrabe den Kopf erneut im Lehrbuch, das genauso gut in Morsezeichen geschrieben sein könnte. Ich überfliege die Wörter und blättere die Seite um, als Harriet es tut. Sie kritzelt wieder etwas an den Rand. Ich spüre, wie mich der Mut verlässt. *Wo könnte Clover bloß sein?* Unmöglich, die Ermittlungen der Polizei zu überlassen, ich traue ihnen nicht. Sie werden die Angelegenheit einfach in die Schublade mit den Fällen für weggelaufene Teenager stecken. *Kein falsches Spiel.* Idioten. Clover könnte doch in ernster Gefahr sein. Mir wird klar, dass ich seit einer Ewigkeit nicht mehr geblinzelt habe. Ich reibe mir die Augen und blättere eine weitere Seite um.

Da schießt mir eine Erinnerung aus dem letzten Jahr in den Kopf. Lola und ich auf dem Rückweg aus der Stadt, in unseren Händen Fish and Chips in Fettpapier eingewickelt. Ich kann immer noch beinahe das Salz und den Essig riechen. Die kleine

Holzgabel drehte sich in den schlaffen Pommes frites, während wir gingen und Lola mir von einem Date erzählte, das sie gehabt hatte. Dass es schieflief, irgendwas mit Gras-Rauchen und Erwischt-Werden ... Ich erinnere mich nur daran, dass ich ihr beim Sprechen zusah, gelegentlich auf eine leere Gabel biss, während sie lächelte, und ich bewunderte, wie mühelos schön sie war und was für eine Ausstrahlung sie hatte. Ihre Art zu erzählen war so mitreißend, dass man fast das Gefühl hatte, mir ihr dort zu sein – um dann neidisch festzustellen, dass man es nicht war. Dass die Tage niemals mit ihrem erfüllten und aufregenden Leben vergleichbar oder auch nur annähernd vergleichbar waren.

An den Wochenenden fuhr sie nach Hause und tat die verrücktesten Dinge. Der Montagmorgen im Common Room glich einer Kakofonie von »*Was hat Lola am Wochenende unternommen?*«, und während sie erzählte, wurde sie von allen umringt, mit offenen Mündern, manche klatschten sich auf die Schenkel und lachten.

Die seltenen Momente, in denen nur *ich* eine Geschichte bekam – tja, die waren etwas Besonderes. Ich war immer sehr neidisch darauf, wie schnell Lola Freunde fand, und zwar nicht diese leichtgewichtige Art von »oberflächlichen« Bekanntschaften, sondern wie sie von jetzt auf gleich richtig tiefe Freundschaften schloss. Die Leute taten alles, um zu ihrem Freundeskreis zu gehören. Sie hatte alles. Sie *war* alles.

Ihr Leben war überall so. Nicht nur in Illumen Hall.

Im Gegensatz zu mir, sobald ich die Sicherheit dieser Mauern verließ ...

Mr Bowers Stimme dröhnt und ich bin zurück in der Englischstunde. In meiner Kehle bildet sich ein Kloß, und ich presse den Kiefer aufeinander, um zu verhindern, dass eine

Träne kullert. Mehr denn je möchte ich in meine schäbigen Laufschuhe schlüpfen und in der Natur verschwinden.

Laufen ist meine Art, meinem Verstand zu entkommen, wenn er mir entgleitet. Joggen holt mich zurück in die Gegenwart. Alles, woran ich in dem Moment denke, ist das Stampfen meiner Füße auf dem Boden und das Geräusch des Blutes, das durch meinen Körper pumpt. Ich will so schnell wie möglich das Schulgelände überqueren, in den Wald rennen, vorbei an der alten verlassenen Kirche an den Klippen. Ich lasse die kalte Luft in meine Nase stechen und meine Lungen füllen. Ich schließe die Augen und stelle es mir vor. Mein besonderer Ort.

»Ivy?« Harriet stößt mich am Arm an. »Verrätst du mir, wie du es schaffst, dich astral aus dem Unterricht zu projizieren, damit ich dich wenigstens begleiten kann?«, flüstert sie kichernd.

»Sorry, schätze, ich bin heute einfach nicht ganz bei der Sache.« Ich lächele zurück.

»Solange alles okay ist.«

»Ja, mir geht's gut. Momentan ist nur viel los, nicht wahr?«

Sie nickt und streicht mir mitfühlend über den Unterarm.

»Girls, muss ich euch jetzt trennen, damit ihr auch mal etwas arbeiten könnt?«, ruft Mr Bower, sodass wir beide erschrocken von den Stühlen hochfahren.

»Entschuldigung, Sir«, murmele ich.

Harriet reicht mir unter dem Tisch ein Pfefferminz, eingewickelt in eine kleine hingekritzelte Karikatur von Mr Bower, der uns anschreit und aussieht wie ein wütender Rottweiler. Das bringt mich zum Kichern. Immerhin weiß ich, dass sie hinter mir steht.

So wie ich hinter ihr.

Immer.

9

AUDREY

Am Himmel kreischen Möwen und übertönen die Musik, die in meinen Kopfhörern dröhnt. Ich bleibe vor einem kunstvollen Eisengitter stehen und streiche mit dem Finger über eine Stelle, an der die Farbe abblättert. Während ich aufs Meer blicke, zupfe ich daran herum. Die Dünung und die schmutzig grau-blaue Farbe sind hier Standard. Nie ist das Wasser so kristallklar wie in Georgia. Der Strand besteht aus hunderttausend Steinchen, auf denen man nur unbequem laufen kann. Ich vermisse den goldfarbenen Sand und die sich wiegenden Gräser zu Hause. Aber das ist so ungefähr das Einzige, was mir fehlt.

An diesem Wochenende wagen sich nicht besonders viele Leute an den Strand. Es ist einfach zu nass, zu kalt und zu windig. Kluge Menschen sitzen in den Coffeeshops oder stöbern in den hübschen Antiquitätenläden an der High Street. Meine dünne Jacke verhindert nicht, dass der Pulli darunter langsam feucht wird. Meine Jeans fühlt sich schon steif an. Der kräftige Wind hat meinen Schirm umgestülpt, sodass er mir auch nicht viel bringt. Bis ich bei Patrick bin, werde ich aussehen wie eine ertrunkene Ratte. Aber daran kann ich jetzt nichts ändern. Also beschließe ich, zu meinem Look zu stehen.

Die Karte auf meinem Handy zeigt an, dass das Haus nur noch ein paar Schritte entfernt liegt, ein wenig zurückgesetzt vom Ufer. Es ist eines dieser massiven Gebäude mit hohen Fenstern, die für die britische Küste anscheinend typisch sind. Sie wirken herrschaftlich und traditionsreich. Alles an diesem Teil der Welt, dieses »alte Kent«, erinnert mich daran, wie viel Geschichte in dieser Gegend steckt.

Und wo es Geschichte gibt, da gibt es auch alltägliche Geschichten, Legenden, Mythen. Ich möchte wetten, dass dieser Ort eine Menge davon gesehen hat. *Winferne Bay.*

Bevor ich komplett durchgeweicht bin, laufe ich rasch über die Straße. Hoffentlich ist Lolas Tagebuch, das ich in eine Plastiktüte gesteckt habe, bevor ich es in meine Handtasche legte, nicht feucht geworden.

Ich drücke auf die Klingel für Apartment C im obersten Stockwerk, und nach wenigen Augenblicken, öffnet sich die Haustür mit einem Klicken. Ich höre kein Geräusch und sehe keine Kamera, aber anscheinend erwartet Patrick mich. Ich bin auch nur ein paar Minuten zu spät.

Der Flur ist schwarz-weiß gefliest und eine Treppe wendelt sich um einen Lift mit schmiedeeisernen Gittern. Patrick hat mir ausdrücklich gesagt, ich solle ihn nehmen, aber er sieht aus, als würde er schon seit Anbeginn der Zeiten fahren. Ich habe keine Lust, darin stecken zu bleiben, und möchte das Risiko nicht eingehen.

Also steige ich die Treppe hinauf. Ein rundes Fenster über mir lässt weiches Licht herein, das auf die Sandsteinwand fällt. Wunderschön und friedlich.

Patrick erwartet mich an der Tür. »Als ich den Lift nicht gehört habe, dachte ich mir, dass du die Treppe genommen hast. Hast du ihm nicht getraut?«

Er grinst mich an, und mir wird wieder schlagartig bewusst, wie verdammt hot er aussieht. Wäre Lydia, meine beste Freundin aus Georgia hier, würde sie ernsthaft ins Schwärmen geraten, vor allem weil er jetzt auch keinen Anzug trägt. Die perfekt sitzende Jeans und der himmelblaue Strickpulli, aus dem ein weißer Kragen hervorblitzt, stehen ihm gut. Jetzt bedaure ich meine Nasse-Ratte-Erscheinung doch ein bisschen.

»Er kam mir ein bisschen grenzwertig vor. Ich traue Technik, die vor meiner Geburt gebaut wurde, nicht so ganz.«

»Das verstehe ich, aber so konntest du nicht sehen, dass er direkt in meine Wohnung führt. Ich finde, das ist eine seiner besten Eigenschaften. Ich kann es dir zeigen. Wobei es so spannend auch wieder nicht ist. Eine stinknormale Zweizimmerwohnung.«

Ich spähe durch die Wohnungstür. »Für mich sieht das nicht gerade stinknormal aus.«

Er lacht leise. »Komm rein. Kann ich dir was anbieten? Tee? Ach nein, was rede ich – du bist schließlich Amerikanerin. Kaffee?«

»Kaffee wäre toll, danke.«

Er geht rein und ich hänge meinen Schal und die Jacke auf einen Haken an der Innenseite der Tür. Aus irgendeinem Grund bewege ich mich besonders langsam. Die Wohnung ist hell und luftig, aber seltsam seelenlos. Soweit ich sehen kann, gibt es keine persönlichen Fotos oder Bilder an den Wänden und alles ist in einem Cremeweiß gestrichen. Aber es überrascht mich nicht, denn er hat ja erzählt, dass es nur eine vorläufige Bleibe ist.

Doch als ich weiter hineingehe, frage ich mich: *Warum eigentlich?* Es ist absolut umwerfend hier. Der Flur führt in ein riesiges Wohnzimmer mit offener Küche. An einer Wand blickt man von mehreren Fenstern direkt aufs Meer. Zu jedem Fenster gehört eine kleine, gepolsterte Sitznische.

»Wow, was für eine tolle Wohnung«, sage ich.

»Sie ist nicht schlecht. Erfüllt ihren Zweck.«

»Ich könnte tagtäglich die Aussicht hier genießen, ohne mich zu langweilen. Sogar heute – wo es draußen so mies ist, aber von hier oben, aus der Wärme, sieht es irgendwie … magisch aus.«

Apropos Wärme – ich gehe zu der modernen Feuerstelle mitten im Raum. Es ist eines dieser topmodernen Dinger, die man von allen Seiten betrachten kann. Zum Trocknen stelle ich mich davor. Bevor meine Klamotten Feuer fangen, trete ich doch lieber einen Schritt zurück. Mein zerzaustes Haar drehe ich zu einem Bun hoch.

»Das ist alles gut und schön, bis es Donnerstag Abend wird und Junggesellenabschiede anfangen, aus voller Kehle *Mr Brightside* zu schmettern – oder an Samstagnachmittagen Horden von Teenies unter den Fenstern TikToks filmen …«

»Ach, das kann doch nicht so schlimm sein.«

»Nein, wahrscheinlich nicht. Aber für mich ist das Meer kein guter Ort. Schließlich hat es Lola das Leben genommen.«

Ich schlucke. Das hatte ich kurz vergessen. »Warum siehst du es dir dann tagtäglich an?«

»Als Erinnerung«, sagt er. »Als Erinnerung daran, warum ich hier bin. Daran, was ich erreichen will. Gerechtigkeit für meine Schwester.« Er schweigt kurz. »Außerdem bleibt mir nur noch der Rest des Jahres.«

»Wie meinst du das?«

»Ach, meine Eltern wollen, dass ich zurück an die Uni gehe. Das kann ich ihnen gar nicht verübeln. Sie wollen einfach nicht, dass Lolas Tod mein ganzes Leben zum Scheitern bringt. Und das will ich auch nicht. Aber ich kann noch nicht aufgeben. Nicht wenn ich das Gefühl habe, so nah dran zu sein.«

Er sieht entschlossen aus, wie er so neben der Kochinsel steht, den Kaffeebecher in der Hand fest umklammert. Ich weiß, dass seine Wut die Welle der Trauer zurückhält, die danach kommen wird – er benutzt seinen Kampf für Gerechtigkeit, um den Schmerz zu unterdrücken, diese heftigen Gefühle aufzuschieben, bis er bereit ist, damit umzugehen. Ich kann das verstehen, weil ich das Gleiche durchgemacht habe.

»Hast du gehört, was letztens an der Schule passiert ist?« Ich betrachte sein Gesicht, kann aber keine Reaktion erkennen.

»Was? Die Samhain-Party? Die gibt's jedes Jahr. Das war einer von Lolas Lieblingsabenden. Sie hätte ein fantastisches Fest ausgerichtet. Weißt du, in dem Jahr als Kara und ich dafür verantwortlich waren, haben wir das ganze Feuerwerk in der Stadt aufgekauft und im Laufe des Abends abgebrannt. Man wusste nicht genau, wann es passiert, und dann plötzlich *Wumm!*. Wieder ein Feuerwerk irgendwo. War ziemlich episch.«

»Klingt so.« Ich beiße mir auf die Lippen und tue mich schwer, es auszusprechen. »Aber nein, das meinte ich nicht …«

»Das sollte Illumen Hall eigentlich ausmachen. Aber damit ist es vorbei. Es ist nicht mehr die Schule, die ich kannte. Wobei es für mich ohnehin keine Rolle mehr spielt.«

»Ich wollte dir auch nicht von der Party erzählen«, unterbreche ich ihn etwas ungehalten.

Mein Ton lässt ihn die Augenbrauen hochziehen. »Was denn dann?«

Ich hole tief Luft. »Es geht um Clover. Sie ist verschwunden. Vielleicht wurde sie sogar entführt. Die Polizei war schon da, um uns zu befragen und alles.«

»Ach, das. Ich hab davon gehört.« Jetzt kümmert er sich um den Kaffee, holt einen schicken Milchschäumer hervor und macht mir einen Cappuccino. Plötzlich sieht er jünger aus als sonst. Aber klar – er geht ja auch noch aufs College. Er ist nur ein paar Jahre älter als ich. So alt wie mein ältester Bruder.

»Ich weiß, dass du sie kennst. Du hast ihr bei dem Podcast geholfen. Das warst du. Wir haben die Kopfhörer gefunden, die du ihr geschickt hast. Hast du seit dem Abend der Party irgendwas von ihr gehört?«

»Whoa – ist das hier so eine Art Verhör? Die Polizei war schon da. Die haben die Kopfhörer in ihrem Zimmer auch gesehen.«

»Ach ja? Warum hast du das nicht gleich gesagt?«

»Ich wollte erst mal hören, was du sagst.«

Ich verschränke die Arme vor der Brust.

»Was? Glaubst du mir etwa nicht? Hier.« Er nestelt in seiner Hosentasche und zieht ein kleines Stück Karton heraus, das mir bekannt vorkommt – eine Karte von Detective Shing. »Sie und dieser muffige Kerl, der die Ermittlungen zu Lola geleitet hat, waren hier. Aber ich bin froh, dass sie sich um Clovers Verschwinden kümmern. So weiß der Schuldige wenigstens, dass nach ihm gesucht wird. Und es gerät nicht in Vergessenheit, was mit Lola passiert ist.«

»Machst du dir keine Sorgen um Clover?«

»Soll das ein Witz sein? Ich mache mir große Sorgen. Um euch alle! Clover war so nah dran an der Wahrheit. Sie hätte nur noch ein bisschen mehr Zeit gebraucht. Es gibt da jemand Gefährlichen an der Schule, und das weiß sie.«

Ich bin nah dran, ihm zu erzählen, was wir über Mr Willis rausgefunden haben, aber ich tue es nicht. Wir haben keine Beweise – vor allem nicht, nachdem Ivy das Foto verbrannt hat.

»Wie auch immer, du bist sicher nicht den ganzen Weg hergekommen, um mir von Clover zu berichten. In deiner Nachricht meintest du, dass du was gefunden hättest?«

»Ja. Ich habe endlich in dem Zimmer gesucht, das du erwähnt hast. Wie sich rausstellte, hattest du recht. Lola hatte etwas hinter der Wandverkleidung versteckt. Das hier.«

Ich packe das Tagebuch aus und lege es behutsam auf die Arbeitsplatte zwischen uns. Patrick zieht es zu sich heran und nimmt es aus der Tüte. Er schlägt es auf und schnappt nach Luft, als er Lolas rundliche Handschrift erkennt. Sein Blick geht zu mir. »Hast du es gelesen?«

Ich winde mich. »Ein bisschen was. Ivy und ich haben es durchgesehen, weil wir nach irgendwelchen Hinweisen darauf suchten, was ihr zugestoßen ist. Obwohl sie in schlechter seelischer Verfassung war, glauben wir nicht, dass sie sich umgebracht hat. Wir glauben dir. Wir denken, dass jemand sie getötet hat.«

Patricks blaue Augen verdüstern sich. »Nennt sie irgendwelche Namen?«

»Nein. Sie war definitiv mit jemand zusammen, aber sie benutzt nur einen Spitznamen: *Goofo*. Das hat uns nicht viel weitergebracht.«

»Frustrierend. Aber immerhin etwas. Danke. Danke für das hier.« Er starrt das Tagebuch an. Sein Blick lässt mich erschauern und plötzlich fühle ich mich total angespannt.

»Ich glaube, ich gehe jetzt besser«, sage ich.

»Warte – du hast noch nicht mal deinen Kaffee getrunken!«

»Ich weiß. Aber der Bus fährt bald …«

»Bevor du gehst – eine Sache noch. Ich weiß, dass ich dich schon um viel gebeten habe. Aber es gibt noch etwas – und jetzt, wo du mir dieses Tagebuch gegeben hast, habe ich das Gefühl, dir ganz vertrauen zu können.«

»Vorher nicht?«

Er beugt sich vor. »Du hast ja keine Vorstellung. Jedes Mal wenn es sich anfühlt, als wären Clover und ich nah an der Wahrheit, werden wir behindert. Als ob … jemand jeden unserer Schritte kennen würde, noch bevor wir ihn tun. Vielleicht kannst du uns helfen, einmal schneller zu sein.«

»Was meinst du damit?«

»Es geht um die Magpie Society. Erinnerst du dich, dass ich dich gebeten habe, sie dir näher anzusehen?«

Ich muss beinah lachen. Im Moment nimmt die Magpie Society deutlich zu viel Platz in meinem Kopf ein. Aber vor Patrick verziehe ich keine Miene. Ich will wissen, worauf er hinausmöchte.

»Wir brauchen eine Liste der Leute, die dort Mitglied waren. Um zu sehen, ob irgendwer davon noch lebt.«

»Okay … und wie soll ich das anstellen?«

»Clover glaubt, dass es in der Schule irgendwo verborgene Räume gibt. Sie hat versucht, sie zu finden, aber viele der Durchgänge sind versperrt. Nur … sag niemand, dass du danach suchst. Und ich meine, wirklich niemand.«

»Tja, also Ivy sage ich es bestimmt.«

»Nein!«

»Warum nicht?«

»Ich traue dir, weil du neu an der Schule bist. Du bist einer der wenigen Menschen, die als Verdächtige ausscheiden! Du warst Tausende Meilen entfernt, als sie starb.«

Ich verschränke wieder die Arme. »Ivy war eine von Lolas engsten Freundinnen, und jetzt ist sie meine. Ich kann ihr nichts verheimlichen. Ich meine, wir wohnen schließlich zusammen.«

Patrick seufzt. »Na gut, du und Ivy, ihr dürft es wissen. Aber erzähl es sonst keinem – vor allem keiner Lehrkraft.«

»Ach, mach dir darüber keine Sorgen. Wir trauen ihnen nicht. Mir kommt jeder suspekt vor.«

»Schreib mir eine Nachricht, sobald du irgendwas findest.«

»Mache ich. Aber ein geheimer Raum an der Schule, das ist ziemlich vage. Wenn ich ihn nicht entdecke … sei nicht sauer.« Ich mache mich zum Gehen bereit. »Und ich finde alleine raus.«

»Klar, klar.« Er starrt wieder das Tagebuch an und streichelt es zärtlich.

Ich renne die Stufen hinunter und nehme immer zwei auf einmal. Keine Ahnung, was mir auf einmal solche Angst eingejagt hat. Ich glaube, es war Patrick mit seinem Schmerz. Das war fast überwältigend. Nur warum machte er sich nicht mehr Sorgen um Clover?

Als ich wieder unten am Strand bin, schaue ich am Haus hinauf. An einem Fenster sehe ich Patricks Gestalt. Er bewegt sich durchs Wohnzimmer und eine der Türen an dessen Ende. Dann bleibt er stehen. Ich frage mich, was er macht. Ruft er jemand an? Liest er das Tagebuch?

Doch da bewegt sich ein Vorhang ein paar Fenster weiter. Ich meine, kurz ein Gesicht zu sehen. Kann das wirklich sein?

Ich schaue genauer hin und es verschlägt mir den Atem.

Clover.

Ohne zu überlegen, renne ich zurück zum Eingang des Hauses und drücke mehrmals die Klingel zu Apartment C. Ich stehe da und warte, doch Patrick lässt mich nicht rein.

Hastig hole ich mein Handy raus, aber als ich seine Nummer wähle, lande ich sofort auf der Mailbox. »Patrick? Hi, hier ist Audrey. Ich glaube, ich habe mein Notizbuch in deiner Wohnung liegen lassen. Kannst du mich noch mal kurz reinlassen, damit ich es holen kann?«

Ich laufe vor dem Eingang auf und ab, komme mir wie eine Idiotin vor und bete, dass jemand anders aus dem Haus kommen möge, damit ich reinkann. Wie man das aus Filmen kennt. Aber niemand kommt heraus oder geht hinein. Mein Herz rast. Je länger er mich ignoriert, desto sicherer bin ich mir, dass Patrick mir etwas verheimlicht. Ich hätte nur nicht gedacht, dass es etwas so Wichtiges ist: unsere vermisste Mitschülerin.

Irgendwann laufe ich noch mal ein paar Schritte zurück und schaue zu dem Fenstern hinauf. Die Vorhänge bewegen sich nicht.

Fast eine halbe Stunde stehe ich herum, um irgendeine Bewegung in der Wohnung zu sehen. Zwischendurch klingele ich noch ein paarmal. Ich komme mir vor, als würde ich durchdrehen. Glaube ich wirklich, dass Clover in seiner Wohnung ist? Oder spielt meine Fantasie mir nur einen Streich?

Ich will gerade aufgeben, als eine Motorhaube aus einer gut verborgenen Tiefgarage auftaucht. Instinktiv ducke ich mich hinter einer niedrigen Steinmauer. Als ich vorsichtig darüberspähe, kann ich gerade noch ins Fenster des Wagens blicken. Ein nagelneu aussehender Tesla, schnittig und tiefergelegt, rauscht geräuschlos vorbei. Patrick sitzt am Steuer und Clover – diesmal ist es eindeutig – auf dem Beifahrersitz.

10

IVY

»Hey!«, melde ich mich, als Audrey anruft. »Warte mal kurz – ich muss rausgehen. Das Netz ist hier wirklich mies.«

Unten im Musikraum kann ich wegen der dicken Wände so viel üben, wie ich will – aber der Handyempfang ist nicht sehr gut. Aber ich war sowieso fertig und muss mich auf den Weg nach oben in die Aula machen, zu einer von Araminta einberufenen ersten Notfallprobe. Sie sitzt mir in letzter Zeit echt im Nacken.

Im Flur angekommen muss ich mir fast das Handy vom Ohr weghalten, weil Audrey so laut kreischt.

»Beruhig dich!«, sage ich. »Ich kann dich kaum verstehen.«

Daraufhin entsteht eine Pause, in der sie versucht, sich zu sammeln. »Es geht um Clover. Ich hab sie gefunden. Sie ist bei Patrick.«

»*Was?* Sie ist bei Patrick Radcliffe zu Hause?«

»Ich hab sie in seinem Apartment am Fenster gesehen und in seinem Auto«, antwortet Audrey. »Es wirkte, als wäre sie freiwillig da – nicht gegen ihren Willen festgehalten oder so. Was soll ich jetzt tun? Soll ich die Polizei anrufen und es ihnen sagen?«

»Komm zurück in die Schule. Ich schicke Clover eine Nachricht und schreibe ihr, dass wir wissen, wo sie ist. Vielleicht ist sie immer noch auf der Spur von Lolas Mörder, und wenn wir die Polizei warnen, halten sie sie vielleicht auf. Wir können ja zusammen einen Plan entwickeln.«

»Okay, Mist. Ich kann nicht klar denken!«

»Komm einfach zurück.«

»Ja, mach ich.«

Ich lege auf und lehne den Kopf gegen die Wand. Clover ist in Sicherheit. Sie lebt. Aber warum war sie bei Patrick Radcliffe?

Hinter mir fallen Papiere zu Boden. Ich drehe mich um und sehe, wie Mr Willis auf den Knien herumkrabbelt und heruntergefallene Notenblätter einsammelt. Unsere Blicke begegnen sich, und ich frage mich, wie viel er wohl von dem Telefonat mitbekommen hat. Ich drücke ein paar Tasten auf meinem Handydisplay.

Er hustet. »Hast du schon ein neues Stück für deinen Konzertauftritt ausgesucht? Ich muss das unbedingt überprüfen, damit ich es in den Zeitplan einbauen kann.«

»Ich hatte noch nicht die Gelegenheit, darüber nachzudenken, *Sir.* Und außerdem, wer sagt denn, dass Clover nicht rechtzeitig zum Konzert wieder da ist? Ich meine, das hoffen wir doch alle, oder nicht?«

»Klingt, als wüsstest du mehr als ich.«

»Was soll das denn heißen?«, schieße ich zurück.

Er seufzt. »Nichts. Sieh mal, Ivy, ich war in Panik, als ich neulich zu dir sagte, dass ich die Schule verlasse. Du hast das falsch verstanden. Ich hatte nichts mit Lola zu tun, und absolut nichts mit ihrem Tod. Also lassen wir doch die ganze Sache einfach auf sich beruhen, meinst du nicht?« Er setzt sich in Bewegung, als wäre damit das Gespräch beendet, aber ich bin noch nicht fertig.

»Und was ist mit dem Foto, hm?« Ich verschränke die Arme vor der Brust, meine Frustration wächst.

»Ich weiß nicht, was du glaubst, gesehen zu haben, aber das auf diesem Foto war nicht Lola.«

»Ach wirklich? Sondern wer?«

»Meine Verlobte, natürlich. Also lass uns versuchen, die Dinge wieder normal zu betrachten …« Er macht einen Schritt auf mich zu, ich weiche zurück und halte abwehrend die Hände hoch.

»Kommen Sie nicht näher. Wenn Clover zurück ist, wissen Sie, dass es das Ende für Sie ist.« Ich spucke die Worte geradezu aus, so wütend bin ich.

Seine Stimme wird tief. »Ich denke, wir wissen beide, dass Clover nicht mehr zurückkommt.« Er schlendert davon, drückt sich durch die schalldichten Türen und geht die zur Aula hoch.

Ich erschaudere und blicke auf mein Handy. Ich beende die Aufnahme. Das Letzte, was Mr Willis über Clover gesagt hat? Das klang wie eine Drohung.

Oben in der Aula angekommen drehen sich meine Gedanken wie ein Wirbelwind. Ich möchte Clover unbedingt eine Nachricht schicken, um sie davon zu überzeugen, uns zu verraten, was sie vorhat. Irgendwie bezweifelte ich, dass Audrey sie wirklich gesehen hat – aber sie schien ja eisern davon überzeugt.

Clover ist jetzt schon seit einer Woche verschwunden. Wie immer schafft es das Schulleben, weiterzulaufen, als wäre nichts geschehen, und das viel schneller als eigentlich sozial akzeptabel. Das Geflüster und unaufhörliche Geplapper in den Common Rooms und Fluren hat sich bereits verlangsamt und der Klatsch neuen Themen zugewandt. Nach Lolas Tod ist mir wirklich aufgefallen, wie viele Leute dermaßen betroffen sein können, in Versammlungen trauern und Trübsal blasen und sich im Unterricht an den Schultern anderer ausweinen, und doch sind sie nur einen Moment später wieder dabei, sich bloß um den gleichen oberflächlichen, bedeutungslosen Shit zu kümmern wie zuvor. Menschen können wirklich dermaßen flatterhaft sein.

Schließlich können es nicht nur Audrey und ich sein, die sich für die bizarren Umstände interessieren und die Wahrheit herausfinden wollen. Ich frage mich oft, ob meine Mitschüler auch dann noch so entspannt schlafen könnten, wenn sie wüssten, was wir tun. Wenn sie wüssten, dass es auf dem Schulgelände einen Mörder gibt.

Die große Aula wirkt wie ein altmodisches Theater mit dicken roten Samtvorhängen und abgestufter Bestuhlung – es gibt sogar ein paar Logenplätze für VIP-Gäste.

Bis auf die Plätze ganz vorne ist momentan alles menschenleer, mit Ausnahme der Darsteller, die alle vor dem Bühnenrand versammelt sind. Mr Willis hat nicht auf mich gewartet, bevor er zu allen zu sprechen begann. Bei seinem Anblick bekomme ich eine Gänsehaut. Mir wird schlecht, wenn ich nur daran denke, dass ich früher extralange geblieben bin und anderen Schülern meine Zeit und mein Fachwissen geschenkt habe, um ein paar Stunden mehr mit ihm zu verbringen.

Aber jetzt nicht mehr.

Ich schlüpfe auf einen Platz im hinteren Bereich und versuche, mich möglichst unauffällig zu verhalten. Eigentlich sollte ich *Lola*, nicht Araminta, dabei zusehen, wie sie eine mitreißende Rede hält. Mein Verstand sollte mit den Noten beschäftigt sein, die ich spielen muss, und mir nicht über eine Myriade unterschiedlicher Rätsel den Kopf zerbrechen. Ich weiß noch, wie ich Mr Willis bewundert habe, sogar ein bisschen in ihn verknallt war. Der Gedanke daran lässt mich erschaudern – jetzt empfinde ich ihm gegenüber nur noch Wut und Abscheu.

Ich spüre auch Verärgerung aufsteigen, wenn ich Araminta beobachte. Es sind nur etwa fünfzehn Darsteller da, aber Araminta achtet genau darauf, ihre Autorität zu behaupten und das Kommando zu übernehmen – mit grünem Saft in der Hand, versteht sich. Sie schimpft über ihren grünen Saft und die Tatsache, dass er wie Jauche schmeckt, aber sie wird ihn trotzdem trinken, weil er so teuer ist.

Das Weihnachtskonzert ist eine der prestigeträchtigsten und am längsten bestehenden Traditionen in Illumen Hall. Es ist das größte Ereignis des Jahres und im Publikum sitzen jede Menge Eltern und andere Familienmitglieder. Der Schulchor gehört zu den angesehensten Südenglands, und ich muss zugeben, es ist unglaublich mit anzuschauen, wie er *Carol of the Bells* schmettert.

Manche der Geschichten, die an diesen Abenden entstehen, sind sagenumwoben. Nicht nur die Verwandten der Schüler kommen vorbei, sondern auch Talentscouts, Musikproduzenten, Komponisten und Musiker. Viele Schüler wurden schon nach dem Konzert herausgepickt und erhielten Angebote für unglaubliche Möglichkeiten auf Unistipendien, Ausbildungsplätze und sogar Jobs. Vielleicht werde ich von einem großen Produzenten entdeckt – das könnte *mein* Jahr werden. Ich habe so viel Klavier geübt und ohne Clover spiele ich mein erstes Solostück. Ich muss mich nur noch entscheiden, welches.

Die Förderer der Schule finanzieren den Abend mit einem Sektempfang, der bis 2 Uhr morgens dauert, mit Kanapees und einem Büfett, das so groß ist, dass man darauf Football spielen könnte. Die meisten Schüler haben nicht das Privileg, am Empfang teilzunehmen – nur die Aufsichtsschülerinnen und -schüler und Headstudents. Das Ganze ist eher eine Gelegenheit für die Wohlhabenden, sich unter die Leute zu mischen und sich gegenseitig auf der Reichtumsskala zu übertrumpfen.

Araminta soll einen großen Auftritt haben – so wie es die Tradition für ein Headgirl vorsieht –, aber natürlich hat sie Einzelheiten bisher geheim gehalten. Ich kann sehen, wie sie zu mir herüberschaut. Sie will etwas, das merke ich. Ob sie dringend das Neueste zu Clover wissen will? Sie hasst es, nicht von der Polizei befragt worden zu sein, auch wenn es für uns, die wir befragt *wurden*, zum Kotzen war. Araminta muss einfach bei jedem Drama mittendrin sein.

»Okay, alle auf die Bühne und Instrumente bereit!«, ruft Mr Willis. Ich gehe zum Klavier. Ich setze mich auf die kleine Bank, während alle anderen ihre Instrumente polieren und stimmen, und meine Nerven beginnen zu flattern. Wenn es ums Klavierspielen geht, werde ich sehr selten nervös. Für mich ist das normalerweise wie eine weitere Form zu atmen, als wäre ich ganz ruhig und verbunden mit den Tasten, dass ich fast mit ihnen verschmelze. Jetzt allerdings möchte ich einfach nur mit dem Boden verschmelzen.

»Also, wie ihr alle wisst, habe ich beschlossen, dass diese Probe meiner großen Solonummer gewidmet sein wird!«, sagt Araminta recht laut.

»Ich dachte, wir sind hier, um unsere eigenen Stücke zu üben?«, gebe ich zurück.

»Tja, da du dir deins ja noch nicht mal ausgesucht hast, war ich der Meinung, du würdest dich freuen«, schießt nun wiederum sie mir entgegen. Sie wendet sich wieder an den Rest der Gruppe. »Ich habe nicht viel Zeit, deshalb wäre es schön, wenn wir das alle zusammen durchziehen! Ich habe das passende Notenblatt für das jeweilige Instrument vorbereitet und es wird *so* episch! Ein richtiges Orchesterfeuerwerk.« Sie schluckt den letzten Rest ihres Saftes herunter und tupft sich dann mit einem Taschentuch die Oberlippe ab.

Ich blicke mich unter den anderen um und erwarte irgendwie, dass noch jemand sagt, dass er nicht deshalb hierhergekommen ist. Niemand tut was. Sie sind alle viel jünger als Araminta – und verängstigt.

»Minty, wir haben noch nie zuvor zusammen gespielt. Meinst du nicht, dass es besser wäre, zu einem Backing Track zu singen, bei so wenig Vorbereitungszeit bis zum Konzert?«, versuche ich es noch einmal.

»Ein Backing Track für das Weihnachtskonzert? Bist du verrückt, Ivy? Warum sollte ich das tun? Man würde mich von der Bühne buhen«, sagt sie spöttisch und verschränkt die Arme vor der Brust, während Bonnie die Noten verteilt.

Die Mitschüler legen die Blätter in die Notenständer und machen sich bereit zum Proben. Ich reiße Bonnie meinen Part aus den Händen und schaue aufs Blatt. Es ist *Think of Me* aus *Das Phantom der Oper*.

»Großer Song«, sage ich und hebe eine Augenbraue in Richtung Araminta.

»Du meinst, ich kann das nicht singen?« Ihr Tonfall ändert sich und sie kommt auf mich zu. »Ich kann es sehr wohl. Ich kann es singen und sogar ganz großartig. Wenn du so nett bist, in die Tasten vor dir zu hauen, wirst du's selbst erleben.«

Ich höre Kichern von ein paar Schülern hinter ihr.

»Daran zweifele ich nicht. Das einzige Problem bist du und deine tyrannische Art, mich zu bitten, die Klavierbegleitung für deine musikalische Darbietung zu spielen.«

»Ich tue dir doch einen Gefallen …«, schnauzt sie. »Ich hätte mir jemand anderen suchen können, aber ich dachte: Nein, ich werde Ivy fragen.«

»Ach, wie lieb von dir.« Ich seufze, während ich die Notenblätter auf dem Klavier drapiere.

Araminta kommt mir noch näher und beugt sich vor zu mir. »Vermassel mir das nur ja nicht, Ivy. Ich vertrau dir. Spiel einfach die verdammte Musik.«

»Glaub mir, ich habe größere Sorgen, als dir deinen Big-Band-Moment zu versauen, Araminta. Einige von uns sorgen sich tatsächlich um alles, was hier vor sich geht, nicht nur um sich selbst und die Weihnachtsaufführung.« Ich rolle mit den Augen.

Sie lächelt gezwungen und geht dann zurück in den vorderen Bereich der Bühne.

»Okay, auf eins ... zwei ... und drei.«

Wir spielen das Lied dreimal durch. Beim ersten Mal merkt Araminta recht schnell, dass Benny aus der Zehnten eigentlich gar nicht so toll Geige spielen beziehungsweise Notenlesen kann, und bittet ihn, seine Sachen zu packen und zu gehen. Als Benny endgültig von der Bildfläche verschwunden ist, scheinen wir tatsächlich halbwegs anständig zusammenzuspielen, und Araminta singt das Lied überraschend gut. Übertrieben dramatisch, versteht sich. Das Einzige, woran sie noch arbeiten muss, ist ihre Choreografie. Ihre Bewegungen sind wirklich grässlich. Sie steht einfach nur da wie ein schlaffer Tintenfisch, mit Bonnie und Katie, die im Hintergrund als ihre Tänzerinnen hin- und herschwanken. Keine Ahnung, wie man ihr da helfen kann – Mr Willis mag ja ganz gut dirigieren, aber wenn es um die Schauspielerei geht, ist er ein hoffnungsloser Fall. Trotzdem lobt er sie über alle Maßen. »Oh, Araminta, das war ja unglaublich«, sagt er, und ich muss mich fast übergeben.

Immer, wenn ich gezwungen bin, so viel Zeit mit Araminta zu verbringen, denke ich daran, wie toll statt ihr Lola als Headgirl gewesen wäre. Als wir gerade mit dem vierten Durchgang von *Think of Me* beginnen wollen (ich hab das Lied bereits jetzt satt), bemerke ich Audrey, die mir durchs Fenster zuwinkt. Sie gestikuliert wild, ich solle zu ihr kommen.

Also schließe ich den Klavierdeckel und greife nach meiner Tasche.

»Wo willst du hin?«, protestiert Araminta.

»Ich weiß nicht, ob du dich erinnerst, aber ich bin hierhergekommen, weil ich dachte, ich könnte mein eigenes Stück üben. Jetzt habe ich keine Zeit mehr und andere Dinge zu tun!« Ich winke lässig, als ich an ihr und den anderen vorbeigehe.

»Okay, also ... nächste Woche gleiche Zeit?« Panik steigt in ihrer Stimme auf.

»Ich sag dir noch Bescheid!«

»Ivy, du wirst mir das nicht vermasseln!«

Ich höre, wie Mr Willis meinen Namen ruft, aber ich bin schon mit gesenktem Kopf zur Tür hinaus.

Dann begebe ich mich zum Vordereingang und drücke mich durch die Flügeltüren zu Audrey. Sie sieht besorgt aus und geht auf und ab.

»Was ist los?«, frage ich. »Geht's um Clover?«

»Ich hab versucht anzurufen, aber du bist nicht rangegangen.«

»Ich war bei der Probe, mein Handy ist auf lautlos. Was ist denn los? Was ist passiert?« Ich habe fast Lust, es aus ihr herauszuschütteln.

Sie stößt einen großen Seufzer aus und stützt den Kopf in die Hände.

»Es geht nicht um Clover, Ivy. Sondern die Magpie Society hat sich bei mir gemeldet.«

11

AUDREY

Als ich durch das Fenster spähe und darauf warte, dass Ivy mich bemerkt, ist es seltsam, Mr Willis dort stehen und sich verhalten zu sehen, als wäre alles normal. Es dreht mir den Magen um. Egal ob er etwas mit Lolas Ermordung zu tun hat oder nicht – zu wissen, dass er immer noch als Jäger durch diese Schule streift … also, bei der Vorstellung wird mir schlecht. Es rückt alles in ein anderes Licht, auch dass er die Leitung bei diesem Schulkonzert hat. Zu sehen, wie er mit Araminta schäkert … Auch wenn ich sie nicht mag, möchte ich nicht, dass sie irgendeinem Plan zum Opfer fällt, den er ausheckt.

Jetzt legt sie ihre Hand auf seinen Arm und er lächelt sie an. Am liebsten möchte ich reinlaufen und schreien: »ER IST EIN FIESER TYP!«, aber das würde nichts bewirken. Außer dass ich vermutlich in Mrs Abbotts Büro müsste.

Araminta steigt gerade auf die Bühne, als Ivy auf mich zukommt, und die ersten Töne eines Songs aus dem *Phantom der Oper* erklingen. Das gibt mir einen Ruck. Ich spüre ein sehnsüchtiges Ziehen in der Magengegend. Musicals waren eine meiner Leidenschaften zu Hause. Damals füllte ich die Sommer mit Amateurauftritten im Theater von Savannah und woanders in der Gegend. Das fühlt sich seltsam nostalgisch an, so weit weg von meinem echten Leben jetzt, das eher von *Magpies* als von Musicals bestimmt wird.

Patrick wiederzusehen – und zu wissen, dass Clover in Sicherheit ist –, hat das Rätsel um Lolas Tod wieder ins Zentrum meiner Aufmerksamkeit gerückt. Bisher gibt es nur eines, was all die verschiedenen Stränge verbindet: die Magpie Society. Deshalb bin ich so aufgeregt, als ich aus der Stadt zurückkehre.

Es gelingt mir, Ivys Blick aufzufangen, und ich winke ihr aufgeregt zu. »Was ist denn los?«, fragt sie, als sie endlich bei mir ist. »Geht's um Clover?«

»Ich hab versucht, dich anzurufen, aber du bist nicht rangegangen.«

»Ich war in der Probe. Da ist mein Handy auf stumm. Was gibt's denn? Was ist passiert?«

Ich seufze tief und lasse den Kopf in meine Hände fallen. »Es geht nicht um Clover, Ivy… Ich habe von der Magpie Society gehört.«

Ivy macht große Augen. »Shit. Ich sollte die Probe jetzt eigentlich nicht verlassen, während Du-weißt-schon-wer da ist. Ich will ihn im Auge behalten. Aber… was sagen sie denn? Moment mal – bist du okay? Du siehst ja aus, als wärst du Schwimmen gewesen.«

»Es regnet in Strömen, du Schlaukopf.«

»Ach, stimmt. Und ich will alles über deinen Besuch bei Patrick wissen.«

»Kannst du das fassen, dass sie die ganze Zeit über dort war?«

»Ich hoffe, sie weiß, was sie tut.« Ivy blickt über ihre Schulter. »Okay, lass uns gehen. Jetzt los, erzähl… was sagt die Magpie Society?«

»Lass uns irgendwohin gehen, wo wir ungestört sind«, sage ich, als lauter Schüler aus der Siebten uns umringen, die darauf warten, in die Aula zu können, um ihre Weihnachtslieder zu üben.

»In die Bibliothek vielleicht? Da ist am Wochenende keiner.«

Die Stimmung an der Schule hat sich verändert. Wir werden angesehen, als hätten wir uns tatsächlich etwas zuschulden kommen lassen. Ich weiß auch, wer dahintersteckt. Araminta, Bonnie und ihre Truppe, die versuchen, Ivy und mich auszugrenzen.

Mein Plan, die letzten beiden Schuljahre quasi unauffällig zu absolvieren, hat sich erledigt. Aber damit war es wohl schon vorbei, als ich Ivys Freundin wurde. Trotzdem bin ich mir irgendwie ziemlich sicher, dass auch sie sich dieses Jahr anders vorgestellt hat. Ich kann ihre Anspannung sehen und wie es unter der Oberfläche in ihr brodelt. Und ich weiß, dass ihre klaren Träume für dieses Jahr – und für das nächste – sich eingetrübt haben. Ob ihre Vorstellung von der Zukunft gerade zerbröselt … oder sich einfach nur verändert?

Meine auf jeden Fall. Ich wusste noch nie, was ich nach der Schule machen will. Durch Alicias Tod war meine Zukunft wie abgeschnitten. Als hätte jemand einen Vorhang darübergeworfen. Kein Vision-Board und keine Meditation konnten den dicken schwarzen Stoff durchdringen. Gedanken an eine Schauspielschule oder ans College oder auch ein Jahr mit Rucksack durch Europa … alles kam mir so weit weg vor. Also beschloss ich, es dabei zu belassen und mich auf die Gegenwart zu konzentrieren. Doch jetzt sieht es so aus, als würde meine Freundschaft mit Ivy das Tuch zerschneiden. Vielleicht gehe ich auf dasselbe College – sorry, auf dieselbe Universität – wie sie. Wenn ich einen Weg finde, eine wirklich dauerhafte Freundschaft zu schließen.

Aber zuerst muss ich zwei Jahre Illumen Hall hinter mich bringen.

Als wir die Bibliothek erreicht haben, steuern wir gleich eine der Nischen an. Da Wochenende ist, sitzt keine Lehrkraft am Tisch der Aufsicht. Es sind auch kaum andere Schüler da.

Das ist auch gut so, denn als ich Ivy zeige, was die Magpie Society mir hinterlassen hat, schnappt sie nach Luft.

»Ein Handy?«

»Ja. Es lag in meinem Fach. Versteckt hinter meinem Fake-Handy, sodass man es kaum sah.«

»Hast du es dir schon genauer angesehen?«

»Nur eingeschaltet, weil ich ja nicht wusste, woher es kam. Als mir das klar wurde, bin ich dich sofort suchen gegangen. Wir machen das zusammen, ja?«

Ivy drückt meine Schulter und grinst, dann beugen wir uns gemeinsam über das Handy. Der Sperrbildschirm reagiert auf meinen Daumen. Ich will gar nicht darüber nachdenken, wie die – wer auch immer sie sein mögen – an meinen Fingerabdruck gekommen sind.

Der Bildschirm öffnet sich und die animierte Silhouette einer Elster wird sichtbar. In Zeitlupe spreizt sie ihr Gefieder.

»Wow, das ist unglaublich.«

Es gibt nur eine einzige App – ein kleines blaues Quadrat.

»Was ist das?«, fragt Ivy. Sie drückt drauf und es öffnet sich ein riesiger Grundriss der Schule. Er scheint unendlich zu sein, mit zahlreichen Stockwerken und Gebäuden. Der Plan besteht aus verschiedenen Skizzen, manche neuer, mit scharfen Linien, manche deutlich uralt, zusammengefügt.

»Es wird ewig dauern, das alles abzusuchen«, sage ich entmutigt. »Der Plan ist so detailliert.« Bei jedem Raum müssen wir ranzoomen, um die winzige Schrift zu entziffern, in der geschrieben steht, wozu er dient. Am häufigsten sind Klassenzimmer und Internatszimmer, aber es gibt auch viele, von deren Existenz ich nicht wusste: Lagerräume, Putzkammern, Küchen, Toiletten fürs Personal … in Illumen Hall scheint es alles zu geben. Aber wenn die Magpie Society uns damit eine Botschaft übermitteln will, kapiere ich sie nicht. »Wonach suchen wir überhaupt?«

»Keine Ahnung. Nach irgendeinem Hinweis? Du bist doch gut in so was – erinnere dich, du hast doch auch das Bild auf dem Buchschnitt entdeckt!«

In einer Ecke befindet sich ein kleiner Button. »Was ist das?«, frage ich und tippe auch schon drauf.

Das Bild springt in die Bibliothek – zu unserem exakten Standort. Es erscheint ein kleiner blauer Punkt, der ihn anzeigt.

»Wow, das ist cool«, sage ich.

»Audrey, das ist kein gewöhnlicher Grundriss.«

»Wie meinst du das?«

Ivy zeigt auf die Stelle in der Bibliothek, an der wir uns befinden. »Schau – nach diesem Plan befindet sich hinter der Mauer da ein Flur. Aber …«

Sie steht auf, nimmt Bücher aus dem Regal. Ich helfe ihr. Als alle weg sind, starren wir auf eine weiße Gipswand. Ivy streicht mit der Hand darüber. »Sieht aus, als wäre das jetzt komplett zugemacht. Früher einmal wären wir von hier vielleicht irgendwohin gekommen.«

»Oh, wow.« Ich brauche einen Moment, um zu begreifen, was das bedeutet. Es ist unglaublich. »Dann ist das also eine Karte, auf der alle verborgenen Verbindungsgänge in der Schule eingezeichnet sind. Vielleicht bringt sie uns auch zum Treffpunkt der Magpie Society … in irgendein geheimes Zimmer.« Ich staune darüber, was die Magpie Society schon alles für uns getan hat. Dann fällt mir wieder ein, worum Patrick mich gebeten hat: eine Liste der Mitglieder finden. Vielleicht werde ich tatsächlich dazu in der Lage sein. War Clover auch schon so nah dran?

Ein Schauer läuft mir über den Rücken. *Sind wir ebenfalls in Gefahr?*

»Das muss es sein. Wobei ich mich frage, wie viele davon schon zugemacht wurden wie dieser hier.«

»Na gut, aber dann ist jetzt klar, was wir zu tun haben. Wir müssen an die Stelle zurück, von der wir wissen, dass sich dort Tunnel befinden«, sage ich.

Ivy scrollt über den Grundriss und sucht die Umgebung der Schule ab. Besonders scharf starrt sie auf einen Tunnel, der vom Schulgelände zu führen scheint. Doch die Karte ist an dieser Stelle verschwommen und undeutlich – als hätte jemand einen wirklich alten Grundriss gescannt. Es ist unmöglich, zu erkennen, wo der Tunnel beginnt oder endet.

»Ivy?«

»Ja, okay«, sagt sie und reißt ihren Blick endlich vom Display los. Dann gibt sie mir das Handy. »Lass uns gehen.«

Wir rennen zu den Küchen hinunter. Dort ist es bei Weitem nicht so ruhig, wie wir es gern hätten. Ganz anders als damals, als wir beiden während der Ferien zum Halbjahr Illumen Hall fast für uns allein hatten. Trotzdem schaffen wir es irgendwie, uns durch das Gedrängel der Federn, unser Illumen-Hall-Spezialausdruck für die Angestellten, zu schieben und zur Holzverkleidung in dem Hauswirtschaftsraum zu finden, an der sich die verräterische Elstern-Schnitzerei befindet. Und immerhin brauchen wir keine Zeit damit vergeuden, den Eingang zu suchen. Wir wissen ganz genau, wo er sich befindet.

Nachdem wir durch die Wand und zurück ins tiefste Innere der Schule geschlüpft sind, atmen wir ein bisschen leichter.

»Ist es komisch, dass sich das schon fast normal anfühlt?«, frage ich Ivy, während ich Spinnweben wegwische, die sich in meinen Haaren verfangen haben.

»Ha, nein. Ganz ehrlich, ich hätte auch nie gedacht, dass mein Jahr in der Sechsten davon dominiert sein würde, einen Mörder zu jagen und zu versuchen, das Rätsel einer Geheimgesellschaft zu lösen, die hinter den Kulissen der Schule agiert. Aber weißt du, das ist ja nichts Neues.«

»Okay, lass uns noch mal das Handy checken.«

Wir bleiben stehen, als wir die offenen Balken und all die Türen erreichen, die in verschiedene Richtungen führen. Von einer wissen wir, dass sie zur Höhle in den Klippen führt. Durch eine andere muss man zum Hauptquartier der Magpie Society kommen. Aber welche ist das? Ich denke zurück an die Höhle, die wir in den Ferien entdeckt haben, mit dem Schlafsack und Essensverpackungen. Auf einem Bord lag einer von Lolas Ohrringen. Ich erschauere. Wir hätten das Schmuckstück als Beweis unbedingt mitnehmen sollen.

Ivy setzt sich auf einen der Balken und ich schaue ihr über die Schulter. Der kleine blaue Punkt auf der Karte ist uns gefolgt. Wir zoomen ran und die Buchstaben sind alt, eng und kaum zu entziffern. Auch an dieser Stelle scheint ein alter Grundriss zu oft kopiert und gescannt worden zu sein. Aber das ergibt Sinn, weil es sich wahrscheinlich um einen der ältesten Teile des Gebäudes handelt. Offensichtlich sind wir in Räumen zwischen den ehemaligen Quartieren der Bediensteten und dem Haupthaus. Es muss so viele Erweiterungen und Anbauten gegeben haben, dass es Winkel gibt, die nicht ausgebaut wurden. Vielleicht ist die herrschaftliche Fassade der Schule auch nur Show – wenn tatsächlich ein so großer Teil ungenutzt ist, verfällt oder einfach … leer steht.

»Schau!« Ivy reißt mich aus meinen Gedanken. »Da. Wonach sieht das für dich aus?« Sie folgt einem Weg von einer der Türen über ein paar Balken, und es sieht aus, als würde er zu einem weiteren Raum mit einem Symbol führen.

Ich kneife die Augen ein bisschen zusammen. »Ich glaube … oh mein Gott, ich glaube, das ist eine Elster.«

Ivy klatscht in die Hände. »Wir hätten den ganzen Tag lang diesen Grundriss absuchen können und hätten das nicht gefunden. Was für eine gute Idee, zu den Tunneln zurückzukommen! Also lass uns diese Tür da nehmen.«

Ein lautes Klopfen direkt hinter uns lässt uns zusammenfahren. Das kam von der Tür, die zur Höhle führt.

»Was war das denn?«, fragt Ivy.

»Vielleicht ist der Höhlenbewohner wieder da?« Mir wird vor Schreck leicht übel. »Hast du nicht gesagt, du würdest diesem Gärtner sagen, dass er den Eingang dichtmachen soll?«

Es wird wieder geklopft, diesmal noch lauter. Zögernd nähern wir uns der Tür.

Ivy streckt die Hand aus und reißt sie schwungvoll auf …

Wir starren Ed Tavistock direkt ins Gesicht.

12

IVY

»Shit!« Ich springe nach hinten und stolpere dabei fast über meine eigenen Füße.

Audrey schreit auf und packt meinen Arm.

Das Licht ist nur schwach, aber ich weiß, die drahtigen Augenbrauen und die dunkelgrünen Augen gehören Mr Tavistocks Enkel Ed. Man kann gerade noch seinen Pferdeschwanz und die vereinzelt und in allen möglichen Winkeln hervorstehenden Strähnen erkennen. Seine Augen blicken durch die Lücke der einzigen Holzlatte, die er noch nicht festgenagelt hat. Der gesamte restliche Raum vor uns ist mit Holzbrettern bedeckt. Er nimmt gerade die letzte Latte und hebt seinen Hammer, um die Arbeit zu vollenden, als er auch uns bemerkt.

»Herrgott noch mal!« Er runzelt heftig die Stirn. »Was macht ihr denn hier? Ihr solltet nicht hier sein!«

Ich stoße rückwärts gegen Audrey.

»Moment mal, Ivy? Bist du das?« Um besser sehen zu können, drückt er den Kopf näher an die noch offene Stelle, während er aufgebracht mit seiner typisch heiseren Stimme spricht. »Beschäftigst du dich immer noch mit der Magpie Society? Du musst damit aufhören. Das ist gefährlich. Geht sofort zurück.«

Er wartet nicht mal unsere Reaktion ab, bevor er das Holzbrett über die vorhandene Lücke nagelt. Audrey gräbt die Fingernägel in meinen Arm. »Er weiß, dass wir der Magpie Society nachforschen?«

»Sieht so aus. Schätze, sein Großvater hat ihm erzählt, dass wir nach Lily Ellory gefragt haben, und da haben die beiden logisch kombiniert.« Ich stehe bloß da und beobachte still, wie die Nägel mit solcher Wucht eingeschlagen werden, dass von der Decke über uns der Putz rieselt.

»Was in aller Welt ist sein Problem?« Audrey dreht sich zu mir.

»Er war erschrocken, nehme ich an. Ich glaube nicht, dass er erwartet hat, hier auf jemanden zu treffen. Vermutlich ist Mr Tavistock zu alt, um hier runterzukommen und selbst die Höhle zuzunageln.«

»Immerhin fühle ich mich besser, da ich jetzt weiß, dass der Eingang verschlossen ist. Der Gedanke, dass da jemand haust, so nah an der Schule, hat mir nicht gefallen«, sagt Audrey.

»Mir auch nicht.«

»Hier – diese Tür sieht aus, als würde sie zu dem Raum, der mit einer Elster markiert ist, führen«, sagt Audrey daraufhin. »Das ist ein bisschen verwirrend, da es anscheinend durch mehrere Ebenen des Gebäudes abwärtsgeht.«

»Vielleicht unterirdisch.«

Audrey greift nach der Tür und zerrt an ihr.

»Ach, sieh mal, wer da auf einmal so selbstsicher ist!«, sage ich lachend, nehme Audrey das Handy ab und betrachte die Karte.

»Tja, na ja, Ed zu sehen, hat mich in Wallung gebracht. Wenn wir das nicht gleich machen, kommt er vielleicht zurück und verschließt noch mehr Gänge.«

»Daran habe ich gar nicht gedacht. Nach dir.«

Die Tür führt in einen schmalen und sehr niedrigen Gang. Es riecht feucht und muffig, und der Geruch setzt sich in meiner Nase fest. Er erinnert mich an einen alten Kirchenkeller, der seit Jahren nicht mehr benutzt wird.

»Diese Schule gleicht einem Labyrinth! Hier gibt's so viel, von dem ich gar nichts ahnte.« Ich streiche mir ein Spinnennetz aus dem Haar und folge Audrey dicht auf den Fersen. Wir gehen eine Reihe von Stufen hinunter, die an manchen Stellen knarren und morsch sind. Wir müssen besonders vorsichtig darauf achten, wo wir hintreten. Dann wird es deutlich kälter und ich fröstele. Die Höhle in den Klippen war hoch über dem Strand. Hier jedoch fühlt es sich an, als wären wir viel, viel tiefer unter die Erde.

Wir kommen an eine weitere Tür. Die ist deutlich massiver, und wir müssen uns beide richtig anstrengen, um sie zu öffnen. Das Holz ist sehr schwer und mit aufwendigen Schnitzereien verziert. Die Scharniere quietschen, als wären sie seit Ewigkeiten nicht mehr geölt worden. Knarrend geht die Tür auf und Audrey tritt als Erste hindurch. Eine sehr schmale Steintreppe schlängelt sich nach unten. Die Steinstufen sind uneben und in der Mitte abgenutzt – im Laufe der Zeit sind sie wohl viel benutzt worden.

»Das sieht irgendwie furchterregend aus! Hier ist es noch dunkler – hast du mal eine Taschenlampe?«

Ich hole mein Handy aus der Tasche und schalte das Licht an. Die Treppe führt nicht weit nach unten, und wir sehen, wo sie zu Ende ist.

»Es ist sehr kalt hier!« Audrey zittert, als wir oben an der Treppe stehen und uns von unten ein Windhauch ins Gesicht weht. »Dann lass uns mal runtergehen … oder?«, sagt sie, als sie die erste Stufe betritt.

Ich folge ihr dicht auf und die Tür schließt sich hinter mir. Wenig später sind wir unten ankommen.

Audrey taumelt und stützt sich mit der Hand an der Wand ab, aber genauso schnell zieht sie die Handfläche wieder zurück.

»Was ist?«, frage ich.

»Schau dir das an!«, keucht Audrey.

Ich drehe mein Licht so, dass es auf die Wand gerichtet ist. Als ich auf und ab leuchte, erkennen wir, dass wir so etwas wie eine Grotte betreten haben, die komplett mit winzigen Muscheln bedeckt ist.

»Das ist das Schönste, was ich je gesehen habe.« Audrey Mund steht der Mund offen und ihre Augen leuchten.

»Ich habe bisher von solchen Orten nur *gehört!*«, sage ich völlig verblüfft.

Die Muscheln wurden planvoll in komplizierten Mustern zu Schnörkeln und Mosaiken angeordnet. Darüber hinaus sind sie bunt – pink und hellgrün, elfenbeinfarben und schillernd lila. Das ist irgendwie schön und unheimlich zugleich.

»Unglaublich!«, sage ich.

»Das muss Jahre gedauert haben! Stell dir mal den Aufwand vor, das Geschick! So etwas habe ich ehrlich noch nie gesehen.«

Wir bleiben noch eine Weile stehen und saugen alles in uns auf, fahren mit den Fingerspitzen sanft über die Wand und jede der Muscheln. Dann wandern wir vorsichtig um die Ecke und dort den mit Muscheln bedeckten Gang weiter. Nach ein paar Minuten erreichen wir einen viel größeren Raum. Riesiges graues, kalkhaltiges Gestein wölbt sich über uns und umrahmt den Eingang. Im Inneren des Raumes fällt flackerndes Licht auf die Wand, an der noch mehr Muscheln angebracht sind, aber diesmal in der Form einer drei Meter großen Elster.

Ihre Flügel erstrecken sich über die gesamte Breite der Wand. Als meine Handytaschenlampe darüberschweift, zeigen sich Muscheln in dunklem Marineblau, Lavendel und Smaragdgrün. Auf der anderen Seite des Höhlenraums befindet sich ein gigantisches Bücherregal, das mit Akten, Jahrbüchern, Ordnern und Unterlagen gefüllt ist. Die Menge von Dokumenten raubt mir fast den Atem.

Audrey dreht sich zu mir um. »Ich glaube, wir haben das Hauptquartier der Magpie Society gefunden.«

13

IVY

Ich gehe zu dem Bücherregal. Als Erstes fällt mir auf, wie sauber alles ist. Obwohl es offensichtlich schon seit Jahrzehnten – sogar Jahrhunderten – hier steht, hält es jemand in Schuss, denn es gibt keinen Staub, keine Spinnweben und alles ist sehr ordentlich und aufgeräumt. Wird sich jemand blicken lassen, solange wir hier sind?

Offenbar denkt Audrey das Gleiche. »Hier war noch vor Kurzem jemand. Was, wenn die Person zurückkommt?«

»Das wäre gut. Denn ich habe sehr viele Fragen … wer auch immer es ist. Irgendwer hat das inszeniert – wer hat uns allen diese Briefe geschickt? Wer hat das Telefon hinterlassen? Die Magpie Society ist nicht tot. Sie lebt und gedeiht, und das ist der Beweis!« Ich gestikuliere herum und Audrey legt den Kopf in den Nacken und starrt auf die glitzernden Muscheln. »Wir sollten anfangen, uns das näher anzuschauen. Vielleicht ist etwas wirklich Wichtiges dabei, das uns hilft herauszufinden, was genau die Magpie Society will.«

Audrey nickt. »Eigentlich ist das irgendwie perfekt. Patrick hat mich gebeten, nach etwas zu suchen.«

»Oh wow, ich war so in unsere Suche vertieft, dass ich gar nicht gefragt hatte. Kannst du's fassen, dass Clover die ganze Zeit bei ihm gewesen ist? Wie sieht's bei ihm zu Hause überhaupt aus?«

»Seine Wohnung ist wunderschön – sie hat diesen großartigen offenen Kamin und riesige Fenster mit Meerblick.«

»Er hat dir aber nicht sein Schlafzimmer gezeigt…?« Ich wackele mit den Augenbrauen und Audrey verzieht das Gesicht.

»Nein. Der Tod seiner Schwester beschäftigt ihn immer noch sehr. Er schien nicht sonderlich überrascht von Clovers Verschwinden, aber wie sollte er auch, da er sie die ganze Zeit versteckt hat.«

»Und du bist *sicher*, dass du sie gesehen hast.«

»Hundertprozentig.«

»Shit. Hast du noch jemandem davon erzählt?«

Audrey schüttelt den Kopf. »Nein. Ich bin direkt zurückgekommen, habe dann das Handy gefunden, und jetzt sind wir hier… Hätte ich jemand davon erzählen sollen? Hätte ich zur Polizei gehen sollen?«

Ich runzele die Stirn. »Keine Ahnung. Sie hat noch nicht auf meine Nachricht geantwortet. Aber falls es ihr gut geht, will sie offensichtlich nicht gefunden werden. Wir sollten sie weiter recherchieren lassen.«

»Patrick meinte, er glaubt, sie sei sehr nah an der Wahrheit gewesen. Eigentlich hat er mich gebeten, mir die Magpie Society noch einmal anzuschauen. Vor allem wollte er, dass ich eine Liste mit Mitgliedsnamen finde. Er sagte, das wäre ein letztes Puzzleteil. Und wo sonst sollte das zu finden sein als hier?«

»Lass uns nachsehen. Dann können wir uns wegen Clover etwas überlegen.« Ich trete an das Bücherregal und ringe sofort nach Luft.

»Was? Was ist?«, fragt Audrey und kommt angelaufen.

Dort, auf dem mittleren Regalbrett und mit der Vorderseite zu uns, ist ein Brief deponiert.

»Was zum Teufel?« Ich nehme den Umschlag und betrachte

ihn genauer. Er ist für uns; das ist, denke ich, nicht zu verkennen. In geschwungener Handschrift steht da:

Die neuen Elstern

»Der stand einfach hier im Regal.«

»Man hat offenbar damit gerechnet, dass wir so weit kommen. Sollen wir ihn öffnen?«, frage ich vorsichtig.

»Ja, wir müssen herausfinden, was sie uns wissen lassen wollen!«

Ich öffne den Umschlag und ziehe eine cremefarbene Karte heraus. Dann lese ich vor:

Es war einmal die Magpie Society, die sich der Gerechtigkeit verschrieben hatte. Wir schützten die Schule vor Betrug und Skandalen. Aber über die Jahre wurde unsere kleine Society immer bedeutungsloser und auf ein Nichts reduziert.
Doch die Schule braucht uns jetzt mehr denn je. Es ist uns allerdings unmöglich zu helfen. Das müsst ihr übernehmen. Seid ihr bereit für die Herausforderung, die Magpie Society wieder aufleben zu lassen?
Die Zukunft von Illumen Hall liegt in euren Händen …

Audrey und ich schauen uns in die Augen. »Damit traut man uns aber ziemlich viel zu«, meint sie dann.

»Da sagst du was.« Ich schiebe den Brief wieder zurück und ziehe ein Buch heraus, das mir ins Auge sticht. Es ist mindestens doppelt so groß wie normale Bücher, hat einen Einband aus rotem Leder und eine goldene Prägung auf dem Rücken: *Die Historie der Magpies*. Ich lege es auf den Boden und blättere die Seiten besonders vorsichtig um. Audrey kniet sich neben mich und hält mein Handy hoch, damit ich im Schein der Taschenlampe etwas erkennen kann.

Es handelt sich um eine Art Register, das bis ins frühe 19. Jahrhundert zurückreicht mit Schwarz-Weiß-Porträts, meist Fotos, aber auch Zeichnungen. Männer und Frauen, die in die Kamera lächeln oder den Künstler, der sie gezeichnet hat, freundlich anschauen. Darunter stehen ihre Namen.

»Alexandra Downland, Leiterin der Hauswirtschaft«, liest Audrey über meine Schulter laut vor. »Das sind alles Leute, die zum Personal der Schule gehören. Meinst du, die Magpie Society findet auf diese Weise ihre Mitglieder?«

»Das muss es sein. Oh mein Gott, schau mal! Der Name von Mrs Trawley, der örtlichen Historikerin, steht auf dieser Liste. Und Mr Tavistock auch!«

Audrey reißt die Augen auf. »Unmöglich! Mr Tavistock ergibt ja noch Sinn, denn er ist der Gärtner. Aber war Mrs Trawley nicht eine Schülerin? Sie hat doch nie an der Schule gearbeitet, oder?«

»Vielleicht hat sich das Ganze im Laufe der Jahre so entwickelt, dass auch Schülerinnen und Schüler dabei waren. Ich habe ja geahnt, dass diese schlaue Frau mehr wusste, als sie zugeben wollte. Meinte sie nicht, sie sei die Enkelin von Lily Ellory? Ja, schau! Hier ist eine weitere Ellory. Clarissa Ellory, Rittmeisterin. Klingt wie eine coole Lady. Vielleicht ist Mrs Trawley mit ihr verwandt?«

»Oder diese Ellory – Hetty Ellory, Feder.« Ich deute auf ein anderes Bild weiter unten. »Wow, ich wusste gar nicht, dass das Hauspersonal hier schon so lange ›Federn‹ genannt wird.«

»Vielleicht waren Hetty und Clarissa Schwestern? Scheint, als läge die Tätigkeit in Illumen Hall in der Familie.«

»Klingt nachvollziehbar«, entgegne ich leise. »Falls die Magpies für Sicherheit an der Schule sorgen wollten, vertrauten sie vermutlich nur Familienmitgliedern.«

Wir blättern durch die dicht bedruckten Seiten über die Geschichte der Magpie Society und ihre Taten, und betrachten eine Vielzahl von Gesichtern, die uns entgegenstarren. Alle sehen sehr glücklich aus.

»Korrigier mich bitte, wenn ich falschliege, aber diese Leute wirken doch nicht… unheimlich, oder? Sie sehen wie ganz normale, freundliche Leute aus der Nachbarschaft aus.«

Audrey hat recht. Das hier sind Menschen, zu denen man auf eine Tasse Tee und für einen kurzen Schwatz geht. Sie sind stolz darauf, zu etwas zu gehören, was auch immer es ist. In diesem Buch sind zahlreiche Fotos abgedruckt, die sie im Laufe der Zeit immer moderner wirken. Die Abbildungen werden bunt und schärfer und die Mode, die Kleidung aktueller – na ja, wenn man Schlaghosen und Folkloreblusen modern findet. Wir erreichen die letzte Seite, auf der etwas steht, doch es bleiben noch viele leere.

»Es hört in den Siebzigerjahren auf«, sage ich. »Und der Name von Mr Tavistock hier ist durchgestrichen.«

»Merkwürdig. Meinst du, seither gab es keine neuen Mitglieder der Magpie Society?«

»Ja, glaub schon. Weißt du noch, was uns Mrs Trawley neulich in der Stadt über die Magpie Society gesagt hat? »*Wenn sie gebraucht wird, taucht sie auf*. Vielleicht versuchen sie einen Neustart?«

Ganz hinten in dem Buch befindet sich eine Liste, wie ein Index, in der alle Namen aufgeführt sind. Die Überschrift lautet: OFFIZIELLE MITGLIEDER DER MAGPIE SOCIETY.

Audrey massiert sich die Schläfe. »Oh mein Gott, so viele

Fragen. Wenn das so ist, *warum* wird sie dann noch einmal gebraucht? Und wer von all diesen Leuten hat die Einladungen geschrieben?« Sie fährt mit dem Finger über die Liste.

Ich strecke mich und bewundere den Raum um uns, teils im Dunkeln, teils im Hellen, wo die funkelnden Muscheln die ganze Aufmerksamkeit auf sich ziehen. Eine leichte Brise weht von irgendwo her und ich fröstele. Deshalb schlinge die Arme um meinen zitternden Körper.

»Also, die einzigen Namen, die wir noch kennen, sind Mr Tavistock und Mrs Trawley«, sage ich. »Aber der Name von Mr Tavistock ist durchgestrichen und Mrs Trawley wohnt nicht mehr auf dem Schulgelände.«

»Glaubst du, dass Mr Tavistock derjenige ist, der die ganze Zeit hier nach dem Rechten gesehen hat?«

»Kann sein, aber ich glaube nicht, dass er die schicken GPS-Tracker eingerichtet hat.«

»Stimmt. Aber was ist mit seinem Enkel? Traust du Ed zu, das technisch draufzuhaben?«

Ich runzele die Stirn. »Du hast ja mitbekommen, wie feindselig er uns gegenüber war. Weshalb sollte er uns hierherführen, um uns weiter zu beschimpfen? Zur Sicherheit fragen wir ihn, aber ich glaube nicht, dass er es ist.«

»Okay, es könnte ja jemand noch einmal geheiratet haben … Mrs Trawley zum Beispiel, oder ihre Mutter hat den Namen Ellory abgelegt. Mrs Trawley hat Vorfahren, die bis in die Anfänge der Magpie Society zurückreichen, aber das hätten wir nie erfahren, wenn wir nicht mit ihr gesprochen hätten. Jeder könnte ein Magpie-Mitglied sein. Auch Mrs Cranshaw!«

»Richtig. Okay, statt wer, lass uns versuchen herauszufinden, *warum*. Das könnte mehr Hinweise ergeben. Wir sollten uns weiter durch diese Unterlagen und Bücher wühlen. Es muss doch etwas geben, das uns mehr über die Magpie Society erzählt und wofür sie steht.«

Es fehlen immer noch zu viele Puzzleteile.

Die Liste der Namen geht auf der nächsten Seite weiter. Als ich sehe, wie Audrey mit ihrem Handy ein Foto macht, beginnt mein Herz zu rasen. Ich hole tief Luft.

Denn am Ende der Liste steht: MAGPIE SOCIETY, AUFGELÖST IM JUNI 1975. Danach ist alles komplett leer. Keine weiteren Namen.

»Ivy ... die Magpie Society scheint aus guten Menschen zu bestehen. Ich glaube nicht, dass sie in den Tod einer Schülerin verwickelt gewesen wären. Bei der Magpie Society ging es doch eigentlich darum, die Schüler zu beschützen und Schlechtes aufzudecken, oder?«

»Scheint so. Sie dachten tatsächlich, diese Schule sei etwas Besonderes. Etwas, das es wert ist, beschützt zu werden«, sage ich.

Wir stöbern weiter, aber alles, was wir finden, ist uralt. Nichts aus der Gegenwart, das ein Hinweis darauf wäre, warum Clover weggelaufen ist oder wer Lola umgebracht hat. Keine Spur davon, wer jetzt hinter der Magpie Society stecken könnte.

»Genau, ich denke, wir sollten hier verschwinden«, sage ich.

Audrey steht von dem dreckigen Boden auf und klopft sich den Staub aus der Jeans. Sie möchte die Unterlagen zurücklegen und atmet dann scharf ein. »Warte mal, haben wir das schon gesehen?« Sie zeigt auf ein großes, gefaltetes Stück Papier, das auf demselben Regalbrett liegt wie die Nachricht, die wir anfangs gefunden hatten.

»Nein ... ist mir gar nicht aufgefallen. Was ist das?« Ich

ziehe den Bogen vor und breite ihn auf der Erde aus. Dann halte ich meine Handytaschenlampe darüber, damit wir etwas erkennen können. »Sieht aus wie ein Bauplan.«

»Du hast recht. Mein Dad arbeitet mit so was, daher hab ich schon viele gesehen.« Audrey streicht über den Plan.

»Stopp mal, Audrey, das ist Illumen Hall. Aber es sieht verändert aus.« Ich ringe nach Luft. »Oh mein Gott. Das sind Pläne, um das Internat in ein *Luxushotel* zu verwandeln. Mrs Abbott will die Schule verkaufen!«

14

AUDREY

Ich reiße Ivy den Bauplan aus der Hand und überfliege den langen Papierbogen mit den Augen. Über den alten Grundriss der Schule verlaufen überall Linien. Da sind Anbauten vorgesehen, aus Klassenräumen sollen Hotelzimmer werden und es gibt jede Menge Änderungen auf dem gesamten Gelände … eine Generalüberholung. Ganz unten steht: *Illumen Hall: Ein luxuriöses Spa-Hotel an der atemberaubenden Küste von Kent.*

»Das können die nicht machen«, sagt Ivy. Sie zittert fast vor Wut. »Das hier ist eines der ältesten Internate Englands. Es gehörte mit zu den ersten, die Mädchen aufnahmen. Es ist Teil der Geschichte. Das Gebäude muss denkmalgeschützt sein. Dafür kriegen die nie eine Genehmigung. Und was ist mit uns? Den Schülerinnen und Schülern? Das ist unser Zuhause. Und was wird aus allen, die in Zukunft an die Schule wollen?«

Ich schlucke. »Wen meinst du damit?«

»Meine Schwester zum Beispiel. Ich habe gehofft, dass sie nächstes Jahr hier anfängt, wenn sie zugelassen wird. Illumen Hall ist eine Zuflucht für Leute wie mich. War es schon immer. All das hier …«, sie zeigt mit den Armen um uns herum – »beweist, was ich schon immer gewusst habe. Dass Illumen Hall anders ist. Etwas Besonderes. Es ist nicht nur irgendein Ort für privilegierte weiße Kids – nichts gegen dich.«

»Natürlich nicht«, sage ich.

»Schau dir das hier an.« Ivy blättert durch die Chronik. »In den 1950er-Jahren, heißt es, hätte jemand Geld der Schule unterschlagen. Ein Direktor. Schau dir diesen Kerl an.« Sie hält mir einen Zeitungsausschnitt unter die Nase. »Sie haben ihn rausgeworfen – und es geschafft, den Ruf der Schule zu retten. Leute, die Macht haben, sind so oft korrupt. Aber Illumen Hall ist es immer gelungen, darüberzustehen und ein sicherer Ort für die Schüler zu bleiben. Deshalb muss sich hier niemand Sorgen darüber machen, ob er sich die beste Ausbildung leisten kann. Vor allem nicht Leute wie ich. Die Schule zu verkaufen … diese unglaubliche Institution in irgendein Hotel zu verwandeln … das ist unvorstellbar.«

»Wer würde so was tun? Und was um alles in der Welt hat das mit Lola zu tun?«

»Keine Ahnung. Aber die Radcliffes waren jahrelang Hauptsponsoren der Schule. Sie würden das nicht zulassen. Hätte Lola davon gewusst, hätte sie alles getan, um es zu verhindern.«

»Ich könnte Patrick fragen, ob er davon weiß, wenn wir ihn wegen Clover zur Rede stellen. Findest du es okay, wenn ich das hier mitnehme?«, frage ich. Ivy nickt. Daraufhin rolle ich den Plan zusammen und schiebe ihn in meine Tasche. Ich kann nur hoffen, dass Ivy nicht so genau hingesehen hat, dass sie das Logo der Firma erkannte, die die Pläne angefertigt hat.

Ich habe es nämlich sofort erkannt.

Es ist das der Firma von meinem Dad.

Ich wusste nicht, dass er in den Verkauf der Schule involviert ist. Und ich will definitiv nicht, dass Ivy es rauskriegt. »Also, was machen wir jetzt?«, frage ich.

»Tja, ich denke, das liegt auf der Hand. Wir müssen tun, was in der Nachricht steht. Die Magpie Society wieder aufleben lassen. Die Schule beschützen. Die Elite sollten wir nicht mit reinziehen – Araminta und Teddy dürfen nichts erfahren. Aber diejenigen von uns, die Einladungsbriefe erhalten haben, wie Clovers Zimmergenossinnen und Harriet. Von uns und ihnen hängt es jetzt ab.«

»Aber wir brauchen mehr Unterstützung. Ich finde, wir sollten mit Mrs Trawley und Patrick reden. Vielleicht wird auch Clover uns helfen, wenn sie davon erfährt. Sie könnte ihren Podcast nutzen und über die drohende Schulschließung informieren. Das kann schon morgen passieren«, sage ich.

»Ja! Das ist ein guter Plan.«

»Und dann holen wir die anderen an Bord.«

»Genau.« Ivys Handy vibriert und sie stöhnt auf. »Shit. Ich habe gerade meine Termine für die nächsten Tage bekommen. Da steht was von einer Prüfungsvorbereitung, Konzertproben, außerdem muss ich für meine nächste Musikklausur ein Stück komponieren. Und dann noch die ganzen Jobs von Araminta, für das Jahrbuch, Verpflichtungen als Prefect Girl … Sie verlangt sogar, dass ich an diesem Wochenende probe.«

Ich ziehe die Augenbrauen hoch. »Sieht aus, als würde man alles tun, damit du dich total verausgabst.«

»Wahrscheinlich damit ich zu sonst nichts komme … also nichts in der Art, was wir gerade hinzukriegen versuchen.«

»Eine neue Geheimgesellschaft ins Leben rufen, meinst du.« Ich kichere.

»Genau. Ich wette, Mrs Abbott steckt hinter all den zusätzlichen Terminen. Von wegen ›lasst uns zur Normalität zurückkehren‹!« Ivy verdreht die Augen.

»Ja, das war ein bisschen heftig. Na ja, immerhin versucht niemand, *meinen* Terminkalender vollzupacken. Deshalb kann ich das meiste übernehmen. Ich mache das. Keine Sorge.« Ich bemühe mich, zuversichtlich zu klingen.

Ivy greift nach meiner Hand. »Danke.«

»Kein Problem.« Ich drücke ihre Finger.

Dann lehne ich mich zurück und betrachte unsere Umgebung noch mal eingehend. Mit einer Hand streiche ich über die Ränder der Muschelschalen. »Das hier sollte ein Museum sein.«

»Wahrscheinlich machen sie einen Raum mit Whirlpool draus.«

»Oh mein Gott. Schlammbäder zwischen Muscheln.«

»Algenwickel.«

»Vielleicht auch Botox.« Ich ziehe die Haut meines Gesichts straff und tue, als hätte ich Schlauchbootlippen. Ivy lacht und macht ein Foto. »Hey!«, beschwere ich mich.

»Du siehst immer noch toll aus.«

»Ich sehe bescheuert aus.«

»Dann schätze ich mal, du möchtest nicht, dass ich es einem gewissen Teddy schicke?«

»Das machst du doch nicht!«

»Nein, so gemein bin ich nicht. Keine Sorge.« Ihr Handy summt schon wieder. »Shit. Ein Treffen der Aufsichtsschülerinnen. Ich sollte dann mal lieber – könnte eine Ewigkeit dauern, bis wir hier wieder herausfinden.«

»Ich geh zurück auf unser Zimmer und beschäftige mich intensiver mit dem Bauplan.«

Ivy lächelt mich an. »Audrey – ich weiß, das ist nicht dein Kampf. Ich weiß, du hast keinen Grund, dir über Lola oder die Zukunft dieser Schule Gedanken zu machen. Ich weiß, du könntest fröhlich den Rest dieses Schuljahrs absolvieren und dich null um all das kümmern. Aber danke dafür, dass du mit mir hier bist.«

Ich schweige. Ganz richtig ist das nicht. Das Firmenlogo

meines Dads brennt gerade ein Loch in meine Tasche und sorgt dafür, dass ich doch ein gewisses persönliches Interesse an dieser Sache habe. Aber ich bin noch nicht bereit, das Ivy zu verraten.

»Ivy, mach dir keine Sorgen deshalb. Du hast mir das ja nicht aufgezwungen. Ich bin aus freien Stücken hier. Ich meine – das macht mein Schuljahr doch deutlich spannender, als nur irgendwelche verstaubten britischen Geschichtsbücher zu lesen. Aber es ist nicht der einzige Grund. Mir liegt was an dir, Ivy. Du bist meine einzige Freundin hier. Und das sage ich nicht bloß so. Früher in Georgia hatte ich eine Menge Freunde. Aber ganz ehrlich, zu keinem Menschen dort hatte ich das gleiche enge Verhältnis, wie wir es haben – und mir ist schon klar, wie kurz wir uns erst kennen, aber egal, ich würde für dich auch durch Spinnweben krabbeln.«

»Dann sind wir beide *Magpies.*«

»*Magpies.*«

Auf dem Schreibtisch liegen ein Stempel und ein Stempelkissen. Ivy nimmt meine Hand, zieht mich zum Tisch und schiebt den Ärmel meines Pullis bis zum Ellbogen hoch. Dann presst sie den Stempel auf das Stempelkissen und druckt die dunkelviolette Tinte auf meine blasse Haut.

Als Nächstes hält sie mir den Stempel hin. Ich drehe ihn auf dem Kissen hin und her, während sie schon ihren Ärmel hochschiebt. Durch ihre von Sommersprossen übersäte olivfarbene Haut schimmern bläulich die Venen. Die Elster hat einen scharfen, spitzen Schnabel, der aussieht, als könnte er blutige Verletzungen zufügen, wenn er echt wäre. Beide ziehen wir unsere Ärmel wieder herunter.

Jetzt sind wir gezeichnet, aber außer uns weiß das keiner.

Wir markieren die Stelle des Hauptquartiers der Magpie

Society – der Muschelgrotte – auf der Handykarte und machen uns auf den Rückweg durch die staubigen Gänge. Dank der Standortanzeige auf dem Handy können wir sehen, dass die Tunnel in verschiedene Bereiche der Schule führen. Auf diese Weise kann jede von uns schneller zu ihrem Ziel gelangen.

»Ist das zu glauben? Wenn die Magpie Society schon immer von diesem unterirdischen Gangsystem wusste ... heißt das, sie konnten unbemerkt an alle möglichen Orte in der Schule kommen«, sage ich.

»Ich frage mich, wo dieser hinführt.« Ivy zeigt auf einen Tunnel, der ins Freie zu führen scheint. Aber ohne irgendwelche visuellen Anhaltspunkte ist das schwer. Sogar Ivy, die die Schule und das Gelände wie ihre Westentasche kennt, kann es nicht sagen. Es ist jedenfalls nicht der Tunnel, der zum blockierten Eingang unter der kleinen Hütte führt, wo wir das alte Jahrbuch gefunden haben. Wir sehen nämlich den Weg, der dort endet.

»Wir kommen zurück und sehen uns das ein andermal an.«

»Es gibt einfach so viel zu erkunden«, sagt Ivy und schiebt das Handy in ihre Tasche.

»Ivy, ist dir klar, was das bedeutet? Lolas Killer ist immer noch auf freiem Fuß. Kombinier das mit der Tatsache, dass Mr Willis, ein gefährliches Raubtier, immer noch unterrichtet, als wäre nichts gewesen. Ich mache mir echt Sorgen um dich.«

Ivy nickt. »Ich weiß und ich werde vorsichtig sein.«

»Ich weiß, das klingt ... seltsam. Aber lass uns Kontakt halten, ja? Und geh nirgendwo allein hin. Vor allem nicht Laufen. Wenn du mich nicht dazu bringen kannst, mitzukommen, dann vielleicht Harriet?«

»Ich weiß nicht. Das Lauftraining ist gerade meine einzige Zuflucht. Und Harriet läuft nicht gerne.«

»Okay, dann kriegst du diese eine Zuflucht. Aber, Ivy, du bist mein Rettungsanker hier. Ich will dich nicht verlieren.«

Sie sieht mir direkt in die Augen. »Keine Sorge, Audrey. Ich bleibe schön da.«

Ich sehe ihr noch nach, wie sie ihren Tunnel hinunter verschwindet, und folge dann meinem eigenen. Als ich mich wieder in der Schule selbst befinde, schlüpfe ich hinter einer Wandverkleidung hervor in ein dunkles Klassenzimmer. Zum Glück hat mich keiner gesehen, denn sonst hätte ich eine Menge zu erklären.

Ich klopfe meine Kleidung ab, um etwas von dem Staub und Dreck loszuwerden. Als Nächstes hole ich mein Handy heraus. Ich habe eine lange Sprachnachricht von Teddy auf WhatsApp bekommen, die mich zum Lächeln bringt. Trotzdem antworte ich nicht sofort, sondern wechsele zu meiner Foto-App.

Dort öffne ich das Bild von der Liste der Magpie-Society-Mitglieder, um die Patrick mich gebeten hat. Ich bearbeite sie und mache einige Namen unleserlich. Dann schicke ich sie ihm.

> Patrick. Ich habe, worum du mich gebeten hast. Wenn du das ganze Bild sehen willst, musst du dich morgen mit Ivy und mir treffen. Ich weiß, dass Clover bei dir ist. Wir wollen Antworten – sonst gehen wir zur Polizei.

15

IVY

Ich höre beim Treffen der Prefects, der Aufsichtsschüler und -schülerinnen, am Ende der Woche kaum zu, denn alles, woran ich denken kann, ist unsere Entdeckung von heute Nachmittag. Ausnahmsweise hält sich sogar Araminta zurück, und Xander steht vorne und jammert darüber, wie man die jährliche Aufräumaktion in der Gemeinschaftsküche organisiert.

Teddy befindet sich am anderen Ende des Raumes und versucht, meinen Blick zu erhaschen. Aber ich weiche seinen Augen bewusst aus. Ich darf nicht zulassen, dass sich diese Gefühle wieder einschleichen, vor allem wenn der Schule droht, geschlossen zu werden. Von der Hoffnung, dass mit ihm je wieder alles so wird wie früher, kann ich mich schnell verabschieden. Wahrscheinlich werde ich auf irgendein Mädcheninternat abgeschoben, wo man in großen, klatschsüchtigen Gruppen herumschwirrt, sich die Augenbrauen färbt und in Selbstbräuner badet.

Es fühlt sich alles ein bisschen an wie in einem schlechten Traum. Ich kann nicht aufhören, daran zu denken, dass unter eben diesen Böden, über die wir jeden Tag laufen, Tunnel und Gänge existieren, die zum Hauptquartier der Magpie Society führen. Seit Audrey das Rennen erwähnt hat, bin ich noch entschlossener, meine Turnschuhe anzuziehen und eine Stunde lang zu laufen, also schreibe ich Harriet eine Nachricht, um sie zu fragen, ob sie nach der Besprechung mitkommt. Laufen war mir schon immer wichtig, um meinen Masterplan auf Kurs zu halten. Zu meiner Überraschung stimmt Harriet zu und wir beschließen, uns an der Eiche neben den Tennisplätzen zu treffen.

Als das Meeting zu Ende geht, bemerke ich, dass Teddy zu mir rüberkommt. Wir haben uns seit dem Abend bei der Party nicht mehr oft gesehen. Und ehrlich gesagt denke ich, dadurch geht es mir viel besser.

»Hey, Creeper! Wo willst du denn so schnell hin? Eine deiner Joggingrunden?«

»Du meinst Laufen?«

»Ja, sorry. Joggen ist nicht dasselbe, das hab ich vergessen. Ich kann eben nur davon träumen, so ein Tempo wie du anzuschlagen!« Er lächelt und in den Augenwinkeln bilden sich Fältchen.

»Wenn man übt, kann man das schaffen, Teddy. Aber ich denke, du bevorzugst eher horizontale Aktivitäten?«

»Immer mit der Ruhe«, kichert er.

»*Das* hab ich gar nicht gemeint.« Ich rolle mit den Augen.

»Ernsthaft, Ivy, hast du noch mal was von Clover gehört?«

»Nein …«

»Beängstigend, oder?«, sagt er. »Ich bin einfach nur froh, dass es dir gut geht. Ich weiß, dass du dir echt Sorgen machst. Aber du weißt, dass ich nur eine Nachricht entfernt bin, solltest du je einen Freund brauchen, ja?« Er berührt meinen Arm und sein Gesichtsausdruck wird weicher. Ich kann sehen, dass er es wirklich ernst meint, auch wenn die Betonung von »Freund« ein wenig wehtut.

»Ja. Danke.« Ich streiche mir lose Strähnen hinters Ohr und lächele ihn an.

»Da ist es! Das Creeper-Lächeln. Reserviert für besondere Anlässe oder besondere Menschen, habe ich recht?« Er rubbelt mir über den Scheitel und begibt sich dann zur Treppe. »Man sieht sich, Creeps. Passt gut auf dich auf!«, ruft er durch andere Schüler hindurch, während er die Stufen in den ersten Stock hinaufgeht.

Ja, er versucht, in meiner Gegenwart ein paar Gänge von seiner üblichen Intensität runterzuschalten, und sosehr ich das auch schätze, kann ich die Chemie zwischen uns nicht einfach ignorieren. Was zieht mich nur zu diesem Jungen? Ich darf das Ganze nicht zu kompliziert werden lassen, das ist ehrlich gesagt das Letzte, was ich brauchen kann, zumal ich weiß, dass er und Audrey sich näherkommen. Und für eine Dreiecksbeziehung bin ich nicht zu haben.

Nachdem ich mich umgezogen habe, renne ich raus zu den Tennisplätzen, und da ist Harriet, die sich am Stamm der riesigen Eiche stretcht. Sie trägt einen limettengrünen Trainingsanzug, Ohrenschützer, flauschige Handschuhe und eine gigantische Wasserflasche.

»Ja, ja, ich weiß, so viel Zeug und keine Ahnung …«

Genau den Ausdruck zeigt mein Gesicht.

»Ich bin mir nicht mal sicher, ob das die richtige Ausrüstung ist. Wir gehen schließlich laufen, nicht auf die Skipiste.«

Ich lache. Aber ich bin froh, dass sie mich begleitet. Sie hat sich geschworen, mehr Zeit an der frischen Luft zu verbringen und irgendeine Form von Sport zu treiben, und es ist ihr lieber, dass da jemand ist, der sie nicht entkommen lässt, sonst macht sie's einfach nicht. Ich genieße unsere Läufe, auch wenn ihr Tempo viel langsamer ist als meines, aber es macht ihr nichts aus, wenn ich ab und zu ein paar Runden um sie herumrenne.

Bevor wir heute beginnen, zupft Harriet an meinem Ärmel. »Hast von der Polizei irgendwas gehört? Gibt es irgendwelche Hinweise auf Clover?«

Ich schüttele den Kopf. »Nichts. Die Beamten sind stumm.«

»Das macht mich so nervös. Was, wenn sie anfangen, Fragen über das Tattoo zu stellen?«

»Harriet, beruhig dich. Warum sollten sie das tun? Und du bist doch alle Zeichnungen losgeworden, nicht wahr?«

»Ja, bin ich. Aber das Original ist immer noch verschwunden. Was ist, wenn Clover es gefunden hat und es benutzen will, um mir Lolas Tod anzuhängen?«

Wieder schüttele ich den Kopf. Ich erinnere mich noch daran, wie Harriet in Panik zu mir kam, am Tag nach der Party am Strand. Wir standen natürlich alle unter Schock, doch Harriet hatte noch mehr Gründe dafür.

»Ivy – du musst mir helfen. Eine meiner Zeichnungen ist aus meiner Kunstmappe verschwunden. Die, an der ich für mein Abschlussprojekt gearbeitet habe.«

»Die, die du vor allen geheim gehalten hast? Einschließlich mir.«

»Ja, die. Es war eine Elster. Und irgendwie … irgendwie ist eine exakte Kopie davon auf Lolas Rücken gelandet.«

Diese Entdeckung ließ Harriet ausflippen, aber ich hatte sie beruhigt. Mir war klar, dass sie nichts mit Lolas Tod zu tun hatte – Harriet war die ganze Zeit auf der Party gewesen. Aber die Zeichnung könnte sie belasten.

»So darfst du nicht denken«, sage ich jetzt. »Komm, los geht's. Laufen wird dir helfen, den Kopf klar zu bekommen – mir hilft das immer.«

Wir nehmen Tempo auf und rennen durchs Gelände, hinauf über das erste Feld hinter der Schule. Es ist heute etwas kälter, aber die Sonne scheint, sodass es sich frisch und herbstlich anfühlt. Sofort tränkt der Tau auf dem Gras unsere Schuhe.

»Wie läuft's mit dir und Cassie, Hattie?«, frage ich, als wir nebeneinander joggen. Sie hört mich nicht, weil sie Ohrenschützer trägt.

»*Harriet?*«, rufe ich und wedele mit der Hand vor ihrem Gesicht.

Sie lacht. »Sorry! Was – hast – du – gesagt?«, schnauft sie.

»Wie läuft's mit dir und Cassie?«

»Ja – toll. Nächste Woche haben wir Jahrestag – keine Ahnung, was wir machen werden, aber ich freue mich darauf, sie zu sehen.«

»Ach, süß!«

»Gibt es zurzeit – irgendwelche Liebhaber – in deinem – Leben?«

»Du kennst die Antwort bereits. Ein dickes, fettes *Nein*. Momentan bin ich daran nicht interessiert. Ich muss mich zu sehr auf meine Abschlussprüfungen konzentrieren.«

»Na klar!«

In dem Augenblick bemerke ich, dass Ed in dem Waldstück, an dem wir gleich vorbeikommen werden, Holz macht. Er fällt die alten, toten Bäume, die mit hellgrünem Schleifenband markiert sind. Das ist die Gelegenheit, mit ihm zu sprechen, nachdem ich ihn in den Tunneln gesehen habe. Ich muss nur zuerst Harriet loswerden.

»Harriet, ich glaube, ich habe mir im Bein einen Muskel gezerrt! Ich muss stehen bleiben und ihn dehnen …«

»Oh, ich bin so was von bereit, eine Pause zu machen, kein Problem.«

»Nope, du machst weiter. Schätze, das ist dein bisher bestes

Tempo und das darfst du nicht verlieren! LOS! LOS! Ich komme nach, sobald ich wieder fit bin.«

»Echt? Oh mein Gott! Okay, ICH LAUFE WEITER!« Sie rennt winkend weiter.

»BIN STOLZ AUF DICH!«, rufe ich ihr hinterher.

Das weckt Eds Aufmerksamkeit und er blickt zu mir hinüber. Ich gehe durch die Bäume auf ihn zu und achte darauf, dass Harriet sich nicht umschaut.

»Was willst du, Ivy?«, fragt er bissig und geht zurück, um einen Baumstamm zu schlagen.

»Freut mich auch, dich zu sehen, Ed! Was genau ist eigentlich dein Problem? Ich habe das Gefühl, dass du irgendetwas hast, und ich würde gerne wissen, was.«

Er seufzt. »Ich habe eine Menge großer Aufgaben zu erledigen und irgendwie scheinst du mir dabei in die Quere zu kommen. Was habt ihr beide überhaupt in diesem Durchgang gemacht? Ich habe versucht, sie alle zu schließen …«

»Ganz ehrlich? Wir wurden von der Magpie Society dorthin geführt. Du weißt wohl nicht zufällig etwas darüber, oder?‹

Er zieht eine buschige Augenbraue hoch. »Doch, natürlich … aber *du* solltest nichts damit zu tun haben.«

»IVY! Bist du okay?« Harriet kommt durch die Bäume auf uns zu.

Shit.

»Können wir uns verabreden und weiter darüber reden? Vielleicht kann ich auch Audrey und ein paar andere mitbringen? Wir haben alle eine Einladung zur Magpie Society erhalten«, flüstere ich.

»Gut. Wir treffen uns nächsten Samstag abends um sieben bei mir zu Hause. Granddad ist um diese Zeit nicht da. Aber kommt nicht zu spät. Und wenn du oder Audrey in der Zwischenzeit auf andere Tunnel stoßt, von denen ihr glaubt, dass sie benutzt werden, sagt mir Bescheid, ja?«

Ich nicke, bevor er sich umdreht, um sich um das Holz zu kümmern, und dann gehe ich zurück zu Harriet. Obwohl auch sie eine Einladung erhalten hat, möchte ich ihr nichts verraten. Nicht, bevor ich mehr weiß.

Mein Handy surrt. Audrey.

Patrick hat zugestimmt, uns morgen in der Stadt zu treffen. Er sagt, er wird uns die Antworten geben, die wir brauchen.

Gut.

Ich seufze erleichtert.

»Alles in Ordnung?«, fragt Harriet stirnrunzelnd.

»Ja. Was dagegen, wenn wir gleich zurücklaufen?«

»Machst du Witze? Ich sterbe hier draußen. Los!«

Für mich untypisch laufe ich in langsamem Tempo zurück und klebe an Harriets Fersen. Ich habe das Gefühl, dass auf meiner Seele all die Verpflichtungen lasten, die irgendwie bei mir gelandet sind. Doch eine Sache wird sich morgen klären. Wir werden herausfinden, was mit Clover passiert ist – ein für alle Mal.

16

AUDREY

Treffen wir uns mittags im Café in der Stadt.

»Ivy!« Ich springe aus dem Bett, lasse mich auf ihres fallen und halte ihr mein Handy zum Lesen hin. »Wir haben noch eine Nachricht von Patrick, in der er schreibt, wo wir uns treffen können.«

Ivy setzt sich blinzelnd auf. Sie starrt erst auf mein Handy, dann grinst sie. »Toll. Sag ihm, er soll Clover mitbringen.«

Ich lehne mich an die Wand und schreibe die Nachricht.

Werden da sein. Kannst du Clover mitbringen?

Es dauert lange, während Patrick schreibt.

Wir treffen sie danach in der Wohnung. Sie weiß, wie das letzte Puzzleteilchen zu finden ist, um zu beweisen, wer Lola umgebracht hat. Wenn wir dieses fehlende Teilchen haben, gehen wir heute Nachmittag zur Polizei.

»Holy shit«, sage ich. »Clover kriegt es hin. Sie beschafft den Beweis.«

Jetzt ist Ivy hellwach. »Gott sei Dank. Vielleicht ist der Albtraum dann endlich vorbei.«

»Du musst so stolz auf sie sein.« Ich drücke ihr Knie, das unter der Decke liegt.

Sie lächelt mich an, wirkt aber gestresst. Kein Wunder. Ihr Handy brummt andauernd. Jetzt dreht sie es um und stöhnt. »Das ist Araminta. Sie will, dass ich heute Morgen ein Treffen der Prefects organisiere.«

»Aber was ist mit unserem Besuch bei Mrs Trawley?«

»Wäre es okay für dich, wenn du alleine hingehst? Ich treffe dich und Patrick dann um zwölf im Café.«

»Sicher?«

»Ja, das sind dann zwei Fliegen mit einer Klappe.«

Und so stehe ich ein paar Stunden später vor Mrs Trawleys hübschem, mit Glyzinien bewachsenen Cottage. Es kommt mir noch gar nicht lange her vor, dass Ivy und ich ihr an ihrem Flohmarktstand mit all den antiken Spiegeln begegneten und zum ersten Mal etwas von der Magpie Society erfuhren. Zwar wissen wir noch immer nicht, welche Verbindung zwischen Lola und den Magpies besteht, aber ich habe so ein Gefühl, dass Clover dieses Rätsel heute Nachmittag für uns lösen wird.

Ich hole tief Luft, bevor ich anklopfe. Mein Ärmel ist ein Stückchen hochgerutscht, sodass ich den Stempel mit der Elster sehe, der nach meiner Dusche schon etwas verblasst ist. Ich wünschte, Ivy wäre hier. Mrs Abbott und Araminta haben sie in den letzten Tagen total strapaziert und von Pontius zu Pilatus geschickt. Dass sie für Minty am Samstagmorgen ein Treffen organisieren muss – lächerlich.

Ich schaue noch ein letztes Mal auf mein Handy und öffne die Messaging App – aber nicht um Ivy zu schreiben.

DAD. HAB VERSUCHT, DICH ZU ERREICHEN. BITTE MELDE DICH ASAP

Keine Reaktion. Dabei ist das nur eine von vielen unbeantworteten Nachrichten, WhatsApps, Anrufen und Mails, mit denen ich es bei ihm versucht habe.

Alles wurde ignoriert.

Normalerweise würde ich mir das wünschen. Von seiner Seite ist das auch ein ziemlich typisches Verhalten – für eine Weile vom Radar verschwinden. Normalerweise wäre mir das für unser Verhältnis auch am liebsten. Distanziert.

Aber jetzt, wo ich tatsächlich eine Antwort von ihm möchte, höre ich nichts.

Ich schiebe den Gedanken beiseite und stecke das Handy zurück in meine Tasche. Dann hole ich tief Luft und klopfe an die Haustür.

Ich warte ein paar Augenblicke, aber nichts. Ich klopfe wieder, diesmal lauter. Es kommt immer noch niemand. Nicht mal die Vorhänge bewegen sich. Ich trete ein paar Schritte zurück und rufe über den Gartenzaun. »Mrs Trawley? Hier ist Audrey!«

Zurück bei der Tür, lege ich die Hand an die Klinke, und wie in einem Horrorfilm gibt die Tür nach.

Ich schlucke. Eigentlich möchte ich nicht reingehen. *Komm schon, Audrey. Reiß dich zusammen.* Ich halte den Atem an, um meine Angst in den Griff zu kriegen, und drücke die Tür ganz auf.

Dann atme ich erleichtert tief aus. Ich sehe keine tote Mrs Trawley. Tatsächlich ist da … gar nichts, nur Stäubchen, die im goldenen Licht tanzen.

Kein Beistelltischchen, kein altmodischer Kleiderständer mit einem Dutzend verschiedener Wollmäntel, Regenschirmen und Hüten. Meine Schritte hallen, als ich den Flur entlanggehe, wo an den Wänden weder Bilder noch Fotos hängen. Man sieht nur Schatten an den Stellen, wo sie hingen und verhindert haben, dass die Wandfarbe ausbleichte.

Das Wohnzimmer ist leer, die Küche kalt und düster.

Mrs Trawley scheint ausgezogen zu sein.

Sofort schreibe ich Ivy.

Keine Spur von Mrs Trawley. Sie scheint weg zu sein. Ausgezogen

Unverzüglich bekomme ich eine Antwort:

Machst du Witze?

Ich schicke ihr ein Foto von dem leeren Zimmer. Wobei, es ist nicht *ganz* leer. Auf der Küchenarbeitsplatte neben dem Fenster liegt eine schwarze Ledermappe. Die scheint Mrs Trawley zurückgelassen zu haben.

Ich schlage sie auf. Das sieht aus wie ein alter Vertrag. Die große geschwungene Überschrift sieht aus wie das Wort »Deed« – aber ich verstehe es nicht.

Und da klebt noch ein Post-it-Zettel mit einer handschriftlichen Nachricht.

Hoffe, das hilft, C. Tut mir leid, dass ich nicht bleiben konnte, um mich zu rechtfertigen. Ich hoffe, du wirst Erfolg haben.

Offensichtlich sollte »C« das hier bekommen – was auch immer es sein mag. Und »C« muss Clover sein, da bin ich mir sicher. Ob es etwas mit der Magpie Society zu tun hat?

Ich sehe mir das Ganze genauer an. Es scheint so eine Art Besitzurkunde zu sein. Ich versuche, etwas zu entziffern, aber meine Augen tränen. Der Text ist unscharf, als wäre er schon ein paarmal zu oft kopiert worden. Ich kann so gerade erkennen, dass es sich um das Originaldokument handelt, mit dem Lord Brathebone sein Herrenhaus zur Gründung einer Schule – Illumen Hall – vermacht hat.

Der Rest ist kompliziertes viktorianisches Juristenlatein, das zu verstehen ich mir keine Hoffnung mache. Als ich das Dokument umdrehe, entdecke ich einen Zusatz zu einem der Paragrafen. Er ist von zwei Personen unterschrieben – Lady Penelope Debert und Lord Alden.

Dort steht:

Alle Headboys und Headgirls erhalten Stimmrecht zur Zukunft der Schule und genießen die gleichen Privilegien wie die anderen Vorstandsmitglieder.

Das ist interessant. Anscheinend bringt es mehr Vorteile, als ich dachte, Headgirl oder -boy zu sein.

Doch der handschriftliche Zusatz geht noch weiter:

Wenn ein Nachkomme einer Magpie eine dieser Positionen bekleidet, soll er das Vermächtnis der Lady Penelope erben.

Ich kriege vor Staunen den Mund nicht mehr zu. Zwar weiß ich nicht genau, was das hier bedeutet – aber es *muss* wichtig sein.

Ich komme jetzt – hab es geschafft,
schon früher zu verschwinden.

Ivy ist also auf dem Weg. Ich bin froh, dass ich meine Riesentasche dabeihabe, denn dahinein stopfe ich jetzt die schwarze Mappe. Das ist kein Stehlen, denn ich habe vor, sie Clover zu geben, wenn wir sie treffen. Zumindest rede ich mir das ein, denn ich weiß, dass Ivy sie vorher wird sehen wollen.

Super – bis gleich.

Auf dem Weg zum Café mache ich mir Gedanken über Mrs Trawleys Verschwinden. Wo sie wohl hin ist?

Ich überlege, die Mappe noch mal herauszuholen und einen Blick auf das Dokument zu werfen – aber irgendwie glaube ich, dass es nicht in Mrs Trawleys Sinne wäre, das in aller Öffentlichkeit zu tun.

Zum Glück muss ich nicht lange warten. Schon kommt Ivy durch die Tür, ziemlich dicht gefolgt von Patrick. Er muss schon in der Nähe gewartet haben.

Die beiden kommen an meinen Tisch. »Hast du …«, fängt Patrick an, aber Ivy fällt ihm ins Wort.

»Nein«, sagt sie in scharfem Ton. »Wir stellen hier die Fragen. Ist Clover schon die ganze Zeit über bei dir? Ist sie in Sicherheit? Geht's ihr gut?«

Patrick reißt seine strahlend blauen Augen auf – man kann ihm ansehen, dass er es nicht gewohnt ist, unterbrochen zu werden. Aber Ivy und ich sind uns einig. Ich will genauso viel erfahren wie sie.

Patrick fügt sich. »Ja. Es geht ihr gut. Am Abend der Party wurde sie von jemand in einem Elsternkostüm angegriffen, der ihr sagte, sie soll mit den Nachforschungen aufhören. Sie hatte den Eindruck, echt in Gefahr zu sein, wenn sie in Illumen Hall bleiben würde. Das Problem ist, dass es für sie viel schwerer ist, weiter zu ermitteln, wenn sie sich nicht auf dem Campus befindet. Sie ist überzeugt davon, dass Lolas Mörder noch frei herumläuft. Deshalb hat sie sich bei mir versteckt, während sie alles tut, um an das letzte Puzzlestück zu kommen, das ihn zu Fall bringen wird. Dank dir, Audrey, hat sie ihn jetzt vielleicht.«

Ivy sieht mich an. »Was?«

»Die Liste der Mitglieder der Magpie Society. Ich hatte Patrick ein Foto davon geschickt. Aber manche der Namen unkenntlich gemacht …«

»Ach ja«, sagt Ivy. »Und das hat Clover einen Hinweis auf den Mörder gegeben?«

»Ich glaube schon. Sie saß die ganze Nacht daran. Aber heute Morgen wusste sie dann genau, was sie zu tun hatte. Sie kehrte zur Schule zurück, um das letzte Beweisstück zu holen. Heute Nachmittag fahre ich sie zur Polizeiwache. Clover meinte, ihr beide sollt auch mitkommen, damit ihr sehen könnt, wie Lolas Mörder zur Strecke gebracht wird. Ihr habt alle so viel für mich getan.«

Ivy schüttelt den Kopf. »Wir sind nur froh, dass Clover in Sicherheit ist. Aber ich kann nicht glauben, dass du uns nichts gesagt hast. War dir nicht klar, was für Sorgen wir uns gemacht haben? Und was ist mit ihrer Familie?«

»Clover wollte es so. Und bis wir Lolas Mörder nicht hinter Gittern haben, werde ich nicht aufhören. Ich werde alles tun. Das habe ich euch ja schon gesagt. Und wenn das bedeutet, Clover Sicherheit zu gewähren, während sie ihre Nachforschungen fortsetzt, dann werde ich genau das tun.«

»Dann weiß also niemand, dass sie sich in deiner Wohnung aufhält?«

»Ich hab es keiner Menschenseele erzählt. Ihr beiden seid die Einzigen, die es wissen. Aber ich bin froh, dass es jetzt vorbei ist. Morgen um diese Zeit wird Lolas Mörder endlich hinter Schloss und Riegel sein.«

Ivy und ich wechseln einen Blick. »Glaubst du das wirklich?«, frage ich.

Ivy beißt sich auf die Unterlippe. »Oh mein Gott. Vielleicht sind wir nicht die Einzigen, die davon wissen.«

»Wie meinst du das?«, fragt Patrick.

»Ich glaube, dass gestern jemand mein Telefonat mit Audrey belauscht hat. Ich war unten in einem der Musikräume. Mr Willis stand direkt hinter mir und hat vielleicht was gehört. Ich weiß es aber nicht sicher ...«

Patrick springt wie von einer Tarantel gestochen auf. »Dann gehe ich besser nach ihr sehen. Sie sollte inzwischen zurück sein. Ich rufe euch an, wenn wir so weit sind, um zur Polizei zu gehen.«

»Wir kommen mit«, sage ich. »Sollen wir ihr etwas zu trinken mitbringen?«

Ivy sieht mich mit hochgezogenen Augenbrauen an. Ich schüttele kaum merklich den Kopf. Es ist der einzige Weg, um wirklich sicher zu sein, dass es Clover gut geht.

»Ja, machen wir das«, sagt Ivy. »Ich weiß, sie ist ein typisches Americano-Girl. Kein Schnickschnack. Wir können ihr auch einen Muffin mitbringen. Clover hat immer Hunger.«

Nach kurzem Zögern nickt Patrick. »Gute Idee. Hoffen wir mal, die Bedienung ist schneller als sonst.«

Ich kann's kaum erwarten, Ivy zu erzählen, was ich in Mrs Trawleys Haus gefunden habe. An ihrem angespannten Gesicht kann ich ablesen, dass sie mich am liebsten danach fragen würde. Die schwarze Ledermappe liegt schwer in meiner Tasche, die über meiner Schulter hängt. Ich bin schon ganz kribbelig vor Aufregung – weil wir so dicht dran sind an den Antworten, nach denen wir suchen. Wie ein riesiges Puzzle, das zunächst nur ein unkenntlicher Haufen war und jetzt langsam ein zusammenhängendes Bild ergibt. *Fast geschafft.*

Mit Kaffee und Muffin in der Hand verlassen wir das Café. Ich stupse Ivys Schulter an. »In Mrs Trawleys Haus habe ich was gefunden. Ich zeig's dir später.«

»Ich kann's kaum glauben, dass dieser Albtraum bald vorbei sein wird«, erwidert sie. Ihre Schultern sind angespannt, ihre Lippen gekräuselt und sie wirkt hoch konzentriert.

Plötzlich ertönen Sirenen, und wir müssen abrupt stehen bleiben, weil mehrere Feuerwehrautos an uns vorbei in Richtung der Häuserzeile direkt am Wasser rasen. Winferne Bay ist eine so kleine Stadt ...

Mein Bauchgefühl sagt mir, dass etwas mit Clover nicht stimmt, bevor der Kopf sich einschaltet. Ein tiefes Loch öffnet sich in meiner Magengrube und füllt sich mit Schrecken.

Patrick runzelt die Stirn. »Was zum ...« Er wird leichenblass.

Ich drehe mich zu Ivy, die ratlos mit den Schultern zuckt. Dann werden ihre Augen groß. Ich kann alles in diesem Blick lesen.

Patrick rennt los. Ivy und ich sind dicht hinter ihm.

Unsere schlimmsten Befürchtungen bestätigen sich. Die Feuerwehr hält direkt vor seinem Haus.

»Nein, nein, nein, nein ...«

Er fällt gerade auf die Knie, als wir um die Ecke biegen und sehen, dass sein Wohnblock total in Flammen steht. Schwarzer

Rauch quillt aus den Fenstern des obersten Stocks. Feuerwehrleute springen aus den Fahrzeugen, schließen ihre Schläuche an und versuchen mit Drehleitern die oberen Stockwerke zu erreichen.

»Clover!«, schreit Patrick.

Übelkeit erfasst mich, und ich fürchte, mich direkt auf den Gehweg zu übergeben.

Clover ist in der Wohnung.

»Bestimmt ist sie rechtzeitig rausgekommen. Bestimmt!«, kreische ich.

Ivy und ich starren uns entsetzt an, dann greift sie nach meiner Hand. Aneinandergeschmiegt müssen wir hilflos zusehen, wie Patricks Wohnung ausbrennt.

TEIL ZWEI

One for sorrow,
That much you've learned,
Two for joy,
Who had to burn …

Eine Elster bedeutet Schmerz,
so viel sei gelernt,
zwei stehn für Freude,
die im Feuer vergeht …

17

IVY

Die Wochen vergehen wie unter einem kalten Nebelschleier. Clovers Tod hat Schockwellen durch die gesamte Schule geschickt – Clover war solch eine Institution.

Ihre Gedenkfeier fällt in die erste Dezemberwoche, als Frost den Boden wie ein Leichentuch bedeckt. Nichts kann einen wirklich darauf vorbereiten, innerhalb eines Jahres an der zweiten Trauerfeier für eine Freundin teilzunehmen. Die trostlose Realität, in eine trauernde Menschenmenge zu treten und ein weiteres vergrößertes Porträt einer Schülerin, deren Leben zu jung genommen wurde, auf der Staffelei zu sehen. Mein Kiefer ist bereits total verkrampft, ich halte alle sich zusammenbrauenden Gefühle zurück, seit vergangene Woche Clovers Leiche entdeckt wurde.

Als wir die Aula betreten, ertönt *Build Me Up, Buttercup* – eines von Clovers Lieblingsliedern. Trotzdem übertönt es nicht das Weinen und Schniefen Hunderter von Schülerinnen, Schülern und Familienmitgliedern. Obwohl Clover bereits beerdigt ist, wollte Mrs Abbott wie bei Lola diese Feier für die Lehrerschaft sowie Klassenkameradinnen und -kameraden und um Clover als Schülerin von Illumen Hall zu ehren. Ihre Eltern sitzen ganz vorne, sie tragen Schwarz. Ihre Mum wischt sich die Augen, aber irgendwie lächelt sie dennoch Mrs Abbott zu, die auf die Bühne gegangen ist.

Was passiert ist, fühlt sich immer noch nicht real an. Sondern wie ein Fiebertraum, aus dem ich einfach nicht erwachen kann. Bilder des Feuers waren in der Lokalzeitung abgedruckt und wurden in den Nachrichten gezeigt, aber wir hatten die Flammen mit eigenen Augen gesehen. Patricks Schreie klingen immer noch in meinem Ohr.

Feuerwehrleute gingen hinein, um Clover zu retten, aber es war klar, dass sich das Inferno einfach zu schnell ausbreitete und zu stark war. Als die Polizei Clovers Leiche in Patricks Wohnung entdeckte, verhaftete sie ihn sofort. Er wurde allerdings einen Tag später wieder freigelassen. Das Feuer wurde als Unglück eingestuft, und es gab handfeste Beweise, dass Clover nicht gegen ihren Willen dort festgehalten wurde – Handynachrichten und Sprachaufnahmen, die Clover in der Cloud gespeichert hatte. Dennoch hatte Patrick eine Menge Fragen zu beantworten.

Nun ist jede Information, die Clover über Lolas Mörder herausgefunden hatte, zu Asche verbrannt. Wir werden nie erfahren, welches entscheidende Beweisstück Clover an diesem Morgen präsentieren wollte.

Die Stimmung in der Schulaula ist düster. Obwohl Mrs Abbotts einfühlsame Worte den Raum füllen, erreichen sie nicht den Schmerz und die Trauer, die ich von jedem Einzelnen hier spüre. Clovers schockierender Tod wird viele Menschen für eine sehr lange Zeit bewegen.

Zwei tote Schülerinnen innerhalb eines Jahres!

Das klingt wie der Plot eines überzogenen Actionfilms, nicht wie das wirkliche Leben in einem kleinen Internat in Kent.

Doch das Motto der Schule klingt mir in den Ohren: *Alis grave nil.*

Jenen, die Flügel haben, ist nichts zu schwer.

Überleben gehört zu den Grundfesten der Schule, so stark wie Stahl. Sie hat Bombenangriffe im Krieg, Skandale und Drohungen zuhauf überstanden. Illumen Hall wird auch das überleben. Genau wie wir. Das muss so sein.

Nachdem Lyra ein Stück vorgelesen hat, tritt sie von der Bühne. Sie weint und ihre Hände zittern. Ihre Freunde schließen sie in eine Gruppenumarmung, als sie sich wieder zu ihnen setzt. Mein Körper spannt sich an. Was für ein unnötiger Tod. Ich kann nicht anders, als zu denken: *Wird es hier noch ein Opfer geben?* Wessen Gesicht wird als Nächstes auf der Gedenkstaffelei der Schule erscheinen?

Zum Schluss kommt Mrs Abbott noch einmal auf die Bühne.

»Dieses Jahr war turbulent, und gemeinsam, als Schulgemeinschaft, müssen wir uns jetzt zusammenschließen und mehr denn je füreinander da sein. Wir werden das durchstehen. Das Weihnachtskonzert soll eine Hommage an Lola und Clover sein. Zwei sehr kluge, musikalisch begabte Schülerinnen, die dieses Jahr auf der Bühne brilliert hätten. Lasst uns alle fleißig arbeiten, damit es das beste Konzert wird, das wir jemals veranstaltet haben – für die beiden.«

Als Mrs Abbott ihre Rede beendet hat und die Menge klatscht und jubelt, rechne ich beinahe damit, dass Clover auf dem Trapez hereinschwingt. Ich kann nicht glauben, dass ich ihr Gesicht nie wieder sehen oder den Klavierhocker mit ihr teilen oder über ihr absurdes Liebesleben witzeln werde. Sie war wirklich wie eine kleine Schwester für mich und so vieles fühlt sich nun einfach unwirklich an.

Selbst wenn das Feuer ein Unglück war, Clover war bloß in Patricks Wohnung geblieben, um ihre Recherchen fortzusetzen. Hätte sie die fallen gelassen, wäre sie zurück in Polaris House gewesen, wo sie hingehört. Der Grund, warum wir alle in dieser kalten Halle zusammensitzen und Clovers Leben ehren, ist, dass sie es gewagt hat nachzuforschen, wer einer anderen das Leben genommen hat. Wenn sie sich nur weniger eingemischt hätte, weniger neugierig gewesen wäre und sich einfach komplett herausgehalten hätte … dann säßen wir alle nicht hier. Mir kommt in den Sinn, dass mich dasselbe erwartet, aber ich schiebe den Gedanken beiseite. Bei Audrey und mir ist das anders. Wir sind vorsichtig.

Als wir uns danach auf den Weg zum Brunnen machen, drehen die Lehrer ihre Runden und vergewissern sich, dass es uns Schülerinnen und Schülern gut geht, und ermutigen dazu, falls nötig den Vertrauenslehrer Dr. Kinfeld aufzusuchen. Ich kann mir vorstellen, dass er nach Lolas und jetzt Clovers Tod einen erheblichen Anstieg an Beratungsgesprächen verzeichnen wird. Wie kann einen so etwas auch *nicht* tief berühren?

Mr Willis reicht der schluchzenden Araminta ein Taschentuch, während er den Arm um sie legt, und ich rolle mit den Augen.

Audrey und ich halten uns etwas am Rand.

»Das war heftig!«, sagt Audrey. Sie holt ihr Handy aus der Tasche und schaltet den Lautlosmodus wieder aus.

»Ja.« Ich verschränke die Arme vor der Brust und frage mich, was wir nun machen sollen. Ich bezweifele, dass man von den Schülern erwartet, zum Unterricht zu gehen. Vielleicht werden wir gebeten, den restlichen Tag in den Common Rooms oder in der Bibliothek zu lernen.

»Glaubst du, die Person, die Lola getötet hat, hat wieder zugeschlagen?«, flüstert Audrey.

»Keine Ahnung … aber ich habe ein schlechtes Gefühl. Wir sollten besser noch mal zum Hauptquartier der Magpie Society und sehen, was wir noch finden.« Ich blicke mich auf dem Hof um und ziehe die Ärmel meiner Schuljacke über die Hände.

»Findest du, wir sollten den anderen, die auch Einladungen bekommen haben, etwas davon sagen? Lyra, Yolanda und Harriet?«

Ich schüttele den Kopf. »Das ist wahrscheinlich zu viel für sie. Im Moment sollten wir's für uns behalten.«

18

AUDREY

»Miss Wagner? Hätten Sie vielleicht Interesse daran, diese Gleichung für mich zu lösen?«

Ich falle vor Schreck beinah vom Stuhl. Die meiste Zeit über ignorieren die Lehrkräfte mich – und das ist mir auch ganz lieb. Doch aus irgendeinem Grund scheinen sie mir seit der Trauerfeier für Clover besondere Aufmerksamkeit zu widmen. Ich frage mich, ob Mrs Abbott dafür gesorgt hat.

Ich weiß, dass sie Ivy und mich seit dem Brand scharf im Auge hat. Wir waren schließlich bei dem Feuerwehreinsatz vor Ort. Wir haben gesehen, wie Patrick in Handschellen abgeführt wurde. Wir wurden mit einem Polizeiauto nach Hause gefahren, an dessen Steuer die verblüffte Detective Shing saß.

Immer scheinen wir mittendrin zu sein, wenn sich an der Schule ein Drama ereignet.

Dabei haben wir das nicht geplant. Und ich gehe in meinem Kopf immer wieder die verschiedenen Szenarien durch.

Wäre Ivy nicht mit dem Treffen der Aufsichtsschülerinnen beschäftigt gewesen und hätten wir Patrick und Clover zuerst getroffen, wäre es uns dann möglich gewesen, den Brand zu verhindern? Wie ich es auch drehe und wende, kommt es mir vor, als wäre ich schuld. Ich hatte gewusst, dass Clover sich in dem Gebäude aufhielt.

Ich hatte sie doch in Patricks Wagen gesehen.

Wenn wir es jemand gesagt hätten... der Polizei, ihren Eltern, Mrs Abbott – dann könnte sie noch am Leben sein.

Der Gedanke macht Ivy und mich ganz krank. Wir hatten jede eine Stunde beim Schulpsychologen Dr. Kinfeld, doch das hat nicht viel genützt. Er empfahl, dass wir uns durch Beschäftigung ablenken, etwas Lustiges unternehmen und unsere Gedanken von den schrecklichen Ereignissen ablenken sollten. Also veranstalteten wir Old-School-Cool-Filmabende in unserem Gemeinschaftsraum, einfach um irgendwas zu tun und nicht ständig an den Tod zu denken.

Doch ich fühle mich wie betäubt. Ständig habe ich den Eindruck, Flammen am Rand meines Gesichtsfelds zu sehen. Der wunderschön offene Kamin, den ich so bewundert hatte, war etwas Todbringendes geworden.

In den Wochen, seit es passiert ist und nachdem sie in den ersten paar Tagen nachsichtig mit uns waren, scheint es jetzt, als wären alle Lehrer aufgefordert worden, besonders streng mit uns zu sein. Als würde harte Arbeit uns dazu bringen, dass wir vergessen, welch schrecklichen Tod unsere Mitschülerin gestorben ist. Bei den anderen funktioniert das offenbar.

Ich kann einfach nicht klar denken. Nicht einmal die Ablenkung am Kinoabend – und obwohl Ivy mit *The Breakfast Club* einen meiner Lieblingsfilme ausgesucht hat – hilft mir.

Immer wieder muss ich an das Gespräch mit Detective Shing denken. *»Sind Sie sich sicher, dass es ein Unfall war?«*, hatte ich sie gefragt.

»Da wurde von Feuerwehr und Kriminaltechnik gründlich ermittelt. Am Ende bestätigten sie eine Fehlfunktion des offenen Kamins, die den Brand auslöste. Und glaub mir, wir haben Patrick Radcliffe lange verhört – weil wir es auch höchst verdächtig fanden, dass er zugestimmt hatte, Clover zu verstecken.

Aber die Nachrichten, die die beiden ausgetauscht haben, bestätigen, dass das ihr Wunsch war.«

»Hat er Ihnen gesagt, dass sie Beweise gegen Lolas Mörder zusammengetragen hat? Dass sie kurz davor stand, mit Ihnen zu reden? Was, wenn jemand das Feuer gelegt hat, der sie genau davon abhalten wollte?«

»Leider wissen wir nicht, was Miss Mirth vorhatte. All ihre Sachen und Aufzeichnungen wurden bei dem Brand zerstört.«

Genauso wie Lolas Tagebuch, wird mir schlagartig klar.

Jeglicher Beweis, den wir eventuell gegen Mr Willis gehabt hätten, ist zerstört.

»Miss Wagner?«

Tom, der neben mir sitzt, stupst meine Schulter an. Ich reiße mich von all den Erinnerungen los. *Oh, richtig. Die Gleichung.* »Äh ... ich bin mir nicht sicher.«

Mrs Parsons seufzt. »Na schön, aber das war eure Hausaufgabe von *letzter* Woche. Und so etwas wird in allen Abiturprüfungen vorkommen. Wenn Sie damit noch nicht zurechtkommen, bleiben Sie bitte nach der Stunde noch da.«

Meine Wangen glühen vor Verlegenheit, als die Blicke meiner Mitschüler mich treffen. Genau diese Art von Aufmerksamkeit wollte ich hier eigentlich immer vermeiden. In Georgia hatte ich noch geplant, mich auf meine (wahrscheinlich mittelguten) Zulassungsergebnisse zu verlassen, um auf ein gutes College zu kommen. Nicht gerade nach Yale wie mein Bruder, aber eines, das meiner Familie nicht peinlich wäre. An irgendeinem warmen Ort, aber nicht gerade an der Küste, wo meine Eltern leben. Vielleicht in Kalifornien.

Nachdem Mrs Parsons ihre Aufmerksamkeit endlich von mir abgewendet hat, schaue ich aus dem Fenster aufs Meer. Es regnet schon wieder. Ein beträchtlicher Unterschied zum *California Dream*.

Aber irgendwie mag ich es hier. Diese kühle Feuchtigkeit gefällt mir. Man würde denken, dass sie unangenehm ist, aber ich scheine angenehm darin zu versinken wie in einem Schlammbad. Kein Wunder, dass Dad hier ein Spa bauen will. Denn sogar an Tagen wie heute – die man eigentlich als total mies abhaken würde –, hat die Atmosphäre etwas Tröstliches.

Sie erfasst einen und man möchte gar nicht mehr weg.

Vielleicht ist es etwas Magisches.

Nein. Ich beiße die Zähne zusammen.

Beim Gedanken an Dad fällt mir ein, dass er mich immer noch ignoriert – sogar nach dem Drama mit dem Feuer. Aber zu meiner Überraschung bekomme ich eine Nachricht von meinem großen Bruder Edison. Er schlägt vor, sich am Wochenende in London zu treffen. Ich antworte ihm und spüre dabei sogar ein bisschen Vorfreude. Von allen Familienmitgliedern verstehe ich mich mit Edison am besten. Außerdem kann ich ihn dann nach dem Hotel-Deal mit Illumen Hall fragen.

Mein Handy vibriert schon wieder, aber diesmal ist es Ivy.

NACH DEM UNTERRICHT TREFFEN?

Ich will gerade eine Antwort schreiben, als ein Schatten auf mich fällt.

»Hören Sie, Miss Wagner, ich bin nicht dumm. Ich weiß, dass ihr Schüler dauernd Handys in mein Klassenzimmer schmuggelt, obwohl das ausdrücklich verboten ist. Aber dann versucht doch wenigstens, das diskret zu machen! Mehr verlangen wir ja nicht. Aber da Sie es nicht diskret getan haben … geben Sie es mir jetzt.«

»Aber …« Ich habe Ivy noch nicht geantwortet. Keine Ahnung, wo auf dem riesigen Gelände sie mich treffen will. Mrs Abbott deckt sie mit Aufträgen in der ganzen Schule ein, Araminta nimmt ihre Zeit in Anspruch, und wir beide konnten noch nicht einen besonderen Treffpunkt vereinbaren.

Mrs Parsons schnappt sich das Handy von meinem Schoß. »Du bekommst es zum Wochenende zurück.«

»Aber das ist erst in drei Tagen!«

»Sei froh, dass ich es nicht dem Direktorat melde. Denn dann würdest du wirklich in Schwierigkeiten stecken.«

Ich sinke auf meinem Stuhl zusammen und weiche bewusst allen Blicken aus. Mein geheimes Handy konfisziert. Mein Gott, wie blöd bin ich bloß?

Ich weiß nur, dass Ivy sauer sein wird, weil wir uns nicht treffen können. Denn während der Unterrichtszeit kann ich auch nicht in unser Zimmer zurück, um ihr dort eine Nachricht zu hinterlassen.

Als es endlich klingelt, schnappe ich mir Tom. »Kannst du Ivy bitte schreiben und ihr sagen, dass ich unten in der Kantine sein werde?«

»Klar. Aber ich muss mich beeilen – hab als Nächstes Sport und muss mich dafür noch umziehen.«

»Danke. Sag ihr nur Bescheid, wo ich sein werde. Weil Mrs Parsons ja mein Handy hat …«

»Die war heute mies drauf. Da hattest du echt Pech. Vielleicht fragst du sie morgen, ob du es zurückkriegen kannst. Lass einfach deinen Südstaatencharme spielen.«

»Ich versuch's.«

Und dann laufe ich hinunter in die Kantine und hoffe, dass Tom nicht vergisst, meine Nachricht weiterzugeben.

19

IVY

Ich schicke Audrey noch eine Nachricht und bitte sie, mich am Waldrand zu treffen. Während ich dort auf sie warte, wiegen sich die Bäume lebhaft im Wind. Der Regen hat gerade aufgehört, sodass von den Spitzen der wenigen verbliebenen Blätter Tropfen perlen, und das sieht sehr schön und ätherisch aus. Von Bäumen habe ich mich schon immer getröstet gefühlt. Ich liebe es, wie sie atmen und wachsen, ihre Blätter abwerfen und derart schwer arbeiten, um sie jedes Jahr neu treiben zu lassen.

Als Kind stand in dem Park in der Nähe unserer Wohnung eine Trauerweide. Ich schob die herunterhängenden Zweige beiseite und betrat so einen Ort, den ich immer als einen sicheren Hafen empfand. Dorthin ging ich, um zu lesen, um in mein Tagebuch zu schreiben, um mich zu verstecken und um zu klettern. Oft saß ich auf einem tiefen Ast und ließ die Beine baumeln und meiner Fantasie freien Lauf. Es kam mir vor, als wäre der Baum mein Beschützer, als würde ich von den Zweigen abgeschirmt, die sich um den Stamm schmiegten, fast den Boden berührten und eine Art sichere Bubble bildeten. Mir gefiel es, zu entdecken, welche Vögel hoch oben in der Weide nisteten, und zu beobachten, wie aus den Eiern winzige, zwitschernde Babys wurden, die ihren ersten Flug unternahmen. Diese Art von kindlicher Magie vermisse ich. Tief im Bauch rührt sich Nostalgie.

Was vor allem meine Ruhe stört, ist mein Handy. Es scheint links, rechts und in der Mitte wegen lauter Benachrichtigungen zu surren. Ich glaube, alle meine Freunde – vor allem Max, Tom und Harriet – sind von Mrs Abbott speziell angewiesen worden, auf mich aufzupassen. Leider hat diese Taktik den gegenteiligen Effekt. Je mehr sie mich bedrängen, desto mehr fühle ich mich erdrückt und möchte ich sie am liebsten von mir stoßen.

Lola, Clover … Jeder, der mir nahesteht, scheint zu sterben. Meine Freunde sollten sich also besser von mir fernhalten.

Ich wische alle Nachrichten weg, ohne sie überhaupt zu lesen. Ich will von niemand etwas hören – nur von Audrey. Und ironischerweise ist sie die Einzige, die nicht antwortet.

Ich schicke ihr eine weitere Nachricht, in der ich ihr genau erkläre, wo ich warte, falls sie sich verlaufen hat. Dann setze ich mich auf meine Jacke und strecke die Beine aus.

Die letzten zwei Wochen kamen mir vor wie ein Wirbelsturm. Wir waren dermaßen beschäftigt, dass wir keine Zeit hatten, über die Nachforschungen zu grübeln, und haben es nicht geschafft, noch mal zum Hauptquartier der Magpie Society zu gehen. Nicht, dass wir es uns nicht vorgenommen hätten. Aber ich breche jeden Abend völlig erschöpft in meinem Bett zusammen.

Heute hatte ich zum ersten Mal wieder die Gelegenheit nachzudenken. Ich hatte echt gehofft, dass Audrey und ich in unserer Freistunde bei Mr Tavistock vorbeischauen und mit ihm reden könnten. Außerdem habe ich ihn schon eine Weile nicht mehr gesehen. Normalerweise berichtet er mir gegenüber gern zu viel. Ich ertappe ihn oft dabei, wie ihm das dann plötzlich auffällt und er sich den Mund zuhält, weil Dinge herausdringen, von denen er weiß, dass er sie mir nicht erzählen sollte.

Eigentlich schockierend, dass er es geschafft hat, die Magpie Society so lange vor mir geheim zu halten. Schätze, es gibt Dinge, die Menschen mit ihrem Leben beschützen.

Als ich gerade auf der Schul-App meinen Stundenplan öffne, höre ich durch die Stille des Felds in der Nähe lautes Gackern hallen, und ich weiß sofort, wer da lacht. Dann reißt mir Harriet das Handy aus der Hand und eine Sekunde später sitzen sie, Tom und Max auf dem Grün neben mir.

»Wir kassieren das Telefon ein, bis du aufhörst, uns zu ignorieren!« Sie schiebt mein Handy vorne in den Ausschnitt ihres Shirts.

»Wir haben dir vorhin geschrieben, um zu hören, was du in der Freistunde machst. Hast du Lust, dich mit davonzuschleichen und Fish and Chips aus der Stadt holen? Oder Karten zu spielen … oder *irgendwas*?« Tom lächelt nachdrücklich.

»Wir haben geradezu gesehen, wie du unsere Nachrichten wegwischst, du unverschämte Bitch«, stimmt Harriet lachend, aber mit einem ernsten Unterton, mit ein.

»Tut mir leid, ich … momentan ist einfach zu viel los, und ich glaube, ich möchte ein bisschen mehr allein sein als sonst.« Ich ziehe meine Jacke wieder an, denn jetzt, wo mich mein Handy nicht mehr ablenkt, wird mir bewusster, wie kalt es ist. »Auch wenn *ich* Audrey sehen wollte – weiß jemand von euch, wo sie eigentlich ist?«

»Aha!«, sagt Tom. »Allein deshalb musst du mal deine Nachrichten lesen. Ich habe dir geschrieben, dass Mrs Parsons Audrey das Handy weggenommen hat. Sie wartet in der Kantine auf dich.«

»Immer geht's um Audrey, nicht wahr?«, sagt Harriet, eine Spur Eifersucht in der Stimme.

»Na ja, wir wollten bloß nachschauen, ob du okay bist. Es ist eiskalt hier draußen, Ivy. Dein Blut muss halb gefroren sein, wenn du das arktische Wetter in dieser dünnen Jacke aushältst.« Max legt den Arm um mich. Ich verkrampfe sofort. Freundschaftliche Zuneigungsbekundungen gehören im Moment nicht zu meinen Stärken. Ich glaube, er spürt, dass ich mich unwohl fühle.

»Wir verstehen, dass es eine schwere Zeit ist, Babe, aber wir sind für dich da und wir sorgen uns um dich.« Tom beugt sich vor und kuschelt sich von der anderen Seite an mich, sodass ich nun zwischen den beiden eingeklemmt bin.

»Und auch wenn du es selten zeigst, wissen wir, dass du dich auch um uns sorgst.« Max lächelt mich an, seine Grübchen bohren sich in die Wangen.

»Ehrlich, Leute, danke. Ich komm schon klar. Ich glaube, ich brauche nur ein bisschen Zeit für mich, das ist alles.« Ich täusche ein Lächeln vor. Sie zögern. »Ehrlich. Es geht mir gut. Ich hab euch lieb.«

Harriet holt mein Handy wieder aus den Tiefen ihres BHs hervor und reicht es mir.

»Versprichst du, wenigstens auf ein paar der witzigen Memes zu antworten, die wir dir geschickt haben? Du hast nicht einmal auf das Video reagiert, das ich dir von Tom geschickt habe, der bei einem Trick im Skatepark mit dem Gesicht voran auf sein Board knallt. Er sah danach aus wie ein überfahrenes Eichhörnchen.« Harriet lacht laut auf und stupst Tom mit dem Ellbogen an.

»Du hast geschworen, das gelöscht zu haben!«, stöhnt er total unecht besorgt auf.

Daraufhin lachen wir alle, ich nehme Harriet das Handy aus der Hand und stecke es in meine Tasche.

»Versprochen!« Die drei schließen mich in eine Gruppenumarmung, und Harriet drückt mir einen eiskalten Kuss auf die Wange, bevor sie sich auf den Weg zurück zum Hauptgebäude machen. Ich weiß ihre Bemühungen, mich aufzumuntern und mich zum Lächeln zu bringen, zu schätzen, aber ich brauche einfach ein bisschen Ruhe und Zeit, um meine Gedanken zu sortieren. Ich lehne mich auf meinem Platz am Rande des Wäldchens wieder zurück und atme ein paar Mal tief durch.

Während ich dort sitze, machen sich andere Schüler gruppenweise und quer über das Schulgelände auf den Weg zur nächsten Stunde, sie haben wegen der Kälte die Arme verschränkt und lachen. Einige nutzen die fünf Minuten bis zum Unterricht offensichtlich, um sich noch schnell den Lehrstoff reinzuziehen oder kurz etwas zu essen.

Ich entdecke ein Grüppchen von Siebtklässlern unter einem Baum in der Nähe, die immer mal vorsichtig über die Schultern schauen. Scheint, als würden sie den Unterricht schwänzen oder sehr schlau eine Zigarette rauchen wollen. Wir haben das alle schon gemacht – das ist fast wie ein Übergangsritual an dieser Schule. Rauchen ist natürlich verboten, aber wie bei vielen Dingen in Illumen Hall – wenn man es nicht darf, findet man umso entschlossener einen Weg, um es doch zu tun. Als Teil meiner Pflichten als Prefect sollte ich eigentlich zu der Gruppe rübergehen und ihnen eine Standpauke halten oder sie bei ihrem Klassenlehrer melden, aber das überwältigend nostalgische Gefühl hat mich erweicht und ich schaue stattdessen einfach zu. Ich vermisse diese alten Zeiten, als ich noch stundenlang das Schulgelände erkunden und mich in den Fluren drinnen und zwischen den Bäumen draußen verlaufen konnte.

Zwei der Mädchen zünden sich eine Zigarette an, während einer der Jungen beschließt, auf den Baum zu klettern. Wahrscheinlich will er vor ihnen angeben. Ich kann sie von hier aus nicht richtig hören, aber ich kann sehen, dass die Mädels ihn anspornen und er ziemlich gut vorankommt. Ich lasse sie einfach in Ruhe.

Der Gedanke, dass die Schule irgendwann nicht mehr hier sein wird, ist ... niederschmetternd. Nein, mehr als das: Es ist unvorstellbar. Nächstes Jahr wäre Violet so weit, nach Illumen Hall zu kommen. Ich habe mich darauf gefreut, dass sie mich als Headgirl erlebt. Aber jetzt ist das alles weg. Wurde mir gestohlen.

Hör auf, so zu denken, Ivy, schimpfe ich mit mir selbst. Der Verkauf von großen Anwesen wie diesem kann Jahre dauern. Kein Grund, jetzt schon in Panik zu verfallen.

Die Schulglocke läutet: Die nächste Unterrichtsstunde beginnt. Und genau in diesem Moment höre ich etwas, das ich nur als lautes Krachen und einen Knall beschreiben kann. Ich drehe zurück zu der Schülergruppe unter dem Baum – aber jetzt liegt der Junge, der sich gut drei Meter hochgearbeitet hatte, mit dem Gesicht nach unten auf dem Boden, ein Ast auf ihm. Die beiden Mädchen schreien.

Ich renne sofort hin, um zu sehen, ob es ihm gut geht. Eindeutig nicht. Er ist bewusstlos.

»OH MEIN GOTT, ER IST TOT!«, brüllt eines der Mädchen.

»RUF DEN NOTARZT!«, ruft der zweite Junge.

Gemeinsam schaffen wir es, den Ast von dem Verletzten zu zerren, aber er reagiert auf nichts und blutet stark aus dem Kopf. Sein Bein ist in einem unnatürlichen Winkel abgespreizt. Das ist übel. Echt übel. Ich drehe mich zu dem anderen Jungen um.

»Hol die Krankenschwester. Und sag Bescheid, dass ein

Krankenwagen gerufen werden soll. Ihr Mädchen müsst eure Jacken ausziehen und sie über ihn breiten. Wie heißt er?«

»Leo«, schluchzt ein Mädchen und zieht ihren Schulblazer aus.

»Er hat nur herumgealbert. Um den Stamm war kein Schleifenband, also dachten wir, er sei sicher!«, schreit das andere Mädel.

»Leo, du kennst mich nicht, aber ich bin Ivy, und ich bin Aufsichtsschülerin in Helios House. Ich möchte dir nur versichern, dass alles wieder gut wird. Hilfe ist unterwegs.« Ich schaue hinunter zu Leo, der die Augen öffnet und gleich wieder schließt und vor Schmerzen wimmert.

Kurze Zeit später kommt der zweite Junge zusammen mit der Krankenschwester und Mrs Abbott angerannt. Das Mädchen hat recht: Dieser Baum war, anders als andere in der Nähe, nicht als gefährlich gekennzeichnet. Leos Eltern werden bestimmt gleich mit ihren Anwälten telefonieren und die Schule für die Verletzung ihres Sohnes haftbar machen. Als Mrs Abbott näher tritt, ist ihrem Gesicht anzusehen, dass ihr das ebenfalls durch den Kopf geht. Ich frage mich, was sie denkt. Reicht solch ein Skandal, um den Verkauf zu stoppen?

Oder könnte das dafür sorgen, die Schule für immer zu schließen?

20

AUDREY

Nach fünfzehn Minuten immer noch keine Spur von Ivy in der Kantine. Offensichtlich hat Tom es nicht geschafft, ihr eine Nachricht zukommen zu lassen. Wie gesagt, wir dürfen während der Unterrichtszeit nicht auf unsere Zimmer, also beschließe ich, dass es besser ist, wenn ich hierbleibe. Falls sie doch noch auftaucht. Anstatt in der kurzen Pause das Schulgelände abzusuchen. Ich weiß, dass Ivy immer hinter Mrs Cranshaws Donuts her ist, deshalb besteht eine gewisse Chance, dass sie von sich aus herkommt.

Normalerweise nutze ich meine freie Zeit, um mit Teddy zu schreiben. Seit dem, was mit Clover passiert ist, verhält er sich besonders aufmerksam. Obwohl wir kaum eine Sekunde für uns hatten, um uns zu treffen, sind wir uns durch die vielen Nachrichten nähergekommen. Ich liebe es, mir seine langen Sprachnachrichten anzuhören. Da singt er (zwar total schief, aber das ist schon okay, weil es so süß ist) Stellen aus Songs, die ihn an mich erinnern.

Als würden meine Gedanken ihn herbeschwören, höre ich auf einmal eine vertraute Stimme meinen Namen rufen.

»Hier bist du!«

Ich schaue hoch und muss lächeln. »Teddy!«

»Normalerweise hängst du doch nicht in der Kantine ab. Deshalb habe ich hier gar nicht mit dir gerechnet.«

»Mrs Parsons hat mir mein Handy abgenommen. Das heimliche.«

»Nein!«

»Yep. Ivy wollte mich treffen, aber ich konnte ihr nicht mehr antworten.«

»Ich bin mir sicher, dass sie dir verzeihen wird. Wir müssen immer noch das Date ausmachen, ja? Bist du an diesem Wochenende da?«

»Ich bin mir nicht sicher. Das muss ich noch abchecken.«

»Mit Miss Creeper? Weißt du, du brauchst dafür nicht ihre Erlaubnis.« Er stupste mein Knie an.

»Ich weiß. Wir haben nur im Moment viel um die Ohren.«

»Ihr müsst doch nicht noch mehr geheime Bereiche der Schule entdecken, oder? Ich sag dir, es nervt, dass Mrs Abbott mich jedes Mal, wenn ich an ihrem Büro vorbeilaufe, reinholt, damit ich die Sicherheitseinstellungen eurer Zugangsausweise ändere.«

Das hatte ich ganz vergessen. »Nein, keine dieser Gefälligkeiten mehr, das schwör ich dir. Es ist schwer, weiterzukommen, seit das mit Clover ...«

Teddy erschauert. »Wirklich schlimm, was mit ihr passiert ist. Moment mal – wo laufen die alle hin?«

Um uns herum verlassen Schüler eilig die Kantine.

Ich spreche einen davon an. »Hey, was ist denn los?«

»Habt ihr's nicht gehört? Gerade ist ein Krankenwagen vor der Schule vorgefahren. Jemand ist verletzt.«

»Oh mein Gott. *Ivy!*« Ich springe auf und renne hinter den anderen her. Alle laufen zu dem Wald, der ans Schulgelände grenzt. Dort wird ein schluchzendes Mädchen von ihren Freundinnen getröstet.

»Audrey, warte!«, ruft Teddy hinter mir.

Ich kriege so eine Art Tunnelblick. Vor meinem inneren Auge sehe ich schon Ivy am Boden liegen und sich vor Schmerzen winden. Deshalb fällt eine Riesenlast von mir ab, als ich sie in einer Gruppe von Schülern stehen sehe. Ich glaube, die ganze Schule ist hier. Seit Clovers Tod sind alle furchtbar angespannt – jede ungewöhnliche Sache erregt totales Aufsehen.

Mrs Abbott steht sehr nah bei Mr Willis. In meinen Augen sieht das ganz schön innig aus. Ich mustere die beiden scharf. Mr Tavistock kommt über die Wiese gehumpelt und sieht mit seinem Stock auch ganz nach den gut siebzig Jahren aus, die er schon auf dem Buckel hat.

»Siehst du? Ihr fehlt nichts«, sagt Teddy.

»Gott sei Dank. Weißt du, ich sollte sie eigentlich treffen – sie wollte mir irgendwas erzählen. Unter vier Augen«, erkläre ich spitz.

Teddy nickt und macht ein resigniertes Gesicht. Schließlich beugt er sich herüber und drückt mir einen Kuss auf die Wange. »Sobald du dein Handy zurückhast, schreib mir, wann unser Date stattfinden kann, okay?«

»Mach ich.« Ich warte noch, bis er davonschlendert, bevor ich zu Ivy gehe. »Hey«, sage ich, als ich endlich bei ihr bin. An ihrer Schuluniform hängen Herbstblätter und sie hat Schweißperlen auf der Stirn. »Tut mir leid, dass ich deine Nachricht nicht bekommen habe – Mrs Parsons hat mir das Handy abgenommen. Was ist denn passiert?«

»Ein Junge ist von einem Baum gefallen. Ich glaube, er wird schon wieder. Aber es war trotzdem schrecklich. Ich hörte den Ast knacken und rechnete mit dem Schlimmsten.«

»Zum Glück scheint es ihm ja einigermaßen zu gehen. Aber die Neuigkeit hat sich rasend schnell verbreitet, was?«, sage ich mit Blick auf die Menge.

»Das kannst du laut sagen. Ich glaube, seit Clover machen alle sich ganz schnell Sorgen – obwohl es ja eigentlich so aussieht, als würde alles wieder normal. Das könnte unsere Chance sein, ein paar Nachforschungen anzustellen.«

»Was meinst du damit?«

»Schau dir die beiden an.« Ivy bewegt die Augenbrauen und deutet in Richtung von Mrs Abbott und Mr Willis. »Sehen die beiden nicht aus, als würden sie unter einer Decke stecken?«

»Sie wäre bestimmt nicht so angetan von ihm, wenn sie wüsste, was für ein Creep er ist.«

»Was, wenn sie es weiß?«

Ich schnappe nach Luft. »Du glaubst im Ernst, sie würde ihn hierbehalten, wenn sie wüsste, dass er eine Affäre mit einer Schülerin hatte?«

Ivy zuckt mit den Achseln. »Erpressung kann sehr wirkungsvoll sein. Vielleicht zwingt sie ihn, alles zu tun, was er will, damit er seinen Job nicht verliert. Mich würde inzwischen gar nichts mehr überraschen. Aber jedenfalls sieht es so aus, als ob sie uns momentan nicht allzu scharf beobachtet. Ich hab mir die Karte auf dem Handy der Magpie Society noch mal angesehen. Einer der Tunnel führt zu einer Tür direkt bei ihrem Haus. Lass uns da hingehen und einen Blick drauf werfen!«

»Ivy …« Ich hätte irgendwie gedacht, nach der Sache mit Clover würde sie die Sache mit der Magpie Society aufgeben. Die Mädchen aus Clovers Zimmer wollen nichts mehr damit zu tun haben und das Rätsel um Lolas Tod scheint auch irgendwie abgekühlt zu sein. Aber Ivy ist wie ein Hund mit einem Knochen. So leicht wird man sie davon nicht abbringen.

»Komm schon. Wir haben ein bisschen Zeit. Alle sind abgelenkt. Lass uns verschwinden.«

Ich sehe mich um. Sie hat recht. Alle Schüler und Lehrkräfte haben nur Augen für den Jungen, der immer noch mit Schmerzen am Boden liegt. Aber ich merke, dass jemand uns beobachtet: Araminta. Allerdings hat sie sich schon bereit erklärt, den Verletzten ins Krankenhaus zu begleiten, also kann sie uns nicht folgen. Obwohl ich mir denken kann, dass sie das gerne tun würde. Es kommt mir vor, als könnte ich ihre Gedanken lesen – sie merkt wohl schon, dass sie auf den falschen Drama-Zug aufgesprungen ist.

Mr Willis' Stimme schallt über die Menge, und ich merke, wie Ivy neben mir mit Anspannung reagiert. »Na schön, alle wieder rein. Ich glaube, jeder hat jetzt Unterricht. Genug gesehen, Leute.«

Ich greife nach Ivys Arm. Bevor er noch auf die Idee kommt, die Prefects zum Helfen zu verpflichten, verziehen wir uns.

Rasch überqueren wir das Gelände. Mein Atem ist in der Luft zu sehen und die Kälte dringt durch meinen Blazer. Ich friere bis ins Mark.

Mrs Abbotts Haus steht geschützt zwischen Bäumen. Ein prächtiges altes Cottage mit dunklen Holzbalken, die sich hübsch vom weißen Putz abheben. Im Winter wird sie hier ganz schön viel heizen müssen. Man sieht dann den ganzen Tag über eine dünne Rauchsäule aus dem Kamin aufsteigen. Ich kann es ihr nicht verübeln, aber sie dürfte Unmengen Brennholz benötigen.

Ivy holt das Magpie-Society-Handy heraus und gibt es mir. Ich zoome in die Karte. »Okay, der Ausgang aus der Höhle führt nicht ins Haus der Direktorin, aber in die Nähe. Sieht aus wie ein Schuppen oder so was.«

»Nein, das ist kein Gartenschuppen«, sagt Ivy. »Es sind Stallungen.«

Wir bleiben vor einem länglichen Holzbau stehen, der fast

komplett von Efeu überwachsen ist. Nur eine kleine Tür ist frei.

»Hier muss die Stallmeisterin gearbeitet haben«, sage ich. »Ich wünschte, sie hätten hier noch Pferde.«

»Mein Dad war ein guter Reiter«, meint Ivy leise.

»Echt?« Es ist das erste Mal, dass Ivy in meiner Gegenwart ihren Vater erwähnt.

»Ja. Es war sein einziges schickes Hobby. Er ist Automechaniker und ein bisschen ein Loser-Typ, um ehrlich zu sein. So, wie er meine Mum im Stich gelassen hat. Aber daran erinnere ich mich noch: Er liebte Pferde. Er hatte eine natürliche Zuneigung zu allen Tieren. Es gibt da dieses eine Foto von ihm, das ich so mag – da hat er den Arm um einen riesigen Ackergaul gelegt, während zu seinen Füßen ein herrlicher schwarzer Labrador sitzt. Er sieht aus wie ein Landedelmann, obwohl ich weiß, dass er in Wirklichkeit total anders ist.«

»Klingt trotzdem schön. Kann ich das Foto mal sehen?«

Sie schüttelt den Kopf. »Ich hab es nicht mehr. Aus Versehen habe ich es bei Mum in der Wohnung gelassen. In meinem Fotoalbum. Immer wieder nehme ich mir vor, es zu holen und mitzunehmen, aber dann kommt wieder irgendwas dazwischen ... Und Mum ist zu beschäftigt, um es mir zu schicken.«

»Wie schade. Du solltest solche Erinnerungen bei dir haben.«

»Das ist schon okay. Wenn ich das nächste Mal in London bin, nehme ich es mit und zeige es dir.« Ivy rüttelt an dem alten rostigen Griff der Stalltür, aber nichts bewegt sich. Als wir genauer hinsehen, erkennen wir etwas, das nach nagelneuen Riegeln aus Metall aussieht – und den Zugang unmöglich macht.

»Verdammt!«, murmelt Ivy. Wir suchen die Umgebung nach einem anderen Eingang ab.

»Hey? Was treibt ihr da?« Schon wieder Ed, diesmal mit einer Ladung Brennholz unterm Arm.

Ivy und ich zucken zusammen, doch als sie den Mund aufmacht, klingt ihre Stimme stark und empört. »Das Gleiche könnten wir dich auch fragen.«

»Ich tue meine Arbeit. Umgestürzte Bäume zu Brennholz für Mrs Abbott verarbeiten.«

Ivy zieht die Augenbrauen hoch. »Du hättest besser den Baum neben dem Brunnen gefällt.«

»Warum? Was ist damit passiert?«

»Hast du den Krankenwagen nicht gehört? Einer der Äste ist abgebrochen, als ein Junge auf dem Baum herumkletterte. Er war nicht wie die anderen mit einem Band markiert. Du weißt doch, dass die aus der Siebten da gerne spielen – es ist ja beinah schon eine Illumen-Hall-Tradition.«

»Mist. Wirklich?« Ed wird blass. »Dann sollte ich besser rübergehen und nachsehen.«

»Nein, warte – erzähl uns von der Magpie Society. Wir wissen, dass dein Großvater dort Mitglied war. Wir haben seinen Namen in den Büchern gefunden.«

»Könnt ihr vergessen! Kapiert ihr denn nicht? Deshalb laufe ich doch rum und blockiere die ganzen Eingänge. Ich versuche, dem ganzen Mist ein Ende zu machen. Leuten, die wegen der Magpie Society rumschnüffeln, passieren schlimme Sachen. Seht euch Clover an! Dieser Geheimbund wird noch meine Familie ruinieren – wann kapiert ihr das endlich?!«

Er sieht wütend aus und ballt seine Hände zu Fäusten.

Ivy runzelt die Stirn. »Wovon redest du, Ed? Was meinst du mit ›deine Familie ruinieren‹? Mr Tavistock ist doch wie ein

Großvater für mich – und das weißt du. Wenn da irgendwas im Busch ist, dann *sag es uns,* und wir können helfen. Stimmt's, Audrey?«

»Stimmt. Absolut.«

Sein Blick geht von mir zu Ivy. »Nicht hier. Lasst uns zu unserem Cottage gehen. Wobei es vielleicht sowieso schon für alles zu spät ist. Wenn Mrs Abbott ihren Willen durchsetzt.«

»Was ist mit dem Baum?«, frage ich.

»Um den kümmere ich mich später.«

Wir trotten von den Ställen weg und durch den Wald. Unterwegs schiele ich zu Ed hinüber. Trotz seines raubeinigen Images hat er etwas Rätselhaftes an sich. Dabei könnte er nach einem Friseurbesuch und in einer gut sitzenden Jeans beinah hot aussehen.

Kaum befinden wir uns im niedlich idyllischen Cottage der Tavistocks, verliert Ivy keine Zeit. »Sag uns, was du über die Magpie Society weißt.«

»Nein. Zuerst erklärt ihr mir, warum ihr es nicht einfach gut sein lassen könnt, obwohl man euch das schon mehrfach gesagt hat.«

»Wir reden hier von meinem Leben! Diese Schule bedeutet mir alles!«

»Von deinem Leben? Du bist so was von selbstsüchtig. Seht ihr denn nicht, dass einige von uns drauf und dran sind, ihr Zuhause zu verlieren, wenn ihr nicht aufhört, der Magpie Society nachzuschnüffeln?«

»Du denkst, ich wäre schuld daran?«

»Warum, glaubst du, hat Mrs Abbott es so auf dich abgesehen?«

Das sieht jetzt aus wie ein Duell zwischen Ivy und Ed. Sie starren einander an. Ed unter seinen dichten, buschigen Augenbrauen hervor und Ivy mit entschlossenem Blick ihrer dunkelbraunen Augen. Zwischen ihnen scheinen Funken zu sprühen, sodass ich fürchte, als Nächstes könnte das ganze Cottage in Flammen aufgehen.

»Okay«, sage ich, »kommen wir alle ein bisschen runter. Ich glaube, wir wollen doch alle dasselbe. Ed – du hast recht. Wir können das nicht auf sich beruhen lassen. Genau wie Clover haben wir uns mit Lolas Tod beschäftigt und sind – so wie sie – auf die Magpie Society gestoßen. Ivy und ich schulden es Clover, das bis zum Ende durchzuziehen. Wir wissen, dass Lola eine Elster auf den Rücken tätowiert hatte. Warum? Wir wissen auch, dass da noch jemand mit ihr oben auf den Klippen war – es gab eine Zeugenaussage dazu. Aber wer war das? Dank der Hinweise, die jemand uns gegeben hat, sind wir auf das Hauptquartier der Geheimgesellschaft gestoßen. Warum? Wir enden in einer Sackgasse nach der anderen. Deshalb würdest du uns verdammt viel Zeit sparen, wenn du jetzt einfach erzählst, was du weißt.«

Ed seufzt. »Schön. Na gut. Aber setzt euch lieber.«

Ich lasse mich in einen der alten Ledersessel fallen. Doch Ivy und Ed bleiben stehen. Es käme mir seltsam vor, deshalb auch wieder aufzustehen, also bleibe ich, wo ich bin.

Ed geht zum offenen Kamin hinüber, in dem kein Feuer brennt, und lehnt sich an den Sims. »Diese … diese Sache mit der Magpie Society. Die gab es wirklich, okay? Sie gehörte genauso zur Schule wie die Sternnamen der einzelnen Häuser oder die in Form geschnittenen Sträucher auf dem Gelände. Wahrscheinlich habt ihr das schon nachgelesen, aber sie wurde jedenfalls von Lady Penelope Debert gegründet. Sie überzeugte ihren Bruder, Direktor Alden, Ende des 19. Jahrhunderts erstmals eine Schülerin ins Internat aufzunehmen. Sie bat das

Personal – also die Leute, die diese Schule tatsächlich am Laufen halten –, auf das Mädchen aufzupassen.«

»Lily Ellory«, flüstert Ivy.

Ed zieht eine Augenbraue hoch und nickt. »Das verletzlichste Kind an der Schule zu beschützen. Und genau das taten sie – und machten dann in diesem Sinne weiter. Die Stifter, Direktorinnen und Direktoren, sie kümmern sich sozusagen um das Vorderhaus, die Fassade. Aber die wahren Hausmeister agierten immer hinter den Kulissen. Sie wirkten als unsichtbare Stützen, nie anerkannt, aber immer präsent.«

Ed blickt auf seine schwieligen Hände. »Ja, mein Granddad gehörte dazu. Als oberster Gärtner wurde er, genau wie sein Vater vor ihm, eingeführt. Doch alles änderte sich, nachdem ein Direktor – ich glaube, er hieß Gallagher – gefeuert wurde, als die Magpie Society in den Fünfzigerjahren enthüllte, dass er Schulgebühren unterschlagen hatte. Die Wohltäter der Schule, Eltern, der neue Direktor – sie alle waren zwar froh, dass er überführt worden war, aber gleichzeitig kamen sie zu dem Schluss, dass nicht irgendeine Geheimgesellschaft so viel Macht haben sollte. Sie fürchteten um ihre Kontrolle. Also bewirkten sie Veränderungen, feuerten langjährige Mitarbeiter. Nahmen ihnen die Wohnmöglichkeiten auf dem Schulgelände. Das Ganze dauerte zwanzig Jahre, aber sie schafften es.«

Er schweigt kurz. »Nur mein Granddad konnte seinen Job behalten – wahrscheinlich weil sie davon ausgingen, er könne sich nicht um die Gärten kümmern und gleichzeitig eine Geheimgesellschaft am Laufen halten. Da lagen sie richtig. Ihr habt ihn ja gesehen. Er hat schon genug um die Ohren, ohne sich auch noch um Schülerinnen und Schüler sorgen zu müssen. Er hat ja nicht, wie noch sein Vater, eine ganze Mannschaft unter sich. Als meine Eltern vom Schulgelände wegzogen und dann auch noch meine Großmutter starb, war er wirklich ganz allein. So löste sich die Gesellschaft in den Siebzigerjahren auf.«

»Warum verlangt er von Mrs Abbott keine zusätzlichen Arbeitskräfte?«, fragt Ivy.

»Denkst du, das hat er nicht versucht? Ich meine, sie hat sich schon angestellt, mich meine Lehre hier machen zu lassen. Und das, obwohl ich sie kaum einen Penny koste. Die haben mich hier nicht mal zur Schule gehen lassen, wusstet ihr das? Obwohl mein Granddad auf dem Gelände wohnt.«

»Moment mal, dann ist dein Großvater also das letzte noch verbliebene Mitglied der Magpie Society?«, frage ich.

»Soweit ich weiß, ja.«

Ivy runzelt die Stirn. »Dann hat *er* uns die Einladungen geschickt? Er war derjenige, der ein Handy mit einer Karte der heimlichen Verbindungsgänge in der Schule aufgesetzt hat? Kommt mir für ihn ein bisschen viel vor.«

»Nein. Und wisst ihr, genau darum geht's mir. Er war das nicht. Da bin ich mir sicher. Und ich war's auch nicht. Nachdem du erwähnt hast, dass jemand in dieser Höhle hauste, Ivy, da habe ich versucht, all die Geheimgänge dichtzumachen. Ich habe keine Ahnung, wer sich als Magpie Society ausgibt, aber es gefällt mir nicht. Ich habe keine Ahnung, was derjenige vorhat, aber es hat nichts mit dem ursprünglichen Ziel der Gesellschaft zu tun: die verletzlichen Schüler von Illumen Hall beschützen.«

Ich greife erschrocken nach Ivys Hand und sie erwidert meinen Druck.

Ed seufzt. »Ich weiß aber, dass Mrs Abbott jeder Vorwand recht ist, um meinen Granddad zu feuern. Aber das würde ihn umbringen. Dieser Ort hier ist seine ganze Welt. Wo soll er denn hin, wenn sie ihn zwingt, dieses Cottage zu räumen? Wahrscheinlich würde er dann in irgendeinem Heim verkümmern. Das will ich nicht. Obwohl es nach dem Unfall dieses Jungen jetzt vielleicht schon zu spät ist.«

Ivy wird ganz blass. »Das ist nicht dein Ernst! Sie kann doch Mr Tavistock nicht feuern!«

»Du kannst nicht alles kontrollieren, was hier passiert, Ivy!«

Ivy beginnt zu zittern, und ich ziehe sie auf einen Stuhl, damit sie sich hinsetzt.

»Hast du irgendwas zu trinken? Ein Glas Wasser oder so?«, frage ich Ed. Ivy sieht so fertig aus, als würde sie gleich in Ohnmacht fallen.

Ed geht polternd in die Küche. Ich nehme Ivys Hände zwischen meine. Ihre Finger sind eiskalt.

»Hört zu«, sagt Ed, als er zurückkommt. »Mit dieser neu gegründeten Magpie Society stimmt irgendwas nicht. Wer auch immer euch dieses Handy gegeben und euch diese Nachrichten geschickt hat …«

»Wer auch immer die Elster auf Lolas Rücken gezeichnet hat …«, werfe ich ein, und Ed nickt.

»Das ist nicht *unsere* Magpie Society. Nicht diese …« – er deutet auf ein Gruppenfoto, das auch seinen Großvater zeigt – »… Magpie Society. Wenn ihr mich fragt, hat, wer auch immer damit wieder angefangen hat, bisher nur Schlechtes bewirkt. Lola. Clover. Und deshalb bleibt derjenige auch im Verborgenen. Manipuliert euch, damit ihr denkt, wir wären das. Weil da jemand nichts Gutes im Schilde führt. Und mein Granddad wird das nächste Opfer sein.«

Ivy schüttelt den Kopf. »Es muss so sein, dass Mrs Abbott wegen ihres wichtigen Verkaufs versucht, Mr Tavistock rauszuschmeißen. Die wollen so eine Mischung aus Hotel und Spa aus der Schule machen. Wo sie Hochzeiten und irgendwelchen Mist veranstalten. Was die Geschichte von Illumen Hall total ruinieren würde. Es wäre dann nicht mehr wie bisher eine sichere Zuflucht. Genau so etwas würde die Magpie Society verhindern wollen, nicht wahr? Also vielleicht haben sie sich noch mal zusammengetan? Vielleicht glauben sie, dass sie keine langjährige Tradition brauchen, um die Schule zu schützen. Das ist ja sowieso … ziemlich altmodisch. Für mich klingt es so, als würde die Magpie Society von deinem Granddad, so gut ihre Absichten auch gewesen sein mögen, eine gewisse Auffrischung brauchen.«

Ed überlegt. »Also, ich trau der Sache nicht. Nach allem, was Granddad erzählt hat, stehen für die Magpie Society die Schülerinnen und Schüler immer an erster Stelle. Dazu passt der Tod von Schülerinnen überhaupt nicht.«

Ivy steht auf und wirft mir einen so finster entschlossenen Blick zu, dass ich gezwungenermaßen auch aufstehe. »Hör zu, Ed. Wir wissen nicht, wer uns diese Hinweise gibt. Aber wir wissen, dass an der Schule irgendwas nicht stimmt. Also werden wir unsere Pläne weiterverfolgen. Können wir uns drauf verlassen, dass du uns nicht mehr aufhalten oder noch mehr Eingänge verbarrikadieren wirst?«

Er hebt gleichgültig die Hände. »Macht doch, was ihr wollt.«

»Gut.« Ivys Augen blitzen zornig. »Denn es ist unser Job, die Schule zu schützen. *Wir* sind jetzt nämlich die Magpie Society.«

21

IVY

Zurück in der Schule gehen wir gleich zum Common Room und suchen uns einen freien Ecktisch. Es wird dunkel, der tiefblaue Himmel ist übersät mit Sternchen. Audrey zieht ihren Stuhl heran und stützt den Kopf in die Hände. Auf dem Weg hierher hat Tansy aus der Zwölften bestätigt, was wir befürchtet haben: Mr Tavistock ist gefeuert worden. Sie hat gesehen, wie er Mrs Abbotts Büro verließ und sehr verzweifelt wirkte. Audrey und ich sitzen eine Weile schweigend da und denken nach.

»Glaubst du, das stimmt?«, fragt Audrey leise, ohne aufzublicken.

»Wenn ich ehrlich bin, traue ich das Mrs Abbott zu. Ein Baum, der umzustürzen drohte, aber nicht gefällt wurde, hat wortwörtlich einen Schüler erdrückt. Auch wenn der Junge wieder gesund wird, Mrs Abbott reicht das als Munition, um auch den letzten schon lange Angestellten loszuwerden.« Ich massiere mir die Schläfen und Audrey zupft aufgebracht an ihrem Fingernagel.

»Es würde mich nicht mal überraschen, wenn sie die ganze Sache inszeniert hätte, indem sie das Schleifenband selbst entfernt hat! Denk mal drüber nach, Audrey: Schon seit Jahren ist der Verkauf geplant. Alle, die von der Magpie Society wussten, und von ihren guten Tagen, sind fort. Die Federn sind jetzt

Zeitarbeitskräfte! Jeder neue Hausangestellte ist maximal ein Jahr hier und dann wieder weg. Und ersetzt. Wenn die Magpie Society früher tatsächlich dafür stand, die Schule zu schützen, ist die Projektentwicklung eines Hotels das Letzte, was sie wollen.«

Ich schaue mich um, um sicherzugehen, dass niemand unser Gespräch belauschen kann. Es sind nur ein paar andere Schüler da, die am anderen Ende des Raumes Tischfußball spielen.

»Je weniger altes Personal, desto leichter der Verkauf, denke ich.« Audrey seufzt.

»Was wird mit Mr Tavistock passieren?« Mir wird ganz flau im Magen. Der Gedanke, die Schule zu verlassen, verursacht mir immer Albträume. Allein die Vorstellung, dass Mrs Abbott einen mit einem Fingerschnippen auffordern kann, zu gehen und nie wiederzukommen – und damit den Verlauf des Lebens zu verändern. Mr Tavistock und ich haben eine Verbindung, die meiner aufrichtigen Meinung nach durch unsere gemeinsame Liebe zu dieser Schule gefestigt ist. Er ist der einzige Mensch, mit dem ich wirklich stundenlang über das Internat reden kann. Seine Eigenarten und seine Schönheit. Ich weiß, er liebt es, den Wechsel der Jahreszeiten auf dem Schulgelände zu beobachten, für dessen Natur er so schwer geschuftet hat. Der Gedanke, dass er irgendwo verkümmert, weil er seinen grünen Daumen nicht mehr benutzen kann, macht mich krank.

»Hast du die Baupläne bei dir?«, frage ich.

»Oh … ähm, ich bin mir nicht sicher. Ich schau mal.« Audrey hievt ihre Tasche hoch und blättert zögerlich in Heftern und sonstigen Unterlagen.

»Ich glaube, da!«, sage ich, als ich die feinen schwarzen Linien und die Architektenzeichnung in einem Papierstapel entdecke, den sie fast übersieht.

»Oh ja, da ist er ja!« Sie zieht den Plan langsam heraus und reicht ihn mir.

Ich blicke mich noch einmal um, wer in der Nähe ist, doch es ist immer noch sehr ruhig. Die meisten gehen um diese Zeit zum Abendessen. Vorsichtig und behutsam falte ich den Bauplan auf und breite ihn auf dem Tisch aus. Da bemerke ich ein Logo in der oberen rechten Ecke.

»Das muss die Firma sein, die die Schule kauft und das Projekt entwickelt, wir sollten sie recherchieren.« Ich schnappe mir mein Handy.

»Das kann ich übernehmen!«, ruft Audrey schnell. »Ich liebe es, bei solchen Sachen Detektivin zu spielen. Ich sehe mir das später auf dem Laptop an und sag dir dann Bescheid. So habe ich heute Abend wenigstens was zu tun.« Sie lächelt erwartungsvoll.

»Okay, super! Araminta will noch eine Probe, also hab ich sowieso nicht viel Zeit«, sage ich und scanne den restlichen Bauplan nach etwas anderem, das uns weitere Hinweise gibt. »Das sieht alles dermaßen beschissen aus, nicht wahr?«

Laut Plan werden die alten Gebäude mit komplett gläsernen Tunneln verbunden und der »Tower Wing« genannte Flügel wird vollständig abgerissen. Das ist älteste Teil der Schule! Es scheint, als sollte der Wald völlig platt gemacht werden, um dort zusätzliche Hotelgebäude zu errichten. Die Vorstellung, dass all diese schönen uralten Bäume mit so viel Geschichte einfach gefällt und durch moderne quadratische Häuser mit protzigen Balkonen ersetzt werden, ist mir einfach unerträglich.

»Ich schau mal, was auftaucht, wenn ich die Schule google und propertylife.com eingebe. Vielleicht finden wir auch etwas auf der Seite des Katasteramts, das die Grundbücher führt?«

»Gute Idee.«

Ich öffne die Browser-App auf meinem Handy. Keine weiteren Infos, aber ich sehe, dass der Unfall mit dem Baum bereits in ein paar Artikeln von Lokalzeitungen online die Runde macht.

»Das muss ein Privatverkauf gewesen sein. Nichts zu finden.«

»Hm ...« Audrey tippt mit dem Finger auf ihren Mund. »Wenn das irgendwie mit Lola zusammenhängt, weiß Patrick doch vielleicht etwas. Kannst du dich erinnern, wie wir ihn fragen wollten, was er weiß, aber wir waren dann abgelenkt, weil wir ihn stattdessen über Clover ausgequetscht haben? Lolas Familie ist doch extrem wohlhabend. Könnte die nicht irgendwie damit zu tun haben?«

»Einen Versuch ist's wert, finde ich!«

»Sobald ich mein Handy zurückhabe, werde ich Patrick fragen.«

»Ich habe überlegt ... bei all diesen geheimen Tunneln und wie sehr Mrs Abbott zu versuchen scheint, uns voneinander zu trennen, sollten wir uns einen Weg überlegen, wie wir miteinander in Kontakt bleiben können.«

»Wie wäre es mit einer Shared-Location-App auf den Handys? Wir können uns doch da gegenseitig adden.«

»Perfekt.« Ich logge mich in den App Store ein und suche nach einer passenden App, um Freunde zu lokalisieren. »Wie wär's mit der hier?«

»Ich lade sie mir runter und adde dich.«

»Und damit wir nicht die ganze Zeit da unten bei den Küchen herumschleichen müssen – Mrs Cranshaw schöpft bestimmt bald Verdacht –, können wir Mr Tavistocks Haus als Treffpunkt nutzen, wenn er weg ist. Solltest du mich mal nicht finden können, werde ich dort sein. Klingt das gut?«

»Perfekt.«

»Hi, Girls.« Ich höre die vertraute heisere und zugleich laute Stimme von Araminta hinter mir und schließe sofort die Augen und erstarre. Ich bin *so was von* nicht in der Stimmung für so etwas. »Ich nehme an, ihr lernt fleißig?« Sie versucht, zu erkennen, was wir uns gerade anschauen, und ich bemerke, wie ihr Blick zu meinem Handy wandert.

»Ja. Was willst du?«, belle ich zurück, während ich das Handydisplay sperre. Sie runzelt die Stirn und auf der anderen Seite des Tisches zuckt Audrey erschrocken zusammen.

»Hast du dein neues Musikstück für das Weihnachtskonzert ausgesucht, Ivy? Jetzt, wo Clover offensichtlich nicht dabei sein wird…« Sie zupft an ihrem Pferdeschwanz.

»Minty, wirst du's eigentlich niemals müde, so eine verdammt unsensible Bitch zu sein?«, frage ich sie.

Ihr Gesicht läuft so rot an wie eine Rote Bete. »Das fragst ausgerechnet du?« Sie lacht unangenehm berührt, Tränen treten ihr in die Augen.

»Lass uns nicht streiten. Das ist für uns alle eine schwierige Zeit und die Gefühle kochen hoch…« Audrey versucht zu schlichten, was sich zwischen mir und Araminta zusammenbraut.

»Du hast recht, Audrey. Manche Menschen können anscheinend nicht mit ihren Emotionen umgehen.«

»Oh, bitte. Geh und such dir jemand anderen zum Rumkommandieren, Minty. Du langweilst mich.«

Sie starrt mich eine Minute schweigend an, dann macht sie auf dem Absatz kehrt und geht zur Tür. »Weißt du was? Wenn du das mit dem Weihnachtskonzert nicht ernst nimmst, werde ich wohl mit Mr Willis darüber sprechen müssen, dich auszutauschen!«

»Mach, was du willst!«, brülle ich zurück, obwohl die Tür zufällt, bevor Araminta mich hört. »Ist das zu glauben?«

»Vielleicht gehe ich ihr besser nach.« Audrey wirft sich ihre Tasche über die Schulter und steht auf.

»Gott, Audrey, du bist echt so eine Arschkriecherin«, knurre ich.

Audrey ist wie versteinert und starrt mich an, unfähig, sich zu bewegen oder zu reagieren. Ihre Augen füllen sich sofort mit Tränen.

»Entschuldige. Ich hab's nicht so gemeint. Ich bin bloß gestresst. Das Ganze ist einfach … viel.«

»Das verstehe ich«, sagt sie leise. »Aber ich lasse nicht zu, dass noch jemand das Opfer von Mr Willis wird«, fügt sie hinzu und geht ohne ein Lächeln.

22

AUDREY

Ivys Bemerkung tut weh, aber ich ändere meine Meinung nicht, sondern hole unser Headgirl ein. »Araminta, warte. Geh nicht zu Mr Willis.«

»Warum nicht? Ivy hat hier nichts zu sagen. Ich werde nicht zulassen, dass sie das Weihnachtskonzert genauso ruiniert wie die Samhain-Party.«

»Das meine ich gar nicht. Du kannst zu jedem anderen Lehrer gehen, nur nicht zu ihm.«

Araminta verschränkt die Arme vor der Brust. »Erklär mir das.«

»Er ist ein Creep, okay? Wenn ich du wäre, würde ich mich von ihm fernhalten.«

Sie wird rot im Gesicht. »Das ist ein ziemlich starker Vorwurf, Audrey. Wie lange bist du erst hier – drei Monate? Du hast doch keine Ahnung, wovon du da redest.«

»Bitte hör auf mich. Er ist kein guter Mensch.«

»Hast du irgendwelche Beweise?«

»Nein, aber …«

»Hör mal, ich weiß, dass du und Ivy total eng miteinander seid, aber lass mich dir was sagen. Ivy ist total in Mr Willis verknallt. Das weiß jeder. Letztes Schuljahr hat sie ihn quasi gestalkt – sie hat Mrs Abbott dazu gebracht, ihn zu ihrem Musiklehrer zu machen, damit er mehr Zeit mir ihr verbringen musste. Und für das Weihnachtskonzert hat sie sich nur wegen ihm gemeldet. Ganz ehrlich, wenn hier irgendwer ein Creep ist, dann Ivy.«

»Okay, das klingt für mich total unwahr.«

»Ist es aber nicht! Er ist zu nett, um es zuzugeben oder ihr zu sagen, dass sie es lassen soll, aber es stimmt. Mit Lola Radcliffe war Ivy genau so. Wäre sie jetzt hier, würde sie das bestätigen. Sie hat uns immer vorgejammert, dass Ivy sie nie in Ruhe lassen würde.«

Ich fange an, mich richtig schlecht zu fühlen, weil ich schon so lange mit Araminta spreche, denn die Ivy, von der Minty hier spricht, ist überhaupt nicht die Version, die ich kenne. Vielleicht bin ich ja wirklich eine Schleimerin.

Allerdings wird mir auch bewusst, dass ich mich gerade bei der falschen Person einschleime. Ich gebe mir alle Mühe, um jemand zu warnen, von dem ich weiß, sie ist eine Mobberin und Schwindlerin. Dabei möchte ich mich eigentlich mit Ivy gut stellen.

Ich wünschte, es gäbe etwas, das ich tun könnte, um ihr meine Loyalität zu beweisen. Mit Araminta abhängen ist es jedenfalls nicht.

»Am Wochenende schon irgendwas vor?« Araminta wechselt das Thema. »Wenn nicht, ich will zusammen mit Bonnie und Xander nach Margate, um dieses süße Café zu besuchen … Wenn du Lust hast, komm doch mit.«

»Mein Bruder kommt zu Besuch.«

»Echt? Ist er cute?«

Ich verziehe das Gesicht. »Äh – iih! Er will sich jedenfalls in London treffen. Seltsamerweise war ich seit unserem Umzug noch nicht dort. Wird komisch sein, sich wieder in einer Großstadt aufzuhalten.«

»Oh mein Gott, ich *liebe* London. Warum komme ich eigentlich nicht mit? Dann könnte ich gleich deinen cuten Bruder kennenlernen. Und wir könnten auf der Oxford Street bis zum Umfallen shoppen.«

»Und was ist mit deinen Plänen für Margate?«

Sie zuckt mit den Achseln. »Kann ich ja jederzeit machen. Aber das wäre mal Zeit für uns beide! Ach, komm schon – das wird witzig!«

Weil ich es immer möglichst allen recht machen will, schaffe ich es fast nicht, sie zu enttäuschen, wo sie sich doch schon so freut. Und ich glaube, so was ist Araminta auch nicht gewöhnt. Also schlucke ich und nehme all meinen Mut zusammen. »Wirklich nicht. Ich glaube, ich muss meinen Bruder allein treffen. Wegen privater Familienangelegenheiten.« Dagegen kann sie doch nichts vorbringen, oder?

»Och, dein Ernst? Komm schon, bitte!«

»Nein!«, antworte ich scharf.

»Meine Güte, krieg dich wieder ein! Ist ja gut, Prinzessin, ich wollte dir nur einen Gefallen tun.« Sie verdreht die Augen. Im nächsten Moment lächelt sie schon wieder. »Okay, ich geh dann mal lieber und schaue, dass Leo mit seinem gebrochenen Bein klarkommt. Es sollte hier wirklich bessere Zugangsmöglichkeiten für Behinderte geben. Wetten, dass Clover Feuer und Flamme für so eine Kampagne wäre?« Sie schlägt sich erschrocken die Hand vor den Mund. »Oh mein Gott, Audrey. Das tut mir so leid. Es muss schrecklich gewesen sein, mit anzusehen, wie das passierte. Sie konnte ganz schön nerven, aber sie war ein absolut fester Bestandteil der Schule. Deshalb hätte ich mir auch nie vorstellen können, dass ihr etwas so Schreckliches passiert.«

Mein Mund wird ganz trocken. Araminta drückt noch kurz

meine Hand und lässt mich dann endlich allein. Wie benommen gehe ich auf mein Zimmer zurück.

Araminta hat recht – das Ganze fühlt sich immer noch so falsch an. Ich hatte den Brand verdrängt, als ob ich damit die Tatsache, dass Clover tot war, kleiner machen könnte. Sie in eine dunkle Ecke meines Gedächtnisses schieben, sodass ich mich nicht näher damit beschäftigen müsste. Ich kann mir nicht einmal vorstellen, wie Ivy sich fühlen muss, wenn man bedenkt, wie nah Clover und sie sich standen. Sie hat in letzter Zeit so viel durchgemacht. Deshalb möchte ich etwas Freundliches nur für sie tun.

Plötzlich kommt mir eine Idee. Wenn ich in London bin, könnte ich zu ihr nach Hause gehen und das Fotoalbum für sie holen. Das mit dem Foto von ihrem Dad. Darüber wird sie sich bestimmt freuen.

Aber dazu muss ich rauskriegen, wo sie wohnt. Ich schaue auf Ivys Seite des Zimmers nach einer Telefonnummer oder E-Mail-Adresse ihrer Mutter. Ich suche bei Google nach Moore-Zhang in London, finde aber nichts.

Ich will nicht zu sehr in ihren Sachen schnüffeln, aber ich habe Glück. An Ivys Pinnwand hängt eine To-do-Liste. Die Unmenge Lernstoff interessiert mich nicht, sondern das Papier, auf das er geschrieben wurde. Die Rückseite eines gebrauchten Briefumschlags. Der Absender ist Illumen Hall, aber vorne drauf … Ich nehme den Umschlag von der Pinnwand und schnappe nach Luft. Vorne stehe eine Londoner Adresse.

Als ich sie in Google Maps eingebe, komme ich zu einem Wohnblock in der Nähe vom Bahnhof Brixton. Ich muss dann zwar umsteigen, aber es gibt eine Verbindung nach London Bridge, wo ich meinen Bruder treffen werde. Mein Vorhaben fängt an, mir tatsächlich machbar zu erscheinen.

Ich speichere die Adresse und hänge das Kuvert genau so wie vorher zurück an die Pinnwand. Hoffentlich merkt Ivy nichts.

Als das Wochenende bevorsteht, scheinen die Spannungen zwischen Ivy und Araminta nachgelassen zu haben. Ivy hat sich ein neues Stück ausgesucht – irgendwas unglaublich kompliziert Aussehendes, das sie selbst komponiert hat. Sie ist echt ein Superstar.

Es bedeutet allerdings auch, dass sie dauernd übt und ich mich nicht mal von ihr verabschieden kann, bevor ich rennen muss, um meinen Zug zu erwischen.

Ich fühle mich zunehmend entspannt, als die grüne Landschaft Kents an mir vorbeifliegt, bevor die Gebäude höher und höher werden. Je weiter ich mich von Illumen Hall entferne, desto deutlicher wird mir die Seltsamkeit der letzten paar Wochen bewusst. Als hätte ich in einer Blase gelebt, in der es ganz normal ist, dass es Geheimgesellschaften, versteckte Verbindungsgänge, Muschelgrotten, unheimliche Lehrkräfte, wütende Headstudents und auf schreckliche Weise sterbende Mädchen gibt. All die Menschen in der Stadt gehen ihrem alltäglichen Leben nach und wissen zum Glück nichts von Rätseln und Magpies. Erst jetzt wird mir klar, wie isoliert ich gewesen bin. Ich habe keine Ahnung von den Nachrichten oder den Ereignissen in der Welt – kenne weder die aktuellen Songs im Radio noch die Filme, die gerade in den Kinos laufen. Ich habe nicht einmal den Kontakt zu meinen Freunden zu Hause in den USA gehalten.

Ein bisschen fühle ich mich wie eine Außerirdische, die auf einem neuen Planeten ihr Raumschiff verlässt.

Als ich an der Haltestelle London Bridge aussteige, starre

ich erst einmal zur gigantischen Spitze von The Shard hinauf, die sich in den strahlend blauen Himmel zu bohren scheint. Dann versuche ich, mithilfe meines Handys zu dem kleinen Café in Borough Market zu finden, wo mein Bruder mich treffen will, aber es ist ganz schön verwirrend. Ich erinnere mich, wie angenehm ich das ordentliche Straßennetz mit den geraden Reihen der Blocks in New York City fand. London dagegen ist ein Mischmasch aus Straßen, Bahnlinien und winzigen Gassen – aus großen modernen Gebäuden und alter Geschichte. Nachdem ich in eine Straße abgebogen bin, stoße ich erst auf ein Riesenschiff, dann auf die Überreste einer mittelalterlichen Festung, die mich an Illumen erinnert, bevor ich merke, dass ich zu weit in die falsche Richtung gelaufen bin.

Endlich finde ich das gesuchte Café. An einem Tisch sitzt bereits mein großer Bruder und erwartet mich mit zwei Kaffees.

»Deedee! Wie schön, dich zu sehen.«

»Edison! Wow! Verrückt, dass du jetzt in London bist.«

Ich umarme ihn lange, als er aufsteht und mich in seine kräftigen Arme schließt. Mit seinen knapp zwei Metern überragt er die meisten anderen Leute hier. Er schafft es sogar, dass ich mir mit meinen ein Meter achtzig klein vorkomme – ein Grund, warum ich ihn so gernhabe.

»Ich hab dir den Kaffee von der Speisekarte bestellt, der am abartigsten klang… irgendwas mit Toffee, Nuss und solchem Blödsinn. Ich hoffe, er schmeckt dir.«

Ich nehme einen Schluck, kaum dass ich mich gesetzt habe. »Mhmm. Besser als langweiliger Espresso.« Er würde gut zu Patrick passen, kommt mir in den Sinn. »Was machst du überhaupt hier? Solltest du nicht irgendwo mit den Jungs aus deiner Fraternity Party machen?«

»Ich bin noch nicht mal in einer Fraternity, und das weißt du.« Er beugt sich vor und greift nach seinem Kaffeetässchen. »Hast du in letzter Zeit eigentlich was von Dad gehört?«

»Nein ... ich hab sogar versucht, ihn zu erreichen, aber er ist komplett abgetaucht. Das nervt.«

Erst jetzt fällt mir auf, was Edison anhat. Einen Anzug. Ich runzele die Stirn. Das ist ganz untypisch für ihn.

»Anscheinend steckt er dauernd in Krisenbesprechungen zu seinem neuen Projekt. Er hielt es für eine gute Idee, dich auf den neuesten Stand zu bringen, also hat er mich gebeten, herzukommen und es dir zu erzählen. Er hat vor ...«

»Die Schule zu kaufen, auf die er mich geschickt hat, und ein Luxushotel daraus zu machen? Womit er mein Leben wieder mal auf den Kopf stellen und das Leben vieler meiner neu gefundenen Freunde kaputtmachen würde? So was in der Art?«

Ausnahmsweise habe ich geschafft, dass es meinem Bruder die Sprache verschlägt. Das ist erst mal eine Genugtuung, doch schnell wird mir bewusst, was ich da gerade gesagt habe. So hatte ich das bisher noch nicht betrachtet. Dabei ist es so verdammt typisch für meinen Dad. Mich auf die Schule schicken, die er kaufen will, wahrscheinlich um Geld zu sparen – und ich dachte wirklich, er würde Tausende Pfund Schulgebühren für mich zahlen, während das wahrscheinlich alles Teil des Deals war. Und um meine Zukunft kümmerte er sich kein bisschen.

Weil er das ja auch nicht muss.

Mein ganzes bisheriges Leben habe ich in einem riesigen Sicherheitsnetz verbracht. Ich könnte wieder die Schule wechseln, mir ein Jahr freinehmen oder komplett abbrechen, denn ich würde trotzdem auf meinen Füßen landen. Mein Dad mag sich zwar nicht für meine Zukunft interessieren, aber er würde mich nicht vor die Hunde gehen lassen. Auch wenn es mich nervt, das zugeben zu müssen.

Endlich atmet mein großer Bruder geräuschvoll aus und nippt an seinem Espresso. »Dann weißt du es also schon. Aber woher? Dad meinte, er hätte es dir noch nicht gesagt.«

»Hat er auch nicht.«

Edison zieht eine Augenbraue in die Höhe. »Das ist eine große Sache. Noch soll niemand davon wissen. Es war eine Bedingung für den Deal, dass niemand davon erfahren sollte, bevor alles in trockenen Tüchern ist. Wenn Dad rauskriegt, dass irgendjemand geplaudert hat, wird er so was von sauer sein ... Du hast ja keine Ahnung, wie viel von unserer Zukunft da reininvestiert wurde.«

»Tja, glaub mir, jemand an der Schule weiß davon. Ich habe die Pläne gesehen. Vielleicht will Mrs Abbott ja am Ende doch nicht verkaufen?«

»Deine Direktorin?«

»Hierzulande nennt man sie Headmistress.«

»Ja, stimmt. Aber nein, nach allem, was Dad erzählt, war sie diejenige, die in dieser Sache Druck gemacht hat. Sie ist zu ihm nach Hause gekommen, um über die Fortschritte und alles zu informieren.«

»Oooh.« Endlich kapiere ich, warum Mrs Abbott damals meinen Dad zu Hause besucht hat. Ich merke, wie die Wut in mir aufsteigt.

»Deedee, hör zu, wenn das rauskommt – könnte es wirklich schlecht laufen.«

»Wenn das so schlimm wäre, dann hätte Dad mir doch vorher davon erzählt! Er hätte wohl kaum gewollt, dass ich an irgendeine Schule komme, wo ich neue Freunde finde, aber nur für ein Jahr.«

»Wie hätte er erwarten sollen, dass du das verstehst? Es ist ein ehrgeiziges Riesenprojekt für ihn. Richtig viel Geld für uns. So viel wie noch nie. Das willst du ihm doch nicht kaputtmachen, oder?«

Ich bohre den Nagel meines Daumens so fest in meinen Zeigefinger, dass die Haut reißt. Aber es kümmert mich nicht. Wenigstens fühle ich dadurch irgendwas.

»Ganz ehrlich, Edison? Es kümmert mich einen Scheiß, was Dad denkt. Aber ich schätze nicht, dass er davon ausgehen sollte, dass aus dieser Sache etwas wird. Glaubst du etwa, er weiß irgendwas über die Geschichte der Schule oder kümmert sich darum? Dieser Ort hat Revolutionen überdauert, Bomben, Weltkriege. Vertrau mir einfach, wenn ich dir sage, dass Dad keine Chance gegen die Mächte hat, die die Schule *wirklich* am Laufen halten.«

Edison lehnt sich zurück. »Genau darum geht's. Es ist die andere Sache, über die ich mit dir reden wollte. Du irrst dich. Einige der wichtigsten Geldgeber der Schule stehen hinter dem Projekt. Eine Familie ... die Radcliffes. Sie sind die größten Investoren dabei.«

»Moment mal, was?« Ich mache große Augen. Dabei hatten Ivy und ich angenommen, die Familie würde *gegen* die Schließung der Schule sein.

»Oh – damit hast du wohl nicht gerechnet, oder?«

»Das ... Das glaube ich dir nicht.«

»Bitte sehr.« Edison öffnet auf seinem Handy ein Dokument. Da stehen die Namen der Radcliffes unter einem Schreiben, das dem Verkauf der Schule zustimmt. Mir dreht sich der Magen um.

»Die Lehrkräfte werden dagegen sein. Weil sie alle ihre Jobs verlieren.«

»Die Lehrer? Die werden eine fette Abfindung bekommen und sich keine Sorgen machen müssen. Absolut keine. Wahrscheinlich werden sie begeistert sein.«

»Und was ist mit den Schülern?«

»Darum kümmert sich eure Headmistress. Für jeden wird gesorgt sein. Hör mal, Dee, ich hatte irgendwie gedacht, du würdest dich freuen – weil du mittendrin bist. Mir war nicht klar, wie sehr du an der Schule hängst. Aber jetzt kapiere ich, warum Dad sich an mich gewandt hat. Er arbeitet wie ein Irrer, um diesen Deal in die Realität umzusetzen. Es ist ihm gelungen, so viele Hindernisse aus dem Weg zu räumen – du hast ja keine Ahnung. Er hat für dieses Projekt schon Berge versetzt, und er hatte gehofft, auf deine Hilfe setzen zu können.«

»Meine Hilfe? Er denkt, dass ich ihm helfe, dort alles kaputtzumachen? Das glaube ich einfach nicht. Und vielleicht habt ihr Mrs Abbott, die Radcliffes und die Lehrkräfte auf eurer Seite, aber das sind nicht alle. Leute werden protestieren, weißt du.«

»Vielleicht beschweren sich ein paar, aber Schulen machen andauernd dicht. Dieses Projekt ist eine Riesensache für uns – kapierst du das nicht? Für unsere Familie. Die Schüler werden klarkommen. Aber wir brauchen das. Und vergiss nicht, was wir alles für dich getan haben.«

»Also deshalb bist du hier.« Ich blinzele. Dabei dachte ich, Edison und ich stünden uns nahe. Aber nein – er ist genau wie alle anderen in meiner Familie. Es geht immer um irgendwelche hehren Zwecke, und sie erwarten, dass ich mich ihrem Willen beuge. »Du willst doch irgendwas von mir.«

»Du hast Zugang zu einer Information, die Dad braucht. Ein Dokument – wahrscheinlich in der Schulbibliothek oder im Schularchiv. Und zwar die Gründungsurkunde der Schule.

Es gibt darin eine besondere Klausel, die wir überprüfen müssen.«

»Warum bittet er nicht einfach Mrs Abbott darum?«

»Er meint, dass sie ihm die vielleicht verheimlicht. Und er will nicht, dass im letzten Moment noch irgendwas passiert, das diesem Deal die Grundlage entzieht.«

Ich verdrehe die Augen. »Trägst du deshalb einen Anzug? Arbeitest du jetzt etwa für Dad?«

»Ehrlich gesagt … ja. Ich weiß, dass du seit dem Vorfall abgelenkt warst, aber wenn du aufgepasst hättest, dann würdest du wissen, dass ich mir eine Auszeit vom College genommen habe, um eine Weile für Dads Firma zu arbeiten. Deshalb bin ich hier in London.«

Mir steht vor Staunen der Mund offen. »Was? Und was ist mit Yale?«

»Yale wird es auch nächstes Jahr noch geben. Aber das hier ist wichtig.«

»Und warum fragt er mich dann nicht selbst danach?«

»Weil er beschäftigt ist. Im Moment finden ein paar wichtige Meetings statt, um alles zu regeln. Das ist gerade die entscheidende Phase, wenn du verstehst. Mit dem Umbau soll noch diesen Sommer begonnen werden.«

»Diesen Sommer?« Ich bin entsetzt. »Dann kann ich in Illumen Hall nicht einmal mehr meinen Schulabschluss machen?«

Edison lacht. »Seit wann interessiert dich denn, wo du deinen Abschluss machst? Du weißt doch, dass es sowieso egal ist. Du kannst auf jedes College deiner Wahl.«

»Und was ist damit, was ich *möchte*? Vielleicht ein bisschen Stabilität in meinem Leben? Freunde?«

»In Savannah schien das ja eher deine letzte Sorge zu sein.«

»Tja, die Dinge haben sich eben geändert.«

»Ach was. Du wirst schon klarkommen. Willst du nicht sowieso Schauspielerin werden? Du könntest hier nach London kommen und auf eine mehr auf Kunst ausgerichtete Schule gehen – oder zurück in die Staaten! Ich bin sicher, Dad würde dir eine Wohnung in New York City besorgen, wenn du ihm in dieser Sache behilflich bist.«

»Ich kann mir das nicht mehr anhören. Weißt du was, Edison? Es freut mich, dass es dir offensichtlich gut geht, aber ...« Ich stehe von meinem Stuhl auf.

»Dee, das kann doch nicht dein Ernst sein! Ich bin gerade erst angekommen.«

»Tja, also, ich habe in London noch andere Sachen zu erledigen, okay?«

»Was denn? Hast du deine üblichen Shopping-Orgien diesen Monat noch nicht gefeiert?«

Meine Augen werden schmal. »Benimm dich nicht wie ein Arschloch, Edison. Du weißt doch überhaupt nichts mehr von mir. Weißt du, früher hab ich zu dir aufgeschaut. Aber jetzt begreife ich, dass du genauso schlimm bist wie alle anderen. Geh doch wieder zurück aufs College und häng mit deinen Lacrosse-Kumpeln ab. Da gehörst du nämlich hin.«

Ich stürme aus dem Café, und ein kalter Schauer überläuft mich, der nichts mit den kühlen Temperaturen draußen zu tun hat.

23

AUDREY

Ich laufe in Richtung Themse. Während ich auf das vorbeirauschende Wasser starre, das in der Sonne glitzert, entspanne ich mich langsam wieder. Kurz frage ich mich, ob Edison mir folgen wird, aber nach ein paar Minuten weiß er, dass er mich mir selbst überlassen hat. Das war ich in meiner Familie schon immer: das Sandwich-Kind, das übersehen und rumgeschubst wird, ohne dass sich jemand groß Gedanken darüber macht. Ich glaube, bis letzten Sommer, als Alicia am Ende tot in unserem Whirlpool lag, haben sie mich sogar kaum wahrgenommen.

Aber das erregte natürlich ihre Aufmerksamkeit.

Inzwischen scheine ich wieder in Vergessenheit geraten zu sein. Aus den Augen, aus dem Sinn, weil auf dem Internat. Edison ist Dads Lieblingskind, sein Nachfolger, wie es aussieht. Und Jason ist Mums kleiner Prinz, der so oft die Schule schwänzen darf, wie er will, um zu machen, wozu er eben Lust hat. Ich wurde dagegen für einen Neustart aufs Internat geschickt – obwohl Dad schon genau wusste, dass ich mich am Ende des Jahres von meinen neuen Freunden würde verabschieden müssen, um woanders wieder von vorne anzufangen.

Sei brav. Das waren Dads letzte Worte an mich, als ich bei der Schule ankam. In Wirklichkeit meinte er wohl eher: *Komm mir nicht in die Quere.*

Unterm Strich bin ich jetzt entschlossener denn je, Ivy zu

helfen. Sie hat mich gerettet, obwohl wir uns erst so kurz kennen. Sie hat mir gezeigt, dass es in Ordnung ist, wenn einem etwas am Herzen liegt. Und jetzt liegt mir am Herzen, ihr dabei zu helfen, dass ihr Traum von einem Schulabschluss in Illumen Hall Wirklichkeit wird.

Dad kann gefälligst noch ein Jahr warten.

Ich weiß, worum es ihm geht. Was er nicht weiß: dass ich es besitze – das Dokument, das Mrs Trawley für Clover hinterlassen hat. Ich weiß, das muss das fehlende Puzzlestück sein. Die Klausel, wonach Headstudents bei jeder Entscheidung über die Schule mitstimmen dürfen. Wäre eine Magpie Headstudent, würde sie oder er das Ganze bestimmt verhindern und das Vermächtnis von Lady Penelope Debert bewahren. Doch Dad braucht sich keine Sorgen machen. Araminta und Xander sind keine Magpies und werden daher nicht gegen den Verkauf stimmen.

Wieder eine Sackgasse.

Aber wie auch immer bin ich froh, dass ich noch etwas anderes habe, worauf ich mich konzentrieren kann – eine weitere Sache, die ich erledigen will, damit mein Trip nach London am Ende nicht der totale Reinfall war. Ich muss das Fotoalbum für Ivy holen. Eine gewisse Aufregung erfasst mich. Auf meinem Handy suche ich nach ihrer Adresse und nehme dann die U-Bahn, um ein paar Stationen in den Süden der Stadt zu fahren.

Als ich an die Oberfläche komme, stehe ich auf einem Marktplatz, auf dem geschäftiges Treiben herrscht. An dicht gedrängten Ständen werden bergeweise Obst und Gemüse, aber auch Blumen angeboten. Ich kann mir kaum vorstellen, dass Ivy hier aufgewachsen ist. Hier ist es bunt, voll und laut, während Ivy doch so ordentlich und pingelig wirkt. Ich lasse den quirligen Markt hinter mir und steuere auf einen leicht schäbigen Wohnblock zu. Unter einem Schild, auf dem in riesigen Buchstaben **BALLSPIELEN VERBOTEN** steht, ist BROUGHTON ESTATE zu lesen. »Estate« ist vielleicht ein bisschen hochgegriffen.

Eine Gruppe Kinder spielt bei einer Schaukel, und ich frage mich, ob eins davon Ivys Schwester Violet ist.

Als ich auf Wohnung 23 zugehe, bringen hübsche Blumentöpfe davor mich zum Lächeln. Ich hole tief Luft. Kaum zu glauben, dass ich gleich Ivys Familie kennenlernen werde.

Ich klopfe an die Tür. Durch ein Fenster höre ich Radiomusik. Der Vorhang bewegt sich und ich sehe ein junges Gesicht. Das muss Violet sein. Ich grinse und winke, aber schon ist das Gesicht wieder verschwunden.

Die Tür geht auf und vor mir steht eine müde aussehende Frau in einem zerknitterten Kostüm. Ihr langes dunkles Haar ist zu einer komplizierten Flechtfrisur hochgesteckt. »Kann ich Ihnen helfen?«

»Oh, hallo – ich bin Audrey Wagner«, sage ich mit meinem wärmsten Lächeln.

»Tut mir leid, wir kaufen nichts und wollen auch für keinen guten Zweck spenden.« Sie will die Tür schon wieder zumachen.

Ich strecke die Hand aus und halte die Tür damit auf. »Nein, darum geht's auch nicht. Ich bin von Illumen Hall. Ivys Mitbewohnerin? Letztens habe ich mich mit ihr unterhalten, und da hat sie ein altes Fotoalbum erwähnt, das sie zu Hause gelassen hat und sehr vermisst. Ich dachte, es wäre vielleicht eine nette Überraschung, wenn ich es ihr mitbringe. Deshalb bin ich hier, um zu fragen, ob Sie es noch haben.«

Die Frau mustert mich aus schmalen Augen. »Woher haben Sie diese Adresse?«

»Oh, Ivy hatte sie an ihrer Pinnwand.«

»Das kann ich mir kaum vorstellen. Tut mir leid, ich kann Ihnen nicht helfen.«

»Bitte, Mrs Moore-Zhang …«

»Nur Zhang«, murmelt sie.

»Mrs Zhang.«

Ich lasse meine Hand auf der Tür liegen und setze mein breitestes Lächeln auf, mit dem ich so viel Südstaatencharme wie nur möglich verströme. Man hat mir mal gesagt, ich könne das an- und ausknipsen, und im Moment lasse ich es so intensiv strahlen, wie es nur geht.

»Bitte … ich bin sicher, dass Sie sehr beschäftigt sind, und es tut mir total leid, dass ich unangemeldet hier aufkreuze. Aber ich konnte keine Telefonnummer rausfinden, sonst hätte ich vorher angerufen. Ivy ist meine Freundin. Meine beste Freundin. Ich möchte das für sie tun und dann behellige ich Sie auch nicht mehr. Versprochen.«

Das scheint sie nachdenklich zu stimmen. »Sie ist Ihre Freundin?«

»Ja, Ma'am.«

»Ganz ehrlich? Das hätte ich nicht für möglich gehalten«, murmelt sie. Ich runzele die Stirn. Ivy hat schließlich jede Menge Freunde in Illumen Hall. Ich überlege, dass Ivy mich vielleicht noch nicht erwähnt hat, weil ich relativ neu an der Schule bin. Da höre ich eine Stimme.

»Wer ist da, Mum?«

Ich recke den Kopf, um einen Blick auf Ivys berühmte Schwester zu erhaschen. »Ist das Violet?«, frage ich, immer noch breit lächelnd. Doch Ivys Mum verstellt mir absichtlich die Sicht.

»Warten Sie hier«, zischt sie. Dann macht sie die Tür zu,

sodass ich draußen in der Kälte stehe. Anscheinend funktioniert mein Charme nicht mehr besonders gut.

Wenige Augenblicke später wird die Tür nur einen Spaltbreit geöffnet. Mrs Zhang schiebt das Fotoalbum hindurch. »Hier. Nehmen Sie es«, sagt sie.

»D-Danke«, sage ich.

»Kommen Sie bloß nicht wieder«, presst sie hervor. »Übrigens lebt Ivy schon seit Jahren nicht mehr hier. Gott steh Ihnen bei, falls Sie wirklich ihre beste Freundin sein sollten.«

Und damit macht sie mir die Tür endgültig vor der Nase zu.

24

IVY

Ein kühler Dezembermorgen, der Wind streicht durch die Bäume, und das letzte trockene Herbstlaub weht durch die Luft. Ich beschließe, mich auf den Weg zu Mr Tavistock zu machen und zu checken, ob das neueste Gerücht wirklich wahr ist.

Eigentlich hatte ich gehofft, schon früher zu ihm gehen zu können, aber in den vergangenen Tagen war es echt schwer, von den Proben und Bühnenänderungen wegzukommen. Außerdem wollte ich nicht, dass mich jemand sieht, wie ich zu Mr Tavistocks Cottage gehe. Er brauchte sowieso Zeit, seine Sachen zu packen, also war laut allgemeinem Schulklatsch klar, dass er noch eine Woche oder so auf dem Schulgelände bleiben würde. Im Laufe der Jahre habe ich so viele Angestellte beobachtet, wie sie ihr Zeug zusammenpackten und die Schule verließen. Die meisten mussten nur einen Karton füllen, manche einen Koffer, aber nie musste ein ganzes Haus geräumt werden. In diesem Fall fühlt sich das grausam an. Wo Mr Tavistock wohl hinziehen wird? Was wird mit Ed geschehen?

Ich klopfe an die Haustür, und Ed begrüßt mich in weißem Unterhemd und blauer Latzhose, wobei er den Latz um die Taille geknotet trägt. Sein Pferdeschwanz ist locker zusammengebunden und die vereinzelten, dünnen Härchen am Haaransatz kräuseln sich, weil er so schwitzt.

»Ist dein Granddad da?«, frage ich ohne lange Vorrede.

»Dir auch hallo. Nein, er ist in der Stadt. Soll ich ihm etwas ausrichten oder …?« Er lehnt den Arm in den Türrahmen und wischt sich den Schweiß von der Stirn. Unter seinen Fingernägeln klebt Schmutz.

»Wann zieht ihr aus?« Ich warte gespannt und rechne fast damit, dass mir Ed die Tür vor der Nase zuschlägt.

»In ein paar Tagen. Ich bin gerade am Packen. Möchtest du drinnen weiterreden oder sollen wir einfach hier stehen bleiben?« Er reißt die Tür weit auf und zu sehen sind ein Stapel Kartons und eine Rolle Luftpolsterfolie. Ich gehe hinein und setze mich auf die Armlehne eines der verbliebenen Sessel. Ed packt weiter Schüsseln ein.

»Eigentlich gut, dass du gekommen bist, Ivy. Ich wollte dich auch schon aufsuchen, aber es war einfach zu viel los. Ich habe mit Granddad gesprochen, und er möchte, dass ich dir noch etwas sage. Ich hab gelogen, als ich sagte, dass die ursprüngliche Magpie Society komplett verstummt ist.«

»Ich hab's gewusst«, flüstere ich.

»Er hat geahnt, dass Mrs Abbott etwas Zwielichtiges vorhatte – er wusste bloß nicht, was. Als ich dann hierherkam, bat er mich um Hilfe, um die Magpie Society ins 21. Jahrhundert zu führen, verstehst du? Das Archiv zu digitalisieren – oder das, was davon übrig war – und einen Weg zu finden, die Schule im Auge zu behalten. Scheint, als würde er mit seiner Vorhersage goldrichtig liegen. Mrs Abbott hat die letzte Phase des Plans umgesetzt: Die Verletzung dieses Jungen war ein abgekartetes Spiel. Mrs Abbott will, dass wir verschwinden. Und das war genau der Vorwand, den sie brauchte.«

»Was meinst du mit abgekartetes Spiel?«

»Der Baum *war* als gefährlich markiert. Ich habe die Schleife selbst um den Stamm gebunden. Ich weiß genau, dass ich das getan habe. Der Baum war tot, ein Windstoß, und er wäre umgefallen, ganz zu schweigen davon, dass jemand darauf herumklettert. Bäume zum Abholzen sind immer mit einem grünen Band gekennzeichnet. Irgendwer hat dieses Band von dem Baum entfernt, wohl wissend, dass irgendwann ein Schüler darauf herumklettern und es einen Unfall geben würde.«

»Mrs Abbott?«

»Oder wer auch immer für sie arbeitet. Vielleicht ist es der, der sich für die Magpie Society ausgibt? Wie ich schon sagte, weder ich noch Granddad haben diese Einladungen verschickt – das habe ich noch mal überprüft. Deshalb habe ich die Eingänge verschlossen. Ihr werdet das Hauptquartier nicht mehr betreten können – zumindest nicht von den Küchen aus.«

»Aber … *du* bist doch nicht gefeuert worden. Warum zwingt sie auch dich, zu gehen? Kannst du nicht bleiben?«

Wenn auch noch Ed geht, gibt es nur noch Audrey und mich, die versuchen, es mit der drohenden Entwicklung aufzunehmen. Wir könnten Eds Unterstützung gut brauchen.

»Nein. Ich bin bloß der Lehrling. Wenn der Meister geht, gehe ich auch. Die Schule ist gelaufen, Ivy. Mrs Abbott und die Investoren des neuen Hotels haben gewonnen.«

»Und was jetzt?« Mein Tonfall ist mickrig und kleinlaut. Mir wurde der Teppich unter den Füßen weggezogen.

»Du willst das mit dem Hotel wirklich verhindern, oder?«

Ich nicke. »Es geht nicht nur um mich. Ich meine, natürlich will ich meinen Abschluss an der Schule machen, der ich sieben Jahre meines Lebens gewidmet habe. Aber es geht um mehr als das. Diese Schule ist ein Teil der *Geschichte*. Sie hat so viele Türen geöffnet – nicht nur für mich, sondern auch für andere. Und ich möchte, dass junge Schülerinnen und Schüler die

Chance bekommen, das auch zu erleben. Illumen Hall ist eben anders. Das spüre ich tief in mir.«

»Hätten wir doch nur immer noch eine Elster als Headstudent.«

»Was?«

»Oh – das war früher in der Schulordnung verankert. Was glaubst du, warum ich nicht nach Illumen Hall durfte, sondern auf die Gesamtschule in Winferne gehen musste? Normalerweise hätte ich als Verwandter eines Angestellten automatisch einen Platz bekommen, aber nicht hier. Das ist die eine Sache, die die Schuldirektoren – und Direktorinnen, nehme ich an – auf alle Fälle kontrolliert haben, vor allem seit dieser eine Direktor damals entlassen wurde. Indem sie Leuten wie mir, Nachkommen von Magpies, nicht erlaubten, die Schule zu besuchen, stellten sie sicher, dass wir diese Klausel in der Schulordnung nie umsetzen konnten. Sollte es jemals eine Elster an die Schule schaffen – wie Maggie Trawley zum Beispiel –, würden sie sie niemals zum Headgirl wählen. Das alles ist manipuliert.«

»Was würde denn passieren, wenn eine Elster Headstudent wird?«

»Man würde Mitglied im Schulvorstand – wie die anderen Headstudents zuvor. Man hätte das Recht, Veto gegen den Verkauf einzulegen. Und man wäre natürlich in der Lage, den Verkauf der Schule zu stoppen. Und es gibt das Gerücht, dass man auch noch eine Menge Geld aus einer Erbschaft bekommt.«

Er sieht mich an. »Ich weiß, du denkst, dass ich Granddad ja dazu bringen könnte, dieses Araminta-Girl zu einer offiziellen Elster zu machen. Aber sie *muss* eben ein direkter Nachfahre eines echten Magpie-Mitglieds sein. Typisch fixe Idee von reichen Leuten mit Stammbaum und Blutsverwandtschaft – Lady Penelope war eine Pionierin, aber nicht in allem. Jetzt ist es jedenfalls zu spät.«

»Das kann nicht sein«, sage ich, mein Mund fühlt sich ganz trocken an.

»Na ja, wenn wir weg sind, werden du und Audrey die einzigen verbliebenen ›Magpies‹ an der Schule sein, aber keine von euch hat Blutsverwandte in der Magpie Society, also könnt ihr nichts erben. Und das gilt natürlich auch für jede und jeden anderen, den ihr vielleicht rekrutiert. Los, komm. Ich will dir etwas zeigen.«

Ed stellt die letzte in Luftpolsterfolie verpackte Schale in einen Karton und geht in die Küche. Er verschiebt ein paar Kartons und schiebt den Teppich zur Seite, sodass eine Bodenluke mit einem Bolzen zu sehen ist. Er zieht an dem Bolzen und hebt die Luke an, die nun eine Treppe offenbart, die nach unten ins Dunkle führt.

»Das sieht gefährlich aus, aber vertrau mir …«

Ich zögere. Ich könnte diese Stufen hinuntergehen und nie wieder das Tageslicht sehen. Ich habe die Fernsehdokumentationen über junge Frauen gesehen, die entführt und jahrelang in Kellern gehalten werden. Ed hält mir die Hand hin und beginnt, die ersten paar Stufen hinunterzugehen. Ich nehme sie und folge ihm. Dabei hole ich das Handy der Magpie Society aus der Tasche und schaue auf die Karte. Diese Route hier ist nicht eingezeichnet. Offenbar verbirgt diese Schule doch noch einiges, aber folge ich Ed jetzt, könnte das der Schlüssel sein, um endlich alles über die Magpie Society und ihre Geheimnisse zu erfahren. Ed schaltet das Licht an und schon kommt mir alles ein bisschen weniger vor wie in einem Psychothriller.

Die Treppe führt in einen dunklen Tunnel. Es ist kalt, feucht und wirklich matschig, aber ich konzentriere mich darauf, hinter Ed einfach einen Fuß vor den anderen zu setzen, während er selbstsicher vorangeht. Wir erreichen einen alten, runden steinernen Bau mit winzig kleinen Fenstern, die schlammgefüllt sind. Das Ganze sieht aus wie etwas, das einmal oberirdisch war, nun aber begraben ist. Ed legt einen Schalter um und weiteres Licht geht an. Auf einer Seite des kleinen Raums steht ein Schreibtisch mit ein paar Monitoren. Aus jeder Ecke winden sich haufenweise Kabel und Drähte, die offensichtlich irgendetwas verbinden.

»Das hier ist die technische Schaltzentrale der Magpie Society. Früher war das der Archivbereich, aber als man sich in den Siebzigern auflöste, wurden eine Menge der alten Unterlagen entfernt. Und als ich hierherkam, fragte Granddad, ob ich uns an die bestehende Videoüberwachung anschließen und ein paar eigene Kameras installieren könnte, damit wir einen Überblick darüber haben, was in der Schule so passiert.«

»Wie hast du das nur gemacht?« Ehrfürchtig blicke ich auf das, was ich da sehe.

»Wenn man auf dem Schulgelände arbeitet, hat man Zugang zu vielen Dingen, verstehst du? Und ich war in der Lage, ein paar weitere Kameras anzubringen, von denen nicht einmal Mrs Abbott weiß.«

»Kommt man hier nur durch die Küche des Gärtner-Cottages rein? Wo sind wir eigentlich überhaupt?«

»Nein, es gibt mehrere Eingänge. Obwohl ich viele gut versteckt habe. Mein Plan lautete, die Luke zu entfernen und durch Dielen zu ersetzen, bevor wir wegziehen, damit niemand mehr hier reinkommt, aber ich mache mir Sorgen, dass ich und Granddad die Letzten sind, die Zugang haben, also will ich das doch nicht. Hier geht's unter die alten Ställe.«

»Willst du damit sagen, dass Mrs Abbotts Haus direkt hier drüber ist?«

»Ja, ziemlich riskant. Aber man lernt mit der Zeit, wie sie sich bewegt.«

»Fuck. Das ist …« Ich gehe auf der Stelle.

»Eine Menge zu verdauen?«, beendet Ed den Satz für mich.

»Ja. Ich meine, ich kenne mich mit den Kameras und den Gängen hier ziemlich gut aus, aber das ist Spionage auf einem ganz anderem Niveau. Wie funktioniert das alles?«

»Das kann ich dir nur zeigen, wenn du mir erlaubst, dir und Audrey die Schlüssel zu überreichen.«

Ein überwältigendes Gefühl von Verantwortung breitet sich in mir aus. »Was meinst du damit?«

»Wir hauen ab, Ivy, und es ist sonst niemand mehr da. Ihr seid buchstäblich die einzigen Menschen, denen ich das alles übergeben kann.«

»Damit ich das richtig verstehe: Du willst, dass ICH und Audrey die Magpie Society übernehmen und Mitglieder werden? Also der offiziellen Magpie Society, nicht nur der, der wir schon beigetreten sind …«

»Ja, weil wir nicht mehr hier sein werden. Vielleicht habt ja ihr eine winzige Chance, die Sache mit dem Hotel zu stoppen.«

»Aber was können wir schon dagegen unternehm–?«

Er unterbricht mich mitten im Satz. »Ich weiß es nicht. Ganz ehrlich. Aber es ist das Einzige, was mir einfällt. Damit bleiben Jahrhunderte guter Arbeit am Leben.«

»Okay«, sage ich zuversichtlich.

»Okay was?«

»Ich werd's machen – wir werden es tun.« Ich lächele ihn an.

»Granddad wird begeistert sein. Ich zeige dir mal, wie man sich einloggt.«

Wir setzen uns an den Schreibtisch, und er geht mit mir die Passwörter und Abkürzungen durch, mit denen man echt schnell die Kameras der Schule anzapfen kann.

»Wow. Und gibt's auch Ton?«

»Ja! Falls nötig können wir auch Gespräche mithören.«

»Das ist doch bestimmt nicht legal?«, frage ich vorsichtig.

»Nichts davon ist legal, Ivy. Das weißt du doch.« Er lacht. »Hier geht's darum, alles zu tun, um die Schule am Laufen zu halten.«

»Ed ... woher wusstest du, dass du mir das anvertrauen kannst?«

»Weil ich wusste, dass du bei all dem Herumstöbern sowieso kurz davor warst, es selbst zu entdecken.«

»Und du hast Zugang zu den Archiven? Kannst du dir beispielsweise Überwachungsaufnahmen von einem bestimmten Datum ansehen?«

Mit ein paar Klicks sind jede Menge Ordner zu sehen, die von heute bis vor ein paar Monaten reichen.

»Es werden nur die Daten von einhundertachtundzwanzig Tagen gespeichert, ältere Dateien werden überspielt.

»Also gibt's nichts mehr von dem Abend, an dem Lola starb. Kannst du den Abend der Samhain-Party checken? So gegen neun bis etwa zehn Uhr?«

»Wozu?«

»Clover.«

Ed runzelt die Stirn. »Wir können nachsehen ...«

Wir setzen uns und gehen die Aufnahmen aus unterschiedlichen Perspektiven durch und dann entdecken wir es. Eine bestimmte Kamera zeigt etwas von der Hauptzufahrt am Seitentor.

»Moment ... das da ist sie! Kannst du ranzoomen?«

Ed vergrößert den Bildausschnitt und dann ist eindeutig Clover zu sehen. Sie spricht mit Mr Willis. Es ist dunkel, aber das Licht an der Auffahrt ist perfekt auf ihre Gesichter ausgerichtet, und es ist ganz klar, dass das die beiden sind.

»Gibt es auch Ton?«, frage ich. Ich will genau wissen, worüber sie reden. Was könnte Clover Mr Willis erzählt haben?

»Nein, leider nicht. Solche Kameras sind schwieriger zu aktualisieren, ohne sich verdächtig zu machen, also sind unsere nicht so modern.«

»Verdammt.«

Wir hocken da und sehen zu, wie sich das Gespräch von Clover und Mr Willis dem Ende zuneigt. Clover gestikuliert wild, und an einer Stelle sieht es so aus, als würde Mr Willis die Hand gegen sie erheben. Aber dann geht er aus dem Bild und ein Auto taucht neben Clover auf. Ich notiere mir das Kennzeichen. Dann steigt Clover in das Auto ein und es fährt aus dem Seitentor heraus.

»Was zur Hölle?« Mir schwirrt der Kopf. Das muss Patrick gewesen sein. Aber hat Clover Mr Willis zur Rede gestellt, bevor sie mit Patrick davonfuhr? Es sieht ganz so aus.

»Ziemlich krass …« Ed schaut zu mir, während ich ungläubig vor mich hin starre. »Doch immerhin wirkt es nicht so, als wäre sie gegen ihren Willen entführt worden. Armes Mädchen. Was ihr zugestoßen ist, hat sie nicht verdient. Sie war wie du und Audrey. Sie hat nur versucht, die Wahrheit herauszufinden.«

Ich hebe eine Augenbraue. »Wusste gar nicht, dass du sie kanntest.«

»Ach, Clover hat immer hier rumgehangen und Fragen gestellt – vor allem nach Lolas Tod. Wegen dieser Podcast-Sache. Unmöglich, Clover nicht zu mögen, verstehst du? Sie hat es hingekriegt, dass man ihr einfach helfen wollte. Sie kam wegen ein paar Dingen zu mir – ich glaube, sie verdächtigte mich, etwas mit der Magpie Society zu tun zu haben, aber sie hat mich nie direkt gefragt. Sie war scharfsinnig.«

»Tja, diese Aufnahmen sind interessant. Mr Willis muss Clovers Hauptverdächtiger im Mordfall Lola gewesen sein.«

»Na, ich weiß nicht.«

»Machst du Witze? Das ist doch hier zu sehen. Ich muss das der Polizei zeigen. Es ist wichtig, dass sie das sehen, Ed. Du hättest der Polizei die Aufnahmen wirklich früher zeigen sollen.«

»Ich war eben ein bisschen beschäftigt und habe nicht die Zeit, jede verfluchte Kameraperspektive zu überwachen. Mach, was du willst. Plauder ruhig alles aus. Aber sei dir bewusst, dass das eine Kamera ist, zu der Mrs Abbott und die Sicherheitsleute der Schule keinen Zugang haben … also sei vorsichtig, wie du das gegenüber den Gesetzeshütern erklärst.«

Da hat er allerdings recht. Aber das hier ist sehr wichtig, um Mr Willis hinter Gitter zu bringen, wo er nämlich hingehört. Was für ein totaler Creep. Vielleicht kann ich das unter vier Augen mit Detective Shing besprechen. Sie schien bereit zuzuhören.

»Kannst du mir zeigen, wie ich die Aufnahmen kopieren und an meine E-Mail-Adresse schicken kann?«

»Klar.«

Ed zeigt mir, wie man Filmmaterial per E-Mail sendet, und dann schließen wir die Software. Als wir das Licht ausschalten und uns auf den Weg zurück aus dem Tunnel und zum Cottage machen, habe ich noch eine Frage an ihn.

»Deckt irgendeine der Kameras den Bereich hinter dem Schulgelände und am Waldrand ab?«

Ed sieht mich merkwürdig an. »Nein, das Netz reicht nicht so weit …«

»Okay«, sage ich, lächele ihn an und folge ihm in den Tunnel. Wir tauchen in einem Meer von Umzugskartons auf und Ed reicht mir einen Schlüsselbund. Ich betrachte ihn ehrfürchtig. »Wo werden du und Mr T. hinziehen? Es wird seltsam sein, dass ihr nicht mehr auf dem Schulgelände seid.«

»Zunächst werden wir nicht weit weg sein. Eine Zeit lang bleiben wir in Winferne, während ich Bewerbungen für andere große Internate und Landgüter verschicke, um zu versuchen, Arbeit als Gärtner zu bekommen.«

»Gut. Ich habe nämlich das Gefühl, dass Audrey und ich noch eine Menge Fragen zu alldem hier haben werden.«

»Ivy, ich weiß, ich beziehe Audrey ja auch die ganze Zeit mit ein, aber ich muss doch mal fragen: Bist du sicher, dass du Audrey wirklich vertrauen kannst?«

»Warum fragst du?«

»Na ja, ist es nicht ein bisschen seltsam, dass sie sich mit dir in der Magpie Society engagieren will, wenn man bedenkt, dass sie doch irgendwie zu der Gruppe gehört, die versucht, die Schule zu schließen? Scheint, als würde sie ein Doppelspiel spielen.«

Ich runzele die Stirn. »Keine Ahnung, wovon du da redest.«

»Weißt du das denn nicht? Die Firma, die für die Neu- und Umbaupläne verantwortlich ist, gehört Audreys Vater.«

25

AUDREY

Auf der Zugfahrt zurück nach Winferne kann ich an nichts anderes denken als die Begegnung mit Ivys Mom. Sie hat mich erschreckt und ich kapiere es nicht. Es ergibt einfach keinen Sinn. Ivy war seit Jahren nicht mehr zu Hause? Aber sie hat doch gesagt, dass sie jeden Sommer nach Hause gefahren ist. Und was war mit Weihnachten? Wo war sie da?

Irgendwas passt hier nicht zusammen. Am liebsten möchte ich aus dem Zug steigen, umkehren, noch mal hingehen und ein paar Antworten verlangen.

Eindeutig scheint Ivys Mom ihre Tochter überhaupt nicht zu kennen. Was meinte sie noch mal dazu, dass Ivy Freunde hat? *Das hätte ich nicht für möglich gehalten*. Aber was ist mit Lola und Harriet? Mit Tom und Max? Und was ist mit mir?

Ivy ist der klügste Mensch, den ich kenne. Sie muss ihre Gründe dafür haben, dass sie nicht zu Hause sein will.

Ich streiche mit den Händen über das Fotoalbum. Beinah möchte ich es gar nicht öffnen. Doch ich bin mir nicht mal sicher, ob ich es Ivy geben kann. Irgendwie glaube ich nicht, dass sie besonders erfreut darüber sein wird, dass ich bei ihrer Mom war, ohne ihr vorher etwas davon zu sagen. Nicht nach der Reaktion ihrer Mom.

Ich will ihre Privatsphäre nicht noch mehr verletzen, als ich es sowieso schon getan habe. Aber trotzdem… Sie wird unglaublich sauer sein, wenn sie von der Rolle meiner Familie bei dem Umbauprojekt erfährt. Deshalb hoffe ich, dass die Sache mit dem Fotoalbum ihr irgendwie beweisen wird, auf wessen Seite ich stehe. Hoffentlich ist es überhaupt das Richtige. Das mit dem Foto von ihrem Dad und dem Pferd. Wenn nicht, war die ganze Aktion umsonst.

Ich schlage das Album auf und es sieht vielversprechend aus.

Es gibt Fotos von Ivy als Baby auf einem Kissen zwischen ihren Eltern. Ihre Mom lächelt nicht – dafür strahlt ihr Dad übers ganze Gesicht. Er sieht glücklich aus und Ivy auch. Er trägt dunkle Overalls und die wirken fleckig – oder zumindest ziemlich abgetragen. Das ergibt Sinn. Denn man sieht ihn vor einer Autowerkstatt namens *Moore's Motors*.

Ich blättere weiter. Es gibt zahlreiche Fotos von Ivy als jüngeres Kind, immer hat sie irgendwas zu tun – sitzt am Klavier oder tanzt. Sie hat ein Haustier, ein kleines weißes Kaninchen. Und sie sieht süß und unschuldig aus. Nach und nach werden die Fotos von ihrem Dad weniger, dafür taucht Violet auf. Im Laufe der Jahre scheint Ivys Gesichtsausdruck ein bisschen ernster zu werden.

Aber nichts in dem Album wirkt verdächtig oder so, als würde Ivy nicht wollen, dass ich es sehe. Das Ganze wirkt wie eine hübsche Sammlung von Familienfotos. Ich frage mich, warum Ivys Mom sich so seltsam verhalten hat, bevor sie es mir gab. Schließlich komme ich zu dem Bild von Ivys Dad. Es sieht exakt so aus, wie sie es mir beschrieben hatte – das große Pferd neben ihm und ein Hund zu seinen Füßen.

Weiter hinten stimmen mich ein paar Fotos nachdenklich. Ältere Aufnahmen – eine wunderschöne von ihren chinesischen Großeltern, die Großmutter in traditionellem Gewand und die Lippen auf dem sepiafarbenen Bild blassrot koloriert. Dann gibt es ein Foto von Ivys anderen Großeltern. Sie scheinen in einem Wald zu stehen, die Frau lässig an einen Baum gelehnt, während der Mann ein prächtiges Pferd am Zügel hält.

Ich erkenne den Baum.

Er steht vor dem Haus von Mr Tavistock.

Als ich erschrocken nach Luft schnappe, sehen mich einige Mitreisende irritiert ab. Ich versinke ein bisschen tiefer in meinem Sitz und betrachte das Foto mit leicht zusammengekniffenen Augen. Haben Ivys Großeltern in Illumen Hall gearbeitet? Wusste sie davon?

Vorsichtig ziehe ich die selbstklebende Folie hoch, um das Foto nur ja nicht zu beschädigen. Auf der Rückseite steht eine kurze Notiz.

DM und CE, 1921, Tag vor der Hochzeit

Ich platziere das Bild wieder genau an derselben Stelle und mein Herz schlägt wie wild. Meine Finger zittern. Es kann nicht sein. Das hätte Ivy erwähnt. Unmöglich, dass sie nichts über eine Verbindung ihrer Familie zur Schule gesagt hätte. Ich beginne, überall verdächtige Hinweise zu sehen. Wahrscheinlich drehe ich langsam ein bisschen durch. *Nicht alles ist wie in der Fernsehserie* Line of Duty, *Audrey*. Auf den zweiten Blick könnte es auch irgendein Baum in irgendeinem Wald sein. Aber die Initialen. *CE*. Das kann kein Zufall sein.

Clarissa Ellory.

Vielleicht gibt es im Hauptquartier der Magpie Society ein Foto von ihr. Ich muss das checken und es mit dem Bild in diesem Album vergleichen.

Aber trotz allem kann ich Ivy das Album jetzt geben und froh sein. Sie hat das Bild von ihrem Dad wieder.

Ich habe mich ja schon immer gefragt, wie Ivy überhaupt nach Illumen Hall gekommen ist. Zwar erinnere ich mich, dass sie mir erzählt hat, ihre alte Grundschullehrerin habe sie in das Stipendienprogramm gebracht. Aber kann Illumen Hall wirklich das einzige – oder auch: das beste – Internat gewesen sein, das zur Wahl stand? Gab es nichts, was näher an London war? Es kommt mir seltsam vor, dass man sie so weit weg geschickt hat. Immer noch gibt es vieles, was ich nicht über sie weiß, obwohl ich sie für meine beste Freundin halte.

Und es gibt vieles, das sie nicht über dich weiß.

Ich stecke meine Kopfhörer ein und suche nach einem Podcast, um mir die restliche Fahrzeit zu vertreiben. Irgendwie lande ich bei Clovers Podcast. Wohl um einfach ihre Stimme zu hören. Aber zu meiner Überraschung ist ihre letzte Episode verschwunden. Vielleicht fand die Polizei sie zu heikel.

Mein Handy vibriert. Es ist Ivy.

Wo bist du?

Auf der Rückfahrt nach Treffen mit meinem Bruder

Treffen wir uns auf dem Zimmer? Muss dich was fragen

Alles klar. Hab auch was, das du sehen willst

Es ist nicht nur das Fotoalbum, das ich ihr geben will. Ich halte es auch keine Sekunde länger aus, ihr nichts von dem Dokument zu sagen, das ich im Haus von Mrs Trawley gefunden habe.

Das hätte ich schon viel früher tun sollen, aber nach Clovers Tod wollte ich mich mit nichts mehr an jenen Abend erinnern. Vor allem jetzt, wo ich weiß, warum mein Dad sich deshalb Sorgen macht. Lola hätte den Verkauf stoppen können – wenn sie ihr rechtmäßiges Amt als Headgirl hätte antreten können.

Das ist ein Mordmotiv.

Als ich endlich wieder in der Schule ankomme, fühlt es sich an, als würde eine Last von meinen Schultern genommen. Als wäre ich hier endlich zu Hause.

Ich gehe an Mrs Parsons, unserer Housemistress, vorbei, die mit Adleraugen beobachtet, wie ich mein Zweithandy theatralisch seufzend wieder in sein kleines Fach zurücklege. Dann klopfe ich leise an die Tür unseres Zimmers, weil ich Ivy nicht bei irgendwas stören will.

»Herein«, sagt sie.

»Hey, ich bin's bloß. Sorry – der reinste Albtraum, vom Bahnhof wegzukommen. Ich habe den Bus verpasst und musste ewig warten.«

»Audrey …«

»Ivy …«

Ich muss lachen, weil wir beide gleichzeitig loslegen, um der anderen unser Herz auszuschütten. Dann rede ich als Erste weiter, weil ich etwas Schweres in meiner Tasche spüre.

»Ich hab dir was mitgebracht. Aus London. Ich hoffe, du freust dich.«

»Wann hattest du vor, es mir zu sagen?«

Ivys Ton lässt mich in der Bewegung erstarren. Ich sehe sie an, während ich das Fotoalbum schon halb aus der Tasche gezogen habe. Ihr Gesicht wirkt reglos, aber da brodelt etwas unter der Oberfläche. Wut.

Sie ist stinksauer.

»Dir *was* zu sagen?«, frage ich und stelle mich dumm. Ich will Zeit gewinnen, um mir zu überlegen, wie ich damit umgehen und dafür sorgen soll, dass die Freundschaft mit Ivy keinen Schaden nimmt.

Ivy schnaubt. »Dass es die Firma deiner Familie ist, die gerade die Schule kauft.«

»Ivy ... ich wusste das nicht. Erst als ...«

»Ja?«

»Erst als ich den Bauplan sah.« Ich senke den Blick. »Ich geb's zu – da hab ich das Firmenlogo sofort erkannt.«

»Deshalb hast du ihn an dich genommen, stimmt's? Damit du es vor mir nicht zugeben musstest. Damit ich nicht weiterforschen konnte. Wie konntest du nur, Audrey? Ich dachte, wir würden das zusammen durchziehen. Und jetzt finde ich raus, dass du zu denen gehörst, die den einzigen Ort kaputt machen wollen, der für mich jemals ein richtiges Zuhause war.«

Tränen steigen ihr in die Augen und es bricht mir fast das Herz. Erst seit ich bei ihr zu Hause war, kann ich richtig verstehen, was sie damit meint. Es ist offensichtlich, dass es zwischen Ivy und ihrer Mom irgendwelche massiven Probleme gibt – und dass die Spannungen schier unerträglich sind. Deshalb ist Illumen Hall tatsächlich ihre Zuflucht.

Zu wissen, dass es die Schule demnächst nicht mehr geben wird, um dorthin zurückzukehren ... jetzt verstehe ich, welche Furcht ihr das einjagt.

»Ich wollte mir zuerst von meinem Dad bestätigen lassen, dass er wirklich dahintersteckt ...«

»Und?«

Ich zögere. »Das tut er. Aber warte, ich weiß auch ...«

»Mein Gott! Ich will nichts mehr hören! Wie soll ich dir jetzt noch vertrauen? Wahrscheinlich verdient ihr an dem Verkauf ein Schweinegeld ... Deshalb wirst du kein Interesse mehr daran haben, den Deal zu verhindern.«

»Ivy, das stimmt nicht. Ich will genauso wenig wie du, dass diese Schule dichtmacht. Ich weiß, wie viel sie dir bedeutet – und nicht nur dir, sondern allen, die hier zur Schule gehen. Und ich weiß jetzt so viel mehr über die Geschichte. Mein Bruder hat mir alles bestätigt.«

»Na toll – deine ganze Familie steckt da mit drin.«

»Aber ich habe noch nicht mit meinem Dad gesprochen. Und ich will alles dransetzen, ihn zu überreden – das kann klappen, du wirst schon sehen. Sogar bei großen Deals! Du hättest mal sehen sollen, was für ein Riesenprojekt er nach Alicias Tod in Georgia aufgegeben hat. Aber wie auch immer, dagegen ist Illumen Hall Peanuts. Und mein Bruder hat versehentlich einen potenziellen Ausweg verraten. Lass mich mit Dad reden, bevor du weiter ausrastest, okay?«

Ivy wirkt immer noch sehr wütend, aber ich kann ihr auch ansehen, dass sie mir eigentlich vertrauen möchte. Unter der Oberfläche ringen ihre widerstreitenden Gefühle miteinander. Ich setze mich neben sie und nehme ihre Hand. »Ich verspreche dir, dass du mir trauen kannst«, versichere ich ihr. »Lass es mich dir beweisen.« Ich springe auf und laufe zu meinem Schrank, wo ich die Mappe von Mrs Trawley versteckt habe. »Ich habe eine Idee, wie wir den Verkauf stoppen können ...«

Als ich mich umdrehe, starrt Ivy auf meine Tasche, die gegen ihr Bein drückt. Sie blickt stirnrunzelnd auf das herausstehende Fotoalbum. »Was ist das?«, fragt sie.

Ich schlucke. Ihr das Album jetzt zu zeigen, scheint plötzlich keine so gute Idee mehr zu sein. Aber es ist zu spät, weil Ivy es schon aus meiner Tasche zieht. Ein ersticktes Geräusch dringt aus ihrer Kehle.

»Woher hast du das?«

»Als ich in London war, bin ich bei dir zu Hause vorbeigegangen.«

»Du warst bei der Wohnung meiner Mum?« Ivy wirkt wie benommen und blinzelt langsam.

»Ja.«

»Und meine Mum … hat dir das hier gegeben? Einfach so?«

»Im Grunde genommen, ja.«

Sie knallt das schon leicht geöffnete Album zu und blickt dann zu mir hoch. In ihren Augen liegt ein Ausdruck, den ich noch nie gesehen habe. Erbitterte, glühende Wut. »Wie konntest du es wagen, mich so zu hintergehen?«

»Was denn? Ivy, ich habe gesehen, wie du leidest, und wollte dir einen Gefallen tun.«

»Wie bist du überhaupt an die Adresse gekommen?«

»Die stand auf der Rückseite von einer der Listen an deiner Pinnwand.«

»Du hast also hinter meinem Rücken in meinen Sachen geschnüffelt, mein Vertrauen missbraucht und meine Privatsphäre verletzt? Was zum Teufel sollte das? Verschwinde!«

»Was?« Ich blinzele erschrocken. »Ivy, es tut mir leid, wenn du das so empfindest, aber …«

»Hast du nicht gehört? Verschwinde.«

Ich werfe verzweifelt die Hände in die Luft. »Verschwinden? Das ist auch mein Zimmer, schon vergessen? Wo soll ich denn bitte hin?«

»Na schön. Dann gehe ich eben.« Ivy springt auf und stürmt hinaus.

Ich starre auf die Zimmertür, die sie so heftig zuknallt, dass die Bilderrahmen an den Wänden wackeln. Ob ich nach diesem Wutanfall wohl gleich Besuch von Mrs Parsons bekomme?

Dann habe ich noch mehr zu erklären.

Das Fotoalbum hat Ivy mitgenommen. Aber verdammt. Wenn sie so mit mir umgeht, nachdem ich versucht habe, ihr etwas Gutes zu tun, dann bitte schön. Ich habe darauf keine Lust mehr. Ich habe auf den ganzen Mist keine Lust mehr.

Das war's. Mit der Magpie Society bin ich fertig.

26

IVY

Wut und Zorn steigen in mir auf wie brodelnde Säure, die in meiner Kehle brennt, und machen mir das Atmen schwer. Ich gehe, aber ich weiß nicht, wohin. Einen Fuß vor den anderen, ich vertraue ganz meinem Körper. Wie konnte Audrey das nur tun? Was hat sie bloß dazu getrieben, einfach so zu meiner Mum zu gehen und sich dort wie eine Freundin der Familie bei einem sonnigen Sonntagsbesuch aufzuführen?

Genau in dem Moment, als ich anfing, meine Schutzmauern Audrey gegenüber abzubauen, ihr zu vertrauen und sie an meinem Leben teilhaben zu lassen, erfahre ich, dass sie die eigentliche Gegnerin ist.

Ich bin ein ziemlich vorsichtiger Mensch: Ich öffne mich nicht gleich jedem, den ich kennenlerne. Lola war ehrlich gesagt die letzte Person, der ich mich nahe fühlte. Jemand, mit dem ich sogar meine tiefsten Gedanken und Gefühle geteilt habe. Das fällt mir nicht leicht. Denn die komplizierten Emotionen schlucke ich herunter und sperre sie innerlich weg. Je weniger sie mir auf der Zunge liegen, desto besser. So war ich schon immer, aber Audrey begann, mich zu durchschauen.

Ich runzele die Augenbrauen und spüre die Anspannung, sodass ich mir kurz die Stirn massiere.

Die einzige Sache, die ich Audrey oder sonst irgendjemandem gegenüber nie angesprochen habe, ist das Verhältnis zu meiner Mutter. Unsere Beziehung ist komplex und dysfunktional. Ich weiß, fast alle Familien haben Leichen im Keller, das ist nichts Neues oder Bahnbrechendes, aber meine Mum und ich sind sehr unterschiedlich. Als ich klein war, habe ich sie nicht oft gesehen. Sie hatte gleich mehrere Jobs, um für ein Dach überm Kopf und Essen auf dem Tisch zu sorgen. War sie zu Hause, war sie nicht wirklich da. Als mein Dad sie verließ, ging es ihr psychisch gar nicht gut, und nach einer Weile war es, als hätte sie ... schlicht aufgegeben, meine Mum zu sein. Sie sorgte dafür, dass ich nie daheim war. Sie steckte mich in alle möglichen Kurse, zu denen ich keine Lust hatte, ließ mich zu Hause Dinge machen, die sie aus dem Internet ausgedruckt hatte, und schickte mich an den Wochenenden in die Bibliothek. Zuerst dachte ich, sie wolle mir den bestmöglichen Start ins Leben ermöglichen, aber es wurde bald klar, dass sie mich nur aus dem Weg haben wollte.

Sie hat es nicht kapiert. Ich wurde grausam gemobbt. Gemobbt, weil ich eine Halbchinesin bin und nirgendwo dazugehörte. Gemobbt wegen der billigen Schuhe, die sie mir kaufte – immer zu groß, damit ich »reinwachse«. Gemobbt wegen dem, was ich in der Pausenbrotdose hatte. Gemobbt wegen meiner Secondhand-Schuluniform, die nicht richtig passte. Ich hatte absolut keine Freunde. In jeder Pause hockte ich allein da, und die Einzigen, die mir überhaupt Aufmerksamkeit schenkten, waren die Lehrer. Mir war klar, sie hatten bloß Mitleid mit mir. Ich fühlte mich nirgendwo zu Hause. Und wenn mich meine Lehrerin in der sechsten Klasse nicht für ein Stipendium vorgeschlagen hätte, wäre ich gar nicht in Illumen Hall. Dann hätte ich nicht den einzigen Ort gefunden, an dem ich mich wohlfühle und aufblühe.

Sollte die Schule geschlossen werden, kann ich nirgendwo

hin. Und ich weiß, ich bin nicht die Einzige, die zu Hause ein schwieriges Leben erwartet. Meine Mum würde mich nicht mehr wollen. Ich wäre obdachlos. Selbst wenn ich einen Platz in einem anderen Internat bekäme – ohne Vollstipendium könnte ich mir das nicht leisten.

Je mehr ich darüber nachdenke, dass Audrey mein altes Zuhause gesehen und mit meiner Mutter gesprochen hat, desto mehr fürchte ich mich. Was muss Audrey jetzt von mir denken? Ich kann mir Mum richtig vorstellen und wie unfreundlich sie gewesen sein wird. Wahrscheinlich hat sie getan, als wäre ich gar nicht ihre Tochter. Die Ablehnung trifft mich immer wieder aufs Neue. Jahre der Verlassenheit prasseln auf mich nieder. Illumen Hall ist mein einziges Zuhause. Hier fühle ich mich sicher.

Plötzlich wird mir bewusst, dass ich einen Umweg zu Mrs Abbotts Cottage gemacht habe. Die Glyzinie, die die Haustür umrahmt, ist jetzt braun und ohne Blätter. Grauer Rauch quillt aus dem kleinen Schornstein, steigt spiralförmig in den düsteren Himmel und vermischt sich mit den Sternen über mir. Es ist kühl, aber es weht kein Lüftchen und alles kommt mir sehr still vor. Das Licht in ihrem Wohnzimmer ist an, und ich kann sehen, wie sie drinnen herumwirtschaftet. Ich klopfe an die Tür und warte.

»Ivy! Was machst du denn hier?« Sie scheint verblüfft.

»Ich wollte mit Ihnen sprechen.« Ich lächele und löse meine bis jetzt verschränkten Arme. »Wenn ich Sie nicht störe.«

»Na, dann komm mal rein. Ich kann dich ja nicht draußen stehen lassen, es wird schon dunkel.« Sie deutet auf einen kleinen Schemel mit Quasten neben dem Kamin. Ich war schon ein paar Mal in Mrs Abbotts Cottage zu Gast und es war dort immer sehr heimelig und dennoch makellos ordentlich. Heute allerdings fällt mir auf, dass es staubig ist und die Teppiche schmutzig sind. Überall Tassen mit halb ausgetrunkenem Kaffee, auf den Regalen und Büchern, Papiere und Unterlagen sind in halb geöffnete Schubladen ihres Schreibtischs gestopft. Ich setze mich auf den Hocker, und sie schmiegt sich in einen ihrer Sessel, nachdem sie ihren Dufflecoat von der Sitzfläche genommen hat.

»Also, womit kann ich dir helfen? Geht's dir gut? Soll ich noch ein paar Sitzungen mit Dr. Kinfeld vereinbaren? Ich weiß, du musst immer noch unter Schock stehen.« Sie schlägt die Beine übereinander und verschränkt die Finger, dann legt sie beide Hände in den Schoß. Ich bin merkwürdig ruhig, jetzt, wo ich hier so mit ihr sitze.

»Nein. Ich wollte Sie nur fragen, warum Sie die Schule verkaufen.«

Totenstille – und für gefühlt mehrere Minuten ist nur das Knistern des Feuers zu hören.

»Ivy, ich weiß nicht, wie du in den Besitz dieser Information gekommen bist. Ich kann nur annehmen, Miss Wagner hat dir das gesagt. Aber, ja, das ist der Plan. Wie auch immer, ich weiß, wie viel dir diese Schule bedeutet, und ich kann dir versprechen, dass das eine große Entscheidung ist, die keineswegs leichtfertig getroffen wurde. Am Ende wird sich alles zum Guten wenden.«

»Für Sie vielleicht. Aber was ist mit den Schülerinnen und Schülern, die diese Schule ihr Zuhause nennen? Die Leute, deren Freunde hier ihre einzige Familie sind …?« Ich beiße die Zähne zusammen, um die Tränen zurückzuhalten, während ich spüre, wie sich Verärgerung in mir breitmacht.

»Ich kann dir versichern, dass jeder in Illumen Hall an eine geeignete Schule versetzt wird, die seiner persönlichen Situation entspricht. Absolut *niemand* wird ohne Zuhause oder Schulabschluss zurückgelassen. Deine Zukunft ist gesichert, Ivy. Dafür werde ich sorgen.« Sie lächelt süßlich und das reizt mich sofort. »Ich bitte dich allerdings, das Ganze vorerst für dich zu behalten, und nur mit Miss Wagner darüber zu sprechen. Wir sind kurz davor, alle Pläne festzuzurren, und es wäre mir lieber, wenn das über die Bühne ist, bevor die gesamte Schülerschaft in Aufruhr gerät.«

»Ich dachte, Sie waren so besorgt um den Zustand der Schule, weil Sie sichergehen wollten, dass die Eltern wieder Geld spenden! Aber nicht, weil Sie befürchteten, dass Ihr Deal platzen würde.«

»Ivy, das ist doch die einzige Möglichkeit, die Zukunft des Hauses zu sichern. Und die Firma hat versprochen, euch allen Plätze an nahe gelegenen Internaten zu vermitteln und die Studiengebühren zu übernehmen, falls es mit Stipendien nicht klappt. Lass mich ehrlich sein: Die Schule wäre so oder so geschlossen worden. Das ist die ganze Wahrheit.«

Ich weiß, dass das nicht stimmt, und meine Wut wird noch größer.

»Nein! Wir hätten einen Weg gefunden, sie zu halten. Ganz sicher. Wir hätten Demos organisiert ... Wir könnten ein GoFundMe einrichten oder eine gute altmodische Spendensammlung machen. Autos waschen gegen eine Spende oder so.«

Mrs Abbott schüttelt den Kopf. »Dafür ist es zu spät.«

»Es ist noch nicht zu spät. Bitte geben Sie mir etwas Zeit ...«

Mrs Abbott erhebt sich zu voller Größe. Ich weiß genau, was das zu bedeuten hat. Das Geschäft ist nicht verhandelbar. Ich nehme Haltung an.

»Das ist alles. Es ist das Ende von Illumen Hall, wie wir es kennen. Mir ist klar, es tut weh, das zu hören, aber dich geht das nichts an. Ende der Geschichte.«

»Gut.« Auch ich kann mich kerzengerade und groß machen. »Aber ich kenne eine Reihe von Leuten, die das nicht zulassen werden.«

Daraufhin setzt sich Mrs Abbott einfach wieder hin, den Blick erneut auf ihre Schreibtischplatte gerichtet. Ich bin entlassen.

Ich mache auf dem Absatz kehrt und gehe zur Tür. Das ist möglicherweise das Ende der Geschichte. Aber nicht das Ende der Magpies. Es ist mir unerträglich, noch mehr von Mrs Abbott zu hören. Ich habe das Gefühl, als würde mir tatsächlich das Herz brechen. Die Entscheidung ist gefallen. Ohne ein weiteres Wort öffne ich die Haustür und renne los. Ich weiß nicht, wohin, aber ich muss hier weg. Von Mrs Abbott, von dieser Entscheidung und von meinen eigenen Gedanken.

27

AUDREY

Ich wache früh auf und blinzele verwirrt. Das Letzte, woran ich mich erinnere: Ich lag oben auf meiner Bettdecke und starrte an die Zimmerdecke, während ich darauf wartete, dass Ivy zurückkam. Mrs Parsons erschien wohl nicht zu ihrer allabendlichen Kontrolle. Kaum zu fassen, dass sie einen Tag auslässt – und dann ausgerechnet diesen.

Ich drehe mich im Bett um, sodass ich die andere Seite des Zimmers sehen kann. Ivys Bett ist leer. Sie muss zu einer ihrer frühmorgendlichen Laufrunden aufgebrochen sein. Verrückt. Draußen ist es so kalt, dass sich schon Eisblumen auf den Fensterscheiben bilden.

Ich runzele die Stirn und setze mich auf.

Ivys Bett sieht exakt noch so aus wie gestern Abend – sogar der Stift, den sie fallen gelassen hat, liegt noch auf der Decke. Keinerlei Anzeichen dafür, dass sie überhaupt hier geschlafen hat.

Mein Herz schlägt schneller und mein Verstand zieht sofort die schlimmsten möglichen Schlüsse. Sie ist verschwunden. Sie wurde entführt. Sie ist verletzt.

Schnell checke ich mein Handy, um zu sehen, ob ich eine Nachricht von ihr habe. Aber nichts. Und noch schlimmer ist, dass sie mich aus dem Gruppenchat der Magpie Society geworfen hat.

Du kannst sauer auf mich sein, aber
sag mir wenigstens, dass du okay bist

Ich schreibe ihr und hoffe zu sehen, dass sie online ist, um es zu lesen. Oder dass ich sie schreiben sehe. Aber nichts. Auf der App »Freunde lokalisieren« bleibt ihr Profil dunkel. So viel dazu.

Obwohl mir alle Worst-Case-Szenarien durch den Kopf gehen, versuche ich, meine Angst im Zaum zu halten, ziehe meine Schuluniform an und mache mich auf den Weg nach unten zum Frühstück.

Dort erblicke ich Harriet auf einer der langen Bänke. »Hey, hast du vielleicht ...« Ich beende meinen Satz nicht, denn im selben Moment sehe ich Ivy mit einem Frühstückstablett näher kommen.

Harriet rutscht zur Seite, sodass sie mir den Rücken zudreht, und Ivy starrt mich mit kaltem Blick an. Ich schlucke. »Wo warst du? Du bist gestern Abend nicht ins Zimmer zurückgekommen. Ich hab mir echt Sorgen gemacht.«

»Brauchst du etwas?« Ivys Stimme ist eisig.

»Nein, ich wollte nur ...«

»Dann lass mich mein Frühstück essen, bevor du mir den Appetit verdirbst.«

Harriet beißt geräuschvoll in ihren Apfel, und ich kann nur an einer winzigen Bewegung ihrer Augenbraue erkennen, dass sie Ivys demonstratives Verhalten bemerkt hat. Ich sehe aber auch, dass sie eine gemeinsame Abwehr bilden. Ich bin ausgeschlossen.

Plötzlich habe ich keinen Appetit mehr und auch keine Lust, mir Ivys schlechte Laune anzutun. Die ist eine deutliche Erinnerung daran, dass ich hier wirklich keine Freunde habe, außer denen, die ich über Ivy gefunden habe. Es war riskant, all meine Hoffnungen und mein Glück an diesem Ort von einem einzigen anderen Menschen abhängig zu machen. Ich hätte es besser wissen sollen.

Ich nehme mir dann doch einen Muffin mit und laufe nach draußen, um frische Luft zu schnappen. Wenigstens ist der Himmel strahlend blau. Zusammen mit der Kühle und dem raschelnden Laub am Boden wirkt das irgendwie erholsam. Auch wenn ich nicht der Typ für Frühsport bin – an diese Art Spaziergang könnte ich mich gewöhnen.

Ich schlendere zum Brunnen und setze mich, um meinen Muffin zu essen. Genau in dem Moment, als ich mich niederlasse, landet in der Nähe eine kleine Elster. *One for sorrow*, denke ich. *Eine Elster steht für Schmerz.* Der Vogel hüpft in meine Richtung, als ich ein kleines Stückchen vom Muffin auf den Boden werfe. Zögernd nähert er sich, pickt den Brocken auf und fliegt dann rasch davon.

Ich wünschte, ich könnte behaupten, der Zwischenfall würde mich zum Lächeln bringen, aber in mir drin spüre ich nur Furcht.

Knirschende Schritte auf dem Kies. »Alles in Ordnung?«

Als ich aufblicke, steht Teddy vor mir. Mit den Händen in den Hosentaschen und leicht schräg gelegtem Kopf sieht er hinreißend aus.

»Ja. Mir geht's gut.«

»Isst du heute nicht mit Ivy? Was hast du denn angestellt, dass sie so sauer ist?«

»Wow, Gerüchte machen hier aber echt schnell die Runde, oder? Wir haben uns nur gestern Abend gestritten.« Ich lege die Arme um meinen Oberkörper.

»Äh, es ist schon irgendwie eine große Sache, wenn die

beiden auffälligsten Mädchen der Schule sich nicht mehr verstehen.«

Ich seufze entnervt. »Tja, dann frag nicht mich – frag Ivy. Sie ist diejenige, die sauer ist. Ich hab ja versucht, mich zu entschuldigen – aber ganz ehrlich, eigentlich sehe ich nicht ein, warum. Ich habe nichts Schlimmes getan. Definitiv nichts, wofür ich verdient habe, dass sie mir jetzt die kalte Schulter zeigt.«

Teddy lässt sich neben mir auf den steinernen Brunnenrand fallen, steht aber gleich wieder auf. »Das ist eiskalt, wie hältst du das aus?«

»Vielleicht hat Ivys verdammter Medusenblick mich schon zu Stein verwandelt.«

Teddy lacht glucksend. »Muss ich weiter nachbohren?«

»Was ich getan habe? Ich habe den Fehler begangen zu versuchen, ihr einen Gefallen zu tun. Ich habe ihr dieses Fotoalbum geholt, als ich in London war. Nachdem ich meinen Bruder getroffen hatte, bin ich bei ihr zu Hause vorbei. Ihre Mom ist so ungefähr der unfreundlichste Mensch auf diesem Planeten … von ihr hat Ivy das wahrscheinlich. Die ganze Familie kommt mir irgendwie verdreht vor.«

Teddy wird noch eine Spur blasser. »Moment mal, du warst tatsächlich bei ihr zu Hause? Woher hattest du überhaupt die Adresse?«

»Bei der Wohnung ihrer Mom, ja. Die Adresse habe ich auf einem alten Briefumschlag gefunden, den Ivy benutzte, um was aufzuschreiben. – Das ist ja kein großes Rätsel, das ich da gelöst habe, oder so. Alle tun, als wäre es eine Riesensache. Ich meine, du musst doch schon mal bei ihr gewesen sein, stimmt's? Schließlich warst du doch ungefähr zwei Jahre lang ihr Freund.«

Teddy schüttelt den Kopf. »Niemals. Meine Güte, nein. Sie hat mir nicht mal verraten, in welchem Teil von London das ist! Und wie war es da so?«

Er beugt sich neugierig vor, aber irgendwas an seinem Interesse macht mir klar, wie sehr Ivy sich bemüht hat, ihr Zuhause geheim zu halten. Nachdem ich am eigenen Leib erfahren habe, wie feindselig ihre Mom war, wundert mich das nicht im Geringsten. Ich will Ivys Vertrauen nicht weiter ausnutzen, auch wenn ein Teil von mir gute Lust hätte, dafür zu sorgen, dass ihre ganze Welt ihr um die Ohren fliegt. Nachdem sie mich so behandelt hat.

Aber ich kann nichts daran ändern, wie sie sich mir gegenüber verhält. Ich kann allerdings kontrollieren, wie ich darauf reagiere. Ich hoffe immer noch, eines Tages wieder mit Ivy befreundet zu sein. Und dafür werde ich als ersten Schritt ihre Geheimnisse noch ein bisschen länger für mich behalten.

»Tja, ich war nicht drinnen. Es war so eine Art Überraschungsbesuch bei ihrer Mom. Sie war beschäftigt und hat mir quasi nur schnell das Album ausgehändigt, dann bin ich gleich wieder gegangen. Und ich hätte Ivy tatsächlich vorher fragen sollen, ob das okay für sie wäre.«

»Sie ist wirklich nicht gerade der Typ, der auf Überraschungen steht.«

Da muss ich loslachen. »Genau. Das habe ich jetzt auch kapiert.«

Teddy drückt meine Hand und ich lächele ihn an. »Sie wird drüber wegkommen – mach dir da keine Sorgen.«

»Hoffentlich.«

»In der Zwischenzeit habe ich immer wieder an unser ausstehendes Date gedacht.« Er drückt mein Bein, direkt über dem Knie. »Ich weiß, als du das letzte Mal auf mein Boot kamst, war das ein ziemliches Desaster ... Aber würdest du es noch mal versuchen wollen? Ich werde an diesem Wochenende noch ein letztes Mal damit an der Küste segeln, bevor ich es für den Winter einmotte. Während der Prüfungsphase habe ich nie genug Zeit, und meine Eltern bringen mich um, wenn meine Noten nicht gut genug sind. Kommst du mit? – Lass mich nicht darum betteln.«

Ich überlege, dann lächele ich. Zwar werde ich Ivys Privatsphäre nicht weiter verletzen, als ich es sowieso schon getan habe. Aber ich kann sie durchaus ein bisschen ärgern, indem ich Teddys Einladung zu einem Bootsausflug annehme. »Aber diesmal kein Piraten-Outfit, okay?«

»Dann kommst du also mit?« Seine Miene erhellt sich.

»Ich komme mit.«

Aus der Ferne hören wir die Glocke zum Unterrichtsbeginn. Er streckt mir die Hand hin und ich lasse mich von ihm hochziehen.

»Das mit Mr Tavistock ist wirklich schlimm, was? Ich frage mich, wer sich jetzt um die Grünanlagen kümmern wird«, sagt Teddy.

Das erinnert mich sofort an die Magpie Society. Auch wenn ich mir geschworen habe, nicht weiter nachzuforschen, gibt es vielleicht doch ein kleines Stückchen von Ivys Vergangenheit, über das ich gern mehr wüsste. »Teddy, hat Ivy dir eigentlich jemals erzählt, warum sie nach Illumen Hall gekommen ist?«

»Weil sie ein Stipendium bekam.«

»Ja, das weiß ich. Aber warum hat sie sich für Illumen Hall entschieden? Ich weiß, dass ihre Grundschullehrerin ihr das vermittelt hat, aber ich meine, es gibt doch unzählige Internate in diesem Land und wahrscheinlich einige, die noch deutlich näher an ihrem Zuhause gewesen wären. Und sie hätte es sich ja wahrscheinlich aussuchen können. Warum also kam sie ausgerechnet hierher?«

Teddy runzelt die Stirn. »Keine Ahnung. Ich bin wegen der Nähe zur Küste und dem Segeln hergekommen – und weil mein Dad auch schon hier im Internat war. Die meisten Schüler machen das aus Familientradition. Ivy offensichtlich nicht.«

»Was meinst du mit ›offensichtlich‹?«

Teddy wird ein bisschen rot. »Ich meine nicht ... nein, es ist bloß so, dass ihre Familie, sagen wir, nicht typisch für eine Schule wie diese ist.«

»Meinst du, zu arm?«

»Wow, nein. Illumen Hall hat schon immer jede Menge Stipendiaten. Du würdest dich wundern, wie viele hier ein Stipendium kriegen. Tatsächlich ist das einer der Gründe für die hohen Schulgebühren. Um dafür zu sorgen, dass Jugendliche, die nicht die gleichen Möglichkeiten haben wie wir, die Chance bekommen, einen Ort wie diesen hier zu besuchen. Vielleicht ist das der Grund, warum Ivy da ist. Weil es eines der wenigen Internate ist, das ein Vollstipendium anbietet, verstehst du? Nach allem, was ich über Ivys Zuhause weiß, war sie dort nicht besonders glücklich. Und du scheinst das ja auch so zu sehen. Also wollte sie von dort weg und kam hierher. Ich kann's ihr nicht verübeln.«

»Ich auch nicht.«

»Gefällt es dir inzwischen schon besser hier?«

Ich grinse. »Es hat seine Reize.«

»Bin ich einer davon?«

»Du bist schon ziemlich gut. Es ist echt schade, dass wir nächstes Jahr nicht mehr zusammen sein werden.« Schnell klappe ich den Mund zu, weil mir einfällt, dass Teddy ja noch nichts vom Verkauf der Schule weiß. Aber er grinst nur.

»Ich werde nicht so weit weg sein. Ich will in London auf die Uni – das ist mit dem Zug erreichbar.«

Tja, das stimmt. Er macht jetzt sowieso seinen Abschluss, also betrifft ihn der Verkauf nicht mehr. Ich habe deshalb das Geheimnis doch nicht verraten. Wahrscheinlich weil die Vorstellung, dass wir getrennt sein werden, mich ein bisschen traurig macht, lehne ich mich an Teddys Schulter.

Plötzlich kommt mir ein Gedanke. Vielleicht *weiß* Ivy gar nichts von der Verbindung ihrer Familie zur Schule. Wenn ich diesen Bezug bestätigen kann, gibt es eventuell doch noch einen Weg, die Schule zu retten, und ich muss nicht auf ein Gespräch mit meinem Dad setzen, was mir mittlerweile ziemlich utopisch vorkommt.

»Auch wenn ich es den ganzen Tag so aushalten könnte ... sollen wir vielleicht langsam mal zum Unterricht?«, fragt Teddy, als es zum zweiten Mal läutet. »Soll ich dich begleiten?«

»Nein, das passt schon. Wir sehen uns später.«

Er drückt einen Kuss auf meine Fingerspitzen und schlendert davon. Im Gehen schickt er mir noch eine SMS: Vermisse dich schon. Kitschig, aber ich muss trotzdem grinsen. Ein Teil von mir möchte ihm nachlaufen, mich auf ihn stürzen und ihn leidenschaftlich küssen. Aber stattdessen drehe ich mich um und laufe in die entgegengesetzte Richtung.

Ich werde nicht zum Unterricht gehen, sondern ins Hauptquartier der Magpie Society. Falls es überhaupt Antworten auf meine Fragen gibt, werde ich sie dort finden.

28

IVY

Mir ist klar: Um den Verkauf der Schule zu stoppen, muss ich sofort handeln – mit oder ohne Audrey an meiner Seite. Ich kann mich nicht einfach zurücklehnen und das Ganze geschehen lassen. Ed hat gesagt, es läge in meiner Hand, und ich habe vor, alles zu tun, um die Schließung der Schule zu verhindern. Obwohl ich weiß, dass ich mich voll und ganz aufs Lernen für meine Abschlussprüfung und das Klavierüben konzentrieren sollte, fühlt sich das jetzt viel zu wichtig an, um es schleifen zu lassen. Die anderen wissen es vielleicht noch nicht, aber die Zukunft der Schüler hängt von den falschen Leuten ab, also kann ich es wenigstens versuchen. Für *alle* Ivys der Schule, um es mal so auszudrücken.

Zunächst waren sie etwas widerwillig, doch dann habe ich Clovers Mitbewohnerinnen Lyra und Yolanda gemeinsam mit Harriet zum Magpie-Hauptquartier gebracht. Plötzlich dämmert mir, dass es eine riesige Geschichte ist, ihnen alles zu erzählen, was ich über die Magpie Society herausgefunden habe, wann sie gegründet wurde und dann noch die Sache mit der Neugestaltung der Schule. Keine Ahnung, was Audrey empfinden würde, wenn sie wüsste, dass ich mit den dreien hier bin und sie nicht. Auf dem Weg zur Muschelhöhle habe ich sie so gut wie möglich über alles informiert. Lyra und Yolanda waren als Clovers beste Freundinnen und Mitbewohnerinnen gute

Verbündete. Harriet war außerdem jemand, dem ich all das auch anvertrauen konnte, das wusste ich. Daraufhin fluchten die drei erst einmal ausgiebig und fragten »Ist das dein Ernst?«. Beim Betreten des Muschelraums stöhnten sie dann vor lauter Verblüffung auf.

»Das ist absolut verflucht verrückt, Ivy …« Harriet packt mich aufgeregt am Arm, ihre Augen sind weit aufgerissen.

»Ich weiß, wir haben dich schon auf dem Weg hierher mit einer Million Fragen bombardiert, aber … WAS? WARUM?« Yolanda schaut sich verwirrt um, streckt die Hand aus und streicht über die Muscheln.

»Ich weiß eigentlich auch nicht viel über die Geschichte dieses Raums, wann er entstanden ist oder wer ihn gebaut hat, aber wer auch immer es war, es muss sehr lange gedauert haben.« Ich setze mich auf den Boden und ermuntere die Mädchen, das Gleiche zu tun. »Das ist also das Hauptquartier!« Ich werfe die Arme in die Luft, gestikuliere herum und lächele. Ich fühle mich wie eine stolze Hausbesitzerin, die Gästen ihr neues Zuhause zeigt.

»Kommt Audrey noch?«, fragt Lyra.

Ich fange Harriets unbehaglichen Blick auf.

»Nein. Audrey gehört nicht mehr zur Magpie Society.«

»Wieso?«, möchte Yolanda wissen.

»Sie hat entschieden, wichtigere Dinge zu tun zu haben.« Die Mädchen registrieren meinen Tonfall und stellen daraufhin keine weiteren Fragen.

»Jetzt, wo Clover … nicht mehr da ist, scheint es mir wichtig, ihre Mission fortzusetzen. Was, wenn Lola umgebracht wurde, weil sie die Schließung der Schule verhindern wollte?«

»Oh Gott«, sagt Harriet. »Das ergibt so viel Sinn. Lola hätte alles getan, um die Schule zu retten.«

»Genau. Also ist es nun unser Ziel, den Verkauf zu stoppen. Ich habe beschlossen, dass die beste Strategie ist, den Plan zu veröffentlichen. Wir stellen ihn der Schülerschaft, den Eltern und Journalisten vor. Wir müssen möglichst viel Aufmerksamkeit auf die Sache lenken, denn bloß wir vier gegen einen großen Konzern, das ist fast unmöglich, aber wenn wir mehr Leute auf unsere Seite ziehen können, haben wir tatsächlich eine Chance.«

»Clover hätte das großartig gemacht. Sie liebte ein bisschen Anarchie, Demos und Skandale aufzudecken.« Lyra lacht, doch mit einer Spur Schmerz in der Stimme.

»Meinst du, wir bekommen Ärger?« Yolanda wirkt ein wenig nervös.

»Das ist ja der Sinn der Magpie Society. Diese Schule ist, wofür wir stehen – sie ist ein Vermächtnis. Die Magpies wollten schutzbedürftige Schüler beschützen, und bei diesem Verkauf … sind wir alle schutzbedürftig. Doch als Magpies können wir völlig anonym bleiben. Niemand erfährt, dass *wir* den Plan aufdecken.«

Mir dämmert zwar, dass Mrs Abbott sofort mich und Audrey verdächtigen wird. Aber ich versuche ja nur, die anderen zu beruhigen. Ohne Beweise kann Mrs Abbott nicht mit Sicherheit sagen, dass wir es waren.

Yolanda und Harriet beginnen, in ein paar der alten Bücher und in den Fotoalben von Mitgliedern der Magpie Society zu blättern, und Lyra zieht mich zur Seite.

»Ivy, ich mache mir wirklich Sorgen. Was, wenn wir uns in Gefahr begeben?«

»Keine Sorge, ich kümmere mich um alles. Ich bin immer noch in Kontakt mit der Polizei. Ich werde nicht zulassen, dass uns etwas zustößt.« Ich lächele aufmunternd, obwohl mir klar ist, dass ich mir da überhaupt nicht sicher sein kann.

Nach dem Treffen und mit dem Gespräch mit Lyra, Clover noch frisch im Gedächtnis, beschließe ich, Detective Shing zu bitten, dass sie sich etwas Zeit für mich nimmt.

Sehr schnell schreibt sie mir zurück und fragt, ob wir uns im Park treffen können, auf halbem Weg zwischen dem Internat und der Polizeistation. Ich muss nur ungefähr zwanzig Minuten warten, bevor sie auf mich zukommt. Ihr Haar ist lockerer frisiert als beim letzten Mal, es liegt lässig auf den Schultern, statt zu einem Pferdeschwanz zurückgebunden zu sein. Sie trägt einen beigefarbenen Parka und ich muss sofort an Inspektor Gadget denken.

»Ivy, wie geht's dir?« Sie setzt sich neben mich auf die Parkbank und schlägt die Beine übereinander.

»Ganz gut – und Ihnen?« Sofort fühle ich mich ein wenig unbehaglich. Die ganze Zeit war ich sehr misstrauisch gegenüber der Polizei, aber ich denke, es wird Zeit, sie in ein paar mehr Informationen einzuweihen, damit sie an Lolas Fall interessiert bleibt. Ich habe das Gefühl, dass sich Detective Shing wirklich reinhängt, und sie könnte sich als sehr hilfreich erweisen.

»Bevor du beginnst, muss ich dich über deinen Lehrer Mr Willis informieren.«

»Ja, der Creep.«

»Wir haben sowohl für die Abende des Todes deiner Freundin als auch für Clovers Verschwinden sein Alibi überprüft. Es stimmt alles. Er hatte mit beidem nichts zu tun, Ivy.«

Ich sitze zuerst fassungslos schweigend da. Denn wie ist das möglich? »Aber er war es. Er muss es gewesen sein! Ich habe Ihnen doch gesagt, dass er auch Clovers Zufluchtsort mitgehört hat – er könnte das Feuer gelegt haben!«

»Wir sind sicher, dass Clovers Tod ein tragischer Unfall war. Und was Mr Willis angeht ... Ivy, er ist unschuldig.«

»Und wenn ich Ihnen etwas Neues präsentieren könnte? Sagen wir … Bilder von einer Überwachungskamera, wie er sich mit Clover streitet, kurz bevor sie verschwindet? Es sieht so aus, als würde sie ihn wegen irgendetwas zur Rede stellen. Er scheint wütend zu sein.«

Sie runzelt die Stirn. »Wir haben alle Überwachungskameras der Schule überprüft und nichts dergleichen gefunden.«

»Eine andere Kamera. Eine, die nicht der Schule gehört.«

»Wenn das stimmt, würde ich die Bilder natürlich gerne sehen. Ich frage auch nicht, wie du in den Besitz der Aufnahmen vom Schulgelände gekommen bist, aber du solltest wissen, dass alles, was du mir gibst, als Beweismittel vor Gericht verwendet werden könnte, falls nötig. Dann wirst du erklären müssen, wie du an das Material der Kamera gekommen bist.«

»Gut. Wenn die Sache vor Gericht geht, werde ich mein Geheimnis lüften.«

»Wolltest du mich deshalb treffen? Wegen des Filmmaterials?«

»Ja! Soll ich es einfach an die Mailadresse auf Ihrer Visitenkarte schicken?«

»Das ist das Beste. Danke, Ivy. Und ich sag's noch mal: Wenn du etwas besprechen möchtest, ruf mich bitte einfach an. Es gefällt mir nicht, dass du auf eigene Faust ermittelst. Ja, Clovers Tod war ein Unfall, aber ich möchte nicht, dass dir oder einem anderen Schüler etwas passiert.«

»Okay, danke!«

Dann erhält Detective Shing einen Anruf, den sie annimmt. Sie macht mir ein Zeichen, dass sie gehen muss. Lautlos formt sie »Auf Wiedersehen« und winkt, dann geht sie zurück zum Parkplatz. Ich hoffe, ich tue das Richtige, wenn ich ihr die Kameraaufnahmen maile.

Während ich mich auf den Weg zurück zur Schule mache, sehe ich vor mir auf der Straße Audrey und Teddy nebeneinanderschlendern, sie teilen sich eine Tüte Chips und gehen dann durchs Schultor. Ich spüre einen Anflug von Wut.

Die beiden überqueren das Schulgelände und biegen rechts ab. Ich folge kurz dahinter und biege links ab. Der einzige Ort, an den ich jetzt gehen möchte, ist der Musikübungsraum. Ich will mich an den Fazioli-Flügel setzen und alles, was ich habe, in die Tasten und in das Stück, das ich für das Weihnachtskonzert geschrieben habe, legen. Sollte diese Schule verkauft werden, kann ich mich nur auf meine Noten und mein Talent verlassen, um im Leben weiterzukommen. Es fühlt sich gut an, einen Plan zu haben, aber mein Kopf arbeitet trotzdem auf Hochtouren. Es ist fast unmöglich, mich zu konzentrieren. Das Einzige, woran ich momentan wirklich denken kann, ist, was mir wichtig ist: die Schule, meine Noten, meine Musik – und Lola.

29

AUDREY

»Verdammt!« Ich schlage mit der Faust gegen die Wand.

»Entschuldigen Sie, Miss. Sie sollten hier nicht sein. Schüler haben eigentlich keinen Zutritt.«

Ich fahre herum und stehe vor einer stirnrunzelnden Mrs Cranshaw.

»Ich gehe schon, keine Sorge.«

Ich bin herunter in die Küche gekommen, um den Zugang zum Tunnel durch die kunstvoll verzierte Tür in der Holzverkleidung zu nehmen. Doch die ist mit einem nagelneuen, glänzenden Vorhängeschloss versperrt. Ich weiß, wessen Werk das ist: Ed Tavistocks. Mein Zugang zum Hauptquartier der Magpies ist blockiert. Ohne das Handy der Magpie Society, das Ivy gerade hat, kann ich keinen anderen Zugang finden.

Also gehe ich stattdessen hinauf in die Bibliothek und blättere in allen möglichen Jahrbüchern, um vielleicht ein Foto von Clarissa Ellory zu finden. Aber vergeblich. Es gibt keine Spur von ihr. Außer der Schülerin namens Lily Ellory aus den späten 1800er-Jahren, finde ich niemand mehr mit diesem Namen.

Das ist eine Sackgasse.

Magpies are the feathers of the school. Die guten Geister der Schule, die still hinter den Kulissen wirken. Leider tun sie das derart im Verborgenen, dass sich in den meisten Jahrbüchern keine Verzeichnisse der Mitarbeiter finden – zumindest nicht bis zu der kleinen Revolution in den 1960ern. Da finde ich endlich eine Seite, auf der das Personal erwähnt wird. Der Name Tavistock sticht mir ins Auge, und ich frage mich, wie der Gärtner wohl in jüngeren Jahren aussah. Es gibt ein grobkörniges Gruppenbild, auf dem nur wenig zu erkennen ist. Alle Gesichter scheinen irgendwie ineinanderzufließen. Mich interessiert allerdings die Bildunterschrift. In winzigen Buchstaben steht zwischen einem Haufen Namen *C. Ellory – Stallmeisterin.*

Jawohl! Ich starre auf das Foto. Die Gesichter sind zwar verschwommen, aber wenn man sich speziell auf eins konzentriert, dann doch halbwegs erkennbar. Ivys Großmutter? Könnte gut sein.

Ich atme scharf aus und kneife die Augen ein bisschen zusammen, um besser zu sehen.

Ivy ist tatsächlich mit einem Mitglied der ursprünglichen Magpie Society verwandt. Ob sie davon weiß? Für später mache ich mit meinem Handy ein Foto davon. Und irgendwie kommt es mir vor, als würden die Puzzleteile langsam ein Bild ergeben. Obwohl es inzwischen keine Rolle mehr spielt. Der Verkauf ist durch. Vielleicht hätte sich irgendwann noch etwas ändern lassen, doch jetzt ist es zu spät.

Ich muss mich nun auf meine eigene Zukunft konzentrieren.

Nervös knabbere ich an meinen Fingernägeln, bevor ich mich auf den Weg zur unteren Etage der Bibliothek mache. Als ich zwischen den Regalen durchgehe, meine ich, jemand weinen zu hören. Ich will eigentlich gar nicht hinsehen – irgendwie wurde ich schon in genug Dramen reingezogen. Aber andererseits, was macht eins mehr da noch aus?

Seufzend sehe ich mich zwischen den Regalen um. Abgesehen von dem leisen Schluchzen ist es geradezu unheimlich still.

Die meisten Schüler suchen in den Freistunden den Gemeinschaftsraum auf.

Wer auch immer das sein mag – die Person wollte sich offenbar an einen ruhigen Ort zurückziehen.

Gerade als ich die Bibliothek schon verlassen will, entdecke ich sie: Araminta. Und sofort ist meine Neugier geweckt.

Sie schaut hoch, als ich näher komme. Dann versteckt sie das Gesicht hinter ihren Armen, als würde sie am Boden nach etwas suchen.

»Alles okay?«, frage ich.

»Mir geht's gut. Lass mich einfach in Ruhe.«

»Das geht nicht.«

Erstaunt sieht sie mich an. Ihre Augen sind gerötet, aber die Tränen hat sie weggewischt.

»Warum? Willst du es gleich Ivy petzen?«

»Ich bin nicht Ivys Marionette. Außerdem«, ich lasse mich neben ihr auf den Boden fallen, »hatten wir einen Riesenkrach. Ich bin mir ziemlich sicher, sie hasst mich jetzt.«

»Es passiert, dass sie jemand auf einen Schlag fallen lässt. Das hab ich schon gesehen. Bei jedem … Wobei es mich nicht besonders überrascht. Sie hatte ihr ganzes Leben an Lola ausgerichtet.«

Ich drehe den Kopf und sehe Araminta an. Keine Ahnung, warum sie geweint hat, aber ich habe den Eindruck, dass sie noch nicht bereit ist, ihr Herz auszuschütten.

»Okay, hör mal. Du kanntest das Mädchen doch, oder? Ihr habt die letzten sechs Schuljahre miteinander verbracht. Wie war Lola denn wirklich?«

Araminta lehnt seufzend den Kopf nach hinten und gegen das Regal. »Lola? Sie war alles. Jeder wollte wie sie sein. Wollte *sie* sein. Ich besonders. Sie wäre ein fantastisches Headgirl gewesen. Viel besser als ich. Sie war … sie war magisch. Man wollte einfach am liebsten immer dort sein, wo sie auch war.«

Araminta hat so einen verträumten Blick und das gibt mir einen Stich in die Magengrube. Ich wünschte, ich hätte sie kennengelernt, diese Person, die alle so dynamisch und umwerfend fanden.

Ich habe nur das Gemälde gesehen. Ein Gemälde, das mir ein bisschen unheimlich ist.

Aber vielleicht ist gar nicht das Gemälde unheimlich. Sondern eher, dass alle wie besessen von ihr sind. Auch ihr eigener Bruder! Sein Schmerz, seine Trauer erscheinen mir so – extrem. Dass er sogar eine Wohnung in der Winferne Bay kaufte, nur um näher am Tatort zu sein. Von Mr Willis ganz zu schweigen. Der muss wirklich dumm – oder wirklich verknallt gewesen sein –, um sich mit einer Schülerin einzulassen. Und erst recht mit einer derart prominenten wie Lola.

Er hat sich dadurch in eine gefährliche Lage gebracht und ist ein massives Risiko eingegangen.

»Dazu wird sie jetzt nie mehr Gelegenheit haben. Und ich habe eine Riesenaufgabe.«

»Warum ist es überhaupt so eine große Sache, Headgirl zu sein?«

»Das lässt sich schwer erklären. Aber es garantiert mir einen Platz an jeder Uni. Zugang zu einem ganzen Alumni-Netzwerk ehemaliger Headstudents auf allen erdenklichen Gebieten, von der Schauspielerei über Musik bis hin zu Spitzenjuristen, Bankern und Medizinern. Außerdem bin ich in die Entscheidungen über die Schule einbezogen – wir gehören ein Jahr lang dem Vorstand an. Das ist nicht so wie an anderen Schulen. Headgirl sein ist eine richtig große Sache. Wenn dieses Jahr vorbei ist, kriege ich jedes Praktikum, das ich mir wünsche, im Handumdrehen. Ich gehöre automatisch zur Elite. Aber glaub mir, ich weiß, dass ich es nicht in gleichem Maß verdient habe wie Lola. Und es kommt mir vor, als würde ich an jedem verdammten Tag daran erinnert.«

»In meinen Augen scheinst du deine Sache ganz gut zu machen. Und Ivy möchte auch in diesen Club, oder?«

»Na klar. Ich meine, sie *sollte* auch dazugehören. Ich weiß ja, dass sie schwierig ist, aber jeder weiß auch, wie hart sie arbeitet. Irgendwie habe ich sie dafür immer gehasst. Und sie wird schon klarkommen. Schließlich ist sie einer dieser wirklich tatkräftigen Menschen auf dieser Welt. Ich dagegen ... bin einfach nicht so. Und jetzt werde ich auch noch das Weihnachtskonzert verbocken.«

Seit ich gesehen habe, woher Ivy kommt, verstehe ich diese grimmige Entschlossenheit und was sie vor allen anderen versteckt. Auf Leute wie Araminta scheint sie einfach zielstrebig zu wirken. Aber für Ivy kann es tatsächlich um alles oder nichts gehen.

»Ist das Weihnachtskonzert wirklich so eine große Sache?«

Araminta verdreht die Augen, als müsste ich jede der dämlichen Traditionen an diesem Ort in- und auswendig kennen. Doch dann lächelt sie. »Das ist es. Eine enorm wichtige Selbstdarstellung für uns. Die Eltern kommen und viele von ihnen sind wichtige Leute in der Kunst-, Musik-, Theater- und Filmbranche. Einige haben auch wichtige Posten an Universitäten. Mrs Abbott sorgt darüber hinaus für eine große Gästeliste – in der Hoffnung, neue Sponsoren zu finden. Sie hat mir schon gesagt, dass das Event diesmal größer und wichtiger denn je sein wird.«

Ich frage mich, ob Dad auch kommt. Sicher wird er sich die Chance, das Potenzial der Schule zu präsentieren, nicht entgehen lassen. Vielleicht kann ich ihn ja dazu überreden, uns noch ein Jahr zu gewähren. Dann hätte Ivy die Chance, Headgirl zu werden und ihrem Vermächtnis gerecht zu werden. Anschließend würde sie einen Platz an ihrer Wunschuniversität bekommen. Danach könnte die Schule von mir aus zu dem Vergnügungspalast umgebaut werden, der meinem Dad vorschwebt.

»Aber Lola hätte dieses unglaubliche Stück auf der Geige gespielt, denn auch darin war sie großartig. Ich soll jetzt singen, aber ich kriege es einfach nicht hin. Das wird nie was.«

»Welchen Song?«

»*Think of Me* aus *Das Phantom der Oper*.«

»Oh, was ganz schön Schweres.«

»Singst du auch?«

»Ja, ein bisschen. Zu Hause in den Staaten habe ich manchmal Laientheater gespielt.«

Es war zwar etwas mehr als das, aber ich will nicht, dass irgendwer hier das erfährt. Ich habe genug davon, dass alle mich anstarren.

»Dann weißt du ja, was ich meine – es ist ein ziemlich schwieriger Song, mit ein paar sehr hohen Noten. Außerdem will ich nicht einfach nur dumm dastehen. Im Hintergrund soll getanzt werden. Aber Bonnie und Katie sind keine Naturtalente, und Mr Willis ist ein mieser Choreograf, um ehrlich zu sein. Und es gibt keine andere Lehrkraft mit echter Erfahrung, die helfen könnte. Mein Kostüm ist auch bäh, nur irgendein altes Tutu aus einer früheren *Schwanensee*-Aufführung oder so. Furchtbar. Also habe ich versucht, es umzuarbeiten, aber ich bin mir nicht sicher, ob das funktioniert. Nein, streich das, ich *weiß*, dass es nicht funktionieren wird. Deshalb bin ich hier. Ich habe ein stilles Plätzchen zum Weinen gesucht, denn in mein Zimmer kann ich nicht. Jedes Mal wenn ich Polaris House betrete, werde ich angestarrt.«

Sie sieht wirklich entnervt aus. Und trotz allem tut sie mir leid. Ich weiß, dass meine Entscheidung Ivy nicht passen wird. Aber vielleicht ist das okay. Vielleicht muss ich den Kreis meiner Freundschaften ein bisschen erweitern.

»Warum zeigst du es mir nicht mal? Vielleicht habe ich ja ein paar Tipps für dich. Tatsächlich habe ich bei der Choreografie von *Showboat* geholfen. Das war das letzte Musical, das wir aufgeführt haben.«

Araminta blinzelt erstaunt. »Das würdest du wirklich tun?«

»Warum nicht?«

»Ähm … mir fällt da ein Grund mit dunklen Haaren ein.«

»Wie schon gesagt, ich bin nicht Ivys Eigentum. Und es geht ja nur um eine Musikaufführung. Wir müssen deshalb nicht gleich ›Besties‹ werden.«

Ich male mit den Fingern Anführungszeichen in die Luft und Araminta lacht. »Okay, cool. Aber das machen wir nicht hier. Komm mit in einen der Musiksäle. Die sind schalldicht, dann hört wenigstens keiner, wenn ich die hohen Töne nicht treffe.«

»Ich bin mir sicher, du wirst das großartig machen. Es ist gut, sich zu fordern.«

»Wenn ich's nicht schaffe, spring ich von einer Klippe«, murmelt Araminta. Dann schnappt sie nach Luft. »Oh mein Gott, das war jetzt echt unsensibel von mir. Tut mir leid.«

Ich schüttele den Kopf. »Mach dir keine Gedanken. Aber, Araminta, ich muss dich noch was fragen. Du hast immer darauf beharrt, dass Lola allein gestorben ist – ob es nun ein Unfall war oder Selbstmord. Dass sie jedenfalls allein oben auf den Klippen war. Warum denkst du, dass sie das getan hat? Für mich klingt das nach einem ziemlich perfekten Leben. Nicht nach einem, vor dem man fliehen möchte.«

Araminta blickt sich in der Bibliothek um, ob da jemand ist, der uns belauschen könnte. »Das schon. Aber sie hatte auch Geheimnisse – und sie hat die anderer Leute rausgekriegt. Dafür hatte sie Talent.« Ihre Augen werden dunkel, als sie das sagt. Hat Lola eins von Aramintas Geheimnissen aufgedeckt? Was könnte sie wohl verheimlichen? Ich wechsele das Thema.

»Bist du wirklich nur deshalb unglücklich? Wegen deinem Gesangssolo?«

»Nein, du hast recht. Es gibt da noch was.« Sie schweigt kurz. »Liebeskummer. Aber das ist eine lange Geschichte und total peinlich.«

»Erzähl mal – und glaub mir, ich weiß, was du meinst.«

»Gibt's zwischen dir und Teddy nicht schon Fortschritte?«

Ich werfe ihr einen scharfen Blick zu, während wir die Bibliothek verlassen und uns auf den Weg zu den Musiksälen im unteren Stockwerk machen. Aber ihrem Gesichtsausdruck nach zu schließen, meint sie es nicht böse, sondern ist einfach nur ehrlich neugierig. Eine ganz andere Seite an Araminta. Eine, die mir gefällt.

Die Glocke läutet zum Ende der Stunde und Schülerinnen und Schüler strömen auf die Flure. Jetzt ist Mittagspause, aber da ich bei Ivy und ihrer Truppe sowieso nicht willkommen wäre, kann ich genauso gut Araminta begleiten. Das Gedränge um uns wird dichter, sodass Araminta mich am Arm fasst.

Als ich hochschaue, bemerke ich, dass Ivy uns beobachtet.

Na schön, dann sieht sie mich eben mit Araminta. Soll sie daraus doch ihre eigenen Schlüsse ziehen. Schließlich hat sie mich in diese Lage gebracht.

Mal abwarten, was sie dagegen unternehmen wird.

30

IVY

Es regnet und die Tropfen hämmern gegen die alte, dünne Fensterscheibe in Harriets Zimmer. Es ist Donnerstag Abend. Wäre ich bei Audrey, wäre heute unser Filmabend. Auf Mr Kinfelds Rat hin hatten wir angefangen, uns auf dem Laptop jede Woche einen Filmklassiker anzuschauen. Ein Filmklub nur für uns beide. Diese Woche sollte es *Das darf man nur als Erwachsener* sein, weil das einer meiner Lieblingsfilme ist und Audrey ihn noch nicht gesehen hat. Doch stattdessen bin ich mit Harriet in ihrem Wohnheimzimmer. Sie teilt es sich mit einem Mädchen namens Ruby, das nur drei Nächte pro Woche dort übernachtet. Harriet hat im Grunde also ihr eigenes Zimmer, darum bin ich bei ihr geblieben. Ihr Zimmer ist etwas kleiner als das, das ich mit Audrey teile, und hat eine Dachschräge, sodass man den Kopf einziehen muss, bevor man sich auf Harriets Bett setzen kann. Außerdem besitzt sie eine Menge Zimmerpflanzen, die überall herumstehen. Buschige, rankende und ein paar, die aussehen, als wären sie von einem anderen Planeten. Sie hat aber einen äußerst grünen Daumen: Alle sind sehr üppig und gedeihen. Einmal hat sie mir zum Geburtstag einen Kaktus geschenkt, und selbst *den* konnte ich nicht am Leben erhalten.

»Du wirkst verändert, jetzt, wo du nicht mehr hinter Lola herläufst, weißt du …«, sagt Harriet aus dem Nichts, während wir nebeneinander auf ihrem Bett liegen und durch Instagram scrollen.

»Was meinst du damit?«

»Ich meine das nicht negativ, und natürlich bin ich sehr traurig, dass sie nicht mehr da ist, aber du scheinst … entspannter zu sein? Mehr du selbst, ohne Lola in der Nähe.«

Was für ein seltsamer Kommentar von Harriet, den ich überhaupt nicht erwartet habe. Harriet hatte nichts gegen Lola, aber ich glaube, sie hat uns manchmal um unsere Freundschaft beneidet. Ich hatte bisher nicht wirklich darüber nachgedacht, welche Folgen es für mich als Mensch haben würde, keine Zeit mehr mit Lola zu verbringen, oder wie es mich verändern könnte.

»Vermutlich hast du recht. So habe ich das noch gar nicht betrachtet.«

»Ja, du hast sie sehr gemocht, und ihr beide standet euch sehr nahe, aber ich habe das Gefühl, dass es manchmal ein bisschen …«, sie zögert kurz und schaut mich an, »… ungesund war.«

»Kann sein. Obwohl sie nicht so perfekt war, wie alle behauptet haben. Wir haben alle unsere Macken.«

Harriet lächelt. »Ich weiß! Ich finde, was ihre Aufgaben als Aufsichtsschülerin anging, war das nicht immer so toll.« Sie lacht.

»Ja, das war eher ein Statussymbol für sie – es war ihr nicht wirklich wichtig. Und ich weiß, es wird dich absolut schockieren, wenn du das jetzt von mir hörst, aber Araminta macht sich eigentlich ziemlich gut als Headgirl.« Ich verschlucke mich fast an meinen eigenen Worten und Harriet bricht in schallendes Gelächter aus.

»OH MEIN GOTT! Geht's dir gut, Ivy? Du hast allerdings

recht – sie nimmt ihre Pflichten sehr ernst, nicht dass wir das jemals vor ihr zugeben würden, natürlich nicht.«

»Auf keinen Fall!« Ich stimme in Harriets Lachen mit ein.

»Oh, ich möchte dir noch zeigen, was ich heute früh in der Bibliothek auf dem Laptop gemacht habe.« Sie springt vom Bett auf und schnappt sich ihre Tasche, die neben der Tür hängt.

»Hier!« Erwartungsvoll drückt sie mir einen Stapel A4-Blätter in die Hand. Das oberste ist eine Art Plakat, auf dem steht:

RETTET UNSERE SCHULE:
STOPPT DEN VERKAUF VON ILLUMEN HALL

Dazu hat Harriet eine unglaubliche Illustration der Front unserer Schule gezeichnet: dieselbe Ansicht, die man auf all unseren Bannern und der Website sieht, nur dass die Hälfte des Gebäudes eingestürzt ist und ein Bulldozer das Geröll überragt. Es gibt auch einen Text, der die Pläne erklärt und alle Schüler aufruft, aktiv zu werden.

»Ich dachte, wir könnten die in der ganzen Schule verteilen, in Schubfächer und Schließfächer stecken, unter den Zimmertüren hindurchschieben, in der Bibliothek und den Common Rooms auslegen und sie hoch oben von der Treppe werfen, wie in diesen amerikanischen Teenagerfilmen!« Sie grinst mich an.

»Harriet, das ist unglaublich. Das hast du absolut klasse gemacht.« In dem Moment möchte ich sie einfach nur umarmen.

»Ich bin froh, dass es dir gefällt. Ich hab verdammt lange gebraucht, um auf dem iPad die Schule und den Bulldozer zu zeichnen.«

»Tja, da haben deine Designfähigkeiten echt durchgeschlagen.«

Harriet packt die Plakate in ihre Schreibtischschublade und legt sich dann wieder neben mich.

»Wie wird's dir gehen, wenn wir den Verkauf nicht verhindern können? Hast du schon überlegt, was das für deine Zukunft bedeutet?«

»Nein, nicht wirklich … Hey, hast du schon gehört, dass Jacob aus dem Polaris House zu Mrs Abbott musste, weil er abgeschrieben hat?« Ich wechsele das Thema. Ich möchte jetzt nicht über die Zukunft sprechen. Denn ich ahne, sobald ich diese Schleusen öffne, wird es schwer sein, sie wieder zu schließen. Doch Harriet durchschaut mich sofort.

»Na, wenn dir das Thema momentan wichtiger ist … Girl, du solltest mehr unter Leute!« Sie lacht und steht auf. »Ich muss noch mal runter in die Bibliothek. Ich habe Mrs Engleson zugesagt, heute Abend an ihrem Kurs für kreatives Schreiben teilzunehmen, und obwohl ich meine Entscheidung mittlerweile fast bereue, weiß ich, dass sie Tee und diese gefüllten Schokokekse, Wagon Wheels, anbietet, also mache ich natürlich mit. Ich bringe dir welche mit, wenn du magst.«

»Nein, schon gut. Ich muss sowieso noch ein paar Sachen aus dem Musikraum holen, also treffen wir uns einfach später wieder hier.«

Daraufhin verlassen wir beide Harriets Zimmer und gehen in unterschiedliche Richtungen davon. Ich beschließe, nach den Überwachungskameras der Magpie Society zu sehen, also mache ich mich auf den Weg zum Cottage des Gärtners, das jetzt völlig leer ist. Mr Tavistock und Ed sind schon vor ein paar Tagen ausgezogen. Ich habe vom Treppenabsatz aus beobachtet, wie sie die letzten Kartons in ihren Truck luden und durch das Tor davonfuhren.

Ich ziehe mir die Jacke über den Kopf, um mich vor dem

Regen zu schützen, und renne über die Auffahrt, durch das Wäldchen und zum Cottage. Seltsam, in diesem Haus zu sein, ohne irgendwelche Habseligkeiten, die die Räume füllen. Es fühlt sich traurig und trostlos an. Eine Welle der Melancholie erfasst mich. Das alles passiert wirklich und so viel schneller, als ich anfangs gedacht habe. Ich schiebe in der Küche den Teppich von der Luke im Dielenboden, entriegele sie, steige die Treppe hinunter und laufe den Tunnel entlang. In dem runden Steinraum angekommen, schalte ich das Licht ein, setze mich an den Schreibtisch und schaue auf die beiden Bildschirme, die das aktuelle Geschehen in der Schule zeigen. Es ist nicht viel los: Schließlich ist es schon spät, dunkel und regnerisch, also sind die meisten Leute drinnen. Ich möchte mir noch einmal die Aufnahmen von Clover und Mr Willis daraufhin anschauen, ob es vor oder nach dem Clip, den ich mir ja bereits gemailt habe, irgendetwas gab, das wir vielleicht bisher nicht mitbekommen haben. Ich gehe das Material ganz langsam durch, Bild für Bild, und analysiere die Ausdrücke, die ich gerade noch so auf den Gesichtern erkennen kann. *Was sagst du zu ihm, Clover?*

Da entdecke ich einen Dateinamen, der mir bislang noch nicht aufgefallen war. Er hat eine seltsame Erweiterung, von der ich zuerst dachte, das sei ein Programm oder so etwas, aber ich erkenne, dass es ein Chat-Protokoll ist. Ich öffne die Datei und ein archivierter Chat zwischen Ed und Clover erscheint.

Mein Herz klopft laut. Der Chat stammt von dem Tag, an dem Clover starb.

CLOVER: Ed? Bist du da?

ED: Clover! Geht's dir gut? Wo bist du?

CLOVER: Ich verstecke mich mit Patrick in Winferne. Mir geht's gut.

Ich musste nur von der Schule weg und kann erst wiederkommen, wenn ich weiß, dass die Person, die Lola ermordet hat, verhaftet wurde.

ED: Glaubst du immer noch zu wissen, um wen es sich handelt?

CLOVER: Ja, Ed. Aber ich brauche Beweise, bevor ich mich traue, es jemandem zu sagen. Ich muss Lolas Handy finden. Das ist ehrlich gesagt die einzige Möglichkeit, um das Ganze zu bestätigen.

Clover stand also eindeutig in Verbindung mit Ed, wovon ich keine Ahnung hatte. Ich spüre einen Hauch von Verrat. Warum hat er das mir gegenüber nicht erwähnt? Warum hatte er mich in dem Glauben gelassen, dass Clover verschwunden war? Aber die Antwort ist andererseits offensichtlich: Es hätte ihn zum Verdächtigen für ihren Tod gemacht.

ED: Wo willst du suchen?«

CLOVER: Ich habe die What3words des letzten bekannten Orts des Handys. Endlich konnte ich die Telefongesellschaft davon überzeugen, mir die Daten zu geben. Der letzte Standort befindet sich in der Nähe der Schule. Ich glaube, in dieser verlassenen Kirche. Ich werde versuchen, heute Morgen da hinzugehen. Aber, Ed, du musst mir einen Gefallen tun. Mrs Abbott ist uns auf der Spur. Wir haben ja gesehen, dass sie vor nichts zurückschreckt, um den Ruf der Schule zu schützen. Sie hat jeden beseitigt, der ihr in den Weg kam. Ich will nicht die Nächste sein.

ED: Ich werde sie heute Morgen ablenken, indem ich sie nach den Hecken oder so frage. Die Leute hier machen sich wirklich Sorgen um dich, ist dir das klar? Vielleicht solltest du besser zurückkommen …

CLOVER: Wir sind jetzt so nah dran. Da kann ich doch nicht aufhören. Sobald ich das Handy habe, werde ich alles zusammenstellen,

um zur Polizei zu gehen. Ich sage und zeige denen alles, was ich habe. Dann wird Lola endlich Gerechtigkeit widerfahren.

Während ich den Chat lese, schlägt mein Herz so heftig in meiner Brust, dass ich spüre, wie es an meinem Brustkorb rüttelt. Die verlassene Kirche. Ich weiß genau, wo sie ist. Jetzt ist es zu spät, um dorthin zu gehen. Aber sobald ich die Gelegenheit habe, weiß ich, was ich zu tun habe.

Ich gehe zurück in Harriets Zimmer. Sie ist noch nicht zurück, also lege ich mich auf Rubys Bett und denke an Clover und den Chat, den ich gerade gelesen habe. Wie nah sie dran war, den Beweis zu bekommen. Wie entschlossen sie war.

Hier zu liegen und dem Regen zu lauschen, fühlt sich einsam an. In einer anderen Welt, in der sie mich nicht verraten hätte, würden Audrey und ich jetzt den Film auseinandernehmen, den wir gerade gesehen hätten. Als ich sie vorhin im Speisesaal sah, wie sie sich bei Araminta unterhakte, fühlte es sich an, als wollte sie mich zu allem Überfluss auch noch ärgern. Ich muss sie dermaßen falsch eingeschätzt haben. Was weiß ich eigentlich wirklich über Audrey und ihre Familie? Wenn Audrey in meinem Privatleben schnüffelt, kann ich das doch auch. Immerhin erfahre ich dann mehr über ihren Dad, seine Firma und diesen Kauf der Schule. Wenn sie mir nicht helfen will, suche ich eben selbst nach Antworten. Ich weiß ja, wo das Haus der Familie ist. Ich muss nur herausfinden, wie ich reinkomme.

Ich schreibe Ed eine Nachricht:

Ed, bist du noch in Winferne? Die Magpie Society braucht deine Hilfe!

31

AUDREY

Ich sitze auf einem mit rotem Samt gepolsterten Stuhl in einem der Musiksäle. Ein schwarz glänzender Flügel dominiert den Raum. In einer Ecke stehen jede Menge Notenständer. Es ist einer der Orte, an dem Ivy so viel Zeit verbringt, und das wundert mich nicht. Hier ist es so viel schöner, als wir es an meiner früheren Highschool hatten. Die Ausstattung von Illumen Hall ist wirklich einzigartig. Was für eine Schande, dass künftige Schülergenerationen nicht mehr in ihren Genuss kommen werden.

Araminta platziert einen der Notenständer direkt vor mir und arrangiert ihre Noten darauf. Es wundert mich, dass sie das Stück noch nicht auswendig kann, obwohl es bis zum Konzert nur noch wenige Wochen sind. Darum sollte sie sich demnächst kümmern.

»Bereit?«, fragt sie mich.

»Wann immer du möchtest.«

Sie nickt, holt tief Luft und schließt die Augen. Als sie zu singen beginnt, lehne ich mich zurück. Sie hat eine hübsche Stimme, aber es fehlt für eine gute Christine noch die richtige Mischung aus Unschuld und Power. Doch mit ein bisschen gezieltem Training ihrer Atemtechnik ist sie nicht mehr weit davon entfernt. Und ihren Befürchtungen zum Trotz braucht sie auch nicht jede Menge Choreografie im Hintergrund. Mit ein paar Vorschlägen meinerseits wird sie das Beste aus ihrer Performance machen können. Ich habe auch einige Ideen dazu, was Bonnie und Katie im Hintergrund machen können, um den Auftritt abzurunden.

Es fühlt sich richtig befreiend an, mal wieder kreativ zu sein. Mir war bisher gar nicht bewusst, wie sehr ich das vermisst habe. Aber es gibt mir auch ein gutes Gefühl, etwas zu machen, das nichts mit Ermittlungen zu einem Mord zu tun hat.

Und ich werde zurechtkommen.

Wenn die Schule schließt – ja, das wird schlimm sein. Aber ich habe noch ein Leben. Ich bin gesund, habe Freunde und Familie (mehr oder weniger). Clover hat das nicht mehr. Lola hat es nicht mehr. Alicia auch nicht.

Es gibt Dinge, für die man dankbar sein sollte. Daran muss ich mich immer wieder erinnern.

Als sie einmal mit der Nummer durch ist, applaudiere ich. Araminta lächelt dankbar. »Was denkst du?«

»Ganz ehrlich? Du hast es schon fast. Aber ich glaube, ich müsste es mal auf der Bühne sehen.«

»Wie meinst du das?«

»In diesem Raum kannst du noch nicht ganz in die Rolle schlüpfen. Aber du wirst alle umhauen. Du hast die Stimme und das Aussehen dafür. Mach dir nicht zu viele Sorgen. Um eine gute Christine zu sein, musst du ein bisschen Verletzlichkeit zeigen. In der ganzen Story um Christine steckt viel Romantik. Kannst du beim Singen an jemand denken? An eine Beziehung oder so was, auf das du dich konzentrierst?«

Ich fühle mich, als würde ich meiner alten Theaterlehrerin nacheifern. Die drillte mich mit Tonleitern und ließ mich wieder und wieder üben, bis mir alles in Fleisch und Blut übergegangen war. Dabei hatte ich nie unbedingt selbst auf der

Bühne stehen wollen. Ich mag den Beifall, die Anerkennung – aber nicht die harte Arbeit, die dafür nötig ist.

Ich habe es immer einfach laufen lassen. Das ist meine Art. Und obwohl ich mich nie anstrengte, sind mir die Dinge nur so zugeflogen. Als würde meine Faulheit auch noch belohnt, einfach weil ich Glück habe.

Seit sie mich zum Mitglied ihrer Magpie Society gemacht hat, verdanke ich Ivy etwas, wofür ich hart arbeite. Ein Anliegen. Ich streiche dort, wo einmal der Magpie-Stempel war, über mein Handgelenk. Er ist verschwunden, die Farbe verblasst.

»Audrey?«

Ich blinzele und blicke auf. Araminta sieht mich seltsam an. Erst jetzt merke ich, dass sie anscheinend, während ich vor mich hin geträumt habe, die ganze Zeit mit mir geredet hat. »Ich habe gefragt, ob du was zu Mittag essen möchtest?«

»Oh ja, ich bin am Verhungern. Beim Frühstück habe ich nicht viel erwischt. Wahrscheinlich bin ich deshalb so weggetreten. Lass uns gehen.«

Mit Araminta, Bonnie, Katie und dem Rest ihrer Gruppe, die mal meine »Feindinnen« waren, in der Cafeteria zusammenzusitzen, fühlt sich einerseits seltsam und andererseits seltsam normal an. Auf der anderen Seite des Raums, über viele Köpfe hinweg, kann ich Ivy, Harriet und ihre Truppe sehen. Sie schenken mir keinerlei Beachtung, doch daran, wie bewusst sie ihre Blicke abwenden, merkt man, wie sauer sie sind.

Ich gebe mir Mühe, mich am Gespräch an meinem Tisch zu beteiligen.

Bonnie und Araminta stecken die Köpfe zusammen. Als loyale Freundin, die sie ist, misstraut Bonnie mir, dem Neuling. Aber ich merke Araminta auch an, dass sie sich wie eine

Schneekönigin darüber freut, mich in ihrem Team zu haben. Ein bisschen komme ich mir wie ein Wanderpokal vor.

Araminta nickt Bonnie verstohlen zu, und schon legt diese los: »Also, wie läuft's mit dem Hottie?«

»Hottie?«, frage ich und beuge mich ein Stückchen weiter vor, um alles mitzubekommen.

Araminta wackelt mit den Augenbrauen, dann lehnt sie sich kichernd in meine Richtung. »Seit dem letzten Weihnachten sehen wir uns. Er ist so süß, aber die Sache soll trotzdem noch ... ganz geheim bleiben.«

Hat hier eigentlich niemand Beziehungen, von denen jeder wissen darf?

»Ist es jemand, den ich kenne?«, frage ich.

Araminta und Bonnie wechseln einen Blick, dann kichern beide. »Du bist ihm definitiv schon begegnet.«

»Geht er hier auf die Schule?«

»Das kann ich mit Sicherheit ausschließen. Er *geht* nicht auf diese Schule.«

Ich zucke zusammen. *Das kann doch nicht sein.* Ich bemühe mich um ein neutrales Gesicht. »Ah, okay.«

»Aber du kennst ihn!«

»Bonnie!«

»Was denn? Ich verrate dein Geheimnis ja nicht. Aber sie kennt ihn ... Das ist ja nur die Wahrheit.«

»Sei still, bevor du doch zu viel verrätst.« Aber richtig große Sorgen scheint Araminta sich nicht zu machen. Sie wirft sich ihre blonde Mähne über die Schulter. »Es sind nur noch ein paar Monate, bis wir als offizielles Paar auftreten können. Es war bisher schon toll, vor allem weil die Leute, die versucht haben, sich zwischen uns zu stellen, jetzt alle aus dem Weg sind.«

Sofort beginnt mein Herz zu rasen. Ich bemühe mich, mir nichts anmerken zu lassen. Araminta wird nicht mehr erzählen, wenn ich zu wissbegierig rüberkomme. So läuft das Spiel, aber ich beherrsche es meisterhaft. »Ach, es geht doch nichts über eine verbotene Romanze. Glaub mir – ich weiß genau, wie das ist.«

»Echt? Erzähl uns mehr davon ...«

»Ach, das ist eine lange Geschichte von damals, noch zu Hause. Eine Bühnenaffäre mit einem Regisseur, der viel älter war als ich. Er wollte absolut nicht, dass jemand davon erfährt, aber, hey – er hat mir die Hauptrolle gegeben.«

Araminta lacht und ihre Augen leuchten. »Klingt pikant. War er hot?«

»Und wie. Aber ganz ehrlich, als er seine Frau verlassen hatte und wollte, dass wir es offiziell machen, da war der Lack irgendwie ab. Außerdem hatte ich zu dem Zeitpunkt schon Brandon – und der war megahot. Und es brauchte keinerlei Geheimhaltung. Das ist ja das Problem mit heimlichen Affären. Manchmal ist der halbe Zauber die Tatsache, dass sie geheim sind.«

»Ach, mach dir da keine Sorgen. Was ich mit Hottie habe, ist was anderes.«

»Was *ganz* anderes«, sagte Bonnie, der klassische Sidekick. »Ihr beiden werdet heiraten und wunderschöne, schlaue Babys kriegen, die alle Geschichte lieben.«

»Bonnie!«, schimpft Araminta.

»Was denn? Und hey, Audrey, wie läuft's mit Teddy?«

Mein Herz hämmert wie wild, aber ich bleibe äußerlich ruhig. »Ich soll an diesem Wochenende mit ihm auf sein Boot«, erwidere ich. »Irgendwelche Vorschläge, was ich zu so einem Date anziehen könnte?«

Katie rümpft die Nase. »Bei dem Wetter? Hauptsache, du hast Regenzeug dabei.«

»Ich bin mir sicher, dass ihr die meiste Zeit mit Ausziehen verbringen werden, also mach dir nicht zu viele Gedanken«, meint Araminta. Dann vibriert ihr Handy. »Oh, wenn man davon spricht … Ich geh dann mal lieber. Hab noch ein kleines Rendezvous vor Unterrichtsbeginn.« Sie zwinkert uns allen zu. »Audrey, danke noch mal für deine Hilfe heute. Und du hast recht, dass du es auf der Bühne sehen musst, um einen richtigen Eindruck zu bekommen. Kannst du zur Probe nächste Woche da sein? Bis dahin habe ich auch noch etwas Zeit zum Üben.«

»Na klar«, sage ich und unterdrücke ein Schaudern. Meine Gedanken rasen. Ich bin mir nämlich ziemlich sicher, in wen Araminta so wahnsinnig verliebt ist. Und plötzlich hat sie ein ganz schön starkes Motiv dafür, dass Lola aus dem Weg sein sollte.

32

IVY

Es ist Samstag, und Harriet und ich treffen uns mit Ed, um zum Anwesen von Audreys Familie zu fahren. Zu dieser Zeit des Jahres kommt einem die Schule immer ein wenig leerer vor. In den Wintermonaten verbringen viele Schüler die Wochenenden zu Hause, weil es in der Schule so trostlos und kalt ist. Es finden kaum Aktivitäten statt, und die Leute ziehen es vor, sich in ihren stattlichen Häusern vor dem Kamin zusammenzurollen und sonntags Fasan zu essen. Zumindest stelle ich mir das so vor.

Bevor ich mich mit Ed treffe, schaue ich in meinem Zimmer vorbei und hole mir ein paar saubere Klamotten, aber ich muss warten, bis Audrey weg ist. Wir gehen uns mittlerweile komplett aus dem Weg und je weniger unangenehme Begegnungen, desto besser. Ich weiß, dass sie normalerweise morgens gegen 8 Uhr zum Frühstück verschwindet, also bleibe ich im Flur und warte, dass unsere Zimmertür aufgeht. Und tatsächlich, genau um 8 Uhr schwingt die Tür auf und Audrey tritt heraus. Sie ist von Kopf bis Fuß in wasserdichte Kleidung, Fleecejacke und feste Stiefel gekleidet. Ganz und gar keine typischen Audrey-Klamotten. Sie sieht aus, als wollte sie eine Wanderung unternehmen! Ich wünsche mir mehr denn je, sie ausfragen zu können, was in aller Welt sie vorhat und wohin sie unterwegs ist, aber ich kann nicht und tue es auch nicht. Wahrscheinlich hat sie was gemeinsam mit Araminta vor, deshalb ist es mir auch egal.

Die Tür schließt sich hinter ihr und sie marschiert zur Treppe. Als sie außer Sichtweite ist, laufe ich ins Zimmer und hole ein paar Sachen aus meinem Kleiderschrank, um mich umzuziehen, wobei ich darauf achte, dass nicht allzu offensichtlich ist, dass ich hier war.

Unten an der Tür treffe ich Harriet und wir verlassen zusammen das Gebäude. Ed wartet bereits in seinem alten silbernen Volvo auf dem Parkplatz.

»Das hat ja ewig gedauert! Ich hab befürchtet, dass mich jemand sieht«, sagt er, als wir zum Auto kommen. »Ihr wisst doch, dass ich hier nichts mehr verloren habe.«

»Sorry, wir haben so schnell gemacht, wie wir konnten.«

»Okay, rein mit euch. Wo fahren wir noch mal hin?«

»Coastal View, Klinedine Road. Es ist eins von den großen Häusern an den Klippen. Weißt du, welche ich meine?«

»Ja, alles klar.«

Es dauert nicht lange, bis wir die Straße mit den lächerlichen Häusern erreichen, die man sonst nur in irgendwelchen Filmen oder in den Hollywood Hills sieht. Ed fährt langsam, damit wir die großen Tore zwischen anderen großen Toren nicht verpassen.

»Das ist es!«, rufe ich, als ich den Eingang wiedererkenne.

»Du wartest hier draußen. Schick mir eine Nachricht, wenn du mich brauchst«, sage ich zu Ed.

»Gleichfalls«, gibt er zurück.

Ed parkt das Auto auf dem Grünstreifen und Harriet und ich springen aus dem Wagen und läuten.

»Hallo?«, meldet sich eine gedämpfte weibliche Stimme.

»Hi, ich bin Ivy, Audreys Zimmergenossin! Ich bin mit meiner Freundin Harriet hier. Audrey hat uns gebeten, vorbeizukommen und etwas für sie abzuholen.«

»Okay. Das Tor sollte sich jetzt öffnen.« Die Frau drückt offenbar auf einen Knopf, sodass sich die beiden Seiten des Tores langsam öffnen. Keine Ahnung, ob das Audreys Mutter oder eine Haushälterin ist. Ich hoffe Letzteres. Je weniger Leute im Haus sind, desto besser.

Wir gehen die Einfahrt hinauf und klopfen an die Haustür. Zu meiner Überraschung begrüßt uns dann Audreys Vater und streckt uns die Hand entgegen.

»Hi, ich bin Walter! Schön, euch beide kennenzulernen.«

Selbstbewusst schüttele ich seine Hand, lächele und hoffe, dass das meinen unterschwelligen Ärger verdeckt.

»Wir kennen uns bereits, Mr Wagner, ich war schon einmal hier.«

»Gut zu wissen, gut zu wissen. Nun ja, was braucht ihr? Ich kann unsere Haushälterin bitten, es für euch zu holen.«

»Oh ... Ich glaube, Audrey wollte, dass wir es für sie aus ihrem Zimmer holen, zusammen mit ein paar etwas persönlicheren Gegenständen.«

»Mädchensachen!«, meldet sich Harriet zu Wort.

»Oh. Okay, na ja, was immer ihr tun müsst. Ich wollte sowieso gerade los, also schnappt euch, was ihr braucht, und die Haushälterin wird euch wieder rauslassen. Sie ist in der Küche. War nett, euch beide kennenzulernen.« Er läuft an uns vorbei und piepst sein Auto auf. Der Mann, der mein Leben ruinieren will. Harriet und ich treten ins Haus.

Es ist noch genau so, wie ich es in Erinnerung habe. Minimalistisch und weiß. Kaum ein Dekostück, nur jede Menge schicker, teuer aussehender Möbel, auf denen man nicht sitzen, sondern die man nur anschauen möchte. Der Wohnbereich scheint nur aus hellem Licht zu bestehen, da die Wand eine riesige Glasscheibe mit Blick aufs Meer ist.

»Ich bin mir ziemlich sicher, dass sein Büro hinten war. Schauen wir mal da lang.«

Wir gehen den Korridor entlang. Meine Füße federn auf dem Plüschteppich. Ich bete zu den Göttern der Magpie Society, dass sein Arbeitszimmer unverschlossen ist und wir reinkönnen. Wir kommen an Audreys Zimmer vorbei, und ich sehe, dass es immer noch so langweilig und steril ist wie zuvor. Unangetastet und ungeliebt.

Schon bald stehen wir vor der Tür von Mr Wagners widerwärtigem Glasbüro und sie ist tatsächlich offen. Walters Schreibtisch steht stolz in der Mitte und darauf ein erhabener, riesiger Apple Mac.

»So. Was genau suchen wir?«, fragt Harriet, als wir stehen bleiben und in den Raum vor uns starren.

»Alles, was mit Illumen Hall zu tun hat. Durchsuch alle Schubladen und den Stapel Papiere da. Wir haben nicht viel Zeit, und ich will nicht, dass die Haushälterin uns hört, also müssen wir schnell sein. Mach mit dem Handy Fotos von allem, was du findest.«

Wir machen uns an die Arbeit, durchstöbern Schubladen und Papiere, die auf dem Schreibtisch liegen, und kurze Zeit später entdecken wir, was wir gesucht haben. Es gibt derart viele Dokumente, die mit der Sanierung und dem Kauf der Schule zu tun haben, darunter eine ganze Liste von Investoren.

»Shit … schau mal an, wer da alles Geld gibt!« Ich reiche Harriet das Blatt Papier, nachdem ich es mit meinem Handy fotografiert habe. »Sieht nach einer großen Gewinnbeteiligung für viele Eltern aus. Und die Lehrer bekommen alle eine gigantische Abfindung. Das hält sie bei der Stange, nicht wahr?«

»Und sieh mal, hier ist ein ausgedruckter E-Mail-Wechsel zwischen Mr Wagner und Mrs Abbott mit historischen Unterlagen über die Schule, die sie eingescannt und ihm geschickt hat! Sie schreibt: ›Hier ist alles, was ich finden konnte. Wie ich das sehe, gibt es keine Einschränkungen oder Grenzen, was wir tun können.‹«

»Interessant! Lass uns einfach von echt allem in diesem Stapel Bilder machen und dann müssen wir los. Wir können uns das später ansehen, wenn wir wieder in der Schule sind.«

»Ich fühle mich gerade wie eine echte Detektivin …« Harriet lacht. »Das oder als würde ich etwas ernsthaft Illegales tun.«

»Ja, am besten, nicht allzu viel darüber nachdenken. Gut, geh du bitte zur Haushälterin und verstrick sie in ein Gespräch, lenk sie ab. Ich räume das alles hier noch zurück und wir treffen uns dann vor dem Haus wieder.«

»Okay, lass mich nur schnell das ganze Zeug zurücklegen.«

Harriet öffnet erneut die Schreibtischschubladen, um die Unterlagen wegzuräumen, und sorgt dafür, dass alles in ungefähr der gleichen Reihenfolge und so ordentlich aussieht, wie wir es vorgefunden habe. Eine klemmende Schublade reißt sie gewaltsam auf und irgendetwas rutscht von hinten nach vorne. Es ist ein einzelner Muschel-Ohrring. Ich spüre, wie mir das Blut ins Gesicht schießt.

»Der gehört Lola!«, sage ich. Ich schiebe den Ohrring in meine Jackentasche und schließe den Reißverschluss.

Harriet fällt die Kinnlade herunter. »Warum ist ihr Ohrring in dieser Schublade? Bedeutet das, Audreys *Dad* hat Lola gekannt?«

»Keine Ahnung. Aber ich werde den Ohrring sofort zur Polizei bringen.«

33

AUDREY

Wir befinden uns draußen auf dem Wasser und Teddy macht irgendwas kompliziert Aussehendes mit Leinen und den großen Laken der Segel. Mir ist nicht hundertprozentig wohl dabei, dass ich mich allein mit ihm auf so unruhiger See befinde. Vielleicht hätte ich vorher ein bisschen recherchieren sollen, wie gut er als Segler tatsächlich ist. Ich wünschte, ich hätte Ivy um Rat fragen können, doch die ist seit Tagen nicht in unser Zimmer zurückgekehrt.

Das ist echter Mist, denn ich will doch nur eine Gelegenheit, die Sache zu erklären – und ihr zu sagen, dass ich sie nicht im Stich gelassen habe und schon gar nicht hintergehen wollte. Es schmerzt mich, Harriet, Max und Tom so schnell wieder verloren zu haben, denn in Wirklichkeit waren das vor allem Ivys Freunde. Außerdem möchte ich ihr von meinem Plan erzählen: in Aramintas engerem Zirkel bleiben und irgendwelche Beweise für Mr Willis' (oder möglicherweise Aramintas) Schuld finden. Doch Ivy schafft es meisterhaft, mir aus dem Weg zu gehen. Ich fühle mich deshalb furchtbar einsam.

Immerhin musste ich dadurch nicht erklären, warum ich heute in geliehenem Regenzeug und Gummistiefeln das Haus verlassen habe. Teddy hatte irgendwas von wegen Schuhen mit Grip gesagt, die auf einem Boot nützlich wären. Schuhe mit Grip? Für was hält er mich? Für eine Bergsteigerin?

»Kannst du mir die Leine geben?«

»Wie bitte?«

»Da drüben! Das Ding, das aufgerollt bei deinen Füßen liegt.«

»Ah, klar.« Das Boot schwankt, als ich mich bewege, und ich gebe ein ziemlich unwürdiges Quieken von mir. »Fahren wir noch viel weiter raus? Ich glaube, ich werde schon ein bisschen seekrank.«

»Ja, tut mir leid – ich hätte auch nicht gedacht, dass es hier draußen so rau ist.«

»Dann wusstest du also, dass das Wetter so werden würde?«

Er grinst mich an. »Dann macht es eigentlich auch mehr Spaß.«

»Du meine Güte.« Wir krachen über eine weitere Welle und die Gischt spritzt über die Bordwand. Ich hatte meine Kapuze zurückgeschoben, weil ich meine Frisur nicht kaputt machen wollte. Aber jetzt, mit dem ganzen Salzwasser auf dem Kopf, sieht sie wahrscheinlich auch nicht besonders gut aus. Ich merke, wie Teddy mich kritisch ansieht, und auch wenn ich mich gern gechillt geben würde – die Sache gefällt mir gar nicht.

»Warum gehst du nicht unter Deck, während ich uns wieder zurück in den Hafen steuere? Ich kenne da ein Café, das Kaffee direkt an den Steg liefert.«

»Das klingt wie Musik in meinen Ohren«, sage ich.

Ich klettere also unter Deck und muss mich dabei mit beiden Händen festhalten. Es ist enger, als ich es in Erinnerung hatte, und ich muss mich ducken, um mir nicht den Kopf an der Holzdecke zu stoßen. Ob das Piratenkostüm hier noch irgendwo rumliegt?

Die Kabine ist ziemlich sauber und ordentlich, alles hat seinen Platz. Ich betrachte das Bord mit den Büchern – gesichert durch eine schmale Holzlatte, um zu sehen, was Teddy so liest. Aus dem, was ein Junge liest, kann man ja immer einiges ableiten. Dass er überhaupt liest, nehme ich schon mal als positives Zeichen. Erstaunlich viel intellektuelles Zeug – jede Menge Sachbücher. Aber auch eine Ausgabe von Homers *Odyssee*. Die Geschichte einer Seereise, eigentlich keine große Überraschung.

Da entdecke ich einen ziemlich abgegriffenen schmalen Band. Ich ziehe ihn halb heraus und lese: *Logbuch*. Hmm. Ich ziehe es noch weiter heraus und höre ein Geräusch hinter mir. Schnell verstecke ich das Buch unter dem Sitz. Irgendwie möchte ich nicht, dass Teddy meine Schnüffelei mitbekommt. Es wäre mir peinlich, aber unterschwellig verspüre ich auch eine gewisse Furcht. Keine Ahnung, woher die kommt, denn er hat mir ja noch nie Angst gemacht. Wahrscheinlich bin ich einfach grundsätzlich angespannt.

»Alles okay hier unten?«

»Ja – es geht mir schon ein bisschen besser. Aber solltest du nicht da oben sein … und lenken oder so?« Mein Magen zieht sich zusammen, und ich hoffe, dass ich mich nicht übergeben muss.

Teddy macht einen fröhlichen Eindruck. »Oh nein, da kann nichts passieren. Ich habe erst mal den Anker geworfen. Wir befinden uns jetzt in einer geschützten Bucht, da sollte es nicht mehr so schaukeln.«

»Ah, ja, wahrscheinlich geht's mir deshalb auch schon besser. Ich bin es einfach nicht gewöhnt, auf einem Boot zu sein.« Ich zwinge mich zu einem Lächeln und die Übelkeit lässt tatsächlich nach. »Machst du das eigentlich schon lange?«

»Früher habe ich gehofft, dass es mal für die Olympiade reicht …«

»Echt jetzt?« Mir steht vor Staunen der Mund offen.

Er lacht. »Ja, aber ist schon eine Weile her, dass ich das aufgegeben habe. Mit dem alten Boot unterwegs zu sein, ist jetzt nur noch ein Hobby. Eine Möglichkeit, mit meinem Großvater in Verbindung zu bleiben, aber mich nicht mehr auf den Wettbewerb zu fokussieren. Mein Dad war allerdings ziemlich sauer, als ich es hingeschmissen habe.«

»Und warum hast du das getan?«

»Ganz ehrlich? Es hat mir einfach keinen Spaß mehr gemacht. Immer das frühe Aufstehen. Und dann auch die Konkurrenz. Ich sage dir, die Streiche, die wir uns gegenseitig gespielt haben, wurden immer gefährlicher. Als ein Mannschaftskollege fast ertrunken ist, nachdem jemand seine Leinen manipuliert hatte ... da hatte ich die Nase voll.«

Ich streiche über seinen Arm. »Puuh. Das muss ganz schön schlimm gewesen sein.«

»Absolut. Aber wie auch immer, so macht es mehr Spaß. Obwohl ich mir ziemlich sicher bin, dass es einer der Gründe war, warum Ivy unsere Beziehung nicht ernst genommen hat.«

Ich zucke innerlich zusammen. »Wirklich?«

»Ist es peinlich, dass ich davon anfange? Sorry. Es ist nur so, dass du sie ja kennst ... Es ist schwer, mit anderen darüber zu reden.«

»Vermisst du sie noch?«

»Irgendwie schon. Wobei ich den Druck, den sie sich immer macht, nicht vermisse. Deshalb glaube ich, dass sie mich für einen Schwächling gehalten hat, als ich das Trainingsteam für die Olympiade verließ. Darüber kam sie nicht weg.«

»Ja, das kann ich mir vorstellen. Mit mir ist sie im Moment auch nicht glücklich.«

Teddy reißt die Augen auf. »Was hast du dir bloß dabei gedacht, ohne zu fragen, bei ihr zu Hause vorbeizugehen?«

»Na ja, ich dachte, dass ich zur Abwechslung mal etwas für sie tun könnte. Woher hätte ich denn wissen sollen, was für eine Bitch ihre Mom ist?«

Teddy beugt sich vor. »Ich bin so neugierig. Wie war es denn?«

»Sie kommt aus einer ganz anderen Welt als wir, Teddy. Vielleicht ist auch das der Grund, warum sie nicht ernsthaft mit dir zusammen sein wollte. Ich glaube, wir können uns gar nicht richtig vorstellen, wie das für sie ist. Wir genießen zu viele Privilegien. Sie dagegen musste so viele Hindernisse überwinden. Aber auch wenn sie mich jetzt hasst, bin ich froh, dass ich es gemacht habe. Denn ich denke, ich könnte sie niemals wirklich verstehen, wenn ich nicht ein bisschen darüber wüsste, wo sie herkommt.«

Teddy legt eine Hand auf mein Knie. »Du bist eine gute Freundin, Audrey. Darauf wird sie auch noch kommen und sich wieder einkriegen.«

»Das hoffe ich wirklich. Sie fehlt mir.«

»Obwohl, wenn du weiter mit Araminta abhängst, vielleicht auch nicht …«

»Hör zu, Araminta ist nett zu mir gewesen. Aber das allein ist es nicht … ich denke auch, es könnte helfen, eine unserer wichtigsten Fragen zum Mord an Lola zu beantworten.«

Teddy rutscht auf seinem Platz herum und macht den Eindruck, sich unwohl zu fühlen. »Vielleicht sollte ich noch mal rausgehen und nah dem Rechten –«

»Ich glaube, dass Araminta eine Affäre mit Mr Willis hat.«

Teddy erstarrt. »Was? Ich *wusste*, dass der Kerl pervers ist.«

»Ich glaube, er hat einen bestimmten Typ, auf den er steht. Wir sind uns auch ziemlich sicher, dass er was mit Lola hatte.«

»Wie krank ist das denn? Warum habt ihr das nicht der Polizei gesagt?«

»Weil wir keinen Beweis haben. Wir haben ein Foto von den beiden zusammen gefunden, aber das wurde versehentlich zerstört.«

»*Was?*«

»Also, es war sowieso nicht eindeutig. Bisher wissen wir nur, dass er ein totaler Creep ist.«

»Wenn er was mit dem Mord an Lola zu tun haben könnte, ist das ein Riesending! Da müssen wir doch was tun.« Teddy wirkt aufgebrachter, als ich es erwartet hätte. Die Hände zu Fäusten geballt, rutscht er unruhig auf seinem Platz hin und her.

»Hey, hey, beruhig dich. Es ist ja nicht so, dass er sie getötet haben kann. Er hat ein Alibi. Am Abend als Lola starb, war er mit seiner Verlobten auf dem Weg nach Paris.«

»Woher weißt du das?«

»Wir wissen es einfach, okay?«

Teddy starrt mich an, bis ich ihm doch antworte. Vorher zerbreche ich mir den Kopf nach einer glaubwürdigeren Begründung als: *Tja, wir haben ihn zur Rede gestellt und er hat uns den Zeitstempel auf seinen Fotos gezeigt.*

»Die Polizei hat sein Alibi bestätigt. Irgendwas mit einem Zeitstempel auf Fotos ...«

»Na ja, Zeitstempel kann man fälschen – einfach indem man die Zeit auf seinem Handy verstellt, lässt sich die Kamera austricksen. Sie hätten ja auch einen richtig frühen Flug oder Zug nehmen können. Das bedeutet nicht, dass sie am Abend vorher schon weg waren.«

»Wie? Du denkst, er hat jemand brutal umgebracht und ist dann zu einem romantischen Post-Mord-Wochenende nach Paris gejettet?«

Ich kichere, aber Teddy lacht nicht mit. »So könnte es gewesen sein.«

»Nein. Wir wissen, dass er's nicht war.«

»Aber ich habe ihn an jenem Abend gesehen. In der Stadt. Er hat Kaffee geholt. In seinem Wagen saß ein Mädchen. Eine Blondine. Ich nahm an, es wäre seine Verlobte, aber es hätte auch Lola sein können.«

»Wann genau war das?«

»Tja, ich war gerade auf dem Weg, um das Lagerfeuer bei der Party anzumachen. Also schätze ich, so gegen sieben.«

Er hat recht. Auf der Fahrkarte, die Mr Willis uns gezeigt hat, hieß es, der Zug sei um 18:30 Uhr abgefahren. Wenn er um sieben noch in Winferne Bay war, hat er uns belogen. Ich schlucke. Es sieht aus, als wäre Mr Willis' Alibi damit vom Tisch.

»Ich glaube, ich habe sogar ein Foto. Hab ich damals aus irgendeinem Impuls heraus gemacht.« Teddy zieht sein Handy aus der Tasche und scrollt durch die Bilder darauf bis zu jenem Abend. »Ja! Da. Siehst du den Mini im Hintergrund?«

»Mr Willis' Auto«, sage ich und pfeife durch die Zähne.

Das muss ich sofort Ivy erzählen. Aber würde sie es von mir überhaupt hören wollen? Ich runzele die Stirn. »Warum kümmert dich das eigentlich?«, frage ich Teddy.

»Hör zu, ich war nicht Lolas größter Fan, aber ihr beiden und der Podcast habt mich irgendwie angesteckt. Jetzt will ich eben auch wissen, was passiert ist.«

»Wir sind inzwischen alle Hobbydetektive.«

»Genau. Also falls Mr Willis irgendein Motiv hatte, sie zu töten, und versucht hat, das mit einem falschen Alibi zu vertuschen, dann denke ich, das ist wichtig.«

»Ich habe die Visitenkarte von dieser Polizistin. Vielleicht rufe ich sie an und erzähle ihr von deiner Information.«

»Gute Idee.«

Einen Moment lang herrscht Schweigen, weil wir wohl beide daran denken müssen, was mit Lola passiert ist. Irgendwas geht in Teddy vor, das ich nicht deuten kann. Ich kenne ihn nicht gut genug, um seinen Gesichtsausdruck zu verstehen. Wenn es so wäre, würde ich sagen, er verschweigt mir irgendwas und ringt mit sich, ob er es mir erzählen soll.

»Was ist denn?«

»Ach, nichts. Ich denke nur gerade, dass du wirklich hübsch bist. Und dass ich den Klang deiner Stimme liebe.« Er streckt die Hand nach mir aus und wischt mir ein paar Spritzer Seewasser von der Stirn.

Ich merke, wie ich rot werde. Seine Worte entwaffnen mich. Vielleicht war das seine Absicht, aber ich lasse mich darauf ein. Seit Brendan habe ich kaum mehr mit jemand geflirtet, und das fehlt mir. »Du bist auch nicht so übel.«

Er setzt sich neben mich und am Ende lehnen wir uns aneinander. Unsere Lippen berühren sich flüchtig, und er rückt langsam näher, sodass mein Rücken gegen die Kissen gedrückt wird. Ich erwidere seinen Kuss, lege eine Hand um seinen Nacken und ziehe ihn zu mir. Seit Monaten habe ich niemand mehr so geküsst, und diese Nähe sorgt dafür, dass sich ein Gefühl von Wärme in meinem ganzen Körper ausbreitet. Ich kann spüren, wie ich es will, wie mein Verlangen wächst. Sein Körper an meinem fühlt sich fest und stark an. Seine Hände streichen über meine nackte Haut am Hals und den Schlüsselbeinen. Es tut so gut, einfach berührt zu werden. Ich bewege mich ein Stückchen, sodass seine Finger unter den Saum meines Shirts rutschen. Dann hake ich die Finger in die Gürtelschlaufen seiner Jeans und ziehe ihn näher zu mir. Ich weiß, dass wir uns auf gefährliches Terrain zubewegen.

Dann schaukelt das Boot heftig und Gischt sprüht gegen die Fenster. Das treibt uns auseinander.

»Shit. Ich gehe besser mal nach dem Anker sehen. Und dann segeln wir lieber zurück ans Ufer, da ist es sicherer. Aber das hier zwischen uns …«, er streckt die Hand aus und streicht mir über die Wange, »… das ist noch nicht zu Ende.«

»Nein, das glaube ich auch nicht.«

Er grinst mich an, und das ist vielleicht das Süßeste, was ich jemals gesehen habe. Doch dann steht er auf, als das Boot wieder wie wild schaukelt. Mir dreht sich der Magen um, und ich bin froh, dass er wieder an Deck geht, um in den Griff zu kriegen, was immer da draußen passiert. Ich habe jedenfalls genug davon, auf See zu sein.

Als ich die Füße bewege, rutscht das Logbuch nach vorne. Ich bücke mich und hebe es auf, dann blättere ich es durch. Es ist einfach nur eine lange Liste von Reisen und Leuten, die auf dem Boot waren – ganz oft Teddy alleine, manchmal mit seinen Eltern. Ein paarmal ist sogar Ivys Name eingetragen. Keine Überraschung so weit.

Dann blättere ich ein paar Seiten zurück, bis zum Beginn des Sommers. Da fallen mir ein Name und ein Datum ins Auge.

Oh mein Gott.

An dem Tag, als Lola starb, war sie mit auf Teddys Boot.

Es heißt, sie sei von einer Klippe ins Wasser gestürzt. Aber sie könnte genauso gut von einem Boot ins Meer gestürzt sein und an den Strand gespült worden sein. Tatsächlich wäre das vielleicht sogar plausibler.

Mein Herz rast und die Furcht von vorhin kehrt zurück. Ist Teddy ein Mörder?

Ich überlege, ihn zur Rede zu stellen, aber das will ich nicht.

Nicht während ich so verletzbar bin – draußen auf dem Wasser und weit weg von anderen Menschen. Meine Hände zittern.

Ich weiß nicht, wozu er imstande ist. Ich habe das Gefühl, meinem Instinkt in Bezug auf andere nicht mehr trauen zu können.

Teddy. Mr Willis. Araminta, Mrs Abbott. All die verschiedenen Verdächtigen wirbeln in meinem Kopf herum. Schlagartig wird mir klar, dass *jeder*, der vom Verkauf der Schule wusste, ein Motiv für Lolas Tod hatte. Sie muss vorgehabt haben, ihn zu verhindern.

Vielleicht hat Clover das auch herausgefunden und man musste sie daher zum Schweigen bringen.

Was bedeutet, dass ich ein großes Problem habe, denn in meinem Kopf fügen sich die Puzzleteile zusammen. Nur dass sich daraus nicht ein klares Bild vom Mörder ergibt, sondern eines des nächsten Opfers.

Und das ist Ivy.

34

IVY

Harriet und ich sitzen im Innenhof hinter dem Tower Wing von Illumen Hall, essen sehr spät zu Mittag und schauen uns auf unseren Handys die Fotos an, die wir im Arbeitszimmer von Audreys Dad gemacht haben.

»Irre, dass wir so lässig ins Haus spazieren konnten. Ich fühlte mich ein bisschen wie eine von den drei Engeln für Charlie, nur dass es natürlich Ivys Engel sind.« Harriet zoomt eines der Dokumente.

»Ja. Zum Glück war er sowieso grad auf dem Sprung.«

»Wann wollten wir eigentlich meine Plakate zur Schulschließung verteilen?« Harriet knabbert sich durch ihre traurig wirkende Salatbox.

»Das sollten wir bald machen. Ich habe so das Gefühl, dass auch die restlichen Schüler langsam Bescheid wissen müssen.«

Ich schaue auf und sehe Audrey und Teddy in ihrem Outdoor-Zeugs. *Oh richtig*, denke ich, *sein Boot*. Ich war schließlich auch schon mal die in wasserdichten Klamotten, die mit der *Old Sheila* herumgeschippert ist.

Audreys Teint hat einen leichten Grauschleier, und dem Wetter nach zu urteilen, muss das Meer sehr bewegt gewesen sein. Der Gedanke, dass Audrey seekrank gewesen ist, tröstet mich ein wenig, obwohl es mir eigentlich egal sein sollte. Aber ist so. Ich spüre die Wut in mir aufsteigen wie Lava. Ist das nur eine weitere Sache, die mir Audrey unter die Nase reiben will, um mich zu ärgern? So werde ich auf keinen Fall mit ihr teilen, was ich über ihre Familie erfahren habe oder irgendetwas von der Magpie Society, das ich in den vergangenen Tagen entdeckt habe.

Audrey ertappt mich, wie ich sie beobachte. Sie umarmt Teddy zum Abschied und kommt dann auf uns zu. Die Kapuze ihrer Jacke hat sie immer noch über den Kopf gezogen, wahrscheinlich weil ihre Frisur ruiniert ist. Als sie näher kommt, bemerke ich, dass sie nicht im Geringsten reumütig oder verlegen aussieht. Sondern erwartungsvoll, vielleicht sogar ein wenig nervös.

»Harriet, macht es dir etwas aus, wenn ich mich kurz mit Ivy allein unterhalte?« Sie verschränkt die Arme vor der Brust und lächelt schwach in meine Richtung. Ich blicke ausdruckslos zurück. Harriet sieht mich an und wartet auf ein Zeichen. Ich nicke.

»Bitte schön.« Harriet steht auf und deutet auf ihren Platz.

Audrey setzt sich und wartet, bis Harriet außer Hörweite ist. Ich bin immer noch stumm und starre vor mich hin.

»Ivy, wir *müssen* reden …«

»Lass mich raten. Du brauchst einen Rat wegen Teddy? Du brauchst Hilfe mit Araminta? Deine Familie besteht aus reichen Drecksäcken?«, falle ich ihr ins Wort. Wenn dieses Girl denkt, sie kann die Dreistigkeit besitzen, mich um Rat zu fragen, dann glaube ich nämlich ehrlich gesagt, dass ich ausrasten werde.

»Das wollte ich überhaupt nicht sagen. Was ist denn los mit dir? Warum bist du so?« Sie dreht sich zu mir und hebt leicht die Stimme. Ich habe sie noch nie so erlebt, ihre Stimme bricht.

»Warum ICH SO bin? Ist das dein Ernst? Du enthältst mir das größte Geheimnis über diese Projektentwicklung vor, etwas so unglaublich Wichtiges. Dann besuchst du auch noch hinter meinem Rücken meine Mum. Dann lässt du noch den Rest unserer Freundschaft sausen, um dich mit Araminta zusammenzutun, und zu guter Letzt verbringst du einen Nachmittag mit meinem Ex-Freund auf dem Meer. Und du fragst dich, warum *ich so* bin? *Dein Ernst, Audrey?* So blöd kannst du doch nicht sein, oder?«

Ich kann mich nicht stoppen. Es läuft mir einfach aus dem Mund und es gibt kein Halten. »Bitte erspar mir die Speichelleckerei und die beschissenen Rechtfertigungen deines Handelns, es ist mir ehrlich gesagt völlig egal. Außerdem sind bald Weihnachtsferien, also geh mir einfach aus dem Weg, okay? Ich habe Mrs Abbott bereits gesagt, dass du das Zimmer wechseln musst. Zimmer sieben sollte sowieso immer nur für Prefects sein.«

Audrey sitzt schweigend da und blickt mich an. Sie sucht nach einem winzigen Fünkchen Hoffnung für unsere Freundschaft, damit sie weiß, wie es weitergehen soll. Ihre Augen füllen sich mit Tränen und sie beißt die Zähne fest aufeinander. Ich kann unter der Oberfläche ihre Verzweiflung spüren, aber sie lässt es nicht nach außen dringen. Ich bin beinahe stolz auf sie.

»Wo verbringst du eigentlich Weihnachten, Ivy? Denn bestimmt nicht mit deiner Familie.« Sie beißt zurück, und damit habe ich überhaupt nicht gerechnet.

»Ist das jetzt dein Ernst? Auf wessen Seite stehst du, Audrey? Man sollte meinen, nach dem, was letztes Jahr in Georgia passiert ist, wüsstest du wenigstens, wann du zu weit gehst und wann du verflucht noch mal die Klappe halten solltest. Schätze, ich habe dich total falsch eingeschätzt. Du bist nicht die, für die ich dich gehalten habe – bist nur bloß ein dummes Schaf.«

Sie steht auf und schaut auf mich herab. Sie wirft die Arme in die Luft und atmet heftig aus. »Weißt du was? Ich bin verdammt noch mal fertig mit dir, Ivy! Scheiß doch auf das, was ich herausgefunden habe.«

Ich möchte sie mehr als alles andere anschreien, ihr alles erzählen, was Harriet und ich im Arbeitszimmer ihres Vaters entdeckt haben. Ich will ihr sagen, dass die Magpie Society sie sowieso nicht braucht und dass sie allenfalls zur Reserve taugt. Dass sie keine Freunde hat. Dass sie so verzweifelt männliche Aufmerksamkeit sucht, dass sie sich an den Ex ihrer Mitbewohnerin ranmacht. Aber das würde nichts bringen. Ich habe schon genug gesagt. Es gibt kein Zurück mehr, für uns nicht.

Audrey dreht sich um, verschränkt erneut die Arme und geht zurück in Richtung Schule. Als sie meint, sie ist weit genug weg, dass ich sie nicht mehr sehen kann, lässt sie den Kopf hängen und wischt sich die Augen. Vergiss es! Ich hocke hier nicht rum und fühle mich mies, weil ich sie zum Weinen gebracht habe. Sie hat sich das alles selbst zuzuschreiben. Sie hätte für sich einstehen können, hat sie aber nicht. Sie ist weggelaufen.

Ohne weitere Pläne für den Nachmittag und mit einem lodernden Feuer in mir, das wie ein Kaminfeuer brennt, hole ich mein Handy heraus und schicke Detective Shing eine Nachricht, um sie zu fragen, ob wir uns noch einmal treffen können. Ich weiß, wie ich Audreys Welt wirklich erschüttern kann. Auch ihr Dad muss polizeilich befragt werden.

Dann stehe ich auf und öffne auf dem Handy die WhatsApp-Gruppe der Magpie Society.

> Das Projekt Plakat geht los. Sofort verteilen. Weiß noch jeder, wo?

Ich drücke auf Senden und warte, um zu sehen, wer online ist und wer die Nachricht gelesen hat. Alle lesen sofort und alle fangen an zurückzuschreiben:

Harriet: YES, QUEEN. Lasst es uns verdammt noch mal tun. Ich übernehme Fächer und Spinde. Geht sofort los.

Yolanda: Ich die Common Rooms. Ich habe meine Plakate parat.

Die Antworten der anderen warte ich nicht mehr ab. Ich muss mit meinen Plakaten in Stellung gegangen sein, bevor die Glocke um 16 Uhr läutet und ankündigt, dass die Schulkantine geöffnet ist. Es ist zwar Wochenende, aber es sind trotzdem genug Schüler da, um unsere Botschaft zu erhalten. Ich marschiere durch die Türen und gehe die Treppe zum Helios House hoch. Das ist eines der prächtigeren Treppenhäuser der Schule, mit polierten, breiten Eichenstufen, die sich majestätisch emporschlängeln. Oben angekommen, ist sie ziemlich hoch, man kann auf dem Treppenabsatz stehen und auf den Korridor darunter schauen. Perfekt, um Plakate in eine Schülermenge zu werfen.

Ich stehe am oberen Ende der Treppe, lehne mich mit der Hüfte an das Holzgeländer und warte. Den Stapel Plakate in den Händen schießt mein Adrenalin in die Höhe. Das muss einfach klappen. Wenn die anderen Studenten erst einmal von dem Umbauplan erfahren, wird das Illumen Hall in helle Aufregung versetzen.

Während ich angespannt auf das Läuten der Glocke warte, wirkt die Stille ein wenig beunruhigend. Endlich höre ich das Knacken der Flügeltüren unten, und die Schülerinnen und Schüler strömen in den Korridor. Die Glocke ertönt, laut und deutlich, und schneidet durch das Geschnatter und den Lärm.

Ich strecke die Arme übers Geländer, atme tief ein und lasse los. Die Blätter wirbeln, flattern und fliegen durch die Luft, bevor sie sanft zu Boden schweben, wo die Schüler sie aufheben und anfangen zu lesen. Ich trete einen Schritt zurück, damit mich niemand sieht, und begebe mich in Richtung von Harriets Zimmer.

Das wäre also erledigt.

35

AUDREY

Es herrscht das absolute Chaos.

Ein Junge mit einem knallorangefarbenen Blatt Papier sprintet vorbei und rennt mich fast um. Er bleibt nicht mal stehen, um sich zu entschuldigen, obwohl ich aufschreie. Als hätte er mich gar nicht bemerkt. Meine Hände werden eiskalt, weil ich mich daran erinnere, als das letzte Mal Flugblätter in der Schule verstreut wurden: um Werbung für Clovers Podcast zu machen. Es läuft mir kalt über den Rücken, als würde Clovers Geist durch die Gänge spuken.

Eines der Blätter liegt mit dem Text nach unten vor mir am Boden. Ich hebe es auf und seufze erst mal erleichtert. Es hat nichts mit Clover zu tun. Aber ich weiß, warum der Junge dermaßen kopflos davongestürmt ist.

Ivy hat die Katze aus dem Sack gelassen. *RETTET UNSERE SCHULE!*, schreit es mir entgegen.

Ich wünschte, ich könnte jetzt in Ivys Kopf schauen, um zu erfahren, warum sie ausgerechnet diesen Moment ausgesucht hat, um die Schülerschaft über das Schicksal von Illumen Hall zu informieren. Keine Ahnung, was sie erwartet hat – dass alle sich zusammenrotten, eine geschlossene Front bilden, vielleicht so eine Art Sit-in als Protest veranstalten? Aber stattdessen ist es so, als würde die Schule kollektiv durchdrehen.

Wir haben noch Wochenende, also sind noch nicht alle da.

Diejenigen, die anwesend sind, geraten in Panik. In der Schulkantine heult eine ganze Gruppe von Neuntklässlern und wird von Araminta getröstet.

»Weißt du, wer das getan hat?« Sie hält mir einen der Flyer hin, als sie mich bemerkt.

Unterschrieben ist er mit *The Magpies*, aber natürlich weiß ich, dass Ivy dahintersteckt, und Araminta kann es mir offenbar allzu deutlich vom Gesicht ablesen.

Sie schüttelt den Kopf. »Ich versteh das einfach nicht. Es sollte doch noch keiner davon erfahren.«

Ich reiße die Augen auf. »Du wusstest es schon?«

Araminta bringt mich mit einem drohenden Blick zum Schweigen.

»Wo soll ich weiter zur Schule gehen?«, jammert eines der Mädchen. »Wird mir mein Stipendium aberkannt? Meine Eltern können es sich nicht leisten, mich auf ein anderes Internat zu schicken …«

»Keine Sorge«, sagt Araminta. »Mrs Abbott hat einen Plan. Lasst mich mal mehr darüber herausfinden.« Sie steht auf und winkt mir, ihr zu folgen. »Ja, ich wusste es, okay?«, flüstert sie, sobald wir außer Hörweite sind. »Aber ich war zur Geheimhaltung verpflichtet. Das ist eines der Privilegien als Headgirl – ich habe eine Stimme, wenn es um die Zukunft der Schule geht. Nur ist das dafür gedacht, wenn die zuliefernde Bäckerei geändert wird oder die Renovierung des Tower Wings ansteht. Nicht für eine dermaßen große Sache.« Sie pfeift durch die Zähne. »Ich hatte nicht wirklich Zeit, mich auf diese Entscheidung vorzubereiten. Eigentlich hätte ja Lola an meiner Stelle sein sollen, wie du dich erinnerst. Aber nachdem Mrs Abbott mir die Einzelheiten erklärt hatte, wusste ich, dass ich zustimmen musste. Es lag auf der Hand.«

Mir dreht sich der Magen um. Lola hätte eine Stimme gehabt – und nach allem, was Ivy mir erzählt hat, hätte sie *definitiv* nicht für den Verkauf der Schule gestimmt. Wer hatte am meisten dadurch zu gewinnen, dass Lola an der Abstimmung »gehindert« wurde?

Mrs Abbott.

Und mein Dad.

Bei dem Gedanken wird mir erst recht schlecht.

Mein Handy vibriert gleichzeitig mit Aramintas. Als hätte ich es heraufbeschworen, ist es eine Nachricht von Mrs Abbott.

Liebe Schülerinnen und Schüler von Illumen Hall,

ich weiß, dass ihr heute Nachmittag einen großen Schrecken bekommen habt, aber ich möchte euch Folgendes versichern: Die Vorstellung, dass unsere Illumen-Geschichte sich dem Ende nähert, macht mich zwar traurig, aber ich kann euch versichern, die aufregendsten Kapitel eures Lebens liegen noch vor euch.
Veränderung erzeugt immer Furcht, aber ihr werdet auf jedem Schritt eures Weges Unterstützung bekommen.
Ich hoffe, dass – wie lange auch immer ihr schon hier wart, ob nur wenige Monate oder viele Jahre – wir euch die Werkzeuge an die Hand gegeben haben, um diese Veränderung mit furchtlosem Stolz zu bewerkstelligen.
Um eure verständlichen Sorgen auszuräumen, drückt bitte jeweils auf den folgenden Link. Dort findet ihr einen personalisierten Plan für das Leben nach Illumen Hall.

Hochachtungsvoll,
Mrs Abbott

»Wow, sie reagiert schnell«, sage ich zu Araminta. »Denkst du, sie wusste, dass die Bombe heute platzen würde?«

»Wie hätte sie das wissen können? Ich glaube eher, dass Mrs Abbott Gott sei Dank immer einen Schritt voraus ist. Ich hoffe, dass das alle beruhigt. O Shit – Bonnie schickt mir eine WhatsApp nach der anderen. Ich treffe mich mal besser mit ihr. Ist das für dich okay?«

»Geh ruhig.«

Ich schaue Minty nach, wie sie davoneilt. Dass sie die Möglichkeit gehabt hätte, den Verkauf mit ihrem Veto zu verhindern, gibt ihr ein weiteres Motiv für den Mord – falls es ihr irgendwie gelungen ist, schon im letzten Schuljahr davon zu erfahren. Ich klicke auf den Link und werde zur Aufnahmebestätigung einer der besten Schulen für Theater in London weitergeleitet. Gerne nimmt man mich dort im nächsten Schuljahr auf, heißt es.

»Holy Shit«, flüstere ich. Mrs Abbott hat wirklich alles im Griff. Sie muss gewusst haben, dass die Bombe platzen wird. Ich denke an mein Gespräch mit Edison zurück. Hat er Dad wohl gewarnt?

Wenn das alles meine Schuld ist, liefert das Ivy nur einen weiteren Grund, mich zu hassen.

Ich bekomme eine neue Nachricht. Diesmal von Teddy.

Schon gehört?

Hab ich – verrückt,
oder?

Kann mir gar nicht vorstellen,
dass es die Schule nicht mehr geben

soll. Weißt du schon, wo du nächstes
Jahr sein wirst?

Wie's aussieht, in London

Ich überlege kurz, bevor ich den zweiten Teil meiner Nachricht schicke.

Nicht weit weg von dir

Überhaupt nicht. Vielleicht ist das
dann gar keine so schlechte Neuigkeit

Er fügt noch ein zwinkerndes Emoji hinzu. Das bringt mich zum Lächeln.

Hast du was von Ivy gehört?

Nichts. Aber bestimmt geht's ihr damit
nicht gut. Werde mal nach ihr sehen

Eine unerwartete Eifersucht packt mich, tief und heftig. Obwohl ich weiß, dass Teddy und Ivy eine Vorgeschichte haben und immer noch befreundet sind. Da ist es ja nur natürlich, dass er nach ihr sehen will. – Ich möchte sogar, dass er sich davon überzeugt, dass es ihr gut geht, weil ich es nicht kann. Aber der Groll ist trotzdem da.

Ich mag diesen Jungen wohl wirklich.

Ich gehe Richtung Senior Common Room, in der Hoffnung, ihm über den Weg zu laufen. Man kann schon spüren, dass die Stimmung umgeschlagen ist. Die Schule ist so unberechenbar wie das Winterwetter hier. Überall stehen Schüler zusammen und tauschen sich darüber aus, wo sie in Zukunft sein werden.

Die Nachricht von Mrs Abbott hat dem Feuer, das Ivy zu entfachen versuchte, einen massiven Dämpfer verpasst.

Ich glaube nur nicht, dass sie bereit sein wird, sich damit abzufinden.

36

AUDREY

Es ist erstaunlich, was für einen Unterschied eine Woche ausmachen kann. Mrs Abbott hat versucht, uns alle mit Weihnachten einzulullen, damit wir den Schock über die Schulschließung vergessen.

Seit ich das wahrscheinliche Motiv hinter dem Mord an Lola erkannt habe – dass sie den Schulverkauf mit ihrem Veto hätte aufhalten können –, möchte ich mit Ivy sprechen. Trotz der gemeinen Sachen, die sie gesagt hat. Aber auch wenn ich bereit bin, unserer Freundschaft noch eine Chance zu geben, verzeiht sie mir nicht. Und jedes Mal wenn ich sie sehe, macht sie ein grimmiges Gesicht. Einmal habe ich auf dem Flur ihren Namen gerufen, da drehte sie sich um und ging in die andere Richtung davon.

Neben dem schlechten Gewissen, das ich wegen meines Verdachts habe, bin ich auch ein bisschen erleichtert. Mein Leben ist so viel einfacher, wo ich nicht mehr knietief in unterirdische Gänge und irgendwelche Magpie-Mysterien verstrickt bin. Ich bin wieder oberflächlicher unterwegs und kümmere mich möglichst um nichts auf der Welt. Ja, ein Teil von mir spürt durchaus, was in der Tiefe unter mir lauert, wo die Haie der Wahrheit kreisen.

Aber ich bin gut im Verdrängen. Oberflächlichkeit wird von mir geradezu erwartet. Dass ich mit Araminta, Bonnie,

Katie & Co abhänge, macht mir genau das leicht. Teddy und ich reden dauernd und schmieden Pläne für das nächste gemeinsame Jahr in London. Er hat schon jede Menge Ideen, und die klingen herrlich: Spaziergänge entlang der South Bank, Einkehren in einen kuscheligen Pub in Marylebone, eine *Bubble-Waffle* in Chinatown teilen. Das ist ein ziemlich schöner Tagtraum.

Die Schule sieht wunderschön aus. Für das Konzert ist alles in Violett, Silber und Grün dekoriert. Riesige Kränze hängen an den großen Holztüren und die Tannengirlanden an den Treppengeländern erfüllen die Flure mit einem herrlichen Duft. Rund um die Rahmen der Gemälde hängen Lichterketten. In einem Museum würde man so was nie sehen – aber das hier ist schließlich Illumen Hall. Da gelten solche Regeln nicht. Ich kann mir vorstellen, warum Dad es umbauen will. Ich sehe auf einmal auch das Potenzial für Hochzeiten, ein Hotel oder Spa. Ich habe schon die Reise-Blogger vor Augen, die es stürmen werden. Als ich mit der Dekoration im Hintergrund ein Foto bei Instagram hochlade, kriege ich sofort haufenweise Likes.

Der Theatersaal ist am deutlichsten verwandelt. Ich weiß jetzt, warum Mrs Abbott für die Eltern (auch Investoren genannt) alle Register zieht. Direkt über der Bühne hängt ein riesiger Stern, von dem zwei Girlanden zu den Seiten reichen. Zwischen duftenden Tannennadeln stecken glitzernde Glühbirnen.

Im Moment ist nur die normale Saalbeleuchtung an, sodass man nur erahnen kann, wie es wirken wird. Schließlich ist das heute nur eine private Probe für Minty. Nur Bonnie und ich sehen ihr zu.

Wir lassen die Musik vom Band laufen, da sie sich vor Ivy nicht blamieren will. Ihr Gesang hat sich verbessert, aber sie hat immer noch Probleme mit der Choreografie. Aus ihr wird nie ein Broadway- oder besser gesagt ein West-End-Star, wenn sie diese einfachen Bewegungen nicht hinkriegt. Sogar Bonnie wirkt ein bisschen frustriert, lässt sich das aber nicht anmerken, wenn Araminta in ihre Richtung blickt.

Araminta fängt noch mal von vorne an, ruft mir aber zu, ich soll die Musik stoppen, nachdem sie sich mit den Schritten vertan hat. Frustriert stampft sie mit dem Fuß auf.

»Ich krieg das anscheinend nicht hin. Sollen wir es gegen was Einfacheres austauschen?«, ruft sie von der Bühne.

»Du siehst fantastisch aus, Minty«, sagt Bonnie. »Aber ganz ehrlich, du könntest auch nur dastehen und es würde unglaublich klingen. Du brauchst das ganze Extrazeug nicht. Ich glaube, wir sollten nicht mal mit dir auf der Bühne sein. Ganz ehrlich, du kannst die gesamte Nummer allein stemmen.«

Ich stehe auf. »Hör zu – du kannst dich einfach hinstellen und singen, aber wenn du das hinkriegst, dann wirst du das Publikum umhauen. Das ist der Unterschied. Davon hängt es ab – willst du es einfach überstehen oder willst du den Vogel abschießen?«

Araminta überlegt, aber zu ihrer Ehrenrettung muss ich sagen, nur für einen kurzen Moment. »Ich will den Vogel abschießen.«

»Dann lass es uns noch mal versuchen.«

»Moment, wartet kurz.« Araminta kommt an den Bühnenrand gelaufen und holt das Handy aus ihrer Handtasche. »Könntest du meinen Auftritt filmen? Dann kann ich es mir hinterher ansehen.«

»Gute Idee.«

Sie entsperrt das Handy und gibt es mir. Ich halte auf die Bühne und sie legt erneut los.

Während ich filme, blinkt eine Nachricht auf. HOTTIE steht

da, aber der Inhalt der Nachricht ist nicht zu sehen. Ich muss irgendwie rauskriegen, ob mein Verdacht stimmt.

Schon in der ersten Strophe kommt Araminta eindeutig in Schwierigkeiten. Als sie einen der hohen Töne nicht hinkriegt, lasse ich das Handy sinken und klatsche in die Hände. »So funktioniert das nicht …«, sage ich. Dann kommt mir eine Idee. »Hast du dein Kostüm da? Manchmal bringt einen das in die richtige Stimmung und hilft dir, dich schon in die Aufführung reinzuversetzen.«

»Ah, das ist eine total gute Idee. Bonnie, kannst du mir kurz helfen? Ich hab es gleich hinter der Bühne.«

»Klar!« Bonnie fällt fast über ihre eigenen Füße, als sie beflissen auf die Bühne eilt. Ich verbeiße mir das Lachen.

Als die beiden hinter den Kulissen verschwunden sind, schaue ich wieder auf Aramintas Handy. Es ist immer noch entsperrt. Also verlasse ich schnell die Kamerafunktion und öffne ihre Nachrichten-App. Erst quält mich das schlechte Gewissen, aber nicht lange, als ich lese, was da steht.

Hätte nie gedacht, dass Geschichte mein Lieblingsfach sein würde, hat Araminta geschrieben.

Mit dir im Unterricht ist es ein Wunder, dass ich überhaupt unterrichten kann

HOTTIE ist Mr Willis. Ich erschauere.

Die beiden haben sich Fotos hin und her geschickt und auch Dirty Talk, den ich nicht lesen sollte. Ich möchte kotzen, wenn ich daran denke, dass Mr Willis einem verletzlichen, sensiblen Teenager solches Zeug geschrieben hat. Klar, Araminta wirkt tough, aber ich weiß, dass sie sich letztlich einfach nach Zuneigung und Aufmerksamkeit sehnt. – Und das nutzt Mr Willis voll aus. Das Kräfteverhältnis ist übel. Ich scrolle noch weiter zurück und merke, wie mein Herz rast. Araminta und Bonnie können jede Sekunde zurück sein, denn es wird nicht lange dauern, in das Kostüm zu schlüpfen.

Und da sehe ich es. Eine Serie von Fotos, die ich erkenne. Araminta, wie sie auf Mr Willis' Schoß sitzt.

Auf dem Foto, an das ich mich erinnere – das aus Lolas Tagebuch –, versteckt das blonde Haar den Großteil ihres Gesichts. Aber auf den übrigen Bildern der Serie hat sie es sich hinter die Ohren gestrichen. Selbe Pose, selbe Haltung, nur diesmal ein deutlich erkennbares Gesicht.

Das Bild war also gar nicht von Lola, sondern von Minty.

Goofo/Hottie hat sie also miteinander betrogen. Kein Wunder, dass Lola ihm einen so wenig schmeichelhaften Spitznamen verpasst hat. Und kein Wunder, dass sie so aufgebracht war. Vielleicht hat sie Mr Willis zur Rede gestellt und er hat sie umgebracht …

Oder vielleicht war sie so deprimiert und unter Schock, dass es sie von ganz allein auf die Klippen gezogen hat.

Motive ohne Ende.

Aber wie auch immer die Antwort lautet – ich kann das nicht mehr für mich behalten. Die Flossen der Haie haben die Wasseroberfläche durchstoßen und ich muss Alarm schlagen.

So schnell ich es mit fliegenden Fingern hinbekomme, schicke ich die Fotos an meine Nummer weiter, dazu ein paar Screenshots der Unterhaltung rund um den Zeitpunkt von Lolas Tod, weil ich jetzt nicht dazu komme, sie zu lesen. Anschließend lösche ich noch die Nachrichten, die ich mir selbst geschickt habe. Mein Herz hämmert, und ich lausche angestrengt auf irgendwelche Geräusche, die mir die Rückkehr von Araminta und Bonnie verraten.

Anschließend lege ich das Handy auf meinen Platz und sprinte Richtung Ausgang. Genau in dem Moment höre ich Araminta und Bonnie nach vorn auf die Bühne kommen. Araminta trägt das gleiche Kostüm wie Bonnie: ein schlichtes weißes Hängerkleid mit Spitzensaum. Will sie das wirklich tragen? Aber darüber kann ich jetzt nicht nachdenken.

Ich höre sie meinen Namen rufen. Erst erstaunt, dann mit einer Spur Verärgerung in der Stimme.

»Audrey? Audrey!«

Aber ich bin schon zur Tür hinaus. Ich muss Ivy finden. Sie muss mich anhören, ob es ihr gefällt oder nicht.

37

IVY

Wieder bin ich in Audreys und meinem Zimmer und hole mehr von meinen Sachen aus dem Wandschrank, um sie zu Harriet zu bringen. Ich denke über die Nachricht nach, die Mrs Abbott verschickt hat, nachdem wir die Plakate in der ganzen Schule verteilt haben. Die ganze Zeit schien sie uns einen Schritt voraus, bereit zum Gegenschlag mit ihren schwachsinnigen, luftig leichten, positiven Botschaften. Unglaublich, dass die anderen Schülerinnen und Schüler das gefressen haben.

Auf dem Weg zum Zimmer habe ich ein paar Mädchen belauscht, die meinten, wie sehr sie sich freuen wegen der Aussicht, auf diese Schule zu gehen, die gerade ein Stückchen weiter die Küste hoch eröffnet wurde. Natürlich gibt es auch Schüler, die sich Sorgen machen, aber die meisten haben Mrs Abbotts funkelnde Alternativen einfach geschluckt. Diese Kids wären besser dran, wenn sie hier in Illumen Hall bleiben würden, sie wissen es bloß noch nicht. Obwohl Mrs Abbott keine Beweise dafür hat, dass ich hinter den Plakaten stecke, hat sie mir bereits gedroht, mich vom Weihnachtskonzert auszuschließen, wenn ich »aus der Reihe tanze«, also das auch noch. Wenn wir die Schule retten wollen, müssen wir uns etwas anderes einfallen lassen.

Ich weiß nur nicht, was.

Ich schnappe mir meine kleine Schmucksammlung und das

Buch *American* Psycho, dann höre ich draußen auf dem Flur die Dielen knarren. Audrey muss mich gesehen haben, als ich die Treppe zu unserem Zimmer hinaufging, aber wenn sie auch nur einen Funken Verstand hat, bleibt sie weg, bis ich wieder gegangen bin. Trotzdem vermisse ich dieses Zimmer. Es ist viel größer als das von Harriet und das hereinfallende Sonnenlicht wirft hübsche Schatten durch die Fensterläden. Der Blick ist auch ziemlich episch, und hier ist viel mehr Platz zwischen den Betten.

Gerade als ich einen Hoodie in meine Tasche packen möchte, stürmt Audrey rein, sodass ich erschrocken hochfahre. Audrey wirkt wie eine vom Wahnsinn Besessene.

»Bleib hier!«, schnauft sie, reckt mir die Hände entgegen und stellt sich vor die Tür, um sie zu blockieren. »Du *musst* dir anhören, was ich zu sagen habe.«

»Na schön!« Ich verschränke die Arme vor der Brust und ziehe die Augenbrauen hoch. Ich bin neugierig, trotz allem. Hat sie etwas entdeckt, oder hat sie darüber gebrütet, was sie mir auf unserem Streit vorhin antworten will?

»Setz dich!« Audrey schiebt mich rückwärts auf mein Bett, und sie nimmt mir gegenüber auf ihrem Bett Platz, immer noch versucht sie, gleichmäßig zu atmen.

»Es ist Araminta …«, sagt sie.

»Was ist mit Araminta?«

»Sie geht mit Mr Willis aus!«

»Du machst Witze, oder?« Ich will entsetzt aufspringen, aber Audrey hält mich fest.

»Nein. Ich hab die Nachrichten auf ihrem Handy gesehen. Sie treffen sich schon lange. Monate, vielleicht sogar ein Jahr.«

»Dieser absolute CREEP!«, erhebe ich meine Stimme.

»Das ist aber noch nicht alles. Das Foto, das wir in Lolas

Tagebuch gefunden haben. Das war nicht sie, Ivy. Es war Minty. Sie haben ja beide blonde Haare, also sind sie auf einem unscharfen Bild leicht zu verwechseln. Araminta hatte das Foto auf ihrem Handy – es war identisch. Genau wie ein Haufen weiterer Bilder.«

Ich sitze mit offenem Mund da und schüttele nur den Kopf. »Wie ist das möglich? Warum sollte Lola ein Foto von Araminta in ihrem Tagebuch aufheben?«

»Keine Ahnung. Vielleicht hat sie ihr Geheimnis entdeckt und wollte ihn damit erpressen? Vielleicht ist sie deshalb tot, weil sie ihn mit damit konfrontiert hat?«

»Oh mein Gott, da könntest du recht haben! Wir wissen ja nicht, ob es eine Art Dreiecksbeziehung zwischen ihnen gab. Er hat letztes Jahr auch viel mit *mir* geflirtet. Fieser Drecksack.«

»Oh Gott. Ich frage mich, ob er noch mit weiteren Mädchen anbandelt, von denen Araminta nichts weiß? Glaubst du, sie wusste von ihm und Lola?«

»Ich weiß nicht, aber es ist klar, dass Lola Bescheid wusste.«

»Außerdem verdichtet sich die Geschichte.« Audrey beugt sich vor. »Er war nämlich in der besagten Nacht *nicht* in Paris.«

»WAS? Aber Detective Shing sagt, sein Alibi wurde überprüft!«

»Keinen Schimmer, wie er das geschafft hat, aber Teddy schwört, dass er ihn in dieser Nacht gesehen hat. Er hat auch ein Foto.«

»Tja, das ändert alles!«

»Aber da ist noch mehr. Ich war vorhin auf Teddys Boot.«

Oh, nun also doch. »Hör zu, Audrey, ich hab auf das Thema echt keine Lust.«

Sie unterbricht mich. »Nein, nicht, was du meinst … das

hier musst du wissen: Lola ist auf dem Boot gewesen. An dem Tag, als sie starb. Ich habe ihren Namen in Teddys Logbuch gesehen.«

»Vielleicht hat er an dem Tag eine Menge Leute mitgenommen? Ich erinnere mich, dass schönes Wetter war. Wer war an dem Tag noch an Bord?«

Audrey öffnet die Fotos auf ihrem Handy, vergrößert sie und hält sie mir unter die Nase. Da war er, sonnenklar, Lolas Name. Und der von niemand anderem. Nur meiner, ein paar Tage später.

»Nur Lola!«

»Keine Ahnung, warum Teddy allein mit Lola abgehangen hat. Wir waren ja damals noch zusammen!« Meine Gedanken beginnen, durcheinanderzupurzeln. Teddy würde doch nie jemandem wehtun. Teddy gefiel es nicht mal wirklich, *Fisch* zu fangen, weil er davon ein schlechtes Gewissen bekam. Aber das hier sieht nicht gut für ihn aus.

»Ich behaupte nicht eine Sekunde, dass Teddy etwas mit Lolas Tod zu tun hat, aber das wirft definitiv ein paar Fragen auf. Hat er dir erzählt, dass sie zusammen segeln waren?«

»Nein. Hat er nie erwähnt.«

»Und noch eine letzte, allerletzte Sache. Sorry, dass ich dich mit all den Informationen überhäufe, aber das jetzt ist noch sehr wichtig. Das dickste Ding von allen.« Sie holt tief Luft, und ich lehne mich erwartungsvoll nach vorne.

»Spuck's aus, Audrey!«

Sie grinst. »Ivy, du wirst es nicht glauben, aber … du bist eine Magpie.«

»Was? Was meinst du?«

»Ich habe das Bild von deinen Großeltern in deinem Album gesehen. Das, auf dem sie vor einem Baum stehen. Mir war, als würde ich den Baum vor Mr Tavistocks Haus erkennen. Aber dann wurde mir klar, dass das nicht stimmen kann. Die Initialen auf der Rückseite des Fotos lauteten allerdings …«

»C. E.«, flüstere ich.

»C. E.«, wiederholt Audrey. »Clarissa Ellory. Ich habe ihr Bild mit einem aus einem Jahrbuch verglichen. Das ist dieselbe Frau, Ivy. Du bist mit den allerersten Magpies der Schule verwandt. Wenn du nächstes Jahr Headgirl werden würdest, hättest du nicht nur ein Mitspracherecht, sondern würdest auch etwas von Lady Penelope erben. Ihr ›Vermächtnis‹, was auch immer das ist. Es steht alles in diesem Dokument, das ich in Mrs Trawleys Haus gefunden habe! Ich wollte dir heute Morgen davon erzählen, aber unsere Gespräche sind in letzter Zeit immer ein bisschen … danebengegangen.«

Meine Wangen werden heiß. Sie war vorhin also zu mir gekommen, um mir zu sagen, was sie entdeckt hatte, nicht um mir ihren Nachmittag mit Teddy unter die Nase zu reiben. Ich denke, es ist an der Zeit, dass wir beide einfach vollkommen ehrlich zueinander sind.

»Das ist ja eine *Menge* zu verarbeiten, aber ich muss dir auch etwas sagen«, erkläre ich vorsichtig. Ich habe absolut keine Ahnung, wie Audrey mit der Tatsache umgehen wird, dass ich hinter ihrem Rücken im Haus ihres Vaters herumgeschnüffelt habe, aber ich hoffe, dass sie, nachdem sie in der Wohnung meiner Mum aufgetaucht ist, uns in dieser Angelegenheit als quitt betrachtet.

»Ich war mit Harriet bei dir zu Hause.«

Aber sie scheint ganz ruhig zu sein. »Warum?«

»Ich habe nach Dokumenten zum Verkauf der Schule gesucht. Etwas, das mir ein bisschen mehr Einblick gewährt.«

Jetzt runzelt sie die Stirn. »Du hast im Arbeitszimmer meines

Dads geschnüffelt? Wie hast du das angestellt?«, fragt sie, aber eigentlich scheint sie vor allem fasziniert davon.

»Die Tür war unverschlossen und keine der Schubladen hat Schlösser. Tatsächlich lag das meiste, das wir gelesen haben, sowieso offen auf dem Schreibtisch. Wir hätten es nicht tun sollen, das weiß ich. Ich glaube, ich wollte mich nur dafür revanchieren, dass du in der Wohnung meiner Mutter aufgetaucht bist. Ich hatte das Gefühl, dass wir dadurch quitt sind.«

»Shit. Na ja, hast du irgendwas genommen? Hast du alles so hinterlassen, wie du es vorgefunden hast?«

Ich spüre ihre Panik. Ich habe das Gefühl, dass Audreys Vater ein ziemlich mächtiger Mann ist. Nur sie weiß wirklich, welche Konsequenzen es hätte, wenn er herausfinden würde, dass wir in seinem Arbeitszimmer waren.

»Wir haben nichts mitgenommen, nur Fotos gemacht. Und wir haben dafür gesorgt, dass alles wieder an seinem Platz gelandet ist ...« Mir fällt der Ohrring in der Schublade ein.

»Okay, das ist gut. Ich will ehrlich sein. Es fühlt sich komisch an, dass du ohne mich und hinter meinem Rücken zu mir nach Hause gefahren bist, aber – wie du ja gesagt hast – ich habe genau das Gleiche gemacht, also was soll ich sagen? Es tut mir leid, Ivy. Tut es wirklich. Du musst wissen, dass ich mit guten Absichten gehandelt habe. Ich wollte dir etwas bringen, um dich glücklich zu machen. Ich war eben in der Nähe und dachte, ich sag mal Hallo, stelle mich vor, bringe ein paar Familienfotos mit. Es war naiv von mir anzunehmen, dass es so einfach ablaufen würde. Mir kam gar nicht in den Sinn, dass es viel komplizierter sein könnte, und das tut mir echt leid.«

Ich glaube, so authentisch habe ich sie noch nie erlebt. Ich ahne, das zu sagen, ist ihr nicht leichtgefallen, vielleicht wollte sie wirklich nur mein Bestes. Sie konnte ja nicht wissen, dass meine Mutter gefühlskalt ist oder welche Geschichte zwischen uns steht.

»Schau, ich habe überreagiert. Du konntest das ja alles nicht wissen. Vergessen wir's einfach.«

Ich möchte nicht, dass die Szene hier zu einer rührseligen Herzensgeschichte wird, bei der zwei Freundinnen sich gegenseitig die Schulter vollschluchzen und dauernd wiederholen, wie leid es ihnen tut. Es ist einfacher, die Angelegenheit einfach zu vergessen und darüber hinwegzusehen.

Audrey lächelt mich an. Sie versteht.

»Ich bin froh, dich hier erwischt zu haben, und dass wir reden konnten.« Sie steht auf, um zu gehen.

»Warte, da ist noch eine Sache, von der ich glaube, dass du davon wissen solltest.«

Audrey setzt sich wieder, macht ein ernstes Gesicht, und ich bereite mich innerlich auf das Folgende vor.

»Wir haben noch etwas anderes in einer der Schreibtischschubladen deines Vaters gefunden. Es war ganz hinten. Den zweiten Muschelohrring von Lola. Das Gegenstück zu dem, den wir in der Höhle gefunden haben.«

Sie sitzt schweigend da, ihr Gesicht wird grau. »Bist du dir sicher?«

»Hundertprozentig.«

Audrey wirkt, als würde sie jeden Moment in Tränen ausbrechen. Ich gehe zu ihr, setze mich neben sie auf ihr Bett und lege tröstend die Hand auf ihr Knie.

»Wir wissen doch nicht, warum er den Ohrring hat …«, sage ich behutsam.

»Ivy, das ist so beschissen. Warum hat er ihn? Den Ohrring einer toten Schülerin!« Audrey vergräbt das Gesicht in den Händen.

»Dafür konnte es eine vernünftige Erklärung geben, Audrey. Wir dürfen nicht spekulieren.«

»Ach Ivy … komm. Das ist mehr als beschissen. MEIN DAD!«

Sie hat recht. Es *ist* beschissen. Wäre ich an ihrer Stelle, wüsste ich nicht, was ich tun würde.

»Ich denke, wir sollten künftig wieder gemeinsam nachforschen, was da los ist. Wir wollen doch sowohl der Sache mit der Magpie Society an der Schule als auch der mit Lola auf den Grund gehen – und jetzt auch noch, dass dein Dad darin verwickelt zu sein scheint.«

»Ja, wir funktionieren eindeutig besser als Team, oder?« Ein kleines Lächeln verdrängt kurz den Schmerz in ihrem Gesicht und ich lächele zurück.

»Ed ist übrigens nicht mehr da. Er ist mit seinem Großvater ausgezogen, aber ich kann immer noch zum Hauptquartier der Magpie Society gelangen, das wir ja schon kennen: Er hat mir einen Schlüssel dagelassen. Es gibt auch noch einen Videoüberwachungsraum unter Mrs Abbotts Haus. Den muss ich dir unbedingt zeigen. Da gibt es unter anderem eine Nachricht, die wir uns näher ansehen sollten, eine von Clover. Sie erwähnt das letzte Beweisstück, das sie besorgen wollte, allerdings … du weißt schon. Das Feuer.«

Audrey fällt die Kinnlade herunter. »Ernsthaft? Was war es?«

»Lolas Handy.«

»*Fuuuck*. Clover hat angenommen, das es noch auf dem Schulgelände war?«

Ich schüttele den Kopf. »Nein, aber vielleicht bei der verlassenen Kirche? Ich habe das auf dem Handy der Magpie Society gecheckt, aber da gibt es keine erkennbaren Tunnel … Und da ist noch mehr. Ich habe eine Liste mit allen Investoren gefunden, die am Kauf beteiligt sind. Die Lehrer bekommen eine *gigantische* Abfindung. Sie werden an andere Schulen versetzt, erhalten aber ein Jahresgehalt obendrauf, also wer würde da schon ablehnen? Garantiert sind alle Investoren beim Weihnachtskonzert. Wenn wir an Lolas Telefon kommen, können wir das vielleicht verhindern.«

»Du hast mir gefehlt, Ivy. Es war so seltsam, nicht mit dir sprechen zu können, vor allem über all diese Dinge!« Audrey legt ihre Hand in meine.

»Tut mir leid, dass wir ein bisschen vom Weg abgekommen sind«, sage ich. »Ich glaube, mir ist einfach alles über den Kopf gewachsen.«

»Geht mir auch so.«

»Ich habe mit Detective Shing gleich ein Treffen vereinbart und finde, du solltest mitkommen. Im Team sind wir besser!«

»Abgemacht. Lass uns diesem riesigen Schlamassel auf den Grund gehen.«

38

AUDREY

Vor unserem Treffen mit Detective Shing laufen wir noch übers Schulgelände zu der aufgegebenen Kirche. Das ist weiter, als ich dachte, und ein Schild am Weg weist darauf hin, dass wir nur Meter von den Klippen entfernt sind, bei denen Lola starb. Das ist schon irgendwie unheimlich. Aber ich vermute, wenn ihr Handy an dieser Stelle zum letzten Mal seinen Standort mitgeteilt hat, könnte das wirklich so sein.

Ivy hält das Handy der Magpie Society in der Hand, und es verfolgt unseren Aufenthaltsort, während wir gehen. Auf der Landkarte im Handy ist nichts verzeichnet, aber es sieht aus, als befänden wir uns in einem der ältesten Teile der Schulanlage. Die Abbildung ist sehr verpixelt und unscharf. Es könnte hier sogar einen Tunnelausgang geben, aber wir würden ihn nicht sehen.

Leider ergibt unsere Suche rein gar nichts. Im Kirchenraum gibt es nichts außer Schutt und alten Zigarettenkippen.

Zu meiner Überraschung knallt Ivy das Handy frustriert auf den Boden. Es zerbricht in mehrere Teile. Kaputt. Sie fällt auf die Knie. »Ich dachte wirklich, wir würden es hier finden«, sagt sie unter Tränen. »Jetzt kommt es mir vor, als wäre Clover umsonst gestorben.«

»Das ist sie nicht«, versichere ich ihr. »Komm. Wir erzählen jetzt Detective Shing alles. Sie wird uns helfen. Und dann können wir uns entspannen, weil wir alles in unserer Macht Stehende getan haben. Du wirst dich besser fühlen, nachdem wir bei der Polizei waren, das verspreche ich dir. Nach der Sache mit Alicia war es bei mir jedenfalls so.«

Ivy starrt zu mir herauf und ihre Augen suchen mein Gesicht ab. Dann nickt sie. Ich nehme ihre Hand und helfe ihr wieder auf die Beine, bevor wir uns auf den Weg zur Bushaltestelle machen, um in die Stadt zu fahren.

Wir suchen uns eine Ecke im Coffeeshop, die ganz ruhig ist. An den Wänden hängen Poster mit Straßenszenen aus Paris. Was würde ich dafür geben, jetzt bei Croissants mit Ivy über vollen Einkaufstüten Klatsch und Tratsch auszutauschen. Ohne die geringsten Sorgen! Stattdessen warten wir hier auf eine verdammte Polizistin. Zum letzten Mal war ich mit Patrick hier – unmittelbar vor dem Brand.

Wie ich hier so mit Ivy sitze, verspüre ich keine Angst. Wir werden der Polizei endlich alles sagen, nichts für uns behalten. Das hätten wir schon von Anfang an tun sollen.

Und zwar gegenüber einer Polizistin, die wirklich bereit scheint, zuzuhören.

Obwohl jede von uns Kaffee bestellt hat, lassen wir ihn kalt werden. Zwischen uns herrscht immer noch Anspannung – ich habe das Gefühl, bis das hier nicht gelöst ist, können wir nicht zu unserem früheren Verhältnis zurückfinden.

Vielleicht ist es einfach mein Schicksal, dass all meine Beziehungen durch Ereignisse ruiniert werden, auf die ich keinen Einfluss habe.

Ich drücke Ivys Hand. Nachdem wir uns gegenseitig die jeweils neuesten Erkenntnisse mitgeteilt hatten, waren wir ein bisschen wie benommen. Die größte Sache war natürlich, dass

Ivys Großmutter eine Magpie war. Und wie sich herausstellt, geht die Verbindung sogar noch weiter zurück. Ivy kann jetzt ihre Vorfahren bis zum ersten Mädchen an der Schule zurückverfolgen.

»Denkst du wirklich, dass ich in Gefahr bin?«, fragt Ivy mich.

»Ich denke, wer auch immer Lola umgebracht hat, dachte, dass sie den Verkauf der Schule verhindern würde. Und jetzt hast *du* die Macht, das zu tun – wenn du Headgirl wirst.«

»Tja, dazu kann es ja nicht mehr kommen. Und abgesehen davon: Wenn ich nichts davon wusste – wie sollte es dann jemand anders wissen?«

»Jemand hat die Puzzleteile zusammengesetzt. Die Person, die vorgeschlagen hat, dass du dich an der Schule bewirbst.«

»Meine alte Grundschullehrerin?«

»Vielleicht hat jemand sie ermuntert, dich in Richtung Illumen Hall zu orientieren. Die Magpie Society? Die *neue* Magpie Society? Wer auch immer arrangiert hat, dass wir all diese Dinge rausfinden. Sie könnten es so eingefädelt haben, dass sie dachte, es wäre ihre eigene Idee gewesen.«

»Also, sobald Mr Willis festgenommen ist, werde ich mich sicher fühlen. Dann können wir über jenen Teil des Rätsels nachdenken.«

»Das ergibt alles einen Sinn. Deshalb wurdest du in die Magpie Society geholt. Wegen deiner Vorfahren.« Ich knabbere an einem Fingernagel. »Meinst du, wir hätten das Foto aus Lolas Tagebuch sofort Detective Shing übergeben sollen?«, frage ich.

»Nein. Dazu stehe ich auch immer noch – schließlich war das ja nicht Lola auf dem Bild, oder? Das hätte der Polizei nur einen falschen Eindruck vermittelt.«

»Aber warum bloß hat sie das Foto in ihrem Tagebuch versteckt?«

»Vielleicht wollte sie Araminta und Mr Willis auffliegen lassen.«

»Es gibt so viele Verdächtige, so viele Motive …«

»Was für Motive?«

Wir schauen beide hoch, als Detective Shing an unseren Tisch tritt. »Darf ich mich zu euch setzen?«

Ivy rutscht auf der Bank ein Stück beiseite und Detective Shing setzt sich neben sie in unsere Nische.

»Äh, möchten Sie vielleicht einen Kaffee oder irgendwas anderes?«, frage ich sie.

»Ich habe mir schon einen bestellt. Wie geht's euch Mädchen denn so? Freut ihr euch schon auf Weihnachten?«

Ich wechsele einen Blick mit Ivy. »Ganz ehrlich? Seit Clover ist es schwer, zur Normalität zurückzufinden. Wir haben beide eine Menge rausgekriegt. Aber jetzt ist es an der Zeit, Ihnen davon zu erzählen. Wir glauben, einiges davon hat mit Lolas Tod zu tun. Und vielleicht auch mit Clovers.«

»Okay. Kommen wir also gleich zur Sache. Das ist was, das ich an euch beiden schätze. Also, was wolltet ihr mir erzählen?«

»Erstens müssen wir Ihnen sagen, dass wir letzten Monat Lolas altes Tagebuch gefunden haben. Wir gaben es Patrick, also ist es wahrscheinlich bei dem Feuer verbrannt. Aber als wir es lasen, wurde uns klar, dass einer unserer Lehrer – Mr Willis – mit einer Schülerin geschlafen hat.«

Detective Shing lehnt sich auf der Bank zurück und zieht erschrocken die Augenbrauen hoch. »Okay. Das ist eine ernste Sache. Wisst ihr, wer die Schülerin ist?«

Ich nicke. »Hier.« Ich zeige ihr auf meinem Handy die

Fotos, die ich mir von Aramintas Handy selbst geschickt hatte. »Wir haben Fotos von den beiden zusammen.«

»Das ist ja ein Ding. Und ihr glaubt, Lola wusste auch davon?«

»Ja. Und wir glauben, dass sie vielleicht versucht hat, die beiden auseinanderzubringen oder zur Rede zu stellen. Araminta hat so was in der Art auch zu mir gesagt. Dass alle Leute, die versucht hätten, sie aufzuhalten, jetzt aus dem Weg seien.«

»Habt ihr mit irgendjemand anderem über das hier gesprochen? Zum Beispiel mit Mr Willis persönlich?«

»Das haben wir versucht. Am Ende des letzten Schuljahrs. Aber er hat es geleugnet.«

»Okay. Nun ja, das ist sehr wichtig. Aber ihr wisst, dass er uns ein Alibi für den Abend damals gezeigt hat.«

»Die Fotos aus Paris? Sie wissen schon, dass man so einen Zeitstempel manipulieren kann? Außerdem haben wir einen Zeugen – Teddy, also Theodore Grant –, der sagt, er habe ihn an jenem Abend gesehen. Genau zu dem Zeitpunkt, von dem Mr Willis behauptet hat, er hätte im Zug nach Paris gesessen.«

»Okay. Wir hatten damals keinen Grund, ihm das zu unterstellen, jetzt schon. Kann ich die Kontaktdaten des Zeugen haben? Und vielen Dank euch.«

»Moment, das ist noch nicht alles.«

Detective Shing lacht ein bisschen. »Ist es nicht?«

»Nein. Wir haben noch einige weitere Spuren. Wir wissen allerdings nicht, ob sie relevant oder miteinander verbunden sind. Aber wir dachten uns, es wäre besser, Ihnen alles zu sagen.«

»Okay …«

Ivy nickt mir zu. Ich schlucke. »Es geht um Teddy … Ich

meine, Theodore. Er hat mich vor Kurzem auf sein Boot eingeladen und dort habe ich auch etwas gefunden.«

»Und zwar?«

»Sein Logbuch vom letzten Sommer. Darin stehen alle Leute, die auf seinem Boot waren, mit Datum, Uhrzeit und so weiter. Schauen Sie mal.« Ich zeige ihr den Eintrag vom Tag der Beach Party. Da steht, in ihrer eigenen geschwungenen Schrift, Lolas Name.

Detective Shing runzelt die Stirn. »Waren Teddy und Lola denn zusammen, soweit ihr das wisst?«

Sie sieht mich an, aber ich zucke nur mit den Achseln. Damals war ich noch nicht auf der Schule. Trotzdem ist mir die Frage total unangenehm.

»Nein«, sagt Ivy. »Sie waren nicht mal wirklich befreundet. Ich wusste nicht, dass sie überhaupt jemals auf seinem Boot war.«

»Du warst aber ein paarmal mit. Ich sehe deinen Namen hier relativ häufig.«

»Ja, in dem Sommer waren wir zusammen. Und ich verstehe nicht, warum Lolas Name im Logbuch steht, aber …«

Ich könnte Ivys Satz auch vollenden. *Aber Sie sind von der Polizei, nicht ich.*

»Okay«, sagt Detective Shing wieder. »Kann ich das mitnehmen?«

Ich nicke. »Teddy weiß nicht, dass ich es mitgenommen habe …« Das musste ich jetzt auch noch sagen. Ich bin es so leid zu lügen, und wenn ich einmal mit der Wahrheit angefangen habe, kann ich anscheinend nicht mehr aufhören.

»Du hast ihn nicht gefragt, warum Lola im Logbuch steht?«

»Nein, habe ich nicht.«

»Aus einem bestimmten Grund?«

»Ich … ich hatte Angst. Wie er darauf reagieren würde, während wir noch mit dem Boot draußen waren.«

»Gibt es denn irgendeinen Grund, Angst zu haben?«

»Nein! Teddy hat nie irgendwas getan, das mir Grund zur Sorge gegeben hätte. Aber das hier ist mir einfach eine Nummer zu groß.«

»Ich verstehe. Danke, dass du es mir erzählt hast. Das ist definitiv eine Sache, der ich nachgehen werde. Ivy, war Teddy auf der Party damals?«

»Ich … ich weiß es nicht.«

»Seid ihr denn nicht zusammen hingegangen? Obwohl ihr damals ein Paar wart?«

Ivy schüttelt den Kopf. »Wir waren zusammen, aber auch wieder nicht richtig. Wir haben nur eine Zeit lang miteinander rumgemacht. Das war nichts Ernstes. Aber Moment, lassen Sie mich überlegen – ich habe ihn auf der Party gesehen. Er war einer derjenigen, der sich gekümmert hat, nachdem wir die Leiche gefunden hatten.« Sie schließt kurz die Augen. Ich frage mich, ob sie sich daran erinnert, wie er sie in den Arm genommen hat. Ich denke jedenfalls gerade daran. Wie Teddy *mich* geküsst hat. Aber er schien so ehrlich daran interessiert zu sein, was mit Lola passiert ist. Schwer vorstellbar, dass er ein so großes Geheimnis mit sich herumschleppt.

Detective Shing steckt das Logbuch in ihre Tasche. »Also gut. Da wären Mr Willis, Theodore, das Headgirl – sonst noch etwas?«

»Ja. Tatsächlich. Es gibt noch eine weitere Sache – und das ist eine große Sache. Wussten Sie, dass Illumen Hall verkauft wurde?«

»Nein, das wusste ich nicht. Es muss für euch Mädchen ziemlich schlimm sein. Illumen Hall ist eine so renommierte

Institution – sicher hattet ihr euch darauf gefreut, dort euer letztes Schuljahr zu verbringen.«

»Das können Sie laut sagen«, murmelt Ivy.

»Offenbar war das der eigentliche Grund, warum ich in England bin«, sage ich. »Ich wusste zunächst nichts davon, aber die Firma meines Dads hat Illumen Hall gekauft. Er arrangiert große internationale Sanierungen von Immobilien. Das ist sein Ding.«

»Verstehe. Und was denkt ihr, hat das mit Lola Radcliffe zu tun?«

»Tja, das ist es eben. Wir dachten gar nicht, dass es damit zu tun hat«, erkläre ich. »Aber …« Ich verstumme, weil es mir schwerfällt, das laut auszusprechen. Ich kann es selbst kaum glauben. Andererseits, wie gut kenne ich meine Eltern überhaupt? Nicht besonders gut, glaube ich.

Ivy ergreift das Wort. »Wenn man in Illumen Hall Headstudent wird, bekommt man eine Stimme bei den Entscheidungen bezüglich der Schule. Lola hätte dem Verkauf niemals zugestimmt. Wir glauben, dass das als Motiv, sie zu beseitigen, vielleicht ausgereicht hat. Ich war bei Audrey zu Hause, um mit ihr zu sprechen – wir hatten uns nämlich gestritten –, aber sie war nicht da. Ihr Dad sagte, ich könnte noch auf sie warten, und verließ selbst das Haus. Da beschloss ich, mich in seinem Büro ein wenig umzusehen …«

»Klingt unklug«, bemerkt Detective Shing.

»Tja, dabei habe ich das hier gefunden.« Ivy greift nach ihrer Handtasche und öffnet den Verschluss. Dann holt sie das Beweisstück heraus. Lolas Ohrring. Einer von den beiden Muschelohrringen. Der andere liegt in der Höhle, zu der es inzwischen keinen Zugang mehr gibt.

Sie legt das Schmuckstück vor Detective Shing auf den Tisch.

»Das ist Lolas Ohrring«, sagt sie. »Die hat sie immer getragen und wirklich nie rausgenommen.« Ivys Stimme wird ganz leise und ihre Augen schimmern feucht. »Freiwillig hätte sie den nie abgenommen, deshalb ist es ein bisschen besorgniserregend, dass ich ihn im Büro von Audreys Dad gefunden habe.«

»Wo genau?«

»In einer Schublade. Er kam zum Vorschein, als eine Freundin, Harriet, die dabei war, an der Schublade herumruckelte.«

»Und Audrey, dir fällt kein Grund ein, warum Lola deinen Vater besucht haben könnte?«

»Ich wusste nicht einmal, dass die beiden sich kannten. Aber ganz ehrlich, ich wusste damals auch nicht, dass er in Großbritannien war. Ich war … mit meinen eigenen Problemen genug beschäftigt. Und meine Eltern halten mich üblicherweise über ihre Termine und Reisen nicht auf dem Laufenden.«

»Verstehe. Also, das klingt alles sehr ernst. Danke, dass ihr mich ins Bild gesetzt habt. Aber, Mädchen, ich muss euch warnen. Zwar haben eure Nachforschungen offensichtlich eine Menge neuer Spuren zutage gefördert, doch das ist nicht eure Aufgabe. Ihr habt euer eigenes Leben, Prüfungen, Schulsachen zu erledigen. Also, bitte, versprecht mir eines – dass ihr euch von nun an auf euch selbst konzentriert.«

»Wahrscheinlich«, meint Ivy, »werden wir bald keine Schule mehr haben, die wir retten könnten. Und schon gar keine Möglichkeit, weiter nachzuforschen.«

»Nun, das wäre vielleicht nicht das Schlechteste.«

Endlich wird der Kaffee für Detective Shing gebracht, aber sie fragt die Kellnerin: »Kann ich den auch mitnehmen?« Dabei steht sie schon auf.

»Sie wollen schon gehen?« Ich bin etwas überrascht. Eigentlich dachte ich, sie würde uns wenigstens an ihren Überlegungen teilhaben lassen … oder darüber berichten, was ihr Stand der Ermittlungen ist.

Ivy empfindet das offenbar genauso. »Moment, was werden Sie denn mit alldem machen?« Detective Shing hat jetzt die Fotos, den Ohrring, das Logbuch. Einfach alles.

»Vertraut mir, ich werde all diesen Hinweisen nachgehen. Sollte dabei irgendwas herauskommen, seid ihr die Ersten, die es erfahren.«

39

IVY

Als wir das Café verlassen, sehen wir an der Ecke das Bed & Breakfast, in dem Patrick derzeit wohnt, weil seine Wohnung nach dem Brand saniert wird.

»Sollen wir ihn kurz besuchen?«, frage ich Audrey und bin mir bewusst, dass das eine sehr unangenehme Begegnung werden könnte. Seit er aus der Untersuchungshaft entlassen wurde, hat auch Audrey nichts mehr von ihm gehört.

»Ich glaube, ja. Seine Eltern stehen auf der Investorenliste, und er könnte unsere letzte Hoffnung sein, deren Meinung noch zu ändern. Lola hätte niemals gewollt, dass die Schule verkauft und in ein Hotel verwandelt wird. Vielleicht denkt ihr Bruder ja genauso.«

Die nette alte Dame am Empfang ruft in seinem Zimmer an, und Patrick erlaubt, dass wir zu ihm hochkommen. Wir klopfen an seine Zimmertür und warten einen Augenblick.

»Warum kommt mir das gefährlich vor?«, flüstert mir Audrey zu.

Dann öffnet Patrick die Tür, und ich bin schockiert über den Mann, der da vor uns steht. Er ist blass und seine Haut fahl. Seine Haare sind ungewaschen und seine normalerweise glatt rasierten Wangen sind mit dunklen Stoppeln bedeckt. Er trägt eine schmutzige Jogginghose und sein Hoodie ist zerknittert. Er sieht überhaupt nicht gut aus.

»Hi. Kommt rein.« Er lächelt uns nicht an. »Ich würde euch ja gern etwas anbieten, aber ich habe hier keine Küche. Unten gibt's eine Gemeinschaftsküche.«

»Äh, schon okay. Wir wollten nur kurz vorbeikommen und nach dir sehen.« Audrey lächelt und setzt sich an einen kleinen, runden Tisch.

»Danke. Alle anderen scheinen mich zu meiden wie die Pest.«

»Aber die Polizei hat dich doch gehen lassen«, sage ich und setze mich neben Audrey. Da es keine weiteren Stühle mehr gibt, hockt sich Patrick auf sein Bett.

»Ja, aber die Leute reden trotzdem. Es scheint keine Rolle zu spielen, dass es keine Beweise dafür gibt, dass ich Clover entführt oder dieses verdammte Feuer gelegt habe. Denn wem sonst soll man die Schuld zuschieben?«

Ich beobachte, wie er das Gesicht verzieht, und kann bereits spüren, wie sich in ihm Unruhe und Frust aufbauen.

»Es gibt noch einen Grund, warum wir dich heute besuchen wollten.« Ich entscheide mich, es einfach anzusprechen. »Wir haben herausgefunden, dass geplant ist, die Schule zu verkaufen und in ein schickes Hotel umzuwandeln. Deine Eltern gehören zu den Hauptinvestoren.«

Sein Gesicht bekommt einen panischen Ausdruck und er zieht die Augenbrauen hoch.

»Weißt du, weshalb sie sich dermaßen für den Verkauf engagieren, wo doch ein Vorfahre eurer Familie einer der Gründer von Illumen Hall war? Scheint mir ein bisschen… widersprüchlich«, bemerkt Audrey leise.

»Finanziell ist es aber sinnvoll. Ich weiß, die Schule verschlingt seit Jahren viel Geld, und der Vorstand sollte nicht dafür zuständig sein, dass die Stipendiaten ihre gesamte Schulzeit über gefördert werden. Sorry, Ivy.« Er wirft mir einen mitleidigen Blick zu, der mich total sauer macht.

»Deine Familie könnte uns retten, weißt du«, sage ich. »Könnte aufhalten, was hier passiert. Sie hat genug Macht, wenn sie sich entschließt, uns in dieser Sache beizustehen.«

Er sieht mich fragend an. »Wen meinst du mit ›uns‹? Warum sollten sie euch retten wollen? Nichts für ungut, Mädels, aber hier geht es um große Zahlen, große Pläne, großes Geld. Das ist viel wichtiger, als euch und ein paar eurer Freunde die Förderung zu erhalten.« Er lacht.

Der Typ ist ein Arschloch. Was für eine Art Freundschaft hat Audrey je mit ihm verbunden? Es tut weh, dass Lola so einen Bruder hatte. Dass sie von solchen Leuten beeinflusst wurde.

»Wir sind jetzt die Magpie Society – und bevor du uns auslachst, als wären wir dumme kleine Teenager-Girls: Das ist eine ernste Sache. Wir werden die Schule erhalten, egal was irgendjemand denkt, sagt oder tut, um uns in die Quere zu kommen. Wir werden nicht zulassen, dass Illumen Hall verkauft wird.« Ich erhebe meine Stimme und spüre Zorn in mir aufsteigen. Diesmal lacht Patrick nicht.

»Clover hat mal diese Society erwähnt. Sie glaubte, dass die Magpie Society die Schule beschützen wollte, aber am Abend der Party bedrohte sie irgendein Arsch in einem Elsterkostüm so sehr, dass sie mich anrief, um sie abzuholen. Wenn ihr die Magpie Society seid – heißt das, dass ihr Clover bedroht habt?«

»Nein, wir sagen nur, dass wir trotz allem versuchen, die Schule zu schützen. Und es bedeutet, wir wollen immer noch Gerechtigkeit für Lola.«

»Tja, ich schätze, Clover glaubte, dass Mr Willis der Mörder ist – die Info ist für euch gratis. Hätte sie das letzte Beweisstück gefunden, säße er jetzt hinter Gittern.«

Da kommt mir spontan eine Idee. »Wenn wir den Beweis finden, dass Mr Willis der Mörder deiner Schwester ist, hilfst du uns dann, die Schule zu erhalten?« Auf der Suche nach einem Zeichen für Anstand blicke ich Patrick an. Lola ist das Einzige, das er nie beiseiteschieben wird. Und ich auch nicht.

Er zögert und betrachtet unsere Gesichter eingehend. Er muss wohl unsere Entschlossenheit erkennen. Oder er denkt, es ist sowieso hoffnungslos. »Gut. Wenn ihr diesen Widerling für das, was er meiner Schwester angetan hat, verhaften lassen könnt, werde ich alles in meiner Macht Stehende tun, um euch zu helfen, die Schule zu erhalten.«

Vor lauter Erleichterung lasse ich die Schultern sinken.

Audrey springt auf und umarmt ihn. Er steht unbeholfen da, die Arme schlaff an den Seiten herabhängend.

»Danke schön! Ehrlich gesagt. Wir werden Lola niemals vergessen – wir sind ganz nah dran, an den Beweis zu kommen, den wir brauchen.«

Patrick hebt eine Augenbraue. »Ich hoffe, ihr habt recht.«

40

AUDREY

Ich gehöre jetzt wieder zu Ivys Crew und hänge im Aufenthaltsraum auf »unseren« Sofas ab. Obwohl sie mir hin und wieder einen seltsamen Blick zuwirft, kommt Araminta nicht her, um zu fragen, was los ist. Ich glaube nicht, dass sie weiß, dass ich die Fotos gesehen oder mir geschickt habe. Aber ich habe sie mitten in ihrer Probe hängen lassen. Tom und Max spielen irgendwelche Videospiele, Harriet ist in die Kantine gegangen, um sich eine heiße Schokolade zu holen.

Als ich mir sicher bin, dass keiner uns hören kann, nehme ich einen Schluck von meiner Cola und flüstere Ivy zu: »Wann, glaubst du, werden wir von Detective Shing hören?«

»Keine Ahnung.«

Ivy ist genauso nervös wie ich und checkt ihr Handy alle zehn Sekunden. Aber bisher haben wir rein gar nichts gehört. Unser Gespräch ist jetzt schon eine Woche her, heute Abend findet das Weihnachtskonzert statt, und wir sind einer Lösung noch keinen Schritt näher. Es kommt einem vor, als wären Ivy und ich schon so nah dran gewesen, nur um jetzt mit völlig leeren Händen dazustehen.

»Ist das nicht ein bisschen seltsam?«, sage ich. »Da haben wir ihr alles gegeben …«

»Ich weiß! Aber was können wir schon machen?«

Ich schaue zu Tom und Max hinüber, aber sie sind noch

ganz vertieft. »Und was ist mit deinem Deal mit Patrick, um Mr Willis hinter Gitter zu bringen?«

»Ich arbeite noch an einem Plan dafür«, sagt sie.

»Hoffentlich was anderes als das, was wir bisher versucht haben.«

Wir haben uns Mr Willis auf den Aufnahmen der Überwachungskameras der Magpie Society angesehen. Wahrscheinlich könnte man uns dafür schon Stalking unterstellen, wenn es nicht um eine so wichtige Sache gehen würde. Doch bis jetzt ist er geradezu grotesk clean. Er hat sich nicht das Geringste zuschulden kommen lassen und niemals Zeit allein mit irgendwelchen Schülerinnen verbracht. Als Ivy ihm vorschlug, in den Musiksaal zu kommen, um sich ihr Stück anzuhören, lehnte er sogar das ab.

»Ich werde mir was überlegen. Bei Araminta irgendwelche Fortschritte?«, fragt Ivy mich.

Ich schüttele den Kopf. »Aber ich glaube, sie ist frustriert. Ich weiß, dass sie schon eine Zeit lang versucht, ›Hottie‹ alleine zu treffen, und dass daraus nichts wird. Er scheint ihr auch aus dem Weg zu gehen.«

»Warum ist Mr Willis überhaupt noch da? Für ihn wäre es doch auch besser gewesen, einfach zu verschwinden. Vor allem wenn die Schule sowieso bald dichtmacht ... Er hätte doch nach der Samhain-Party verschwinden können, wie er es zugesagt hatte.«

»Wahrscheinlich geht's ihm um die Kohle – die fette Abfindung, die die Lehrer kassieren. Wenn er jetzt geht, bekommt er nichts, außerdem würden die Leute wissen wollen, *warum*. Eine glänzende Empfehlung von Mrs Abbott bekäme er nicht, wenn er sich einfach verdrücken würde. Von den Affären mit Schülerinnen mal ganz zu schweigen.«

»Wir müssen ihn auf frischer Tat ertappen. Nur so bekommen wir ihn hinter Gitter.«

Ich beiße mir auf die Lippe. »Ich glaube, das hat er schon mitgekriegt. Er weiß, dass er sich keinen Fehler mehr erlauben darf.«

Ivy trommelt mit den Fingern auf die Tischplatte. »Ich wünschte, diese Polizistin würde endlich irgendwas unternehmen. Aber das tut sie natürlich nicht. Sie hatte versprochen, uns zuzuhören, aber jetzt geht sie nicht ans Telefon und behält all unsere Beweise. Wir hätten ihr die nicht einfach so überlassen sollen. Denn jetzt haben wir überhaupt nichts mehr in der Hand.«

»Ich bin mir sicher, dass sie das alles protokolliert hat. Mach dir da keine Sorgen, Ivy. Wir haben richtig gehandelt.«

»Das hoffe ich.«

»Ich kenn dich gar nicht mehr – ich dachte, du vertraust auf die Institutionen!« Ich stoße sie sanft mit dem Ellbogen an und zeige auf ihr glänzendes Abzeichen, das sie als Aufsichtsschülerin ausweist.

»Institutionen? Du meinst so was wie die Leute, die dafür verantwortlich sind, dass uns die Schule weggenommen wird? Eher nicht …« Sie rümpft demonstrativ die Nase.

»Ich schätze, da hast du recht. Aber nein. Wir haben das Richtige getan.« Ich wiederhole das fast schon wie ein Mantra. Wahrscheinlich klinge ich, als würde ich versuchen, mich selbst zu überzeugen – wenn es schon sonst niemand tut.

Ivy lehnt sich in ihrem Sessel zurück und lässt den Blick durch den weihnachtlich dekorierten Raum schweifen. Es sieht beeindruckend aus, aber inzwischen wissen wir ja, dass das gar nicht zur Freude der Schüler gemacht wurde.

»Denk dir nur, bevor das Konzert stattfindet, werden all die

Investoren die Schule besichtigen und sich vorstellen, wie es ist, wenn hier nur noch diese reichen Schnösel rumlaufen, in der Küche ein Starkoch mit Michelin-Stern statt Mrs Cranshaw, das Schwimmbad Teil eines Wellnessbereichs.«

»Meine Mum meinte, sie bucht, sobald sie es eröffnen«, sagt Tom.

»Wenn sie das macht, rede ich nie mehr ein Wort mit dir«, sagt Ivy. Tom lacht, aber es klingt ein bisschen gezwungen. Und Ivy wirkt nicht so, als würde sie scherzen.

Die Sache ist, das Konzert findet schon in ein paar Stunden statt. In Kürze werden die Leute hereinströmen. Jetzt ist es für uns zu spät, noch irgendwas wegen des Verkaufs zu unternehmen. Die einzige Person, die einigermaßen zufrieden wirkt, ist Mrs Abbott. Sie rennt überall herum und erteilt im Kommandoton Befehle – eine ihrer absoluten Lieblingsbeschäftigungen.

Ivy steht auf. »Ich gehe vor meinem Auftritt besser noch mal ein bisschen üben. Denn wahrscheinlich muss ich nachher ein paar Leute beeindrucken, wenn ich noch so was wie eine Zukunft haben will.«

»Warte.« Ich ergreife Ivys Hand. »Du wirst eine Zukunft haben. Vertrau mir. Du hast so viel geübt – du brauchst das nicht mehr. Entspann dich einfach.«

Ivy seufzt. »Du hast doch gesehen, woher ich komme. Du hast mein Zuhause gesehen. Ich habe deins gesehen. Vielleicht glaubst du, dass du immer eine Zukunft haben wirst – weil es so sein wird. Das ist ganz offensichtlich. Aber ich? Wenn ich kein Musikstipendium an einer anderen Schule bekomme, bin ich total aufgeschmissen.«

»Ich dachte, man würde für die Schülerinnen und Schüler mit Stipendium aufkommen?«

»Weißt du was, Audrey? Du bist einfach total vertrauensselig. Glaubst du tatsächlich, dass die mein Bestes im Sinn haben? Die Schule, die man für mich ausgesucht hat, ist die Winferne Comprehensive. Die ist gebührenfrei, also müssen sie mein Stipendium nicht übernehmen. Es gibt aber kein Internat, also wer weiß, wo ich wohnen werde. Der Fachbereich Musik ist Mist, also würde ich dort nicht weiterkommen und nicht die Qualifikation erreichen, die ich brauche, um an die Uni zu können, die ich mir wünsche. Ich bin fest davon ausgegangen, im nächsten Schuljahr Headgirl zu werden. An der Winferne Comprehensive wird daraus sicher nichts. Also fange ich mit all den Privilegien, die ich mir hier erarbeitet habe, von vorne an – bei null, um genau zu sein. Das wird übel. Also darf ich nichts dem Zufall überlassen.«

Wenn Ivy in dieser Stimmung ist, kann nichts sie umstimmen. Das weiß ich. »Okay, dann geh. Aber lass mich dir vor dem Konzert mit deinen Haaren helfen, ja?«

»Klar. Bis später.« Sie überlegt kurz. »Ich wünschte mir wirklich, Clover wäre hier. Sie fehlt mir.«

»Ich weiß. Es ist so unfair.«

Ivy schnappt sich ihre Tasche und verlässt den Raum.

Seufzend beuge ich mich über den Tisch. Max versucht, mich mit einem Joke aufzuheitern, aber ich höre kaum hin. Im Moment kann ich mich auf gar nichts konzentrieren. In den Social Media sind meine Feeds voller Menschen auf Weihnachtsmärkten und Ähnlichem. Lydia schickt mir ein Bild vom Savannah Theatre. Dort läuft die alljährliche Weihnachtsaufführung. Früher waren wir beide jedes Jahr dort.

Ich glaube nicht, dass das Weihnachtskonzert in Illumen Hall damit mithalten kann, doch das stört mich nicht. Das Leben, das ich früher gelebt habe, kommt mir inzwischen schon geradezu seltsam weit weg vor. Fast macht es mir Angst, wie schnell ich mich weiterentwickelt habe.

Alicia kann das nicht mehr.

Lola kann das nicht mehr.

Clover kann das nicht mehr.

Vielleicht habe ich deshalb das Gefühl, es tun zu müssen. Einfach weil ich das Privileg genieße, am Leben zu sein.

In diesem Moment steckt Araminta den Kopf zur Tür herein und blickt sich suchend um. Dabei sieht sie total panisch aus und ist auch schon wieder verschwunden.

Ich springe auf. »Warte! Minty?« Schnell schnappe ich meine Sachen und renne ihr nach. »Araminta? Alles okay?«

»Was interessiert dich das?«, fragt sie über ihre Schulter hinweg.

»Hör zu, es tut mir leid, dass ich dich letztens im Stich gelassen habe. Da kam dieser wirklich wichtige Anruf und dann war ich so beschäftigt mit …«

»Mit Ivy. Ich habe gesehen, dass ihr beiden euch wieder vertragen habt.«

»Ja.«

»Tja, das freut mich für dich. Aber ich habe heute eine Million Sachen zu tun und dann das Konzert am Abend – ich habe jetzt echt keine Zeit zum Plaudern.«

»Minty, bitte.«

Ich bin inzwischen gar nicht mehr überzeugt davon, dass sie eine hochgradig Verdächtige ist; in Wirklichkeit ist sie doch nur ein weiteres von Mr Willis' Opfern. Sie mag ihre Schwächen haben, aber sie ist keine Mörderin.

»Ich habe über deinen Auftritt nachgedacht, und ich glaube, dein Kostüm passt nicht. Ich habe noch eins von meinen alten Outfits im Schrank. Ich weiß, das klingt verrückt, aber es war eins meiner Lieblingskostüme. Ich habe es bei meiner letzten Aufführung in den USA getragen und wollte es nicht irgendwo einlagern … Eine unglaublich begabte Kostümbildnerin hat es genäht und herrliche alte Spitze verwendet. Aber wie auch immer, es wäre jedenfalls perfekt für deine Rolle als Christine, und ich hätte gerne, dass du es nimmst. Warum kommst du nicht mit und probierst es?«

»Dein Ernst? Ich hatte ja nicht die Zeit, mir das Kostüm zu besorgen, das ich eigentlich wollte …«

»Verstehe.«

Sie schaut kurz auf ihr Handy, überlegt, dann nickt sie. »Machen wir das.«

»Und wie läuft es sonst?«

»Ach, es ist superviel. Es muss nämlich das beste Weihnachtskonzert aller Zeiten werden. Mrs Abbott hat mir die komplette Verantwortung dafür aufgebürdet.« Zweifelnd sieht sie mich von der Seite an. »Du weißt schon: damit es umwerfend wird. Vor allem, weil es ja das letzte überhaupt sein wird.«

»Hoffentlich hilft dir das neue Kostüm. Du wirst aus allen anderen herausstechen. Und zu Recht, denn es ist schließlich dein Solo.«

Als wir in unser Zimmer kommen, hole ich gleich das Kleid aus dem Schrank. Es steckt immer noch in einer Plastikhülle. Als ich die herunterziehe, schnappt Araminta nach Luft und schlüpft sogleich hinein. Es ist ein wunderschönes Kleid – elfenbeinfarben, bodenlang, romantisch, mit Spitze und perlenbestickt. Damit wird sie wirklich auffallen. Es ist so viel besser als das billige, beinah armselige Kostüm, das sie eigentlich anziehen wollte. Dieses gleiche langweilige weiße Hängerkleid wie die Tänzerinnen im Hintergrund.

»Ach, Audrey, es wäre so viel besser, wenn du mit mir auf der Bühne wärst. Du kennst doch die Choreo und kannst mein altes Kostüm anziehen. Neben Bonnie wärst du perfekt. Bitte, sag ja – du würdest das Ganze so viel besser machen.«

Ich streiche mit den Fingern über den Stoff und erinnere mich daran, wie es war, auf der Bühne zu stehen. Vielleicht wäre das tatsächlich eine gute Idee. Ein bisschen Ablenkung von dem Magpie-Drama. Besser, als im Publikum zu sitzen, auf jeden Fall.

»Wenigstens wird es nicht wieder diesen schrecklichen Flashmob mit Leuten in Vogelkostümen geben. Dafür habe ich gesorgt.«

»Das hast du?«, frage ich.

»Ja. Es hat sich rausgestellt, dass das ein paar Schüler von der Winferne Comprehensive waren. Du weißt schon, von der hiesigen Schule. Ich hasse es, dass ich da hingehen soll – die sind alle gemein. Offenbar hat ihnen jemand eine Menge Geld bezahlt, damit sie diese Kostüme anzogen und die Party störten. Jemand aus einer Gruppe, die als *Die Magpies* unterschrieben hat. Wahrscheinlich die gleichen Leute wie bei dem Flugblatt. Wie lächerlich ist das denn?«

Ich runzele die Stirn. »Total.«

»Ach, Audrey, dieses Kleid ist einfach perfekt. Ich danke dir. Weißt du, als du bei der Probe abgehauen bist, da dachte ich wirklich, du würdest mich hängen lassen … Ich bin froh, dass du immer noch für mich da bist.«

»Natürlich lasse ich dich nicht hängen. Ich werde da sein. Das würde ich mir doch nicht entgehen lassen.« Ich sehe Araminta an, die sich im Spiegel bewundert. »Trittst du heute für jemand Bestimmten auf?«, frage ich.

»Vielleicht …«

»Weißt du, ich kann es einfach nicht länger für mich behalten. Araminta, Mr Willis ist ein totaler Widerling. Du solltest nichts mit ihm zu tun haben. Du hast was so viel Besseres verdient als irgendeinen abartigen Lehrer. Auch wenn er mal im Fernsehen war! Offensichtlich fand man ihn dort ja nicht gut genug, um ihn noch mal einzuladen. Du verdienst was Besseres.«

Araminta lächelt mich listig an. »Krieg dich wieder ein!«

»Was?«

»Ich hab ihm das schon gesagt. Gestern Abend. Da habe ich mit ihm Schluss gemacht.«

»Oh mein Gott, wirklich? Und was hat er gesagt?«

Sie setzt sich neben mich auf mein Bett. »Er war ziemlich angepisst. Fragte immer wieder, warum, warum, warum. Meinte, er wollte doch gerade mit einer Verlobten Schluss machen, damit wir nach der Schule zusammen sein könnten, bla, bla. Erst da wurde mir klar, wie ernst es ihm war. Ich meine, ich war in ihn verknallt, aber trotzdem – er ist mein Boyfriend am Gymnasium. Dachte er echt, wir würden zusammenbleiben, wenn ich nach Cambridge gehe? Eklig. Da will ich mich ausprobieren und meine Freiheit genießen.«

»Daran hat er wahrscheinlich nie gedacht.«

»Kein bisschen.« Sie rollt mit den Augen. »Deshalb musste ich die Sache auch beenden. Er war so sauer, ist ausgeflippt und hat gemeint, ich könnte ihn ruinieren. Er hätte doch sowieso schon so viel dafür getan, dass wir unsere Beziehung nach meinen Schulabschluss fortsetzen können.«

»Hat er das?« Ich ziehe eine Augenbraue hoch. »Fühltest du dich von ihm bedroht?«

»Oh nein, das nicht. Wenn hier jemand gedroht hat, dann ich. Mal im Ernst, ich *könnte* ihn ruinieren. Also habe ich ihm erklärt, wenn er sich nicht einkriegt, gehe ich zu Mrs Abbott und sage ihr alles. Da ließ er mich endlich gehen. So viel zu fürchterlichen Trennungen. Man hätte meinen können, ich würde ihn mit dem Tod bedrohen oder so was.«

»Was für ein Loser«, sage ich, bin aber mit den Gedanken woanders. Ob Mr Willis wirklich etwas an Minty lag? Oder war sie für ihn nur eine willkommene Abwechslung?

»Das kannst du laut sagen. Aber wenigstens kann ich jetzt den Rest des Schuljahrs genießen.« Sie wirft ihre Haare zurück – und dann schaut sie auf ihre Armbanduhr. »Oh mein Gott. Wir beeilen uns besser. Für Haare und Make-up brauchen wir mindestens eine Stunde.« Sie legt das Kleid sorgsam über ihren Arm.

»Dann lass uns gehen.«

41

IVY

Die Aula sieht absolut atemberaubend aus. An den Wänden brennen lange, schmale Kerzen in hohen, eleganten Kerzenleuchtern, Lichterketten sind in jedem nur möglichen Winkel drapiert und riesige Girlanden aus frischem Grün rahmen die Fenster ein. Auf der rechten Seite steht wie immer eine fünf Meter hohe, geschmückte Nordmanntanne mit Baumschmuck, der älter ist als Mrs Abbott. Es versetzt mir einen Stich ins Herz, dass dies das letzte Mal sein könnte, dass ich den Baum und seine antiken Glaskugeln sehe. Wo die wohl landen werden, wenn die Schule verkauft wird?

Es ist dumm, sich darüber Sorgen zu machen, aber in diesem Augenblick bin ich darüber, dass die Weihnachtsdekoration heimatlos wird, genauso traurig wie über mein eigenes Schicksal.

Draußen ist es jetzt so früh dunkel, dass das Licht im Saal ausschließlich von den unzähligen Kerzen und Hunderten von winzigen Glühbirnen an der Decke stammt. Das fühlt sich sehr warm und gemütlich an. Der Abend des Weihnachtskonzerts ist normalerweise einer meiner Lieblingsabende in der Weihnachtszeit. Das einzige Fest im Jahr, das mich wirklich in Weihnachtsstimmung versetzt und nostalgisch stimmt.

Ich stehe hinter der Bühne und beobachte, wie sich die Plätze mit Familienangehörigen und Geschäftsleuten in Anzügen und bodenlangen Kleidern füllen, die beim Betreten der Aula eine Champagnerflöte entgegennehmen und von den Siebtklässlern zu ihren Stühlen geführt werden.

Das Stimmengewirr im Saal hilft, die Angst zu übertönen, mit meiner Komposition als Erste dran zu sein – und die Tatsache, dass ich noch keinen Beweis dafür gefunden habe, dass Mr Willis etwas mit Lolas Tod zu tun hat. Den ganzen Tag habe ich versucht, diesen Gedanken zu verdrängen, aber ich habe den Eindruck, die Uhr tickt. Vor allem jetzt, wo ich in einen Raum sehe, in dem alle Investoren anwesend sind, die auf der Liste stehen.

Ein schreckliches Gefühl beschleicht mich, als würden die Wände auf mich zukommen, als gäbe es hier plötzlich keinen Sauerstoff mehr – als würden alle Lichter verlöschen und die Champagnerflöten zerspringen.

Uns läuft echt die Zeit davon, Mr Willis verhaften zu lassen. Und das Frustrierendste daran ist, dass es mir vorkommt, als wären wir ganz dicht davor.

Ich trete vom Vorhang zurück und bemerke, dass es hinter der Bühne richtig voll geworden ist. Die Schülerinnen und Schüler gehen auf und ab, einige atmen in Papiertüten oder sitzen mit dem Kopf zwischen den Beinen da – offenbar treten sie zum ersten Mal bei einem Konzert auf. Und selbst nach all der Zeit kämpfe auch ich immer noch mit dem gleichen Gefühl – den Abend zu eröffnen, ist eine große Sache, die viele Schüler gerne übernehmen würden. Ich weiß nicht, wie ich den Auftritt meines Lebens hinlegen soll, wenn mich nichts anderes beschäftigt, als nicht zu wissen, wo ich nächstes Jahr um diese Zeit sein werde, falls ich das hier verhaue.

Ich gehe zu einem der Spiegel, um mein Aussehen zu checken. Mein Haar hat einen Seitenscheitel und ist am Hinterkopf zu einem eleganten Chignon zurückgekämmt. Mein Kleid ist bodenlang, aus silberfarbener Seide mit einem Schlitz bis zur Mitte des Oberschenkels, und die Ballonärmel reichen bis zur Taille. Ich habe es schon eine Weile, wusste aber nie, wann ich es tragen sollte – es passt einfach nicht richtig zu mir. Ich streiche über den Bauch und die Hüften und staune, wie sich der Stoff anschmiegt und meinem Körper Kurven verleiht. Ich nehme den pfirsichfarbenen Lipgloss und trage ein wenig mehr davon auf. Ich glaube, ich bin so weit ... bin ich so weit? Meine Hände zittern.

Der Saal füllt sich immer noch, also ziehe ich mich in eine ruhige Ecke hinter der Bühne zurück, um mich ein wenig zu sortieren und noch einmal die Noten anzuschauen. Nachdem ich das Ganze mehrere Male sehr schnell durchgegangen bin, wandern die Gedanken wieder zu Mr Willis. Da sind im Lauf der Zeit so viele Fragezeichen über den Köpfen der Leute aufgetaucht, so viele Handlungen, die für niemand einen Sinn ergeben. Niemand blickt mehr durch. Teddy und das Boot. Araminta und ihre Eifersucht. Mr Wagner und der Ohrring. Das ist wohl ein sehr deutliches Zeichen dafür, dass Audrey und ich keine Detektivinnen sind. Aber alles, was ich will, ist, dass Mr Willis hinter Gitter kommt. Dann wird Patrick seine Eltern überzeugen, die Schule nicht zu verkaufen, und Lola kann endlich Gerechtigkeit zuteilwerden.

Ich schaue nach unten und bemerke, dass mein Bein unkontrolliert zittert, also lege ich fest die Hand darauf, um das Zittern zu stoppen. Plötzlich wird mir bewusst, dass Audrey und ich leichte Beute sein könnten. Meine Hände sind feucht, also wedele ich mit ihnen in der Luft herum, um sie zu trocknen, denn ich möchte sie nicht an dem Seidenkleid abwischen. In dem Moment höre ich auf der Bühne das Knistern des Mikrofons und die Stimme eines Lehrers. Mr Willis sollte zum Konzert begrüßen – aber das klingt definitiv nicht nach ihm. Ich meine, ich bin froh, dass nicht ausgerechnet er mich auf die Bühne ruft, aber wenn er nicht da ist …

Wo ist er?

Mrs Trigg, eine der Musiklehrerinnen, kommt zu mir und tippt mir auf die Schulter. »Ivy? Bist du bereit?«

»Natürlich bin ich bereit!«, blaffe ich.

Mrs Trigg weicht zurück.

Ich trete an den Seitenrand der Bühne und schaue hinter dem Vorhang hervor, während einer der Lehrer darüber spricht, wie wichtig das Konzert ist und wie toll wir Schüler sind. Ich erkenne Audreys Dad und die Frau neben ihm muss ihre Mum sein. Sie sitzen bei den Radcliffes, alle lächeln und lachen zusammen und stoßen gut gelaunt mit den Champagnerflöten an. Patrick ist natürlich nicht da. Ich stelle mir vor, wie er einsam in dem Bed & Breakfast hockt, an dem kleinen Tisch, mit seinem ungewaschenen Haar und Gesicht. Die vier Erwachsenen wirken viel zu glücklich, fast so, als würden sie etwas feiern. Was, wenn es bereits zu spät ist?

Mir wird ganz flau im Magen, und ich spüre, wie ich rot werde. Wenn bloß diese Champagnerflöten in ihren Händen zerbrechen würden. So wie meine Welt, die sie mit ihrer Gier zerstören wollen. Ich will doch nur an dem einen Ort bleiben, der mich tatsächlich so akzeptiert, wie ich bin.

Nein, es ist mehr als das. Es ist der einzige Ort auf der ganzen Welt, der mir erlaubt hat, mein volles Potenzial auszuschöpfen. Und diese Möglichkeit soll mir nun genommen werden.

42

AUDREY

Hinter der Bühne herrscht Gedränge. Vor allem vor den Spiegeln. Puder und Haarspray hängen in der Luft. Bonnie ist damit fertig, meine Locken auszukämmen. Eine springt mir bis zum Kinn hinunter. Als Nächstes wird daraus ein Bun frisiert, aber im Moment fallen mir die Haare noch über die Schultern.

Araminta hat entschieden, ihre ursprünglich geplante Frisur und das Make-up zu verwerfen. Eigentlich wollte sie so aussehen wie ich jetzt, die blonden Haare zu einem Bun frisiert, aber jetzt lässt sie sie doch offen über ihren Rücken fallen. Sie sieht absolut hinreißend aus, wie sie so in meinem alten Kleid neben mir sitzt. Ich trage ihr schlichtes Kostüm und bin doch eine Spur traurig darüber, auf der Bühne nicht im Mittelpunkt zu stehen. Aber dann gebe ich mir einen Ruck. Nein, im Hintergrund zu bleiben, ist gerade genau richtig für mich.

»Oh mein Gott. Ich bin so nervös. Hörst du die Leute da draußen?«

Die Geräusche des Publikums sind in der letzten halben Stunde immer lauter geworden. Jetzt ist Mrs Abbotts Stimme über das Gemurmel hinweg zu hören.

»Hey, ich geh besser mal, Ivy viel Glück wünschen.«

Araminta packt mich am Handgelenk. »Bitte, bitte, komm nicht zu spät zurück.«

»Werde ich nicht. Versprochen. Den Vorhang verpasse ich nie – keine Sorge. Da bin ich Profi.«

»Gut.«

Ich schiebe mich an ein paar aus der Siebten vorbei, die lange weiße Gewänder tragen, als wären sie Mönche bei einer Weihnachtsmesse. Aus jeder Jahrgangsstufe gibt es Leute, die etwas Beeindruckendes vortragen werden. Ein Lehrer, den ich nicht kenne, zischt Anweisungen. Ich halte die Augen nach Mr Willis offen, kann ihn aber nirgends sehen. Ich hoffe sehr, dass er Ivy nicht nervt.

Apropos, auch sie kann ich nirgends entdecken.

Als ich um die Ecke biege, finde ich sie endlich – unbemerkt späht sie in den Zuschauerraum. In ihrem langen silbernen Kleid sieht sie aus wie ein Star. Sie trommelt mit den Fingerspitzen gegen ihren Oberschenkel.

»Hey! Da bist du ja«, sage ich.

Sie fährt herum, als hätte ich sie aus einer Trance gerissen. »Oh, hey, Audrey. Wie läuft's?« Als sie mein Outfit sieht, runzelt sie die Stirn. »Trittst du auch auf? Oder ist Araminta was zugestoßen?«

»Oh nein, nichts in der Richtung. Sie hat mich nur gebeten, eine ihrer Background-Tänzerinnen zu sein, weil ich die Choreo und alles ja kenne. Ich trage ihr Kostüm, weil ich ihr eins geborgt habe, das ich noch von einem Auftritt in Savannah hatte … und ich dachte, das sähe einfach besser aus.«

»Oh, das ist nett von dir. Du siehst in ihrem aber auch gut aus.«

»Danke. Und du siehst fantastisch aus. Vielleicht ein bisschen nervös …«

»Ist das so offensichtlich?«

»Ja, aber das brauchst du nicht sein. Ich habe dich gehört –

du bist brillant. Jede Schule mit Musikschwerpunkt kann sich extrem glücklich schätzen, dich zu bekommen.«

»Danke dir.«

»Und was ist mit Mr Willis passiert?«

»Wie meinst du das?«

»Na ja, er ist nicht hier. Er wurde durch eine gereizte Dame ersetzt, die in Polaris House immer die Schüler anschreit. Ich weiß nicht, wer sie ist, weil ich keinen Kurs habe, den sie unterrichtet.«

»Miss Chigwell? Das ist seltsam. Das hier war Mr Willis' Herzensprojekt. Ich frage mich, wo er steckt. Oh mein Gott, vielleicht wurde er verhaftet! Sollen wir Detective Shing anrufen?«

»Nein«, sage ich entschieden und fasse sie bei den Schultern. »Du hast ein Stück, auf das du dich konzentrieren musst. Mach das. Hau alle um. Wahrscheinlich schmollt er nur, weil Minty mit ihm Schluss gemacht hat.«

»Hat sie?« Ivy schnappt nach Luft. »Ich wette, dass ihn das nicht freut. Und okay, ich werde mich auf den Auftritt konzentrieren. Aber nach dem Konzert … da finden wir heraus, was passiert ist, ja?«

»Definitiv.«

»Okay. Danke, Audrey. Ich gehe dann mal besser. Ich bin bald dran. Hoffentlich haben sie den Flügel noch mal nachstimmen lassen – gestern klang er furchtbar.«

»Für mich klang er ziemlich gut. Hals- und Beinbruch. Aber nicht, du weißt schon …«

»Ich weiß. Dir auch.«

Ich stürze mich wieder ins Gedränge. Inzwischen bin ich tatsächlich schon ein bisschen spät dran – meine Frisur ist noch nicht ganz fertig und ich muss die Schuhe noch wechseln. Doch es ist dermaßen voll, dass ich einfach nicht auf die andere Seite der Bühne komme. Mist, dann muss ich eben einen Weg außen herum finden.

Ich mache kehrt, raus Richtung Flur, wo es herrlich leer ist. Inzwischen fühle ich mich in Illumen Hall so viel wohler. Als wäre es mein zweites Zuhause. Ich kenne alle Flure. Die Abkürzungen. Verdammt, ich kenne sogar die unterirdischen Verbindungsgänge! Ich weiß, was mich erwartet, wenn ich aus den Fenstern blicke, und ich freue mich, dort den Wechsel der Jahreszeiten zu sehen. Oder die Elster-Familien. Und vielleicht einen Blick aufs Meer zu erhaschen, wenn es nicht unter einer grauen Decke versteckt ist. Ich kann mir vorstellen, dass Ivy und ich im Sommer am Strand spazieren gehen. Vielleicht um neue Muscheln für die Grotte zu suchen. Ich bleibe vor einem Fenster stehen und schaue hinaus. Zuerst begreife ich gar nicht, was ich sehe. Und dann kapiere ich es.

Es hat zu schneien begonnen. Weiche Flocken fallen vom Himmel.

Das ist so wunderschön. So friedlich. Das Schulgelände hat noch nie so ruhig ausgesehen.

Ich greife nach meinem Handy, um ein Foto zu machen. Nein, ein Selfie wäre noch besser. Also drehe ich die Kamera herum.

Und da sehe ich ihn auf mich zukommen.

Alles wird schwarz.

43

IVY

Mrs Abbott hat ihre Eröffnungsrede für das Weihnachtskonzert fast beendet und es ist gleich Zeit für meinen Auftritt.

»Dank der aufregenden neuen Expansionspläne, die sich am Horizont abzeichnen, ist es mir eine besondere Ehre, Sie alle in dieses nächste Abenteuer von Illumen Hall mitzunehmen.« Bei Mrs Abbotts Vorfreude muss ich mich beinahe übergeben.

»Diese Mauern haben Schülerinnen und Schülern viele Jahrhunderte lang sehr gute Dienste geleistet, aber ich denke, wir sind einer Meinung, dass nun Zeit für eine Wiedergeburt ist. Bevor das heutige Festprogramm beginnt, möchte ich, dass wir alle die Investoren, die heute Abend hier sind, sehr herzlich und freundlich willkommen heißen.«

Der Saal bricht in Jubel aus, das Klirren von Gläsern ertönt und das Gejohle von ein paar rotgesichtigen, verschwitzten Männern in Anzügen im hinteren Bereich des Saals ist zu hören.

Ich atme ein paar Mal tief durch und versuche, mich zu beruhigen. Audrey hat recht: Ich darf nicht an die Zukunft denken und nicht an Dinge, die sich meiner Kontrolle entziehen. Ich muss die Augen schließen und mir die Tasten und die Noten vorstellen, die ich gleich spielen werde.

Ich habe so schwer an diesem Stück gearbeitet – noch nie habe ich so etwas Kompliziertes komponiert –, und ich möchte, dass es das Publikum umhaut. Wenn es gut läuft und jemand von einer künftigen Musikhochschule, Universität oder einem Musiklabel hier ist, muss ich einen guten Eindruck hinterlassen. Ich werde mein ganzes Herz hineinlegen und mit allem, was in mir ist, in die Tasten hauen, und mir vorstellen, dass es Mr Willis, die Wagners, Mrs Abbott und die Radcliffes sind, die ich da bearbeite.

In dem Moment bin ich sehr dankbar für alles, was Illumen Hall mir gegeben hat. Die Schule hat mich beherbergt, sie hat mir Bildung gegeben, sie hat mich buchstäblich von Grund auf wachsen lassen. Ich schaue mich noch einmal im Saal um und versuche, jedes Quäntchen seiner Schönheit in mich aufzunehmen.

Aber genau in dem Augenblick, als Mrs Abbott mich vorstellen will, läutet mein Handy. Es steckt in meiner Tasche, die auf dem Boden steht, aber die Vibration wandert trotzdem meine Beine hinauf. Ich ignoriere es. Es läutet wieder. Wer könnte mich denn jetzt anrufen? Alle, die ich kenne, sind hier. Vielleicht Detective Shing? Ich greife nach unten und schaue schnell nach. Ed. Fünf verpasste Anrufe und sechs Textnachrichten von ihm. Irgendetwas schreit hier Notfall. Ed ruft mich nie an. Ich öffne die neueste Textnachricht.

Ruf mich sofort an.

Ed, ich kann nicht.

Ich muss auf die Bühne.

Er antwortet sofort, Mrs Abbott ruft gerade meinen Namen auf.

»Mit ihrer außergewöhnlichen Komposition für Klavier –

My Home is my Heart – Ladies and Gentlemen: Ivy Moore-Zhang!«

Das Publikum klatscht und wartet darauf, dass ich die Bühne betrete.

ES GEHT UM AUDREY. SIE IST IN
GEFAHR. DU MUSST MICH ANRUFEN.
ES IST ERNST.

Wieder wird mir ganz flau und am liebsten möchte ich das Handy wie ein heißes Kohlenstück fallen lassen. Ich höre, wie das Publikum weiter für mich klatscht. Was soll ich tun? Ich habe nur Millisekunden, um eine Entscheidung zu treffen. Trete für meine Zukunft auf oder gehe ich Ed und Audrey suchen?

Sie war doch eben noch hier, vor wenigen Momenten. Was könnte in diesen paar Minuten passiert sein? Ich schaue durch den Spalt im Vorhang ins Publikum, dann wieder auf Eds Nachrichten.

Ich höre, wie Mrs Abbott einen Scherz über das Lampenfieber beim ersten Auftritt macht und mich noch einmal ankündigt.

»Ivy Moore-Zhang, Ladies and Gentlemen …«

Der Applaus beginnt erneut, diesmal sind jedoch ein paar Lacher zu hören.

Es ist klar, was ich zu tun habe. Ich habe keine andere Wahl, als zu gehen und herauszufinden, was mit Audrey los ist. Also schnappe ich mir meine Tasche und renne nach hinten, vorbei an Miss Chigwell, die mich anschreit, und Mitschülern, die mir aufgeregt rufend hinterherlaufen. Ich schaue nicht mal zurück.

»IVY! WAS MACHST DU DENN? Was ist los?«, ruft Miss Chigwell. Ich will nicht, dass sie mir folgt, also lüge ich.

»Ich muss mich übergeben, Miss Chigwell.« Ihre Hand fliegt zum Mund und sie eilt Richtung Bühne zurück, um Mrs Abbott zu informieren.

Als ich auf den leeren Flur hinausrase, höre ich durch die geschlossenen Türen, wie der Chor in der Aula zu singen beginnt. Es ist dunkel, aber ich bemerke auf dem Boden dennoch ein abgerissenes Stück Stoff von Audreys Kostüm. Was zum Teufel ist passiert? Ich halte den Stofffetzen in der Hand und schließe die Augen. *Wo bist du, Audrey?*

Ich rufe Ed an. Er antwortet sofort.

»Ivy?«

»Ed?«

»Es geht um Audrey. Ich habe gesehen, wie Mr Willis sie in sein Auto gezerrt hat!«

»OH MEIN GOTT! Wo ist er hin?«

»Keine Ahnung – er ist vom Schulgelände gefahren.«

»Ich schaue in der App nach, ob ich Audreys Standort sehen kann.«

Ich beende den Anruf und überprüfe sofort, ob meine Freundefinden-App anzeigen kann, wo Audrey ist. Ich hatte sie zuletzt blockiert, aber sobald ich die Blockierung aufhebe, wird sie sichtbar.

Ich öffne die App und warte, bis sie geladen ist. Das Internetsignal ist hier unten echt mies, da die Wände so dick sind. Die Anzeige auf dem Handy dreht und dreht sich und jede Sekunde fühlt sich an wie eine Minute. Ich atme heftig und mein Gesicht ist irgendwie taub. Wie konnte ich das nur geschehen lassen? Wie konnte Audrey backstage entführt werden? Mir war klar, dass die Schule als gefährlich gilt, denn hier ist ein unaufgeklärter Mord geschehen, hier sind so viele egoistische, unberechenbare Menschen – aber dass das bei der trubeligsten Veranstaltung des Jahres passiert! Hier sind überall Leute! Endlich lädt die App und ich kann Audreys Standort sehen. Er bewegt sich, und ich weiß sofort genau, wo Mr Willis Audrey hinbringt.

Also werfe ich mein Handy in die Tasche und renne los.

44

AUDREY

Als ich wieder zu mir komme, dröhnt mein Kopf und es ist immer noch alles dunkel. Ich strampele mit den Beinen und stoße mir die Schienbeine am Handschuhfach eines Autos.

»Lass das, Minty – sei still!«

Ich schreie und strampele wieder. Dann spüre ich eine feuchte Hand auf meinem Mund. »Scht, bitte. Lass mich in Ruhe fahren.«

Sobald die Hand weg ist, schreie ich weiter.

»Was zum Teufel ist dein Problem?«, sagt eine Männerstimme. Sie klingt panisch. »Ich bin das nur. Wir müssen reden.«

Es gelingt mir, zu sprechen: »Lassen Sie mich in Ruhe! Was zur Hölle soll das?«

Er klingt noch nervöser. »Shit! Du bist gar nicht Araminta …«

»Nein!«, kreische ich. »Ich bin verdammt noch mal nicht Araminta. Was zur Hölle soll das?« Ich versuche, den Stoff von meinem Kopf zu ziehen – es muss so was wie ein Sack sein –, aber meine Hände sind gefesselt. Über meinem Oberkörper verläuft auch irgendwas. Wahrscheinlich der Sicherheitsgurt.

»Shit, shit, shit, shit«, wiederholt er.

Langsam dämmert es mir, und ich beginne, eins und eins zusammenzuzählen. Ich hatte am Fenster gestanden. Auf dem

Weg zur anderen Seite der Bühne. Da sah ich Mr Willis im Bild meiner Handykamera.

Er packte mich, warf mir irgendwas über den Kopf. Als ich dann versuchte, ihn abzuschütteln, muss ich mit dem Kopf gegen die steinerne Fensterbank geschlagen haben.

Es ist das Letzte, woran ich mich erinnere.

»Mr Willis? Ich weiß, dass Sie das sind. Bitte nehmen Sie das Ding von meinem Kopf. Lassen Sie uns reden. Na los.«

Ich fliege gegen die Tür, als Mr Willis das Steuer herumreißt. Er ist in Panik. Die Reifen quietschen auf dem Asphalt, und in meiner Magengrube spüre ich, wie das Fahrzeug beschleunigt. Er ist dabei, die Kontrolle zu verlieren.

Ich verliere die Kontrolle. Panik steigt in mir hoch. Ich hole tief Luft. Irgendwas muss ich tun – sonst sind wir am Ende beide tot.

»Bitte, Mr Willis«, sage ich, bemüht, das Zittern in meiner Stimme zu unterdrücken. »Harry. Harry stimmt doch, nicht wahr? Kommen Sie schon. Drehen Sie einfach um und fahren Sie zur Schule zurück. Ich weiß, was zwischen Ihnen und Araminta passiert ist. Sie hat mit Ihnen Schluss gemacht, stimmt's? Das tut mir echt leid. Aber Sie müssen mich da nicht mit reinziehen.«

»Du steckst schon mittendrin«, murmelt er. »Du sitzt in meinem verdammten Wagen!«

Ich versuche, noch etwas zu sagen, aber er redet schon weiter.

»Nein, lass das. Wir sind fast da. Und ich werde mir was überlegen.«

Er wird nicht auf mich hören. Das ist mir jetzt klar. Ich versuche, den Sack von meinem Kopf zu streifen. Irgendwie schaffe ich es, dass der Stoff am Rand der Kopfstütze hängen bleibt.

Dann bewege ich den Kopf so auf und ab, dass ich den Sack bis zur Unterlippe hochschieben kann.

»Hey, hey, was treibst du denn da?«, fragt er. Aber weil ich den Kopf von ihm weggedreht habe, kann er nichts dagegen tun. Ich winde mich, so gut ich kann, obwohl meine Hände auf Hüfthöhe gefesselt sind.

Als ich den Stoff endlich über den Lippen habe, kann ich den Sack mit dem Mund weiter raufschieben. Als Nächstes bekomme ich die Nase frei, und dann gelingt es mir, den Sack ganz vom Kopf zu streifen. Endlich habe ich das Gesicht frei, hole tief Luft und blinzele rasch, um mich an die Lichter zu gewöhnen.

Schließlich drehe ich mich unter dem Sicherheitsgurt, bis ich ihm ins Gesicht sehen kann.

»Sehen Sie mich an«, sage ich und bemühe mich, so ruhig wie möglich zu sprechen. »Lassen Sie uns zur Schule zurückfahren. Ich sollte jetzt auf der Bühne stehen ... ich meine, oh Gott.«

Ich trage noch das Kostüm. Der Saum des Kleids ist hochgerutscht. Da bemerke ich die Blutflecken auf dem teilweise zerrissenen Stoff. Das ist mein Blut. Mir wird schlecht. Schmerz trifft mich, als würde ich von einem Lkw überfahren. Anscheinend hat mein Körper bisher auf Fliehen oder Kämpfen umgeschaltet, sodass ich die Wunde an meinem Kopf erst jetzt spüre.

Tränen schießen mir in die Augen. Ich bin kein besonders starker Mensch und das ist zu viel für mich. Ich habe keine Ahnung, was Mr Willis vorhat. Ich habe ihn erkannt. Und ich weiß von seinem Verhältnis mit Araminta.

Oh mein Gott, ich bin Lola.

»Bitte, bitte, lassen Sie mich gehen. Ich werde keinem was

sagen, versprochen. Ich will nur zurück in die Schule. Zu meinen Freunden.«

Der Wagen biegt auf eine dunkle Straße ohne Laternen ab, deshalb ist schwer zu erkennen, wohin wir fahren. Im Scheinwerferlicht kann ich im Vorbeirasen ein Schild entziffern. WINFERNE KÜSTENWEG.

Shit. Er bringt mich zu den Klippen.

»Wohin fahren wir?«, frage ich, in dem Versuch, ihn zum Reden zu bringen.

»Ich werde meinen Job verlieren – ich werde alles verlieren. Dabei wollte ich doch nur mit Araminta reden. Damit sie es begreift. Und jetzt habe ich *dich* am Hals.«

Seine Augen suchen den Rand der Straße ab, als mache er sich Sorgen, etwas könnte auf die Fahrbahn springen. Doch es gibt kein Wild oder sonst was hier. Er versucht wohl, einen Plan zu fassen.

Er überlegt, was er mit mir machen soll.

»Genau, wie Sie es mit Lola gemacht haben, stimmt's?«

»Was? Wovon redest du?«

»Sie haben auch Lola hergebracht, oder? Sie haben sie zu den Klippen gefahren.«

»Sie hat mich *gebeten*, sie an dem Abend herzufahren. Sie war so wütend auf mich, nachdem sie das mit Araminta rausgekriegt hatte. Ich glaube, Minty hat das Foto extra rumliegen lassen, um sie zu ärgern oder so. Ich habe ja keine Ahnung, was ihr Kids einander antut.«

»Kids? Entschuldigen Sie mal, aber Sie sind doch derjenige, der anscheinend nicht die Finger von uns lassen kann.«

»Das weiß ich, schon gut! Es ist doch nicht meine Schuld. Man kann einfach nichts dafür, in wen man sich verliebt.«

Er biegt auf einen Parkplatz, der sich auf einer Wiese befindet. Es schneit weiter und der Schnee bleibt sogar liegen. Mr Willis öffnet seinen Sicherheitsgurt und steigt aus.

»Warten Sie! Wo wollen Sie hin?«, rufe ich.

Er stürmt auf meine Seite des Wagens und reißt die Tür auf. Als er sich über mich beugt, um den Gurt zu öffnen, schreie ich. Aber meine Hände sind immer noch mit einem Gürtel oder etwas Ähnlichem gefesselt. Der scheint aus dickem Leder zu sein. Unmöglich, da rauszukommen. Ich kämpfe trotzdem weiter, werfe mich herum, versuche, mich loszureißen und meine Finger freizubekommen. Aber er packt mich bei den Schultern und zerrt mich raus.

Die Luft ist eisig und in meinem dünnen Kostüm friere ich schrecklich. Ob aus Furcht oder vor Kälte, jedenfalls beginne ich zu zittern. Mr Willis starrt mich mit wildem Blick an. So hatte er das nicht geplant. Ich bin nicht diejenige, die er entführen wollte.

Und keiner weiß, dass ich hier bin.

Mein Handy fällt mir ein – er muss es irgendwo zurückgelassen haben, denn an meinem Körper ist es nicht. Ich kann niemand um Hilfe rufen und bin ihm total ausgeliefert.

Der Wind frischt auf und bläst unter mein Kleid. Ich überlege, loszurennen, aber er scheint das in meinem Blick zu sehen und packt mich sofort am Arm. Wo sollte ich auch hinrennen? Ich könnte Richtung Klippen stolpern. Doch da ist die Wahrscheinlichkeit größer, dass ich ausrutsche und in den Tod stürze, als Hilfe zu finden. Ich kann mir nicht vorstellen, dass um diese Zeit irgendwer hier oben ist.

Da wir nicht lange gefahren sind, schätze ich, dass wir uns noch in der Nähe der Schule befinden. Aber jetzt werden gerade alle Ivy bei ihrem Auftritt zuhören. Erst mal wird keiner merken, dass ich weg bin. Erst mal wird mich keiner suchen.

Keiner wird mich suchen.

Wenn ich mich aus dieser Lage befreien will, muss ich es selbst tun.

Mit meinen dünnen Ballerinas rutsche ich auf dem Schnee aus. Er ist noch nicht so dicht gefallen, um wirklich hoch zu liegen, aber es genügt, um eisige Pfützen zu kaschieren. Ich falle auf die Knie, und mein Arm wird von Mr Willis nach hinten gezerrt, als er versucht, mich auf den Beinen zu halten. Als ich ihn abschütteln will, lässt er los.

»Was haben Sie vor?«, schreie ich ihn an. »Wollen Sie mich einfach umbringen? So, wie Sie Lola umgebracht haben?«

Er macht ein verblüfftes Gesicht. »Ich hab euch das schon gesagt! Ich hab sie nicht umgebracht. Das hätte ich gar nicht gekonnt. Ich habe sie geliebt.«

»Was ist dann an jenem Abend passiert? Und kommen Sie mir nicht mit irgendwelchem Bullshit, von wegen Sie wären in Paris gewesen. Wir wissen nämlich, dass Sie das nicht waren. Jemand hat sie in Winferne Bay gesehen, als sie angeblich schon auf Reisen waren.«

Ich versuche, gerade zu stehen, während ich das sage, obwohl es mit den Händen hinter dem Rücken schwer ist. Als ich wieder wegrutsche und er sich vorbeugt, um mir zu helfen, reiße ich mich wieder los. Meine Gedanken rasen. Ich überlege, ob ich es zum Auto schaffen und ihm auf diese Weise vielleicht entkommen kann. Aber nur, wenn ich meine Hände freibekomme. Das Hinfallen hatte den Vorteil, dass dadurch die Gürtelschnalle ein Stück verrutscht ist. Jetzt kann ich sie mit den Fingerspitzen berühren. Wenn ich ihn lange genug in ein Gespräch verwickle, schaffe ich es vielleicht, die Schnalle zu lockern und die Fessel abzustreifen. Mr Willis ist schließlich kein kriminelles Supergenie.

Oder wenigstens hoffe ich das.

Während ich mich wieder auf die Beine kämpfe, sagt er: »Wir sind nach Paris gefahren. Nur … erst am nächsten Morgen.«

»Also, was ist dann am Vorabend passiert?«

Er stößt mich brutal vorwärts, sodass ich gezwungen bin, dem Weg zu folgen. Er scheint jetzt irgendein Ziel im Sinn zu haben. Als ich hochschaue, meine ich, die dunkle Silhouette eines Gebäudes vor dem Abendhimmel zu erkennen. Zum Glück ist es noch nicht stockfinster. Ich zerbreche mir den Kopf darüber, was für ein Gebäude das hier bei den Klippen sein kann. Ich habe keine Ahnung und wir laufen weiter. Meine Zehen sind eisig. Am ganzen Körper habe ich Gänsehaut. Fast möchte ich ihn um seine Jacke bitten – wie bescheuert ist das? Seinen Entführer um Hilfe bitten.

Ich wage auch nicht zu schauen, wie gefährlich nah wir uns schon am Rand der Klippe befinden. Ob Mr Willis mich mit einem heftigen Stoß schon ins gleiche nasse Grab wie Lola befördern könnte?

»Sie hatte mich angerufen. Mich gebeten, mit ihr rumzufahren. Dann kamen wir an die Klippen. Auf dem Parkplatz haben wir uns unterhalten, und da hat sie mir gesagt, es wäre aus. Ich habe ihr zugestimmt, dass es so das Beste ist. Dann habe ich sie wieder bei der Schule abgesetzt und bin nach Paris gefahren. Das Nächste, was ich hörte, war, dass sie tot ist!«

»Sie hat Schluss gemacht und damit waren Sie einverstanden? Das soll ich Ihnen glauben?«

»Hör mal gut zu, du kanntest Lola nicht! Als sie sagte, es wäre vorbei, wusste ich, dass ich das akzeptieren musste. Aber ich bin seit damals nie mehr an den Klippen gewesen. Bis heute.«

Er gibt mir wieder einen Stoß und ich stolpere vorwärts. Tränen laufen mir übers Gesicht.

Er wird mich umbringen. Vielleicht erzählt er die Wahrheit über Lola, vielleicht auch nicht. Aber egal, ob er schon mal jemand getötet hat, er wird es jetzt tun.

Wir kommen immer näher an den Klippenrand und weg von dem Gebäude, das ich vorhin zu sehen glaubte. Ich vermute, dass es die Kirchenruine ist – ich erkenne die Umrisse eines zerfallenden Kreuzes. Wäre ich religiös, würde ich jetzt vielleicht beten.

Die Fessel um meine Hände rührt sich nicht und die Kälte raubt mir meine Kraft. Mit jedem Schritt, den wir uns der Abbruchkante nähern, wächst meine Angst. Mein Puls rast, und ich bewege mich immer schwerfälliger, stolpere über meine eigenen Füße. Da braucht Mr Willis mich gar nicht zu stoßen, wahrscheinlich stürze ich ganz von allein ab.

»Audrey, das hier habe ich nie gewollt.« Mr Willis' Stimme klingt wieder sanfter.

Wir hätten ihn hinter Gitter bringen sollen, als wir die Gelegenheit dazu hatten. *Ivy, warum haben wir es nicht getan?*

Ich höre Ivys Antwort in meiner Vorstellung. *Weil wir uns nicht sicher waren.*

Tja, jetzt bin ich mir sicher. Und ich bin mir auch sicher in Bezug darauf, was ich zu tun habe: Es wird entweder er oder ich sein. Ich muss irgendwie dafür sorgen, dass er es ist. Denn ich bin noch nicht bereit zu sterben.

»Du weißt schon zu viel. Es gibt kein Zurück mehr. Selbst wenn ich einfach untertauchen könnte … Dann könnte ich nie mehr wieder auftauchen. Und ich kann kein Leben auf der Flucht führen. Das … das kann ich einfach nicht. Mrs Abbott hat mir versprochen, alles würde in Ordnung kommen, wenn ich nur tun würde, was sie verlangte. Aber über das hier wird sie keine Kontrolle haben.«

Sein Griff um meinen Oberarm wird fester und er stößt mich weiter. Meine Knie geben nach. Instinktiv mache ich mich schwer wie ein nasser Sack, weil es die einzige Gegenwehr ist, die mir einfällt.

Und das ist auch gut, denn irgendetwas fliegt über meinen Kopf und trifft Mr Willis, sodass er nach hinten taumelt.

»Loslassen!«, schreit eine Stimme.

Ich fange an zu schluchzen, weil ich sie erkenne.

Es ist Ivy. Sie ist gekommen, um mich zu retten.

45

IVY

Meine Füße stampfen so hart auf den Boden, dass ich fast springe, und die Tatsache, dass ich auch noch hohe Absätze trage, bringt mich nicht aus der Ruhe, obwohl ich sonst nie Absätze trage und wie Bambi auf Schlittschuhen aussehe, wenn ich mit Heels unterwegs bin. Aber ich weiß, wie man läuft, und es ist, als würden meine Füße die Kontrolle übernehmen.

Draußen ist es absolut eiskalt, aber Adrenalin pumpt durch meinen Körper und unterdrückt den stechenden Schmerz des Schnees auf meiner nackten Haut. Es ist echt dunkel und still, aber ich bin diese Strecke schon so oft gerannt, dass ich weiß, wo ich springen muss, wo ich Bodenwellen aus dem Weg gehen muss und wo ich mich bücken muss, um Ästen auszuweichen. Ich schaue schnell noch einmal in der App nach, und Audrey ist genau da, wo ich es vermutet habe, in der Nähe der verlassenen Kirche oben auf den Klippen. Sie hat jetzt aufgehört, sich zu bewegen. Befindet sie sich schon am Rand der Klippen?

Ich versuche, nicht daran zu denken, oder daran, wer sie dorthin gebracht hat. Der Wind ist in der Nähe der Klippen so stark und bei Schneefall ist die Sicht schlecht. Ein gefährlicher Ort an einem Abend wie diesem. Ich komme gerade noch rechtzeitig, um zwei Menschen zu sehen, die am Rand der Klippe miteinander ringen. Ich höre gedämpftes Wimmern und sehe, dass Audreys Hände hinter ihrem Rücken gefesselt sind.

Ich erkenne seinen Hinterkopf, seine Kleidung, sein geparktes Auto, dessen Scheinwerfer die Szene beleuchten. Es ist tatsächlich Mr Willis.

Bevor ich loslief, um Audrey aufzuspüren, rannte beim Verlassen des Schulgebäudes Teddy panisch auf mich zu. Obwohl ich ihm zurief, ich hätte keine Zeit zum Reden, folgte er mir nach draußen und sagte, wie wütend Mrs Abbott darüber ist, dass ich nicht auftrete.

»Tut mir leid, Teddy, dafür hab ich jetzt keine Zeit. Es ist mir scheißegal, was da los ist. Audrey ist in Schwierigkeiten.« Und damit joggte ich weiter durch den Innenhof.

Teddy lief neben mir her, seine Panik wuchs. »Was meinst du mit: ›Sie steckt in Schwierigkeiten‹?«

»Hör zu, ich muss los. Ruf die Polizei, okay? Sie soll so schnell wie möglich kommen.«

»Was hast du vor, Ivy? Wohin willst du?«

Daraufhin beschleunigte ich mein Tempo, um von Teddy weg und schneller zu Audrey zu kommen.

»Ich glaube, ich weiß, wo sie hingebracht wird. Ich muss da sofort hin, denn ich befürchte, dass sie sonst stirbt. Ich hab dir meinen Live-Standort geschickt – komm da mit der Polizei hin, okay?«

Teddy starrte ungläubig, holte aber sein Telefon heraus, um den Standort-Link zu öffnen.

Ich rannte schneller und schneller, bis ich schließlich sprintete. Ich konnte gerade noch in der Ferne Teddys Stimme hören, als er die Polizei anrief.

»Lassen Sie Audrey los, Harry.«

Als er meine Stimme hört, erschrickt er und wackelt am Klippenrand herum, seine unsicheren Füße lassen Steine und

Geröll ins Meer stürzen. Audrey schreit, und er legt die Hand auf ihren Mund, um den Schrei zu dämpfen. Er sieht mich an, dann macht er einen weiteren Schritt nach vorne.

»Verpiss dich, Ivy. Lass mich in Ruhe!«, ruft er wütend.

»Noch einen Schritt weiter und Sie fallen mit Audrey von der Klippe. Treten Sie sofort zurück! Sie können uns schließlich nicht beide umbringen! Wie wäre es also, wenn Sie Audrey loslassen?«, brülle ich und springe nach vorne, als es so aussieht, als würde er den einen Schritt über die Klippe machen wollen. Mit meinem vollen Körpergewicht reiße ich beide nach hinten und wir landen zu dritt reichlich unsanft auf der Erde. Mein Herz schlägt mir bis zum Hals und mein Brustkorb bebt vor Adrenalin.

Audrey liegt auf der Seite, sie zittert am ganzen Körper und ihre Haut ist unnatürlich blau. Sie schluchzt und sagt immer wieder, wie leid es ihr tut. Schnell knie ich mich neben sie und binde ihre Handgelenke los. Sie sind geprellt und bluten, weil der Lederriemen so eng gebunden war. Sie reibt sich die Hände und zieht die Knie an die Brust. Ich drücke sie an mich und blicke mich dann um, weil ich wissen muss, wohin Mr Willis ist.

Er krabbelt auf allen vieren zu seinem Auto und reibt sich den Kopf. Wahrscheinlich ist er draufgeknallt, als ich sie umgerissen habe. Audrey springt auf, und instinktiv stürmen wir beide zu ihm hin.

In der Ferne höre ich den schwachen Klang von Polizeisirenen. Mr Willis rappelt sich auf und rennt los. Er läuft zur Fahrerseite seines Autos und fummelt am Türgriff herum. Das Blaulicht wird heller, und die Sirenen sind jetzt laut, als drei Polizeiautos in Sicht kommen – Mr Willis verriegelt die Autotüren von innen und startet den Motor, während Audrey und ich an der Beifahrertür zerren. Aber er fährt los, zieht uns ein paar Schritte mit, zwingt uns dann aber loszulassen – gerade rechtzeitig sind die Polizeiwagen zur Stelle.

Einer schneidet Mr Willis den Weg ab, als er beschleunigt, und er kracht in die Beifahrerseite des Polizeifahrzeugs. Audrey und ich klammern uns fest aneinander und starren auf die Szene, die sich gefühlt in Zeitlupe vor unseren Augen abspielt.

Die anderen Polizeiwagen bremsen und ein halbes Dutzend Polizisten umringt Mr Willis' Auto. Ein Beamter kommt sofort mit Decken zu uns und legt sie uns um die Schultern. Es schneit noch immer, jetzt noch heftiger als zuvor, und Audreys Zähne klappern vor Kälte aneinander. Ich halte sie aufrecht, als ihr ganzer Körper wieder zu zittern beginnt. Zwei Polizisten haben ihre Waffen auf Mr Willis gerichtet, der hinter dem Lenkrad sitzt. Er schaut drein wie ein Kaninchen im Scheinwerferlicht.

»RAUS AUS DEM AUTO!«

»BEIDE HÄNDE AUF DEN KOPF UND VERLASSEN SIE IHR FAHRZEUG, SIR.«

Langsam öffnet er die Autotür und legt die Hände auf den Kopf, als er aussteigt. Er weint.

Ich empfinde große Erleichterung, als ich sehe, wie die Beamten ihm Handschellen anlegen.

Endlich. Es ist vorbei.

46

AUDREY

Ich presse mein Gesicht an Ivys Brust. Sie zieht mich an sich. Vor Kälte und Angst zittere ich so heftig, dass ich meinen Körper kaum noch spüre.

Jemand kommt zu uns gelaufen und legt uns Decken um die Schultern – eine mir, eine Ivy. Ich ziehe sie eng um mich.

»Seid ihr beiden okay? Ist jemand verletzt?«

Ich habe die Augen fest zugekniffen und will sie auch nicht öffnen. Ich wünschte, das alles wäre nur ein böser Traum.

Ivy flüstert in mein Haar. »Bist du okay?«

»Er … er hat mir mit irgendwas auf den Kopf geschlagen. Ich glaube, ich blute.«

»Komm, wir müssen dich untersuchen lassen.« Ivy hilft mir auf die Beine und Detective Shing taucht an meiner anderen Seite auf. Meine Beine sind ganz schwach. Doch dann sehe ich etwas, das mir Kraft gibt: Mr Willis steht neben seinem Wagen und ein Polizist hält ihn fest.

»Wie hast du mich gefunden?«, frage ich Ivy.

»Ed hat gesehen, dass du entführt wurdest. Er hat für mich heute Abend die Kameras gecheckt. Ich hatte so eine Ahnung, dass irgendwas passieren könnte. So wie an Samhain. Das war das Gute. Als ich dich suchen wollte, fand ich einen Fetzen von deinem Kleid, abgerissen … Dann habe ich deinen Standort gecheckt, und als ich sah, wo du bist, wusste ich, er bringt dich an die Stelle, wo er Lola umgebracht hat. Und mir wurde klar, dass ich zu Fuß schneller hier wäre als mit einem Auto, bei all den Serpentinen. Das ist ja meine übliche Laufstrecke.«

»Gott sei Dank, dass du das getan hast. Ich glaube, ein paar Augenblicke später ...«

Ivy drückt meinen Arm. »Daran wollen wir gar nicht denken.«

»Ein Krankenwagen ist unterwegs. Kommt und wärmt euch in meinem Wagen auf, bis er da ist«, sagt Detective Shing.

»Wird er verhaftet?«

»Ja«, antwortet sie. »Weil er dich überfallen hat, ja. Es tut mir so leid, dass wir ihn erst jetzt in Gewahrsam nehmen können, wo er ein zweites Mal zugeschlagen hat. Sein Alibi für den Mord an Lola war stark, und wir hatten einfach nicht genug Beweise, um –«

»Shing! Kommen Sie mal her!« Einer der anderen Polizisten ruft von Mr Willis' Wagen aus nach ihr. Er beugt sich gerade über den Beifahrersitz.

»Entschuldigt mich, Mädchen.« Sie lässt mich auf dem Rücksitz zurück. Ivy steht noch neben mir.

»Was passiert da?«, frage ich Ivy. Ich habe immer noch Angst, dass Mr Willis davonkommen könnte. Weil es ihm ja nicht gelungen ist, mich zu töten ... Vielleicht findet er noch einen Weg, den Kopf aus der Schlinge zu ziehen.

»Ich glaube, die haben irgendwas gefunden.« Ivy stellt sich auf die Zehenspitzen und reckt den Hals, um etwas zu erkennen. Das Licht der Scheinwerfer beleuchtet ihr Gesicht, das von dem Sprint hierher noch ganz rot ist. Ich bin ihr so dankbar, dass sie mich gefunden hat.

»Geh schauen«, sage ich. »Finde raus, was los ist.«

»Bist du dir sicher? Ich möchte dich nicht alleinlassen.«

»Ich wüsste es lieber. Ich will alles wissen.«

»Okay, bin gleich wieder da.«

Als sie weg ist, ziehe ich die Wolldecke noch enger um mich und schmiege mich in den Sitz. Jetzt kann ich mir vorstellen, was für eine Angst Lola hier oben gehabt haben muss.

Ich wurde gerettet. Sie hatte nicht so viel Glück.

Eine weitere Sirene ist zu hören, dann fährt ein Krankenwagen auf den Parkplatz. Jemand muss die Sanitäter in meine Richtung geschickt haben, denn schon kommen ein junger Mann und eine Frau in dunkelgrünen Uniformen zu mir und führen mich zum Krankenwagen.

Sie untersuchen meinen Kopf und stellen mir jede Menge Fragen: Ob ich meinen Namen noch weiß; welcher Tag heute ist, was mit mir passiert ist. Anscheinend beantworte ich alles zu ihrer Zufriedenheit. Es scheint keine schwere Gehirnerschütterung zu sein.

»Wir bringen dich zur Sicherheit trotzdem ins Krankenhaus«, sagt einer von ihnen, während ich ein Butterfly-Pflaster auf die blutende Wunde an der Stirn bekomme. Ich muss absolut schlimm aussehen.

»Nein!«, rufe ich. »Noch nicht. Ich muss auf Ivy warten. Ich muss wissen, was die gefunden haben. Ich muss sicher sein, dass er verhaftet wird.«

»Das, was du jetzt musst, ist dich ausruhen, von einem Arzt untersucht werden und vielleicht einen Kopf-Scan bekommen, um innere Verletzungen auszuschließen.«

Ich schiebe den Sanitäter beiseite und versuche, wieder aus dem Krankenwagen zu steigen.

Ständig treffen weitere Autos ein, anscheinend auch welche von der Presse. Ich frage mich gerade, wie die so schnell davon erfahren haben, als Teddy aus einem der Autos springt und direkt zum Krankenwagen – zu mir – gelaufen kommt.

Er umarmt mich ganz fest. »Ich bin so froh, dass du okay bist!«

»Wieso bist du hier? Ich dachte, du wärst beim Konzert.«

»Ich bin dort weg, als Ivy nicht auftrat. Da wusste ich, irgendwas ist passiert. Dann hat sie mir gesagt, ich soll die Polizei verständigen und zu den Klippen schicken. So schnell ich konnte, bin ich danach mit meinem Wagen hergekommen.«

»Oh mein Gott! Audrey!« Ivys Worte sind über die Stimmen der Leute hinweg zu hören.

Ich rutsche auf der Untersuchungsliege nach vorn und stehe auf. Mein Kopf fühlt sich immer noch schwummerig an, und die Sanitäter rufen mir zu, ich solle sitzen bleiben. Aber ich höre an Ivys Stimme, wie dringend es ist, und will zu ihr.

Teddy nimmt meine Hand und wir gehen zu Ivy.

»Schau«, sagt sie. Einer der Polizisten holt ein Beweisstück aus Mr Willis' Wagen. »Das ist Lolas Handy. Sie haben es gefunden.«

»Bist du sicher, dass es ihr gehört hat?«

Da hält der Polizist den durchsichtigen Plastikbeutel hoch. Als er ihn umdreht, ist die Rückseite der Handyhülle deutlich zu sehen: Lolas Name in geschwungener Rosé-Gold-Handschrift, rundherum Glitzer. Es muss ihres ein.

Ihr Handy war das fehlende Puzzlestück. Nachdem es jetzt gefunden wurde, ist klar, dass Mr Willis der Täter ist.

»Sie sind ja krank«, sagt Ivy ihm ins Gesicht, während er zurück in ein Polizeiauto geschoben wird.

»Ich war das nicht, Ivy. Ich hätte ihr nie etwas angetan. Ich hätte nicht –«

Detective Shing schlägt die Tür zu und schneidet ihm so den

Satz ab. »Gut gemacht, Girls«, sagt sie. »Hättet ihr nicht weitergemacht, hätten wir ihn vielleicht nie geschnappt.«

»Eine von uns musste erst verletzt werden, damit das passiert ist«, faucht Ivy sie an. Aber ich spüre trotzdem, wie erleichtert sie ist. Sie hatte einfach Angst um mich.

»Das tut mir wirklich leid. Audrey, ich soll dich sofort zurück zum Krankenwagen bringen.«

»Ich begleite dich«, sagt Ivy.

»Ich auch«, sagt Teddy.

»Ins Krankenhaus kann nur einer mit«, sagt die Sanitäterin.

»Ivy«, antworte ich ohne Zögern.

Wir steigen gemeinsam in den Krankenwagen und werden angeschnallt, bevor die Tür zugeht und wir davonfahren.

47

IVY

Am nächsten Morgen sitze ich in der Kantine und frühstücke gemeinsam mit Harriet, Tom, Teddy und Max. Es kommt mir vor, als würde sich die ganze Schule um uns scharen und mir Fragen dazu stellen, was gestern Abend passiert ist. Wie meine persönliche Security halten mir Harriet und Tom alle vom Hals.

»Keine Fragen, bitte. Geht weiter. Keine Fotos. Keine Autogramme.«

Yolanda und Lyra kommen untergehakt zu unserem Tisch.

»Ivy, was für eine knallharte Bitch du bist!«, ruft Yolanda.

»Yeah, ernsthaft, wir haben totalen Respekt vor dir!«, fügt Lyra hinzu.

»Ganz ehrlich? Ich war einfach zur richtigen Zeit am richtigen Ort. Jeder hätte das getan!« Ich lächele milde mit vollem Mund, während die beiden weiter zur Büfettschlange gehen.

Audrey war vergangene Nacht nicht in Illumen Hall. Die Notfallsanitäter brachten sie ins Krankenhaus, um sie untersuchen zu lassen. Dann musste sie noch von der Polizei befragt werden und ist schließlich zu Hause bei ihren Eltern geblieben. Nachdem ich auf dem Polizeirevier meine Aussage gemacht hatte, bin ich zurück in die Schule gebracht worden und lag, mit Harriet neben mir, fast die ganze Nacht wach. Ich habe jeden Moment wieder und wieder durchlebt. Was wäre mit

Audrey passiert, wenn ich nicht rechtzeitig gekommen wäre? Wenn ich, statt nach ihr zu suchen, doch lieber aufgetreten wäre? Das wage ich nicht mal zu denken.

Mrs Abbott hat heute Morgen schon mit mir über meine Tapferkeit und meinen Mut gesprochen und darüber, was für ein Gewinn ich für die Schule und meine Freundinnen bin.

In dem Moment bricht der ganze Speisesaal in Applaus und Gejohle aus. Ich steige auf die Bank und sehe Audrey hereinkommen, die verlegen lächelt und offensichtlich nach uns Ausschau hält. Ich winke ihr zu und sie eilt zu uns herüber.

»Oh mein Gott!« Sie lacht, während sie sich zu mir auf die Bank setzt und ihre Tasche auf den Tisch wirft. »Was für eine Begrüßung! Ich habe doch nichts anderes getan, als zitternd und weinend am Rande einer Klippe zu stehen.«

»Du hast es *durchgestanden*!«, sagt Harriet und umarmt sie ganz fest.

Teddy rutscht auf der Bank zu ihr und legt seinen Arm um Audreys Taille. Sie lächelt ihn an, nimmt seine Hand und drückt sie.

»Es war Ivy, die mich gerettet hat. Wahrscheinlich würde ich jetzt in einem Leichenschauhaus liegen, wenn sie nicht rechtzeitig gekommen wäre. Dem Himmel sei Dank für diese App! Und wenn man bedenkt ... Ich hätte dich da fast blockiert, als wir eine Weile nicht miteinander gesprochen haben!«

Wir lachen beide.

Sie scheint ziemlich gut gelaunt zu sein, wenn man bedenkt, dass sie noch vor neunzehn Stunden nur wenige Zentimeter vom Tod entfernt war. Vielleicht ein wenig aus dem Gleichgewicht. Bestimmt hat sie auch nicht viel geschlafen.

»Was ist passiert, als ich weg war?«, frage ich sie.

»Ich wurde in die Notaufnahme gebracht und durchgecheckt. Nur ein paar Schnitte und Prellungen und ein kleiner Schock, aber ansonsten unversehrt. Dann wurde ich von einigen Leuten von der City Police befragt und schließlich gegen Mitternacht mit Mom und Dad nach Hause geschickt. Ich wollte nur noch ein langes, heißes Bad nehmen und mal so richtig heulen, um ehrlich zu sein.«

Sie zieht die Ärmel des Pullis der Schuluniform über ihre Handgelenke, als sie bemerkt, dass man die Abdrücke des Lederriemens deutlich sehen kann, mit dem Mr Willis sie gefesselt hatte.

»Wurde Mr Willis verhaftet?«, will Tom wissen, während er in sein Wurstsandwich beißt und braune Soße über den ganzen Tisch spritzt, die er dann prompt mit dem Finger abwischt und aufleckt.

»Yep. Das Letzte, was wir von ihm gesehen haben, war, wie er in Handschellen auf dem Rücksitz eines Polizeiautos weggefahren wurde. Anscheinend wurde sein Auto heute Morgen von der Klippe abgeschleppt.«

»Hat heute schon jemand Araminta gesehen?«, frage ich. Was passiert ist, muss sie erschüttert haben.

»Nein, noch nicht, und normalerweise kommt sie ziemlich pünktlich zum Frühstück«, antwortet Harriet, den Mund voller Croissant.

Audrey wirft mir einen Blick zu.

Ihr Handy surrt in ihrer Hand.

»Ich wette, das läutet schon die ganze Zeit wie verrückt!« Ich lache.

»Eine Nachricht von Patrick! Er schreibt, er steht draußen, und ob wir ihn vielleicht treffen können?«

Audrey und ich springen vom Tisch auf und verlassen eilig die Kantine.

»Ivy, Audrey! Seid ihr beide okay?« Er streckt die Arme um uns beide aus.

»Ja, im Großen und Ganzen«, meint Audrey lächelnd.

»Ich habe gehört, Mr Willis wurde verhaftet.«

»Ja, stimmt«, sage ich. »Heißt das, dass du deinen Teil der Abmachung einhalten wirst? Wir haben unser Leben für dich riskiert. Wirst du jetzt deine Eltern überzeugen, die Schule nicht zu schließen und den Verkauf zu stoppen?«

»Ja, na ja, deshalb bin ich hier. Ich habe schon mit ihnen gesprochen. Habe alles erklärt. Mr Willis' Verbindung zu Lola, was an jenem Abend passiert ist, die Schule und ihre Geschichte ... alles. Sie sind euch ewig dankbar, dass ihr beide so viel Zeit investiert habt, damit Lola Gerechtigkeit widerfährt und um dafür zu sorgen, dass Mr Willis hinter Gitter kommt.«

»Das heißt also ...«

»Na ja, ohne die Investition meiner Eltern wird der Verkauf und die Projektentwicklung nicht möglich sein. Die Schule dürfte dann mit ziemlicher Sicherheit nicht schließen.«

Mein ganzer Körper wird zu Gelee und mich überkommt ein überwältigendes Gefühl der Erleichterung. Tränen fließen über mein Gesicht, und ich versuche, die richtigen Worte zu finden, um Patrick zu antworten, aber es kommt nichts heraus. Ich höre ein lautes Schluchzen und bemerke, dass es von mir stammt. Ich spüre, wie Audreys Hand in meine gleitet und sie drückt. Das ist alles, was ich wollte. Es hat geklappt.

»Danke, Patrick!«, bringe ich mühsam heraus.

»Ich danke euch beiden. Selbst nachdem ihr zwei Freundinnen verloren habt, seid ihr drangeblieben, um zu versuchen, diesen Fall zu lösen. Ihr solltet wirklich eine Karriere als Ermittlerinnen in Betracht ziehen! Wie auch immer, ich muss jetzt schnell los. Wir bleiben in Kontakt! Ich werde in ein paar Wochen wieder an der Uni sein, aber ihr habt ja meine Nummer.«

Wir verabschieden uns, Patrick verlässt das Schulgelände, und wir begeben uns zurück in den Speisesaal. Araminta sitzt jetzt mit dem Rest der Bande an unserem Tisch. Sie wischt sich die Augen.

»IVY! AUDREY! Oh, mein Gott! Ich weiß ehrlich gesagt nicht, wo ich anfangen soll. Audrey, ich habe die ganze Nacht versucht, dich anzurufen und dir zu schreiben. Ich weiß ganz genau, dass *ich* da oben auf der Klippe hätte sein sollen, nicht du. Ich habe das Gefühl, es ist alles meine Schuld. Ich wusste, dass er sehr wütend sein würde ... Ich hätte die ganze Sache viel sensibler angehen sollen.«

»Minty ... stopp! Das ist nicht deine Schuld. Woher solltest du wissen, dass er so sehr aus dem Gleichgewicht gerät und derart reagiert? Mach dir keine Vorwürfe. Sei einfach froh, dass du nichts mehr mit ihm zu tun hast und dass er nie wieder eine von uns anfassen kann.« Audrey legt einen Arm um Araminta und gibt ihr einen tröstenden Schubser.

»Na ja, du sollst bloß wissen, dass es mir leidtut, dass du das durchmachen musstest. Ich bin so froh, dass es dir gut geht! Und, Ivy, du bist eine echte Heldin!« Sie schaut zu mir hoch. »Ich weiß, wie viel es dir bedeuten würde, Headgirl zu sein. Ich bin mir bewusst, dass es wahrscheinlich deshalb dieses Jahr so viele Spannungen zwischen uns beiden gab, und ich möchte nun meine Stellung an dich abtreten. Du verdienst es viel mehr als ich, und tief in mir habe ich immer gewusst, dass du, wenn die Zeit gekommen ist, ein viel besseres Headgirl sein würdest als ich. Vielleicht ist das der Grund, warum du mich immer auf die Palme gebracht hast. Du hast so viel gegeben, um Gerechtigkeit für Clover und Lola zu erreichen, und du bist offen gesagt die stärkste Frau, die ich kenne.«

»OH MEIN GOTT!« Harriet klatscht in die Hände.

»Ivy, das ist, was du schon immer wolltest!«, ruft Max.

»Aber Mrs Abbott entscheidet letztlich. Du kannst deine Position als Headgirl nicht einfach ein Jahr früher an mich abgeben, Minty.«

»Ich habe bereits mit ihr gesprochen und sie hat zugestimmt. Fertig! Du wirst das erste Headgirl in der Geschichte der Schule sein, die das Abzeichen anderthalb Jahre trägt!«

Der ganze Tisch applaudiert und ich werde rot. Audrey ergreift meine Hand. Ich schätze, das ist ihre Art zu sagen: *Siehst du, am Ende geht alles gut aus. Das hast du verdient.* Vielleicht braucht es die Magpie Society gar nicht mehr, da der Gerechtigkeit auch so Genüge getan wurde. Die Schule ist gerettet. Wir haben getan, was wir tun mussten. Erleichterung breitet sich in mir aus wie ein ausgiebiges, warmes Bad und ein Kribbeln schießt meine Wirbelsäule hinauf und flutet meinen gesamten Körper.

So muss sich pure Freude anfühlen.

48

AUDREY

»Komm doch mit«, sage ich zu Ivy.

Der Fahrer hupt, denn all meine Sachen sind schon in den Wagen geladen. »Verbring Weihnachten mit mir. Die Atmosphäre wird zwar schrecklich sein, aber wenn du dabei bist, wird es viel besser. Immerhin wissen wir schon, dass meine Mom irgendeinen fantastischen Koch für das Weihnachtsessen engagiert hat. Und Dad wird vor Wut toben, weil der Kaufvertrag geplatzt ist. Das wird bedeuten, dass man ihn praktisch überhaupt nicht sieht. Er hat ja sogar einen Fahrer geschickt – damit er mich nicht selbst abholen muss. Wir würden uns eine tolle Zeit machen.«

Ivy schüttelt den Kopf. »Nein. Wir haben das doch besprochen. Ich fahre später mit dem Zug nach Hause. Nachdem hier alles geklärt ist, finde ich, es ist an der Zeit, mit meiner Mum ins Reine zu kommen.«

Der glänzende Head-Studentinnen-Anstecker ziert ihre Jacke. Es steht ihr. Als erste Magpie im Amt eines Headstudent steht ihr Zugang zu Lady Penelopes Vermächtnis zu. Im neuen Jahr werde ich mit ihr zur Coutts-Bank gehen, um herauszufinden, was genau das ist.

»Okay. Wenn du mir versprichst, dass wir jeden Tag voneinander hören und du sofort zu mir nach Hause kommst, wenn mit deiner Mom irgendwas schiefgeht.«

»Ganz genau. Natürlich.«

Ich sehe Ivy zögernd an. »Ich möchte dich nicht alleinlassen …«

»Das musst du. Los jetzt. Du brauchst alle Ruhe, die du kriegen kannst.«

»Okay.« Zögernd steige ich ins Auto. Als wir losfahren, drehe ich mich um und sehe, wie Ivy und Illumen Hall immer kleiner werden. Irgendwann wendet Ivy sich ab und geht hinein. Ich schließe die Augen und lehne mich an die Kopfstütze. Das werden lange Weihnachtsferien. Ich habe aber auch enorm viel Schulzeug nachzulernen. Jetzt, wo ich weiß, dass ich die nächsten eineinhalb Jahre in Illumen Hall verbringen werde, kann ich es nicht weiter schleifen lassen.

Keine Rätsel mehr. Keine weiteren Todesfälle. Keine Ablenkungen – außer von der guten Sorte. Wie Teddy zum Beispiel. Darauf hoffe ich, wenn es nicht zu viel verlangt ist.

Mr Willis befindet sich hinter Gittern. Wir vermuten, dass er die ganze Zeit Mrs Abbotts Handlanger war. Sie muss ihn gezwungen haben, mit welchem Druckmittel auch immer, in Clovers Zimmer den Tatort zu reinigen, das grüne Band um den toten Baum zu entfernen, damit die Tavistocks rausflogen, Ivy so mit Arbeit einzudecken, dass sie nicht weiter ermitteln konnte … und natürlich, Lola zu eliminieren – das Hindernis in ihrem Plan, die Schule zu verkaufen.

Ivy und ich fragen uns, ob Clovers Tod vielleicht auch kein Unfall war. Die Vorstellung ist kaum zu ertragen.

Aber das ist jetzt alles Vergangenheit. Mrs Abbott hat gekündigt. Mein Dad kocht vor Wut, weil sein Deal geplatzt ist. Aber die Radcliffes führen schon Gespräche mit potenziellen Schulleitern. Und es wird ein Frühlingskonzert geben, um neue Investoren anzulocken und Einnahmen für die Schule zu generieren. Illumen Hall war so oft in den Medien, dass das Interesse riesig ist. Ivy wurde für ein ganzseitiges Interview in einer der großen Sonntagszeitungen befragt. Dazu, wie sie mich gerettet hat, indem sie nicht lockerließ, um das Rätsel von Lolas Tod zu lösen. Jetzt dürfte es keinerlei Probleme mehr damit geben, dass die Schule bei Kasse bleibt. Sogar Mr Tavistock wurde bereits wieder eingestellt. Ich winke ihm zu, als wir an ihm vorbeifahren, während er gerade irgendwelche Hecken schneidet.

Und meine Familie wird es auch verwinden. Wenn Dad mir wegen dieser Sache den Geldhahn zudreht? Dann wird es bestimmt trotzdem einen Platz für mich in Illumen geben. Vielleicht kann ich später einmal als Lehrerin dort unterrichten. Ivy und ich könnten zusammen arbeiten. Und wieder zusammen wohnen.

Aber erst mal muss ich lernen, und in dem Moment wird mir klar, dass ich meine Laptoptasche vergessen habe. Dieser Fahrer wird mich umbringen.

Ich beuge mich vor und tippe ihm auf die Schulter. »Äh, sorry, aber ich habe was in meinem Zimmer vergessen. Können wir noch mal umdrehen?«

Er starrt mich im Rückspiegel an. »Dein Ernst?«

»Ja. Wir *müssen.*«

Genervt wendet der Fahrer in der breiten Einfahrt und bringt mich zur Schule zurück.

»Zwei Sekunden«, sage ich, bevor ich aus dem Wagen springe und die Stufen hinaufrenne. Seine Antwort war nur ein Grunzen.

Ich muss die Tasche in unserem Zimmer stehen gelassen haben, also laufe ich direkt dorthin. Unter dem Porträt von Lola vorbei, das mir jetzt viel weniger unheimlich ist. Die Tür ist nur angelehnt. »Ivy?«, rufe ich beim Hineingehen.

Aber sie ist nicht da, das Zimmer leer. Die Laptoptasche lehnt an meinem Bett – ich muss sie vorhin einfach übersehen haben. Als ich mir den Riemen über die Schulter hänge, lasse ich noch einmal den Blick durchs Zimmer schweifen, um zu sehen, ob ich nicht noch etwas vergessen habe.

Ein Windstoß berührt meine Wange und zerzaust mir die Haare. Als ich mich umdrehe, stelle ich erstaunt fest, dass das Fenster einen Spalt breit offen steht. Ich gehe hin und mache es fest zu.

Danach fällt mir an der Wand von Ivys Zimmerseite etwas Seltsames auf. Da ist eine Lücke, so als wäre eines der Holzpaneele aus seiner Befestigung gerutscht. Ich weiß ja schon, dass es Hohlräume hinter der Wand gibt. In einem haben wir schließlich Lolas Tagebuch gefunden. Und angesichts der zahlreichen Verbindungswege für Bedienstete und Geheimgänge im Gebäude überrascht mich hier nichts mehr.

Ich drücke das Brett beiseite, und tatsächlich, dahinter befindet sich eine Öffnung, etwas kleiner, als ich groß bin. Gebückt quetsche ich mich hinein und entdecke eine Falltür im Boden. Stirnrunzelnd öffne ich sie, um darunter eine Treppe zu finden.

Ich schreibe Ivy eine Nachricht, damit sie Bescheid weiß. Aber dann bin ich einfach zu neugierig. Bestimmt besteht jetzt keine Gefahr mehr, wo Mr Willis eingesperrt ist. Und nachdem die Schule gerettet ist, wird auch die Magpie Society nicht mehr gebraucht. Also steige ich hinunter, ohne auf Ivy zu warten.

Der Gang ist erstaunlich sauber – frei von Spinnweben. Er sieht aus, als sei er kürzlich benutzt worden – und oft. Das ist wirklich eigenartig. Ich kann mich genau erinnern, dass er auf der Karte des Magpie-Handys nicht eingezeichnet war. Ivy wäre es bestimmt auch aufgefallen, wenn einer der Gänge direkt bei unserem Zimmer geendet hätte. Es ist schon ziemlich gruselig zu wissen, dass die ganze Zeit über ein Geheimgang zu uns führte.

Ich frage mich, ob Lola davon wusste.

Der Tunnel scheint ewig weit zu führen. Ich bin mir sicher, dass ich inzwischen das Schulgebäude längst verlassen habe. Eigentlich will ich gar nicht weitergehen und wünschte, Ivy wäre bei mir. Aber trotzdem laufe ich weiter. Ich muss einfach wissen, wo er hinführt.

Endlich erblicke ich eine Tür am Ende des Tunnels. Daran hängt ein schweres Vorhängeschloss, doch zum Glück ist es unverschlossen. Ich betrete einen Raum mit Steinwänden. Da liegen Kissen und es gibt halb heruntergebrannte Kerzen. Eigentlich ganz ... gemütlich?

»Was ist das hier?«, frage ich in die Dunkelheit.

An einer Wand finde ich mithilfe meiner Handy-Taschenlampe einen Schalter. Das Erste, was ich sehe, als das Licht angeht, ist ein zerbröckelndes Kreuz aus Stein.

Plötzlich ahne ich, wo ich bin. Das muss ein Raum unter der verlassenen Kirche sein – nahe der Stelle, wo Mr Willis mich an die Klippen verschleppt hat.

Ich will hier nicht sein.

Als ich den Rest des Raums in Augenschein nehme, verschlägt es mir den Atem. Die Wand ist voller Bilder von Lola – Fotos, Bilder und Zeichnungen. Ich trete näher und sehe mir dieses Kaleidoskop aus der Nähe an. Okay, das ist absolut gruselig. Bin ich hier in Mr Willis' Versteck? Aber das ist noch nicht alles. Es gibt auch Zeichnungen von Magpies. Mit Filzstift gemalt und verdächtig ähnlich der Elster auf Lolas Rücken. Eine davon sieht exakt so aus. Und sie ist sogar signiert: *Harriet*. Ein Schauer läuft mir über den Rücken.

Ich sehe mir den Schreibtisch an. Darauf eine ordentliche Sammlung von Dingen, die mich an das erinnert, was wir damals in der Höhle gefunden haben. Ich frage mich, ob wohl dieselbe Person dahintersteckt. Außerdem liegen da Schlüssel für einen Mini. Fährt so einen nicht auch Mr Willis? Es gibt noch andere Dinge: Grundrisse der Schule; ein leuchtend grünes Band wie die, mit denen Ed Tavistock Bäume markiert, die gefällt werden müssen; Briefe, die aussehen wie die, die wir zu Schuljahresbeginn bekommen haben und die uns eingeladen haben, der Magpie Society beizutreten. Aber das hier sind Entwürfe, mit durchgestrichenen Wörtern und Korrekturen.

Schließlich gibt es noch technische Ausrüstung – einen Laptopständer (aber keinen Laptop), einige kaputte iPhones, ähnlich dem Magpie-Handy, das ich bekommen hatte. Das scheint hier eingerichtet worden zu sein.

Zuletzt entdecke ich ein Notizbuch mit Spiralbindung, das bei einer Seite mit handgeschriebener Lyrik aufgeschlagen ist. Abwandlungen der Magpie-Verse, die Ivy mir in der Bibliothek aufgesagt hat.

Ich muss an Clovers verfremdete Stimme in dem Podcast denken: »*Wie wir alle wissen, lautete Lolas vollständiger Vorname Dolores. Und Dolores heißt auf Spanisch Schmerz.*« Und hieß Clover nicht mit Nachnamen Mirth, also Freude?

Das passt alles zu dem Gedicht, das ich jetzt lese.

One for sorrow,
That much you've learned,
Two for joy,
Who had to burn …

Ich beiße mir auf die Lippe. Ich glaube nicht, das derjenige, der das geschrieben hat, irgendwas mit der *echten* Magpie Society zu tun hat. Da lag Ed mit seiner Vermutung ganz richtig. Ich greife nach meinem Handy und schreibe ihm, dass es noch einen geheimen Raum gibt, zu dem er den Zugang blockieren muss. Aber ich habe hier kaum Netz, sodass er die Nachricht vielleicht erst bekommen wird, wenn ich hier wieder draußen bin.

»Shit …«, sage ich zu mir selber. Ich muss auch Ivy davon berichten.

Doch da sehe ich noch etwas, das mir das Blut gefrieren lässt. Die stilisierte Version von zwei miteinander verschlungenen Namen – ich erkenne die Handschrift und lasse das Blatt fallen, als würde es brennen.

Jetzt weiß ich, wer hier sein Versteck hat. Und der Mann hinter Gittern ist es nicht.

Ein Geräusch hinter mir.

Das Letzte, was ich jetzt möchte, ist mich umdrehen.

Epilog

Sie hat ihn gefunden. Den Ort, der nur mir gehörte. Diese verlassene Kirche am Rande des Schulgeländes war mein Zufluchtsort. Als die Nachricht eintraf, dass sie den Tunnel gefunden hatte, musste ich rennen, schneller als ich je in meinem Leben gerannt bin. Aber ich habe sie gerade noch rechtzeitig eingeholt.

»Du warst das?«, wimmert sie, während sie sich umdreht, um mich anzusehen.

»Ja.«

»Aber warum, Ivy? Ich versteh's nicht. Warum?«

Mit den Fingerspitzen fahre ich an der Wand entlang, über Fotos von Lola, über alles, was ich zusammengetragen und angehäuft habe. Als ich entdeckt habe, wer ich bin, was mein Vermächtnis sein sollte, wusste ich, dass ich keine andere Wahl hatte, als alles zu opfern, um dieses Vermächtnis am Leben zu erhalten. Sogar meine Freundschaften.

Audrey sieht mich mit ihren großen blauen Augen mitleidig an. Es fühlt sich tatsächlich gut an, mit jemandem darüber zu reden, was ich getan habe. Ich schweige schon so lange.

»Illumen Hall bedeutet mir alles. Zum ersten Mal gesehen habe ich die Schule auf dem Foto meiner Großeltern. Meine Grundschullehrerin gab mir als Hausaufgabe, einen Stammbaum zu erstellen. Die Vorfahren meines Dads habe ich bis hierher zurückverfolgt. Als ich die Schule recherchierte und herausfand, dass sie Stipendien vergibt, schrieb ich einen gefälschten Brief an meine Grundschullehrerin und ermutigte sie, besonders begabte Schülerinnen und Schüler zu nominieren. Das war der einfache Teil.

Dann, als ich hier ankam, ging ich zu den ehemaligen Ställen. Ich wollte sehen, ob es irgendeine Verbindung zu meiner Familie gibt. Was ich stattdessen fand, war mein erster Tunnel unter der Schule. Da wurde mir klar, wer meine Großmutter gewesen war. Dass sie Mitglied der sogenannten Magpie Society war. Ich habe so viel Zeit damit verbracht, alles zu erkunden. Die Schule war einmal großartig, weißt du. Ein Internat von Pionieren, an dem Menschen, die anderswo nicht willkommen waren, sicher sein konnten. Aber die Schule hat sich verändert. Ich wusste, dass ich ihr wieder zu ihrem früheren Glanz verhelfen konnte. Mir wurde klar, dass ich, wenn ich es als Nachfahrin eines Gründungsmitglieds der Magpie Society schaffen würde, Headgirl zu werden, in der Lage sein würde, das Vermächtnis zu beschützen. Ich habe nur einem Menschen davon erzählt, was ich herausgefunden hatte. Meiner Mentorin und besten Freundin an der Schule.«

»Lola?«

»Lola«, bestätige ich. »Die versteckten Tunnel wurden zu unserem geheimen Königreich. Sie verliebte sich in die Idee eines Geheimbundes, der die Schule lenkt, die Vorstellung von Elstern und Federn. Es war ursprünglich ihre Idee, diese Krypta zu unserem geheimen Ort zu machen, da der Gang von ihrem Zimmer aus dorthin verlief. Ohne sie konnte ich da nicht hin. Als sie den Sommer nach Hause fuhr, blieb ich in der Schule und richtete mich in der Höhle ein. Du weißt schon. Du warst ja auch schon mal da.«

Ich denke an das Zuhause, das ich mir geschaffen hatte. Wo ich beim Klang der Wellen einschlief, die gegen die Klippen schlugen. Alles war besser, als zurück zu meiner Mutter zu müssen. Illumen Hall war mein Zuhause.

»Lola war unglaublich – aber sie hatte mich in der Hand, und das wusste sie auch. Wir haben letztes Jahr herausgefunden, dass Mrs Abbott die Schule zum Verkauf anbieten wollte. Wir glaubten, dass sie meine Verbindung zur Magpie Society herausgefunden hatte und wusste, dass – wenn sie wartet, bis ich Headgirl werde – ich die Macht haben würde, das zu verhindern. Sie musste sicherstellen, dass der Verkauf noch dieses Jahr passiert.«

»Aber Lola hätte das auch verhindern können …«

»Genau. Lola besaß die ganze Macht. Sie sollte das nächste Headgirl werden, sie war stimmberechtigt. Ich dachte auch, sie würde es werden! Das war der Plan.«

»Also, was ist passiert?«

Ich merke, dass Audrey versucht, mich am Reden zu halten, ihr Verstand arbeitet auf Hochtouren, um einen Weg zur Flucht zu finden. Ich lasse sie in dem Glauben. Das passt zu mir. Ich muss mir ja selbst einen Plan einfallen lassen.

»Am Abend der Beach Party bat Lola mich, sie auf ein Abenteuer mitzunehmen. *›Bring mich irgendwohin‹, hat sie gesagt.* Sie wollte feiern. Sie hatte endlich den ekelhaften Mr Willis abserviert. Ich hasste es, dass sie zusammen waren. Was für ein Perversling. Jedenfalls setzte er sie an der Schule ab und wir konnten losziehen. Ich hatte einen ganzen unglaublichen Abend geplant. Ich hatte Harriets Zeichnungen von Elstern gestohlen und eine auf Lolas Rücken gezeichnet – und sie zeichnete auch eine auf meinen, nur wusste das niemand. Die Abbildungen waren perfekt. Sie haben uns miteinander verbunden.

Elstern. Aber dann hat sie mich ausgelacht. Für sie war das alles nur ein Scherz. Sie sagte, dass ihre Familie so viel Geld mit dem Verkauf machen könnte, dass sie niemals versuchen würde, ihn zu verhindern. Ihr Vorfahre war vielleicht einer der Gründer von Illumen Hall, aber alle anderen kümmerten sich nicht so darum, wie ich es tue – so wie die Magpie Society, die Aufpasser der Schule, es tun. Die Radcliffes lieben die Schule wegen des Prestiges, des Ansehens, des Elitismus, den eine solche Institution mit sich bringt. Aber ich weiß, dass diese Schule mehr ist als das. Sie ist mein Zuhause. Ich konnte nicht fassen, was Lola sagte. Sie meinte, ich würde mich wie ein Kind benehmen, dass all das Zeug, das wir miteinander geteilt und gelernt hatten – die Magpie Society und ihre Bedeutung – albern sei. Etwas Lächerliches! Nicht etwas Reales, wie für mich. Sie hatte ja keine Ahnung, wie es ist, nicht verstanden zu werden. So war es mein Leben lang. Meine Mum konnte meine Besessenheit, hierherzukommen, nicht verstehen. Sie war der Ansicht, meine Liebe zu der Schule sei nicht gesund. Sie versuchte, mir Hilfe zu besorgen – aber ich brauchte keine Hilfe von ihr. Als das nicht funktionierte, sagte sie, ich solle verschwinden. Also hielt ich mich von ihr fern. Stattdessen konzentrierte ich mich auf Lola. Ich habe mich für dieses Mädchen echt verbogen. Aber als sie mir nicht helfen wollte, musste ich dafür sorgen, dass sie mir nicht im Weg stand.«

»Du hast sie also getötet.«

Ich rolle mit den Augen. Audrey ist immer so ungeduldig, will gleich zum Ende der Geschichte springen. Doch da war noch mehr.

»Sie befahl mir, sie zum Strand zu fahren, aber ich war noch nicht fertig mit unserem Abenteuer. Ich fuhr uns zu den Klippen. Sie liebte es dort oben. Wir sind bis zum Rand gelaufen, weil sie ein dramatisches Foto wollte, um es vor der Party auf Instagram zu posten. In dem Moment gab ich ihr noch eine Chance. Ich fragte sie, ob es ihr Ernst sei mit dem, was sie gesagt hatte. Und sie wiederholte das Ganze. Dass es für sie alles nur ein großer Witz war. Ein totaler Verrat an mir, an unserer Freundschaft. Ich war so wütend. Als sie dann zu nah an die Kante trat, konnte ich nicht anders. Und es hat mir nicht leidgetan. Nicht einen einzigen Moment. Nachdem ihre Leiche am Strand auftauchte, habe ich meine Spuren gut verwischt. Die Polizei hatte keine Ahnung, dass ich etwas damit zu tun hatte. Erst als Clover mit ihrem Podcast wieder Fragen aufgeworfen hat, musste ich alles geben, um sie auf eine falsche Fährte zu locken. Und das ist mir auch gelungen, oder? Ich fälschte Beweise, wo immer ich konnte, fand einen Weg, alle anderen zu Verdächtigen zu machen, nur mich nicht.«

»Mein Gott. Du bist eine super Schauspielerin. Du verschwendest dein Talent an die Musik.« Dann blinzelt Audrey. »Moment mal … Du hast all diese Beweise platziert? Auf Teddys Boot, im Arbeitszimmer meines Dads, sogar bei Mr Willis?«

»Das war eine Menge Arbeit. Die Ohrringe, das Logbuch … alles so einfach. Doch Clover war schlau. Sie hat sich alles zusammengereimt. Ich hab Schüler der Winferne Comprehensive bestochen, sich als Elstern zu verkleiden und sie am Abend der Samhain-Party zu erschrecken. Sie sollte ihre Ermittlungen einstellen. Aber sie ist zu diesem Idioten Patrick gerannt. Hat weiter nach dem letzten Beweis gesucht: Lolas Handy. Sie hatte schon den Standort und alles. Ich hatte es die ganze Zeit hier aufbewahrt. Als ich merkte, dass sie so nah dran war, mein geheimes Versteck zu finden, wusste ich, dass ich handeln musste. Als du also zu Mrs Trawley gegangen bist, bin ich rüber in Patricks Wohnung, um Clover aufzuhalten. Du hattest mir von dem Kamin erzählt. Er war großartig. Alles, was es brauchte, war ein winziges bisschen Brandbeschleuniger ...«

Audrey sieht aus, als müsste sie sich gleich übergeben, aber ich kann nicht aufhören.

»Dich in die Magpie Society zu bringen, gab uns das Gefühl, wir gegen den Rest der Welt – das war das perfekte Alibi, der Weg, die Kontrolle über die Ermittlungen zu behalten. Die arme Polizistin hat uns so vertraut, was? Immer bereit, Teenagern zuzuhören, na klar. Aber sie hat uns nie ernst genug genommen, um zu glauben, dass eine von uns fähig – und schlau genug – sein könnte, das selbst durchgezogen zu haben. Das Handy in Harrys Auto zu legen, war ein Geniestreich, nicht wahr?«

»Das war nicht genial«, sagt Audrey. »Das war krank.«

»Steig von deinem hohen Ross, Audrey. Ich weiß, dass du auch jemanden umgebracht hast. Als du mir von Alicia erzählt hast, fühlte ich mich sicher, dich herzubringen. Du hast ebenfalls schlimme Dinge getan.«

Sie schüttelt den Kopf. Tatsächlich zittert ihr ganzer Körper. »Aber nicht auf solche Weise ...«

»Wie auch immer, das spielt jetzt keine Rolle mehr. Clover ist weg. Mr Willis ist verhaftet. Die Beweise auf diesem Handy sind total sicher. Er wird ins Gefängnis gehen. Die Schule wird erhalten bleiben. Ehrlich – nichts hätte mich jemals davon abhalten können, mein Ziel zu erreichen.« Ich mache eine Pause. »Nichts hält mich davon ab...«, korrigiere ich mich.

Sie bemerkt es. Schade. Die Schule hätte uns gehören können. Aber jetzt gilt es noch ein weiteres Problem zu lösen. Doch das hier wird einfach. Denn dank Ed wurden alle Eingänge zu den Tunneln der Magpie Society verbarrikadiert. Der einzige Weg nach draußen ist der, den ich gekommen bin.

Ich greife nach dem Notizbuch mit meinem unvollendeten Gedicht. Ich trete rückwärts durch den Türrahmen. Im letzten Augenblick dämmert es Audrey und Erkenntnis huscht über ihr Gesicht. Sie rennt Richtung Tür, während ich sie schon zuschlage und das Schloss verriegele.

One for sorrow,
That much you've learned,
Two for joy,
Who had to burn.
The time has come,
I'm the last magpie.
Three for a girl,
Who now must die.

Eine Elster bedeutet Schmerz,
so viel sei gelernt,
zwei stehn für Freude,
die im Feuer vergeht.
Die Zeit ist gekommen,
Ich bin die letzte Elster.
Drei stehn für ein Mädchen,
das nun sterben muss.

Danksagung

Unser herzlicher Dank geht zuallererst an alle, die uns Nachrichten und Fotos geschickt haben, während sie *The Magpie Society – Die Nächste bist du* gelesen haben. So viel Liebe zurückzubekommen, macht das Schreiben so wertvoll.

Wie immer gibt es ein großes Verlagsteam, dem wir danken möchten. Zuallererst geht unser Dank an alle bei Penguin Random House Children's und besonders an Emma Jones, Wendy Shakespeare, Pippa Shaw, Simon Armstrong, Alesha Bonser, Tania Vian-Smith, Gemma Rostill, Andrea Kearney und Anne Bowman für all ihre Unterstützung und harte Arbeit an dieser Reihe. Wir danken allen Verlagen auf der ganzen Welt für die tollen Übersetzungen und schönen Cover. Danke an unsere Agentinnen Zara Murdoch bei Gleam Features und Juliet Mushens von Mushens Entertainment – ihr seid beide Superstars.

Außerdem stehen wir in der Schuld bei unseren Freunden und Familien dafür, dass sie uns so sehr unterstützt haben. Dieses Buch zu schreiben, in einer so schwierigen Zeit (einer Pandemie!) mit so vielen zusätzlichen Herausforderungen, war nicht einfach, und wir hätten es ohne sie nicht geschafft. Ihr wisst, wer gemeint ist. ♥